文春文庫

祈り

伊岡 瞬

文藝春秋

祈り　目次

祈り

1　二〇一四年　楓太

1

四月の風は心地いい。

桜の花びらがゆったりと舞っているし、すぐ目の前にはナイアガラの滝だってある。

それなのに、いや、それだからこそ、宮本楓太《みやもとふうた》の心は晴れない。

世の中が、のどかで平和で愛に満ちていくほど、自分だけが取り残されていくような気がする。

区立新宿中央公園の、中心部ともいえる『水の広場』の石垣に腰を下ろし、すぐ目の前にそびえる都庁ビルに向かって、煙草の煙を吹きかけた。

ここへはときどき――いや、最近ではほとんど毎日さぼりに訪れる。まだ二十五歳独身子どもなしだというのに、まるで五十二歳女房子どもにローンあり、みたいに冴えない気分だ。

目の前を、昼休みのサラリーマンやOL、そして若者たちが談笑しながら通り過ぎていく。幸せそうな笑い声を聞くと、やはりそれだけでなぜか腹が立つ。

そんな見慣れた光景がいつもと少し違うのは、広場に風変わりな行列ができているからだ。

炊き出しというやつだ。人工の滝を背にして、小学校の運動会で校長や来賓たちが座るような、白い大型テントが張ってある。その下に、長テーブルがL字型に並んでいる。白い発泡スチロール製の大量のどんぶり、湯気を立てる巨大な鍋、積まれたプラケースの中には、おにぎりが並んでいるらしい。

テント前から延びた二列の帯は、蛇行しながら五十メートルほど続いている。スーツ姿のほとんどは、この行列に気がつかなかったような素振りで通り過ぎていく。

これはたぶん、失業していたり食事に事欠いたりする人たちを、救済するためのイベントだ。話に聞いたことはあるが、実際に見るのは初めてだった。

テントの中では、そろいの文字がプリントされた、青いウインドブレーカーを着たスタッフが、行列の男たちに笑顔で声をかけ、食べ物を手渡している。配っているのは、スチロールの器によそわれた熱々のうどんと、ラップに包まれたおにぎり一個のようだ。

「美味《うま》そうだな」

つい漏らしたひとりごとに合わせて、胃が鳴った。

長テーブルの端には、募金箱が置いてある。さっきから見ているが、食事をもらって金を入れる人間は、ひとりもいない。あったりまえだ、と思う。募金する余裕があれば、そもそもこの列に並ぶはずがない。

炊き出しの光景を見ながら思い出した。いつも訳知り顔で説教する会社の先輩が、嫌味っぽく言っていた。

——だとすれば、たぶんあと数年で、東京からホームレスの姿が消えるな。

昨年、二〇二〇年夏の、東京五輪開催が決まった。となれば、道路や駅や公園などの整備が進んで、そういう人たちは居場所がなくなるという理屈だそうだ。

東日本大震災の復興もまだ済んでいないのに、人手と資材の心配で、建設業界は嬉しい悲鳴らしい。うらやましい。楓太にかかわりがあるといえば、勤務先から目と鼻の先にある、国立競技場も建て直しが決まっていることぐらいか。

テレビなどでも、今さら「あの設計では金がかかりすぎる」とか騒いでいる。相当に大がかりな工事になって、場合によっては、会社の移転もありうるという。

迷惑な話だ。おまけに、どいつもこいつも何かにつけては「トーキョー二〇二〇」と浮かれ気味なのも、腹立たしい。

行列の男たちは、受け取ったものを大切そうにかかえて、それぞれの居場所へと向かう。ブルーシートの家に潜り込んだり、自分専用の椅子に腰を下ろしたりしている。わずかな異臭に混じって、うどんの汁の匂いが漂ってくる。

「まじで、美味そうだな」

吸いかけの煙草を足もとに捨てて、ぐいぐいと踏みにじった。

楓太の勤務先である『パサージュ』は、アパレルメーカーとしては中堅どころだ。

会社名は、フランス語で〝小径〟という意味だと教えられた。教えられたというよりは、大学の第二外国語にフランス語を選択しておきながら、そんな単語も知らないのかと、皆のいる前で課長に笑われた。

扱う商品は、激戦区ともいえるF1層——つまり二十歳から三十代前半までの女性を、主な対象とした衣類とファッション小物だ。

直営店は都内に二カ所と大阪に一カ所のみ。それも路面店ではなく、駅ビルのテナントとして。それ以外の売り上げの内訳は大きく分けてふたつ、小売店への卸しと相手先ブランド生産だ。あとのほうは、OEMとも呼ばれ、大手小売店が、パサージュのようなメーカーに作らせた製品に、自社ブランドのタグをつけて売るシステムだ。どう見たってそっくりな服なのにブランド名だけ違う、というときはこのケースのことが多い。

OEM受注は取り扱い額の桁が違うので、そして最近では社の売り上げのかなりの割合を占めるので、部長クラスが担当している。楓太のようなぺーぺーは、セレクトショップと呼ばれる小売店回りが主だ。そして、その小売店の大多数は、中小企業や個人商店が占めている。

営業といっても、ショップの店長が、その場の気分で仕入れを決めたりはしない。ほとんどはシーズン前の見本市で、買い付け契約が済んでいる。楓太の仕事は、欠品の手配をしたり、ブランドへの要望を聞いたり、そして何より次のシーズンに向けて、他社《よそ》が入り込まないよう顔つなぎをするのがメインだ。

にぎやかな通りにある路面店が相手のときは、まだましだ。気詰まりなのは、繁華街から離れた個人商店だ。山手線沿いの駅前商店街でさえ、シャッターが下りたままの店が目立つこのご時世に、明るい顔の店主はまずいない。

「宮本さんに勧められて、若い人向けのシャツを置いたけど、ぜんぜん出ないよ。やっぱり引き取ってよ」

店の奥にある薄暗いテーブルに座ったまま、立ち上がろうともしない店主に、覇気のない声でそんな愚痴をこぼされる。売り込んでいるのだか、返品はできないんですとなだめにきたのだか、よくわからなくなる。

どこかに、もっとおれにぴったりな仕事がきっとある。そう考えない日はない。

それでも、なんとかがんばってやっていた。手取りが二十万に若干欠ける給料でも、ワンルームマンション風のアパートを借りて、まじめに生活していた。

あの女とつきあい始めるまでは——。


不愉快なことを思い出したので、もう一本吸おうと煙草の箱に指を突っ込んだ。

「あれ、空か。ちぇっ」

空き箱をねじって足元に捨てた。

やめた、やめた。いまから禁煙だ。ひと箱我慢すれば、牛丼に缶コーヒーまでつけられるんだからな。そろそろ仕事に戻ろうかと立ち上がりかけたときだった。

「ちょっと、すみません」

突然、声をかけられた。

「は？」

振り返ると、若い女が立っている。炊き出しをやっているグループの仲間らしい。揃いのウインドブレーカーを着ているからだ。

いつもの癖で、素早く値踏みした。自分と同じか、ひとつふたつ年下かもしれない。美人というより、可愛いタイプだ。特にぱっちりと開いた目が印象的だ。

正直に認めてしまえば、ストライクゾーンの、しかもかなり真ん中に近い。ポニーテール風に髪をひとつに束ねているせいか、活動的な印象だし、濃すぎないメイクもプラスポイントだ。

ランチでもご一緒にどうですか、まさかそんな誘いだろうか。たまには、そんな幸運がめぐってきたって――。

「ゴミ、捨てないでください」

女は手にしたトングで、楓太が投げ捨てた煙草の箱を指している。

せっかく膨らみかけた好意がしぼんだ。

見れば、もう一方の手には、大きなビニール袋も持っている。炊き出しだけではなく、ゴミ拾いのボランティアもやっているらしい。ああ、とうなずく。いがちなタイプだ。ボランティアに飽きたら、「自分を探しに」インドへ行く種族だ。せっかくこんなに可愛いのに、残念だ。ひとつ舌打ちをして、捨てた空き箱を拾い上げた。

「ほい」

放り投げた紙くずは、ゆるい放物線を描いて、すっとゴミ袋に入った。

「それに、ここは禁煙ですよ」

女は、楓太が踏みにじった吸い殻と、すぐそばに立っている《禁煙》の看板を、交互にトングの先で指した。

「喫煙は、決められた場所でお願いします」

なんて嫌味な女なんだ。

何か言い返してやりたいが、考えてみれば全部向こうの言うとおりだ。とにかく、さっき少しだけ可愛いと思ったのは、完全に取り消しだ。

返事もせずに歩き出した。公園でゴミなんか拾って、得意になってるんじゃねえ。田舎もん。

もちろん、彼女がどこの出身かなど知らない。しかし、ほとんどの場合、楓太が他人を腹の中でののしる言葉はひとつしかない。

——故郷《くに》に帰《けえ》れ田舎もん。

ただ、毒づくたびに、少しだけ落ち着かない気分になる。

2

そろそろ仕事に戻ろうかと思っていたのに、変な邪魔が入って気分を害した。

腹が減っているところにいいがかりをつけられたので、よけいにいらいらする。

スロープを上ってナイアガラの滝の裏側に回った。

広場より一段高い場所にある、花壇前のベンチに腰を下ろす。尻の下に敷こうと営業用のビラをカバンから取り出すときに、一枚か二枚風に飛ばされた。『ダニー・ボーイ』という派手なロゴが、目に染みるようなピンク色で印字されている。

ダニー・ボーイは、〝ボーイッシュ〟をコンセプトに、パサージュがこれまで苦手としていたティーン層への切り込みを狙って、社運をかけて今年の春先から売り出した商品群だ。

結果は予想通りの惨敗。社長や重役連中の顔は、みな苦虫をかみつぶしたようだ。会社のあまり広くない倉庫には、まだ梱包も解かずに積まれた在庫が大量にある。だいたい、ボーイッシュなのに、なんでピンク色なんだ――。

炊き出しを受け取った男たちが、芝生の上でひそやかな宴会をやっている。楽しそうだ。パック入りの酒を紙コップに注いでいる。立ち入り禁止の看板はあるが、パトロールの制服警官も、見て見ぬふりをしている。

ふと視線を感じて正面に顔を向けると、通路を挟んですぐ向かいに置かれたベンチから、中年の男がこちらを見ている。楓太に向けて、手にしていた紙を遠慮気味に差し出した。見れば、ダニー・ボーイのビラだ。さっき風に飛ばされたのを拾ってくれたのだろう。

そんなものいらないと断るのも面倒なので、立ち上がって手を伸ばした。ビラを受け取るときに、男の左腕に巻かれた時計が目にとまった。

すげえ――。

楓太は、高級腕時計のカタログ雑誌を、仕事の途中で立ち読みするのが趣味のひとつだ。小学生のとき、大好きだった叔父さんに、腕にはめていたロレックスサブマリーナーを見せられ「これな、上野で四十八万で買ってきたんだ」と聞かされて以来、高級ブランドの腕時計は、楓太にとってダンディズムの象徴だ。だから有名どころは、およその品定めができる自信がある。

楓太自身は時計をはめていない。いっとき、ただ外国製というだけの、二万円で買ったものをつけていた時期があったが、道ですれ違う女子高生やコンビニの店員までもが、それを見て笑っている気がしてきて、このままでは心の病気になるかもしれないと心配になり、ネットで売りとばした。

男がつけているのは、オーデマピゲに見えた。しかもこのモデルは、秒針もカレンダーもないシンプルさが売りの超高級品だ。本物だったら二百万は下らない。

「あのう。これ」

男に声をかけられて、我に返った。つい、時計に見入っていた。

「あ、どうも」

ビラを受け取り、自分のベンチに戻ってそれとなく男を観察する。

一瞬だったので絶対という自信はないが、たぶんあれは本物だ。井の頭公園あたりで怪しげな外国人が売っている、二千円ぐらいのまがいものは妙にぴかぴかしている。今のあれは、使い込んだ風合いが出ていた。オメガやカルティエでなく、ピゲという選択も渋い。

男は、楓太に関心はないらしく、手にしていた割り箸をぱちりと音を立てて割った。いま気づいたのだが、炊き出しのうどんをもらってきたらしい。

二百万の時計をはめて、炊き出しのうどんか——？

一度気になると、その人間をじっくり観察してしまう癖がある。もともと、この仕事に就く前から、見た目で人をランク付けする習慣が身についている。

驚いて、あきれた。

あまりに有名なイギリスブランドのチェック柄のシャツ、その上に着ている紺色のブルゾンについたマークはワニだ。こげ茶のスラックスのメーカーはわからないが、素材はよさそうだ。履いている靴は白が基調で脇にでっかくNのマーク。まるで統一感がない。アウトレットでとりあえず目についたものを買いました、みたいな印象だ。

さらに、脇に置いたリュックは、もはや趣味の良し悪しというレベルを超越した、蛍光グリーン一色だ。色だけではない。いかにも安っぽい作りで、へたへたに使い込んである。燃えないゴミの日に、もっとましなバッグがいくらでも捨ててあるぞ。

むちゃくちゃな趣味だ。こいついったいどういう奴なんだと、あらためて値踏みする。

年齢は四十歳前後だろうか。多少寝癖が残っているものの、髪はきちんと刈ってある。無精ひげもなく、こざっぱりとした印象だ。耳にはイヤホンコードもさささっている。趣味は悪いが金は持っていそうだ。

だとすれば、なんて意地汚いんだ――。

路上生活者でもないくせに、炊き出しをもらうなんて言語道断じゃないか。ほとんど一文無しに近い、このおれでさえ遠慮したのに。

男は、うどんが入ったスチロールの器に軽く礼をしてから、汁をすすりはじめた。ずるずるという音が、こちらまで聞こえてくる。ほおの裏から唾が湧いた。ちきしょう。ずいぶん美味そうに食っているな。胃が鳴る。もう限界だ。場外馬券売り場近くの、立ち食いそば屋にでも寄って、腹持ちのいいかき揚げ天ぷらうどんでも食おう。

立ち上がったとき、「あっ」という短い叫びが聞こえた。

何が起きたのかと確かめる間もなく、小さな白っぽいものが飛んできて、金持ちうどん男の右手に当たった。そのはずみで、男が箸でつまんでいたものが落ちた。

飛んできたのは、バドミントンのシャトルだった。そして、落ちたのは半切りにしたちくわの天ぷらだ。さっきちらりと見たところでは、配給うどんの、ほとんど唯一の具のようだ。

楓太の視線は、男の足元に釘付けになっている。

落下したちくわ天が、宙に浮いているのだ。どう見ても男の両足のあいだ、地面から数センチのところに、ぴたりと止まっている。糸で吊っているのか、ネットでもあるのだろうと目をこらすが、わからない。

なんだ、あれ――。

驚いている楓太に気づかず、男はゆっくりりとした動作で、静止しているちくわ天を箸でつまみ、器に戻した。そして、肩を上下させ、大きな深呼吸をひとつした。

「すみませーん」

髪の長い若い男が、詫びながら走ってきた。見れば、通路の向こうで数人の男女がそろって頭を下げている。

「大丈夫ですか？」若者が、息を切らしながら尋ねる。

「あ、はい。大丈夫です」男は、おどおどした口調で答えた。

若者はもう一度頭を下げると、シャトルを拾って走り去った。

中年の男は、ほっとした表情でふたたび容器に顔を近づけ、汁をすすりちくわ天にかぶりついた。そして、満足げに小さくうなずいた。

トリックだ――。

自分の目がおかしくなったのでなければ、いまのはたぶん手品系《マジック》のトリックだ。それも、かなり手慣れている。ほかのやつは知らないが、自分にはわかる。なぜなら、ロックスをはめて手品が得意だった大好きな叔父さんに、子どものころ少しだけ教えてもらったからだ。いまの技は、簡単そうに見えて、かなり高度なテクニックのはずだ。

そういう目で見直せば、人間的なしょぼさと、服装や持ち物の趣味の不一致具合に、妙に怪しげな説得力がある。ただ小奇麗なだけでは、人は関心を抱かない。風変りだから興味を持つのだ。ファッション業界人のはしくれだから、そのぐらいはわかる。

たとえば、あのトリックでひとを騙して、金を巻き上げているのかもしれない。「わたしに不浄のお金をお預けいただければ、浄化して差し上げます」とかなんとか恩に着せて。

あの世間ずれした服飾の趣味は、どう見ても演出だ。本当は、そこそこの金持ちなのだろう。おれの目はごまかせない。

武闘派系ではなさそうだから、少し探りを入れてみようか。勧誘に乗りそうな顔をすれば、昼飯ぐらいはご馳走してくれるかもしれない。場合によったら、少しぐらいは――。

いや。

楓太は、苦笑しながら顔を小さく左右に振った。そんなあさましいことを真剣に考えるなんて、おれも落ちたもんだ。

ふと、こちらへ近づく人影に気づいた。さっきのボランティア女だ。まだ何か突っかかってくるのかと身構えたが、女は楓太のことは気づいてもいないようで、怪しい中年男へ近づいていく。きっと「お金があるなら配給を受けないでください」とでも文句を言うつもりなのだ。

面白くなってきた。笑いをこらえながら成り行きを見守る。

喧嘩になったらどっちに味方しようか、などと考えていると、女は怪しいトリック男に軽く挨拶して、すぐ隣に腰を下ろした。楓太に声をかけたときよりは、ずいぶん愛想がいい。

「ありがとうございます。あんなに募金していただいて」

空耳ではない。たしかにそう言った。男が頭をかいて「いえいえ」と照れているから間違いなさそうだ。

タダ食いではなかった。募金をしてうどんをもらったのだ。それも、わざわざスタッフが礼を言いに来たということは、百円や二百円ではないだろう。やっぱりこの男、金持ちなのだ。おれの目に狂いはなかった。

女がにこやかに言葉を続ける。

風向きのせいではっきりしないが「……でいいですか」と聞こえた。

トリック男がうどんに視線を落としたまま、照れたように小さくうなずき、ぼそぼそっと応えた。ぼくはなんでもいいです、と答えたようだ。

それを聞いた女が、口元を押さえてけらけらと笑いだし、男の背中を叩いた。

「いやだ……さんたら」

男は、そこでふと思い出したように、蛍光グリーンのバッグに手を入れ、何かを取り出した。銀行の封筒らしい。遠慮がちに女に差し出す。

女が「すみません。ありがとうございます」と礼を言った。

中身をほんの少しのぞかせて数えている。手に持った感じからすると、五枚や十枚ではない。それも万札だ。三十枚ぐらいはありそうに見えた。

その瞬間、今まで男に対して抱いていた感嘆と感心が、まったく別なものに変質した。嫉妬か怒りか羨望か、おそらくそれら全部がないまぜになった激しい感情が、楓太の背骨を突き抜けた。不愉快だ——。

ベンチから立ち上がる。

尻の下のビラが風に舞い、ボランティア女の足にへばりつく。ようやく楓太の存在に気づいたらしい女が、こちらを見た。口の形が小さく「あら」と動いた。楓太はこれみよがしにぷいと横を向いて、そのまま歩き出した。

「あの」

背中から、女の声がかかった。ひとつ深呼吸してから振り返った。

「何か」

「ゴミは捨てないでください」

通路に落ちたダニー・ボーイのビラを指さしている。その隣で、中年成金男がはにかんだ笑みを浮かべている。一気に血が沸騰した。

「あのね、捨てたんじゃない。風で飛んだの。文句があるなら、風に言ってくれよ」

「なにそれ。すっごい屁理屈」目をむいている。

「だから」と語尾を上げた。「ここはあんたの土地じゃないでしょ。なんの権限で……」

口ではそう言いながらも、ビラを拾い上げ、ねじろうとした。

「あっ」と中年ちくわマジック男が声をあげた。

「何か」

「それ、捨てるならください」

「だめ。商売道具だから」

女子高生向けのビラをどうするつもりだ、変態ちくわ天野郎。

あてつけのように大げさな動作で引いた腕が、すぐ後ろに立っていた、誰かの腹に当たった。

まずい、と振り返るのと同時に、低い声が響いた。

「何か、もめてるのか」

見れば、楓太よりも十センチは背が高そうな男が立っている。光沢のあるダークスーツの下には、おそらくシルク生地の黒いシャツを着ている。まったく春めいていない。薄く色のついたサングラスをかけているので、目の表情はよくわからない。年齢は六十歳あたりか、もう少し上か。ひどく痩せて、首に筋が浮いているのが見えた。短く刈った硬そうな髪には、半分ほど白髪がまじっている。

総合評価として、カタギの人間ではなさそうだった。トリック男の百倍ぐらい迫力がある。

「あ、すみません」あわてて謝る。

「何度お願いしても、ゴミを投げ捨てるんです」

あろうことか、女はそんなことを言いつけた。

「いや、ただ、この人にあげようと思って」

ビラを中年成金男の手に押し付け、走るように逃げた。

3

「宮本、どこでさぼってた?」

午後五時に会社へ戻るなり、吉井《よしい》課長に呼びつけられた。

「どこって、ずっと得意先回りを……」

「寝ぼけたこと言ってるんじゃない。裏はとれてんだ。これはおまえの今日の予定表だ」

吉井課長が、A4サイズの紙をひらひら振ってから、楓太のほうへ突き出した。受け取って、紙に視線を落とす。サーバー内にある日程表を、プリントアウトしたものだ。

営業部員は、終業前に翌日の行動予定をパソコンで打ち込み、当日帰社後に、成果を打ち込むことになっている。

仕事の性質上、細かい数字の売り上げはない。だからかえって面倒くさい。店の要望だとか、ユーザーの声だとか、来季の見通しなどについて、作文をしなければならない。そうそう毎日書くことなどない。だからといって《ダニー・ボーイのビラを持って行ったら、「おたくの会社、大丈夫？」と真顔で心配された》などと事実を書くわけにもいかない。

結局は、あたりさわりのない見通しなどを、打ち込むしかない。建前上は、社内サーバーを使ったペーパーレスの管理システム、ということになっているが、ほとんど形骸化しているのが現状だ。誰も本当のことなど書いていないし、上司もそれを見抜いている。

「多少脚色したくらいなら、おれもうるさいことは言わない」

吉井課長が、楓太の予定表を、人差し指の爪でコツコツと叩く。

「だけどおまえは、一軒も回ってないよな」

「いえいえ」

とんでもない、というようにあわてて手のひらを振る。二軒だけは本当に顔を出したのだ。しかし、どちらも店主が忙しそうで楓太の顔すら見てくれなかった。

「ほんとです。回りました。面会できないところも、何軒かありましたけど」

「たとえば、この三番目の『カトレア』さんだ……」楓太の言い訳は無視して続ける。

「予定は十時半になってるが、おまえ何時ごろ行った？」

「ええと」

あわてて手帳を探すふりをするが、時間稼ぎだ。たしかに『カトレア』へは行っていない。こめかみに浮いた汗が流れた。店を特定してきたということは、本当に裏がとってあるに違いない。まずいな、なんと言い逃れしよう。

「ええと、二度もうかがったのですが、たまたまバイトの子しかいなくて……」

「あのな。店主の北村さんは、午前中ずっと店で模様替えをされてたそうだ。バイトは急に休むし、おまえが手伝ってくれると言ってたのに、あてがはずれたって、おかんむりだった」

しまった、そうだった。午前中にかならず手伝いに行くと約束してあった。クレームが来て、それでばれたのか。しかし、認めてしまっては負けだ。ここは強気に攻めるべきだ。心外です、という表情を作る。

「実はその時間帯に、ちょうど急ぎの用件で、大久保の……」

「もういい」

吉井課長は、吐き捨てるように言って体をひねり、ゴミ箱に両足を載せた。椅子の背もたれをきしきしいわせながら、軽蔑したような目を楓太に向けた。

「全部わかってる」

「でも、あの……」

「やめとけ、宮本。時間の無駄だ。どれが嘘、なんてもんじゃない。１００％インチキだ。違うか？」

せめて、二軒だけは本当に顔を出しましたと、言ったほうがいいだろうか。

課長は、楓太を睨んだまま、爪の先で机をこつこつと叩いている。静まり返った部屋に、乾いた音が響き渡る。さっき見たところでは、営業部総勢十三名のうち、半分強がすでに帰社していた。皆、聞き耳を立てているのだ。背中に集まる視線を感じる。

「辞めていいぞ」

「は？」

「辞めたきゃ辞めろって言ってんだ」爪が痛くなったのか、今度は赤ボールペンで机を叩き始めた。

「いるだけ無駄だろう。毎日、ただ惰性で会社に来てるんだからな。いいか、がんばっている奴は、いまはだめでもいつか芽が出るときも来る。しかし、おまえにはそれがない。やる気も覇気もない。無駄飯食いの穀潰《ごくつぶ》しってのは、おまえのことだ」

立ちつくしたまま、返す言葉がなかった。いや、むしろ感心していた。ちゃんと、こちらの内面まで見抜いている。ここ最近、やる気ゲージが最低ランクまで下がってしまったことは、自分でもわかっている。さすが、月五万二千円の課長手当をもらうだけのことはある。

「申し訳ありませんでしたっ」

両手を脇にそろえ、勢いよく九十度のお辞儀をした。ゆっくり三つかぞえて、上半身を起こした。

「おい、土田。昨日頼んだ試算表できてるか?」

吉井課長は、楓太の謝罪を無視した。聞く耳を持たないという意思表示だろう。これ以上、言い訳を並べても始まらない。楓太はもう一度、今度は三十度のお辞儀をして、席に戻った。

ばれてしまっているのに、日報に嘘の成果を打ち込んだところで意味がない。事実上の禁じ手になっている《成果も進展も無し》にチェックをつけた。

ぼんやり点滅するカーソルを眺めながら、たったいま受けた罵倒を思い返した。

辞めたきゃ辞めろ、か。

もともと、それほど強い業界志向があって、就職したわけではなかった。流行に触れる仕事であったことと、職場環境的にも対外的にも、若い女子と接触する機会が多そうだと思ったからだ。

そして何より、第一志望だった広告代理店も、第二志望だった旅行代理店も、洒落で受けてみた出版社も、大手から中堅まで全落ちしたからだ。

自分の居場所がここでいいのかと、入社したその日から考え続けている。もっと自分に向いた仕事があるんじゃないか。いや、そうじゃない。自分には、もっとすごい才能が潜んでいる気がする。ただ、それが何であるかまだ自分で気づいていないだけだ。インドに行けば、見つかるかもしれない、

そのとき、机のすみに何かがポンと置かれた。

ブルーベリー味のヤクルトジョアだ。蓋に、パンダの顔の形をした付箋が、貼りつけてある。

反射的に顔をあげる。係長の田崎和歌子《たざきわかこ》が、意味ありげな笑みを浮かべてから、自分の机に戻っていった。楓太が入社する二年前に転職してきたという田崎係長は、たしか今年で四十二歳だ。ショートヘアに没個性な化粧、文京区のマンションで、ひとり暮らしをしているらしい。結婚歴まではわからない。

ニックネームは『女史』だ。吉井課長が、影でそう呼ぶからだ。

悪い人ではなさそうだが、いろいろと変な噂も聞いている。

同じ栃木県出身ということで、入社以来楓太に目をかけてくれていた、荒畑《あらはた》という先輩が、今年の初めにパサージュを辞めた。「東京からホームレスの姿が消える」と予言した人だ。

その荒畑先輩が「田崎さんには気ぃつけろ」と言っていた。酔うとお国訛りが顔をのぞかせる先輩だった。

——どういう意味ですか。

——喰われるって意味だべ。いろいろな。

懐かしいイントネーションでそう言い、グラスに残ったビールをあおり、くっくっくっと笑った。

いまのところ、特に何も起きてはいない。しかし、入社直後から田崎係長が何かにつけ楓太に優しくしてくれることには気づいていた。荒畑先輩に忠告されてからは、あまり接点を持たないように気をつけてきたが、部内の宴会の折などに、噂話は聞こえてくる。

——あれ、ほんとらしいぜ。経理の高木《たかぎ》啓太《けいた》が、『女史』に喰われたって。

——まじか。おれはちょっとパスだな。

——おまえはもともと無理だって。二十代専門らしいから。

下品に笑う先輩たちの話に耳を傾けながらも、自分は好意的に扱われている側という思いがあって、会話に首を突っ込む勇気もなく、詳細はわからなかった。

楓太は小さくため息をついて、ジョアに貼ってあった付箋に目を落とした。

《ドンマイ。ニノちゃん》

大学生のころから、ときどき指摘されることがある。

「楓太って、ちょっとしょぼくしたニノミヤって感じじゃねえ?」

日本全国知らないもののないアイドルグループのメンバー、ニノミヤにどことなく似ているらしい。ただし、〝ちょっと田舎っぽくした〟とか〝ちょっと覇気のなさそうな〟

などという、あまりありがたくない形容がつく。

同じことを、この会社に入ってからも何人かに言われた。ただ、人前で恥ずかし気もなくそう呼ぶのは田崎係長しかいない。

付箋には、笑顔の顔文字まで書き添えてある。力が抜けた。

ジョアにストローを差し、付箋はこれ以上小さくできないほど丸めて、ゴミ箱に落とした。

4

翌日もまた中央公園に足が向いた。

本当なら今日は、駅ビルやファッションビルなどの、店舗が集中している新宿南口で飛び込み営業をし、新規の取引先を開拓することになっている。「見本市」に来るという口約束でもしてもらえれば、クリーンヒットだ。もっとも、そんな快挙は年に数えるぐらいしかないが。

それはともかく、今日の楓太の心は、少しだけ晴れている。予想していなかったことが起きたからだ。金払いが悪いことで有名な客が、きっちり予定日に金を支払ったのだ。

『パサージュ』の客のうち、およそ九割は振り込みだ。しかし、残りの一割ほどは、いまだに現金で支払う習慣がある。そのほとんどは個人経営の店だ。

つまり、「せっかく金を払うのだから、ついでに愚痴や文句を言いたい」とか「おまえら金をもらうんだから、きちんと足を運んで礼を言え」というめんどくさい人種だ。いまどき、そういうセンスだから売れないんすよ、と言ってやりたい。

『ブティック・ノムラ』も、頑ななまでに現金払いの客だった。しかも、支払い遅延の常連だ。

店主の野村房江《のむらふさえ》は、うっかりしていたとか、あてにしていた手形が落ちなかった、などと理由をつけて、いつも一週間から二週間、ひどいときはひと月近くも遅らせる。半分は憂さ晴らしなのではないかと、勘繰りたくなる。長いつきあいの客なので、課長も「切れ」とは言わない。楓太の手際が悪いと責めるだけだ。

その野村房江がめずらしく、向こうの締日である十日、つまり今日現金で支払った。

スーツの胸ポケットには、一万円札八枚と若干の小銭が入った銀行袋がある。バッグに入れておいたのでは安心できない。肌身離さず持っていないと。

このあと会社に戻ったら、すぐに「あのノムラから、きっちり予定日に集金してきました」と課長に報告してやろうと思っている。おれだって、まじめにやってるんすよ。

気分がいいので、公園近くに停まっている、軽自動車の移動弁当屋でから揚げ弁当を買った。聞いたことのないメーカーだが、缶入りウーロン茶まで付いて、三百五十円だ。

これを都庁ビルの三十二階にある食堂へ持ち込んで、ローカルエリートたちと一緒に、下界の納税者どもを見下ろしながら食べる手もあるのだが、天気がいいので公園のベンチにした。

今日は、炊き出しもゴミ拾いのボランティアも、やっていなかった。一時を三十分も回っているせいか、勤め人の姿も少ない。集団で体操をしている学生風の連中と、楓太のように、外回りの途中で一服しているサラリーマンがちらほら見える。

南寄りにある、森のエリアへ行くことにした。ここの散策路に散在するベンチに座る人種は、芝生エリアよりも、サラリーマン率が高い。空いているひとつに腰を下ろす。ベンチの汚れをさっと払ったあと、今日も『ダニー・ボーイ』のビラを敷いて座る。スラックスにしみができないよう、ゆっくりと弁当の蓋をはぐる。

から揚げの香りが立ちのぼる。値段の割に美味そうだ。目にも鮮やかな、ピンク色の漬け物を一切れつまむ。唾液と胃液が湧いたところで、から揚げをかじる。少し硬めのライスと一緒に、人工の味っぽいウーロン茶で流し込む。

はあーっとため息をついたところで、ふっと現実に帰った。

あれこれ事情や不運が重なって、五日後に迫ったカードの引き落としに、残高が足りないのだ。

不足分は、ちりが積もって四万五千円、いまのところ補充のあてはない。財布にある金を全部入れてもぜんぜん足りない。それどころか、給料日までの生活費すら危《あや》うい。

給料日は引き落とし日の、さらに五日後だ。もしもそこまで引っぱったら、督促は来るだろうか、ブラックリストに載ってしまわないだろうか。それを考えると不安で夜も眠れず、寝れば悪夢にうなされる。

昼飯を抜こうかと、一時は真剣に考えた。しかし、電卓を叩いて驚いたが、四万五千円浮かせるには、三百五十円の昼飯を、なんと百三十回近くも抜かなければならない。

これでは話にならない。贅沢をしない範囲で普通に食うことにした。

自分はいつだって、こうして計画的に生きている。


から揚げの最後のひとかけらをほおばったところで、少し離れたベンチに派手な色が見えることに気づいた。見覚えがある、蛍光グリーンのリュックだ。ちょうど樹木の陰になって、持ち主の容姿ははっきりわからないが、昨日のあの男かもしれない。

くず入れに弁当の空箱を放り込み、男の姿がもっとよく見えるベンチへ移動した。

やっぱり、昨日のちくわ天トリック成金――めんどうくさいから、これからは単に〝中年男〟と呼ぼう。その中年男に間違いない。

リュックから延びた白いコードが二つに分かれ、左右の耳にささっている。何か聴いているらしい。手にはコンビニで買ったらしい菓子パンがある。嬉しそうな表情でかじりついている。

毎日、昼にこんなところで何をしているのだろうか。やはり胡散臭い奴だ。仕事は何をしているのだろう。まさか同業者か。いや、あのセンスでそれはない。それに、食い残しのたこ焼きでも渡すように、気軽な雰囲気で万札の詰まった封筒を女に渡していた。

だから昨日は、あの小生意気な女が金で体を投げ出すシーンを想像して激情にかられたが、よく考えてみれば、愛人の手当をこんなところで手渡すだろうか。

深まる疑問を抱きつつ、さらに観察する。

中年男は、楓太の視線に気づかないまま、ゆっくりとメロンパンを食べ終え、次にサンドイッチを取り出した。フィルムをむいて、大きな口でかじりつく。とにかく、美味そうに食っている。

残りあとひと口かふた口、というところで、サンドイッチを包んでいたフィルムが、風に飛ばされた。

中年男はあわててつかもうとしたが、風に乗ってあっという間に遠ざかっていく。昨日のちくわ天のようにはいかなかったらしい。そのまま無視すればいいものを、耳からイヤホンをはずし、飛ばされたフィルムを追って駆け出した。

「やっぱり変なおっさんだな」

金で女を買うタイプには見えない。

例のリュックが置き去りだ。あの中に何が入っているのだろう。無造作に札束が入っていたりするのか。

まさかと思いながらも、気になってしかたがない。自分のカバンを忘れずに持ち、リュックの置かれたベンチに近づく。何も盗もうというのではない。ただ中身をたしかめるだけだ。

「あれ、誰かこんなところにリュックを忘れてる」

声に出したら棒読み気味になった。周囲を見回すが、誰もこちらを見ていない。

リュックだけは、近くで見てもやはり安物だった。開いたままの口をそっと指先で広げたが、暗くてよく見えない。丸めたレジ袋のようなものと、タオル、それにポータブルCDプレーヤーが見える。ほかには——財布が見えた。なんだかやけに膨らんでいる。

これか――。

とんとん。突然、肩を叩かれた。

「うわ」

飛びあがるようにして振り返ると、楓太の驚きにつられたのか、中年男もびっくりした顔をしている。数秒間、どちらも声を出せずにいた。

「それ、わたしのです」

ようやく中年男が口を開いた。遠慮がちにリュックを指さしている。本来なら、詰問されてもしかたのない状況だ。

「いや、そのなんていうか、忘れ物かと思って」なんとかごまかそうと思った。

「わたしのなんです」

怒ってはいないようだ。少し余裕が出た。

「それはよかったです。なんていうか、財布に大金でも入っていたら大変だと思って」

「ありがとうございます」

完璧なポーカーフェイスなのか、根っからの善人なのか、楓太の言い訳を疑っている様子はない。

暇つぶしに、もう少し突っ込んでみようか。

「あの、昨日もお会いしましたよね。ほら、『ダニー・ボーイ』の」

「ああ、はい」

「もしかして、手品とか得意ですか」

「はあ？」

「だってほら――」

説明しかけたとき、何か赤くて茶色い物体が、視界の隅からするするっと近づいて来た。

「うわ」

先に声をあげて身をのけぞらせたのは、中年男だ。

走り寄って来た物体は、小さな犬だった。赤いタータンチェックのベストをまとった、ミニチュアダックスフントだ。なぜか異様に興奮して、中年男の足元で跳ね回っている。

「しっ、しっ」

男が、おびえながら手を振る。ダックスフントはよけいに興奮して、ジャンプしては男のズボンに爪を立てている。ただ、襲うというよりは遊んで欲しくてじゃれついているように見えた。

男は、リュックを胸元に抱き上げ、身を強《こわ》ばらせている。

「すいませーん」

四十代ぐらいの女が走り寄ってきた。まだ四月だというのに、サンバイザーに長手袋をはめ、きっちり日焼け対策をしている。

「ティアラちゃんだめじゃない、ひとりで行ったら」女はしゃがんで犬を抑えつけた。「ごめんなさいね。ちょっとロープを替えようとしたら、その隙に走り出しちゃって。でも、悪い子じゃないのよ」

深めにかぶったサンバイザーごしに、中年男を見上げる。飼い主が油断した隙に、ティアラちゃんが可愛らしく吠え、また飛びついた。

反射的に身をよじった男の腕の中で、リュックがさかさまになった。

「あっ」

またあれだ――。

リュックからこぼれ落ちたＣＤプレーヤーが、アスファルトぎりぎりのところで浮いている。

すげえ――。

期せずして、トリックの小道具が飛び出てしまったのだろう。糸で吊っているらしいが、よほど細いか透明なようでまったく見えない。楓太は腰を折って、ＣＤプレーヤーに手を伸ばした。仕掛けを確かめるチャンスだ。ところが、同じように身を屈めたトリック男と額がぶつかった。

「痛《い》たっ」

打った額に手を当てる。かなり痛い。しばらく息が止まるほど痛い。涙が出そうだ。ほんとに出てきた。男も同様らしい。額を押さえ、うめきながらもプレーヤーを拾おうとしている。仕掛を見られたくないのだろう。

犬連れの女は、むにゃむにゃと詫びながら、ティアラちゃんを引いて足早に去って行った。

「痛かったあ」

「すみません」男のほうから謝った。「大丈夫ですか」

「死にそうです」

「ほんとですか」あせっている。

「死ぬ前に最後のお願い、聞いてもらえますか」

冗談だとわかったらしく、だまってこちらを見ている。あまり喜怒哀楽を表に出さないタイプらしい。

「あのう、マジックのネタ教えてもらえません？」

トリックとかインチキとかは言えなくて、少し呼び方を変えた。

「マジックってなんですか」

「昨日のちくわ天と、さっきのCDプレーヤー。どっちも、空中に浮かせたでしょ。あれのやり方、教えてもらえませんか？」

本当に訊きたいのは、それをどうやって金儲けに結びつけているのかだ。

「ええと」

男は、心底困ったという表情で、髪をいじっている。

「昔、大好きだった叔父さんが、マジックが得意だったんですよ。ロレックスしてたのに沖縄で死んじゃいましたけど」

「そうですか」これは信じたようで、しんみりした顔になった。「でも、そういうんじゃないんです」

「じゃあ、どういうんです？」

「口ではよく説明できないんです」

「もしかして、秘密なんですか。一子相伝の門外不出とかいうやつですか」

「いえ。そういうわけでも」

「昨日のボランティア女って、知り合いですか」どさくさにまぎれて聞いてみた。

「ボランティア女って？」

「あの、ぼくと同い年ぐらいの、ポニーテールにしてた……」

急に仕事用の携帯が鳴った。表示を見れば、馴染みの客からだ。

「あ、店長どうも。宮本です」

〈あ、もしもし、宮本君？　今日、来る日だよね〉

「ああ店長、もちろんです。いまちょうど、そちらに向かっているところです」

〈あのシャツさ、ボタンがとれやすいっていうクレームが、二件も入ってるんだよ。最近の客はすぐ消費者庁に電話するよ〉

「いや、そんな大げさな」

〈交換してくれるよね〉

「ええと、現物を拝見してから……」

〈わたしはこれから出るんだけど、詳しくはカコちゃんに言ってあるから。じゃ、よろしくね〉

一方的に切れた。なんだよ、たまに電話が来ると思えばクレームかよ。

腹の中で悪態をついて、会社貸与の携帯を尻のポケットに押し込んだ。

目の前で、中年男が不安げにこちらを見ている。いまの隙に、さっさと行ってしまうこともできたのに、変なところで律儀だ。客先へ行かねばならない。トリックネタのことはどうでもよくなった。

「それじゃ、また明日」

しばらく歩いてから、また明日、というのは変な挨拶だったなと気がついた。

「すいませんっ」

楓太は、吉井課長の机の前で、それこそ米つきバッタのように、ぺこぺことお辞儀をした。

「だからさ。口先だけのスイマセンは、もういいって言ってんの。どうして、アポをすっぽかしたのか、その理由を説明しろって言ってんだよ。ことと次第によっちゃ、おまえ、腹くくれよ」

ボタンがとれたというクレーム処理に心を奪われて、もう一件のアポを、すっかり忘れていた。

「ええ、ですから、ちょっとめまいがしたので公園で休憩したあと、マジックの練習やってた変な男にぶつかられて、頭を打って、それで更にめまいがしたので、それでまたしばらく休んで……」

「だからさ」課長は机に肘を載せて身を乗り出した。「たとえそれが本当だとしてもだ。ていうか、俺はゼンゼン信じてないけどね。めまいがしたって頭が痛くたって、電話ぐらい入れられるだろう。それとも、ずっと気絶してたのか？　なんだったら、いますぐ精密検査行くか？　それでまったく異常なしだったら、退職願い書く？　ニノちゃんよ」

もう、何を言っても無駄だとあきらめた。

「申し訳ありませんでした」頭を下げる。「あのう、そのかわり、『ブティック・ノムラ』で……」

吉井課長は最後まで耳を貸さず、ぷいっと横を向いた。

もう一度お辞儀をして、席に戻った。

途中、田崎和歌子係長が、こちらに生暖かい視線を向けていることに気づいたが、無視した。

こんな日は、さっさと事務仕事を片づけて、早めに帰ろう。金曜は課長会議の日だ。もうすぐ吉井課長は席をはずす。その隙に帰ってしまおう。

「宮本君、大丈夫？」

田崎の声だ。無視していたら、机のそばまでやってきた。

「はあ」

「困ったことがあったら、相談に乗るから」

ひと粒ずつ包まれた、アーモンドチョコを五個、机に置いて戻っていった。吉井課長も気づいたはずだが、何も言わない。役職は吉井のほうが上だが、なぜか田崎係長には気をつかっている。単に歳が上というだけではなさそうだ。『女史』と呼ぶのも、苦手意識の表れかもしれない。

田崎はときおり、関西風のイントネーションになることがある。もしかすると、関西方面で実績をあげたのかもしれない。中堅キャリアウーマンという雰囲気はあるが、楓太から見れば、ただの元気いっぱいなおばさんだ。

田崎の肉付きのいい背中を見ながら、つい考えてしまう。

折り入って頼めば、十万やそこらの金は貸してくれるのではないか。

いやいやだめだ、とすぐに打ち消す。荒畑先輩やそのほかの古株の社員が、噂していたことを忘れたわけじゃない。楓太が入社して半年後に辞めた、二年先輩の高木啓太のことだ。

——経理の高木啓太が、『女史』に喰われたって。

ぽちゃっとした感じの、影の薄い男だったので楓太はほとんど気にも留めていなかったのだが、高木は同じ年に転職してきた田崎とはいわば同期で、いま楓太がされているように、何くれとなく親切にしてもらっていた。

彼らが入社して半年ほど経ったある日、歌舞伎町のラブホテル街を、腕を組んで歩いているところを目撃した人間がいるそうだ。その日から高木の顔色は精彩を欠き、仕事のミスが続き、これも噂だが会社の金を使い込んだらしい。

結局、入社わずか二年半で辞めていった。

だけど——。

どうしても、その選択肢を考えてしまう。

どこまでなら耐えられるか。食事もホテル代も、全部向こう持ちのはずだ。田崎がいつも好んで着る、真っ白なブラウスの下の、むっちりした肉体を想像しかけたところで、現実に戻った。

「だめだ。やっぱ無理だわ」

頭を左右に激しく振る。そんなことをしたら、一生心の傷になる。

大急ぎで仕事をやっつけ、課長が会議室へ行った隙に、逃げるように退出した。田崎の視線を感じたが、無視した。

外に出て、最初の角を曲がるころになって気づいた。

入金処理するのを忘れた。

スーツの胸ポケットには、『ブティック・ノムラ』から集金した、現金八万円と小銭が入っている。

振り返って、会社のあるビルを眺めた。窓に映る影が、田崎に見えた。

今日はもう、会社の誰とも顔を合わせたくない。このまま持って帰ろう。週末を挟むことになるが、使うわけではないから問題ない。

これはおれの金じゃない。そんなことはちゃんとわかっている。

だけど、この金があれば十五日の引き落としがやりすごせる。でも、これはおれの金じゃない。

そんなことはもちろんちゃんとわかっている。

2　一九八八年　春輝

1

「さあ、春輝《はるてる》。勢いよく消してね」

母親の景子《けいこ》がはげますように言い、身を乗り出した。

「唾、飛ばさないでよ」

二つ年上の姉、秋恵《あきえ》が横目で睨んでいる。

「そんなこと言うと、気の小さい春輝はよけい緊張するぞ」

ビールを呷りながら、父親の哲男《てつお》が笑った。

大里《おおさと》春輝は、四月二日が誕生日だ。春休みが明ければ小学六年生になる。

十二本のローソクが立ったチョコレートケーキを前に、大きく息を吸った。口をとがらせ、順に吹き消していく。なんとか、唾も飛ばさず、息切れもせず、無事に十二本消し終えた。

ぱらぱらとお義理のような拍手がわいた。

本当は、四月一日に生まれたのだと聞いている。

父親が「でかした、一番だ」と喜び勇んで届け出ようとした。ところが直前になって、なぜか四月一日こそが、早生まれ最終日のびりっけつなのだと聞かされて、大いにショックを受けたそうだ。さらに、誕生日はばか正直に申告しなくてもいい、と教えられて、あわてて二日に訂正したのだという。

「なんで切りよく一日が最初じゃねえんだ」といまだに納得がいかないようだ。

春輝は、それこそ耳にたこができるほど聞かされたが、そのたびに、いかにもお父さんらしいなと思う。

そして、よかったと安堵する。通っている小学校の、一学年上の男子たちの顔を思い浮かべるからだ。

もしも正直に届け出ていたなら、いまごろ彼らと同じ教室で、勉強も運動も競っていたことになる。ぜったいにかなうわけがない。この点では父のどこか間の抜けた強引さに感謝している。

「さ、切り分けましょうね。春輝には、この板のチョコもつけてあげる」

母が包丁でケーキを四等分していく。中央に載った板型のチョコは、いつも優先的に春輝がもらうことになっている。姉の秋恵に言わせれば、バースデーケーキというのは、白いホイップクリームとたっぷりの苺で飾るのが正統派らしい。春輝の誕生日は、本人の希望で毎年チョコケーキにしてもらっているが、それは邪道なのだそうだ。

「わたし、その半分でいい」

「あら、どうして？」

「だって、太るもん」

新学期から中学二年になる姉は、最近急に体型のことや髪型にうるさくなった。うっかり姉のシャンプーを使ってしまい、ひどく叱られたこともある。

「おれも、そんなにいらないぞ」

父が、味噌をつけた葉生姜をかじる。

「あらあ、じゃあ春輝とお母さんで食べるしかないわね」

「ねえ、お母さん」

ケーキをひと口かじったところで、秋恵が待ちきれないといった感じで切り出した。

「自由行動は、舞浜コースを選択してもいいでしょ。お父さんに訊いてくれた？」

父親が目の前にいるのに、直接は言い出しづらいのか母親に尋ねる。秋に東京へ行く修学旅行のことで、このところ頭がいっぱいのようだ。

「どうしよう。お父さん、いい？」

母が、苦笑しながら父にビールを注いだ。

「ディズニーランドってのに行くのか？」

五年前にオープンしたこの夢の国は、春輝たちのあいだでも憧れの地だ。

「そうなの」秋恵は体を上下にゆすりながら、今度は直接父親に訴えた。「ねえ、いいでしょ。九月の修学旅行で、選択コースに入ってるんだ。クラスでも、行ったことのある子ってまだ三人しかいないんだ。フリーパスはお小遣いで買うから、いいでしょ」

「ほかにはどんなのがあるんだ」

「原宿から東京タワーを回るコースと、上野の美術館と動物園のコース」

「なんだ、小学生の遠足だな。せっかくだからパンダでも見て来い」

「お母さんなら、一度東京タワーに昇ってみたいな」

「やだ。ぜったい、やだ」

「だいたい、九月に行くのに、どうしていまから騒いでるんだ」

「来週から申し込みが始まるの。人数枠が決まってて、早い者勝ちなの」

「まあ、学校で行くならいいだろう。お母さんに相談してみろ」

母がこっそり片目をつぶってみせたのが、春輝にも見えた。


岐阜県美濃《みの》市は、名古屋を中心に広がる中部地方平野部の、ほとんど最北端に位置している。

とくに美濃の旧市街地は、北アルプスから乗鞍、御嶽山と続く山間部最後の突起物ともいえる松鞍山と、長良川に挟まれた狭隘な土地にあった。

このあたりは、長良川の鵜飼いと特産の和紙、そしてうだつの残る町並みが知られている。

しかし、それで爆発的に観光客を呼べるほどの名物ではない。中世以降、商業の町として栄えたが、良くも悪くも、全国いたるところで見かける、ごく普通の地方都市だ。

この狭い土地に、長良川鉄道と名鉄の二本の電車が走っているが、どちらも一時間に一本か二本しか通らない。しかも、名鉄美濃町線には、ときどき廃線の話がもちあがる。事実上、車がないと生活ができない。

若者たちは、家業を継ぐか地元の役場に就職でもしないかぎり、いや、大学に進学するならその時点で、名古屋へ出て行く。もちろん、名古屋を飛び越えて、いきなり東京や近畿圏へ行くものも多い。

春輝は、この古い町で理髪業を営む、大里哲男と景子夫妻の長男として生まれた。

幼いころから——子供のくせにと笑われることもあるが——この古い情緒を残した町が好きだった。とくに、家から歩いて十分ほどの長良川の河畔まで出て、灯台の石垣に腰を下ろし、ぼんやり川面を見ていると、つい時間が経つのを忘れる。散歩中の旅行客に、自殺志願の家出少年と間違われたこともある。

姉の秋恵は、大学は東京で下宿するといまから宣言している。

「こんな町、うんざり。ねえ春輝、イチマルキューって知ってる?」

「知らない」

「東京の女の人は、全員がヴィトンとかグッチとか持って、ティファニーのオープンハートを着けてるんだって。わかる?　道歩いている人、全員だよ」

「何、それ」

クラスの友人が話す、ドラクエの攻略の呪文と区別がつかない。

「もういい。話にならない。あーあ、クレープ食べながら竹下通りを歩いてみたいなあ。

ディスコとか、せめて入口だけでも見てみたいなあ」

視線を中空に漂わせながら、うっとりとした表情になる。そしてそのあと、だけどお父さんも頭固いからなあ、とため息をつく。

東京でのひとり暮らしの話題が出ないときは、名前の愚痴になる。

知ってる？　秋に生まれたから秋恵、春に生まれたから春輝なんだよ。

姉はいつもそういって口をとがらせる。わたしは、愛美《まなみ》とか詩織《しおり》とか、そういう可愛らしくて芸能人みたいなのがよかったのに、と。そして最後には、決まって春輝の顔を見て笑う。

「その点、あんたはいいわよね。アイドルと一緒で」

もちろん皮肉だ。

春輝は、姉とは正反対の理由で、自分の名前を恨んでいた。

二年前にデビューし、いま人気絶頂の男性三人組アイドルグループのなかに、大迫春《おおさこはる》輝《き》というメンバーがいる。漢字一文字しか違わないというので、春輝は皆に冷やかされた。スポーツはそれほど不得手ではないが、顔つきはぽっちゃりとしている。細くさらさらな毛質のせいもあってか、小さいころから、よく親戚や近所の大人に「お人形さんみたい」と言われた。おそらく褒め言葉なのだろうが、春輝はあまり嬉しくない。小学校の低学年までは、姉やその友達のお古を着せられて、ままごとの妹役をやらされたこともある。

一方のアイドル大迫は、瘦せて見えるが実は筋肉が逞しく、足は長く、精悍な顔つきをしている。

しかも、名の読み方が違った。向こうは〝ハルキ〟で、こっちは〝ハルテル〟だ。同じ字を書くのに、名前までなぜか野暮ったく感じる。姉などは露骨にそれを指摘する。あるとき、クラスで誰かが、ふざけて春輝を「ハルキ」と呼んだ。それ以来春輝のあだ名は〝ハルキ〟になった。いまでは、クラスのほとんど全員と、一部の教師までもがハルキと呼ぶ。そのつど、わざわざ落差を指摘されているようで、なんとなく居心地が悪い。

勉強はクラスで十位あたりの成績だし、三年生のときから参加しているミニバスケでは、試合にも出る。しかし、学級委員に選出されるような人望も、リレーのときに女子から黄色い声援を送られるような存在感も、持ち合わせていない。

軽く見られる原因のほとんどすべては、その外見と、決して人前で強気に出られない気の弱さにあると、自分でもわかっている。

2

「今度の交歓試合、A組に入りたいなあ」

ミニバスケの練習中に、友人の小田尚彦《おだなおひこ》が話しかけてきた。

小学生のバスケットリーグ――いわゆるミニバスケは、学校ではなくクラブチームが活動単位となっている。春輝が籍を置く『美濃ラビッツ』は、美濃市に三つしかないクラブのひとつだった。しかも、自他ともに認める弱小チームで、ここ一年ほど勝ちから見放されている。今年もいまのところ「めざせ一勝」が合言葉だ。

「尚ちゃんは入れると思うよ。大輔君《だいすけくん》の調子がよくないから」

大輔というのは、ほぼ毎回A組に選ばれる、高村《たかむら》大輔のことだ。春休みに足をくじいたあと、動きに切れがない。大輔がはずれるとなれば、その代わりは春輝か尚彦ということになるだろう。

「おれたち、ライバルだな」

尚彦が笑いながら春輝をひじで突く。

「そんなことないよ、尚ちゃんに決まってるよ」

そうかなあ、と言いながらも、尚彦の表情はまんざらでもなさそうだった。

「選ぶのはコーチだし、どっちが選ばれても、恨みっこなしだぜ」尚彦が誇らしげに言った。

「よっし、今日はそこまで。全員集まってくれ」

今年三十三歳になる、深町《ふかまち》というコーチが全員を呼び集めた。

「来週の交歓試合のことだが――」

全部で十四名のメンバーが、それまでの私語をやめてじっと聞き入る。とくに五年生、六年生は緊張の面持ちだ。

「とりあえず、組分けを決めた。いまから発表する」

皆の瞳が、好奇と期待に輝く。

ミニバスケには独特のルールがある。「少なくとも十人以上の選手が、一定時間は試合に出場する」というものだ。小学生のやるスポーツだから、なるべく多くの児童に、出場の機会を与えようというのが狙いらしい。その対策として、ほとんどのチームは二組制をとっている。上手い方から五人と、それに次ぐ五人の二組だ。

本番の試合では、スタメンの五人が主力となって出場し、残りの五人はそのルールを満足させるために短時間試合に出る。つまり、事実上のレギュラーと補欠だ。

ラビッツでは、前者をA組、後者をB組と呼んだ。

A組の五名は、弱小チームながら——いや弱小チームだからこそ——メンバーの憧れであり、名誉だった。

「ただし」皆の緊張をはぐらかすように、コーチが釘を刺す。「あくまで暫定だ。当日まで見直しはするし、もちろん、試合になってからでも入れ替える。A組メンバーも気を抜かないように」

いいな、と大きな声で念を押され、全員一斉に、はい、と応えた。

「よし。それじゃあ、A組から呼ぶぞ。まず、雅司《まさし》」

兼田《かねた》雅司が元気よく、はい、と応えた。チーム一の長身で、バスケのセンスもいい。文句なしのセンターだ。

「つぎ——」

あっというまに、いつもお馴染みのレギュラーが四人まで発表された。

「最後は」

そこで一瞬間が空いた。春輝はとっさに、大輔と尚彦の顔を交互に見た。ふたりとも緊張した表情だ。

「大輔」

大輔の顔がぱっと明るくなり、「はい」と元気よく応えた。へえ、という声がそちこちから漏れた。当の大輔はほっとした表情だ。

「なんだ。結局、いつもと同じかよ」

尚彦が、春輝だけに聞こえるようにつぶやいた。どう応えようかと悩んでいるうちに、コーチが先を続けた。

「ただし、条件つきだ」

ゆるみかけた大輔の顔が強ばる。

「大輔は、足がまだ完調じゃない。あらためて言おうと思ったが、試合云々よりも、もう一度医者に診てもらったほうがいいぞ。なんなら、ご両親におれから話す」

「だいじょうぶです」

大輔はぼそっとつぶやいて、うつむいた。

「いまから様子を見て、状況次第では替える。その時はハルキ——」

「は?」

「おまえがA組に入れ」

おおっという声があがった。そのざわめきの意味が、好意的なものなのか否定的なのか、とっさにはわからなかった。

続けて、B組のメンバーが呼ばれた。尚彦はその中に入っていた。

「さて」コーチが、ぱんぱんと勢いよく手を叩いた。「さっきも言ったが、先発出場以外も気を抜くなよ。たらたらやってると、ケツを蹴り上げるぞ」

「うちは弱小かつ連敗チームだ。全員がA組のつもりでやれ。補欠根性は捨てろ。たらたらやってると、ケツを蹴り上げるぞ」

そう言って、春輝の尻を軽く蹴った。ほとんどのメンバーが、あははと笑った。笑っていないのは、大輔と、そして尚彦だけだった。

「尚ちゃん……」

少しだけふてくされたような顔をしている尚彦に声をかけた。

「よかったな、ハルキ」

尚彦は転がっていたボールを拾って走り去った。

3

「ぎりぎりまで考えたが、やっぱりA組はハルキ、おまえでいく」

「えっ」

試合当日になっての、深町コーチのこの発言に、春輝自身がいちばん大きな驚きの声をあげた。

もちろん、予告はされていた。しかし、それはあくまで大輔に対する「あまり無茶をするな」という警告であって、現実になると思ってはいなかったからだ。

大輔は、最後まで「だいじょうぶ、痛くない」と訴えたが、春輝が見ても練習中の動きがおかしかった。あきらかに、怪我をしたほうの足をかばっている。

「ハルキが抜けたB組には、浩《ひろし》が入れ。大輔は控えだ」

新たにB組のメンバーとなった高井《たかい》浩は、五年生だった。B組にすら入れなかった大輔は、真っ赤な顔をしてうつむいた。

「何度も言ったがな、おまえたちは先のある年齢だ。いま無理すると、あとで辛い目をみるぞ」

大輔は、うつむいたまま小さくうなずいただけで、返事もできなかった。

着替えている途中、ふと気配を感じて振り向くと、大輔が目を細めてこちらを睨んでいた。急に、胃のあたりに、こんにゃくを丸呑みしたような重苦しい感じがしてきた。

みんなが試合の準備をしているとき、そっとコーチのところへ寄った。

「あの、コーチ」

「なんだ。腹でも痛いか」

「そうじゃなくて、ぼくの代わりに、尚彦君をA組にしてもらえませんか」

「なんだ、どういうことだ」コーチの目が厳しくなった。

「そのほうが、チームのためだと思うんです」

コーチが顔をあげて、誰かを探すようなしぐさをした。離れた場所でモップ掛けをしていた尚彦が、こちらを見ている。すぐ隣には大輔の姿もあった。

「もしかして、尚彦にそう言えって言われたのか」

「違います」あわてて否定する。「自分で思ったんです」

「いいか」背の高いコーチが腰をかがめて、春輝と目の高さを合わせた。「メンバーはおれが決める。おまえらは試合に全力を尽くせ。よけいなことは考えるな。尚彦にはおれから言っておく」

「あの違うんです。尚彦君は何も……」

「もうその話は終わりだ」

試合に気持ちを集中させろ、と背中をどやしつけられて、それで会話が終わってしまった。

トイレに行くと、となりの便器に尚彦が立った。

「尚ちゃん……」

「さっき、コーチに何か言いつけてただろ」

「違うよ。尚ちゃんが先発のほうがいいって言ったんだ」

尚彦は喜ぶどころか、ますますきつい目で睨んだ。

「よけいなことするなよ」

洗った手を、春輝のジャージにこすりつけて出ていった。

友達だと思っていた尚彦と、こんなふうにぎくしゃくするようになったのは、いつからだろう――。

鏡に映った自分の顔は、相変わらずしょぼくれていた。

対戦相手の『ブルーソックス』は、隣の関市にあるチームだ。

戦力は、ラビッツと似たりよったりだと聞いている。ただ、背はそれほど高くないが、竹上《たけがみ》という動きの速いフォワードがひとりいて、得点の大半に彼がからむそうだ。竹上を中心に動くチームといえるかもしれない。総合力では、向こうがやや優っているかもしれないと誰かが言っていた。

試合は終盤に入っていた。春輝たちのラビッツは二点差で負けている。

クォーター間やタイムアウトのたびに、いくらコーチにどやされても、試合に戻ったとたん、皆の頭から抜け落ちてしまうようだった。それでも春輝は、なんとかコーチの指示を守ろうと努力した。

終始竹上にはりつき、多少はいらいらさせ、ときにパスを不成功に終わらせたりした。一度だけだったが、シュートをブロックすることにも成功した。

残り五分を切ったところで、ラビッツに得点のチャンスが訪れた。

敵のガードが放った竹上へのバウンドパスが、どういうわけか、すっぽりと春輝の手に収まった。あきらかに敵のパスミスだったのだが、まるで春輝がスティールしたような形になった。

「行け、ハルキ」

誰かの叫ぶ声が聞こえた。

位置はまだセンターラインに近い。しかし、ゴールまでの道に、敵の姿はない。行けるかもしれない。

ドリブルを始めてすぐ、左の視界に人影が映った。竹上だ。競り合っては、確実に奪われる。どうしよう、どうしよう。

投げろ――。

自分の声が聞こえた。シュートだ。春輝はとっさに膝を折り、全身を伸ばしながら思い切ってシュートした。竹上の指先は、わずかに届かなかった。

ボールが指先から離れた瞬間、春輝の耳から音が消えた。

茶色の球体はゆっくりと放物線を描き、リングの手前ぎりぎりに当たって、一度高く跳ね上がった。そのまま、リング上で小さく何度も弾んでいる。

入れ。入ってくれ。

ボールは、まるでじらすようにリングの上をぐるぐると回転し、ようやく、しぶしぶという感じで、内側に落ちた。

そのさまをぼんやり眺めていた春輝は、リスタートした敵の選手が攻め入って来て、ようやく、ああ得点したのだと実感した。

「やった同点だ」

「ハルキ、くっつけ」

仲間の指示が飛ぶ。ゲームが止まらない以上、得点の余韻にひたる隙はない。しかし応援団の歓声は、いまやほとんど春輝に向けられている。

やったぞ、決めたぞ――。

わずか十二年ではあるが、いままで生きてきた中で、最高に気分がいい。

試合は、結局二点差でラビッツが勝った。

月曜日に登校すると、クラスの連中は試合結果のことを知っていた。

学校対抗ではない、ただのクラブチームの試合だ。しかし、ラビッツの弱小ぶりが有名だったのと、相手チームの主力メンバーが、何かとライバル意識を持ちがちな、隣の市の児童だったため、ちょっとした快事として朝から話題になった。

なかでも、春輝の活躍に注目が集まっていた。

エースの雅司はその十倍も得点していたし、春輝のシュート後も、相手のエースともどもゴールを決めている。つまり、ラスト時間切れ寸前の劇的なスーパープレー、というわけでもなかった。皮肉なことに、ふだんほとんど目立たない春輝のファインプレーだからこそ、盛り上がっていたのだ。

「ハルキも、やるときゃやるね」

何人もがそういって肩を叩いた。

春輝は、尚彦の席をちらちらと見た。

尚彦は、結局十分ほどしか出番がなく、ボールにほとんど触れないまま試合が終わった。大輔に至っては、一度もコートに立てなかった。帰り道、尚彦と大輔はずっとひそひそ話をしていて、春輝が話しかけても完全に無視された。

こんなことがきっかけで、いままでの友情にひびが入ってしまうなら、試合になど出なければよかったと思った。

尚彦は春輝にとって数少ない――いや、たったひとりの心許せる友人だったから。

4

春輝は幼稚園のころからずっと、あまり人望を集めたこともない代わりに、あからさまないじめを受けた経験もない。要するに、いてもいなくてもどっちでもいい、という扱いをされていることは自分でもわかっていた。

仲間はずれというわけではないから、空き地で三角ベースの野球をやったり、缶蹴りなどをするときは、ごく普通にメンバーとして誘ってもらえる。それで満足だった。

ただ、春輝が小学一年生のときに発売になった、『ファミコン』を買ってもらえた仲間の割合が増えていくにつれ、外遊びが減り、親しい二、三人だけで、ソフトを持ち寄って部屋の中で遊ぶ傾向が出てきた。

そうなると、買ってもらえそうもない春輝は蚊帳の外だったが、特別寂しいとも思わなかった。誘いがかからないときは、ひとりで本や漫画を読めばいいからだ。

小学三年生の五月に、小田尚彦が東京から転校してきた。

尚彦とは、クラスは別だったが、家が近く同じ通学班だった。東京から来たというだけで、なんとなく服の趣味や髪型までが垢抜けた感じがして、しばらくは近寄りがたい印象すらあった。

その尚彦が、いじめられているのではないかと思いはじめたのは、夏休みを過ぎたころからだ。

一斉下校のときに、尚彦が膝をすりむき、シャツにも泥をつけているのに気づいたのがきっかけだった。そのあとも、それとなく様子をうかがうと、いつも服のどこかが汚れていたし、時には破れていた。ランドセルも、ほかの子に比べて傷が多く、形も歪んでいるように見えた。そして人通りの少ない道に出ると、尚彦は必ず走って帰っていった。

気にはなったが、気さくに「だいじょうぶ?」と話しかけることはできない。まして「いじめられているの?」などとは絶対に訊けない。

四年生に進級すると、その尚彦と同じクラスになった。

自分自身が、置き忘れられた観葉植物のように、目立たずに過ごしている春輝は、飼育小屋の隅でうずくまるウサギのように、おびえた目で体を硬くしている尚彦のことが、ますます気になった。

四年生になって、尚彦をいじめていた男子グループとは別のクラスになったが、ときどき学校帰りに待ち伏せされて、突き飛ばされたり、ランドセルを蹴飛ばされたりしているようだ。

「東京臭い」と陰口をたたかれている。

尚彦の父親は、岐阜市郊外にある、自動車関連部品メーカーの工場に勤めていると聞いた。ほとんどは、理髪店のお客さんの噂話が情報源だ。

東京でジンジブとかいう仕事をしていたが、何か問題があって、地方工場に〝飛ばされた〟らしい。サセン、という単語も耳にした。母親は、自転車で通える食品加工会社でパートをしている。この母親が、どうせすぐに東京に戻るから、だとか、このあたりは買い物が不便でしかたない、などとこぼしたことが、大人から子どもへ伝わって嫌われだしたようだ。

尚彦の両親は、いじめに気づいていないのかもしれなかった。

春輝は、先生に相談しようかとずいぶん悩んだが、もしこれが自分だったら、親だろうと教師だろうと、とにかく大人には知られたくないはずだと思って、踏み切れずにいた。

同じクラスになってから、尚彦と普通の会話はかわすようになっていたので、梅雨に入って何日か雨が続いたある日、思い切って誘ってみた。

「ねえ、学校が終わってから、うちで野球盤やらない？　人生ゲームでもいいけど」

机に座って、ノートにゲームのキャラクターを描いていた尚彦が、ゆっくりと顔をあげ、なんとなく疑うような表情を浮かべた。

「家で？」

「あ、いやならいいんだけど」

あわてて手のひらを振った。

少しのあいだうつむいて何か考えていた尚彦は、顔をあげて、じゃあ行く、とうなずいた。

「ファミコン持っていくよ」

「すごいなあ。ぼくんちなんて、買ってくれないよ」

春輝の父親が「目も頭も悪くなるからだめだ」と決めつけているのだ。

「ソフトも三本ある」

尚彦は、ようやく自慢げに人差し指で鼻の下をこすった。

それが友達づきあいのはじまりだった。


春輝の両親は、日中はそろって店に出ている。店の名は『おおさと理髪店』だ。父が客の頭を刈り、母がそれ以外の雑務全般を受け持っている。床を掃いたり、蒸し器におしぼりを並べたり、いくらでも仕事はある。

客足が絶えた隙を見計らって、母がちょこちょこと家事をしに家の中に戻ってくるが、子供にかまっている時間がないことを、いつも気にしていた。

だから、春輝に初めてできた親しい友人の存在が、とくに母親には嬉しかったらしい。尚彦をつれて帰ると、近くの食料品店でアイスキャンディーかコーラを買っていいと、臨時の小遣いをくれる。ときには、ひとブロック離れた洋菓子店で小さなケーキをひとつずつ買ってもらえることもあった。

遊びにくるようになって何度目かに、ひさしぶりに尚彦が膝をすりむき、シャツに泥の汚れをつけていることに気づいた。思い切って聞いてみた。

「だいじょうぶ？」

尚彦はただ「転んだだけだよ」と答えた。

何度かそんなことが続いたので、春輝はとうとう母親に相談してみた。母は、真剣に耳をかたむけていた。その後母が誰にどんな話をしたのか、働きかけをしたのかわからない。ただ、何日か経って、いじめっ子たちのお母さんが、何人か校長室に入っていった、という噂を聞いた。

気がつけば、尚彦の服が汚れているのを見なくなった。それと同時に、春輝が誘っても、尚彦は家に遊びに来なくなった。

三回連続で「用事があるから」と断わられたとき、もしかすると避けられているのかもしれないと思った。

二週間ほど気まずい関係が続いたころ、一斉下校で一緒に帰る機会があった。すぐ前を歩く尚彦が、ふいに振り返った。

「なあ、大里、おれのこと、誰かに言っただろ」

このころはまだ、ハルキというニックネームで呼ばれていなかった。尚彦に呼び捨てにされたのは初めてだ。相当怒っているらしい。

春輝は、つい「言ってないよ」と首を振ってしまった。嘘をつくつもりはなかったのだが、尚彦がいじめられていることを隠したがっているのは気づいていた。

「ほんとか」

「ほんとだよ」

尚彦の目は、納得したようには見えなかった。

春輝はひと晩悩んで、ひとつの決心をした。

翌日の放課後、自分の秘密を教えるからと尚彦を家に誘った。

「秘密ってなんだよ」

「誰にも言ったことがない秘密があるんだ」

「まあ、行ってもいいけど」

部屋に入ると、尚彦にもういちど念を押した。

友達だから見せるけど、ぜったいほかの人には秘密にして欲しい、と。

「約束できる？」

「しつこいな。できるって言ってるじゃん」

何をもったいぶってるんだと言いたげだ。

春輝は、つまんだシャープペンシルを目の高さまで持ち上げ、指を離した。ペンは落ちることなく、そのままの位置に浮いている。

驚いた尚彦が、顔を近づけてじっとみつめた。

「これ、手品？」

「違うんだ」

尚彦は爆発物にでも触れるかのように、かすかに震える指を、空中で静止しているペンにゆっくり伸ばした。その爪の先が触れるか触れないかというところで、吊っていた糸が切れたように、ペンは床に落ちた。

興奮の冷めない尚彦にせがまれて、消しゴムと鉛筆でもやってみせた。

「すげえじゃん。重たいのでもできる？」

春輝が答える前に、尚彦は春輝の机にあった動物図鑑を放り投げた。しかし、図鑑はそのまま止まることなく、ばしゃっと床に落ちた。

「軽いものじゃないとダメなんだ」折れ目がついてしまった図鑑を拾いながら弁解した。

「ふうん」

尚彦は、まだ完全には信用しきっていない顔で春輝を見ていた。

秘密を共有しているという思いが友情の証なのだと、春輝は信じていた。現にそれ以降、ふたりの仲は回復したように思えた。

尚彦は、お父さんのお古だという、コンパクトカメラを持っていた。あるときそれを持ってきて、少し自慢げに二、三回シャッターを押してみせたあとで、証拠写真を撮りたいと言い出した。

春輝は迷ったが、尚彦の強引さに負けて、とうとう協力することになった。シャープペンシルと消しゴムと丸めた尚彦の答案用紙を浮かべて、写真に撮った。

「撮ってもいいけど、絶対に誰にも見せないでね」

「わかってるって」

五年生になってクラスが別れたが、きまって放課後は一緒に遊んだ。尚彦が、春輝に対してどの程度の友情を感じているのかはわからないが、少なくとも、毎日行動を共にする友人はほかにいないようだった。

尚彦が持ってくるゲームもやったが、親に内緒で長良川で釣りをしたり、自転車を漕いで一日がかりで名古屋まで往復したり、そんなふたりだけの冒険もよくした。ただ、たまに、ほんとにたまにだが、遊んでいるときに、尚彦は突然ふっと黙ってしまい、春輝の表情をうかがうような顔をするときがあった。「どうかした」と尋ねると「なんでもない」と首を振る。春輝は、きっといじめられていたころのことが心に強く焼きついていて、他人に警戒心を抱いてしまうのではないかと想像した。

六年生になってまた同じクラスになり、もっと親しくなれると思っていた矢先に、ミニバスケのレギュラー問題が起こったのだった。

5

「ハルキ。もしかして、バスケのときあれ使った？」

〝朝の時間〟が終わり、一時間目の授業が始まる直前のざわめきの中で、尚彦が言った。わざと皆に聞こえるように大声を出したようだ。

「あれって？」急に不安になる。

「あれだよ、あ、れ」

意味ありげに区切って強調する。春輝を囲んで、まだバスケの話題を引きずっていた級友たちが、興味を抱いた。

「あれって何？」

「何、何？」

好奇心の強い何人かが、すかさず割り込んでくる。

春輝は笑おうとしてうまくいかないまま、身を硬くしていた。

「あのワザ使ったんだろ。ほんとのこと言えよ」

尚彦が、あきらかに周囲を意識して声を張り上げた。

「だから、ワザってなんだよ。教えろよ」

男子の何人かが食いついた。

春輝は目の前がぼんやりしていく感じがしてきた。

間違いない、尚彦はあのことを話題に出そうとしている。それだけはやめて欲しい。

お父さんにもお母さんにも、そんなことをしゃべってはいけないと、釘を刺されている。

尚彦だけに特別に教えたのだ。

「なあ、みんなにも見せてあげろよ」

「だからなんだよ、何」

「何、何」

しびれを切らした連中が騒ぎだした。

約束を破ったな――。

しかし口に出して抗議はできない。春輝がうつむいたまま何も応えないので、周囲はますます盛り上がっていく。

「もったいぶらないで見せろよ」

わけもわからないまま、怒り出すものまであった。

「み、せ、ろ」

「み、せ、ろ」

動悸が激しくなってきた。額に汗がにじんで流れた。涙まで浮いてきそうになったので、素早く目を瞬《しばた》かせた。

はやしたてる声がどんどん大きくなってゆく。ほんの少し前まで、ミニバスケでの春輝の活躍を賞讃していた連中が、一転してつるし上げの集団に変わりつつあった。瞬《まばた》きでごまかすのも限界に近づいたとき、一時間目がはじまるチャイムが鳴り、すぐに担任の藤本教諭があらわれた。

「おう、何を騒いでる。さっさと着席しろよ」

結局、このあとの算数の授業で出された宿題に、みんなの気持ちが行ってしまい、次の休み時間になるころには、騒動のことなど誰も覚えていなかった。尚彦にも、もう一度蒸し返すエネルギーはなさそうだった。

このことがあってから、尚彦とほとんど口をきいていない。

放課後は、尚彦と大輔が一緒に遊んでいるところを、よく見かけるようになった。春輝は以前にも増して、部屋に閉じこもるようになってしまった。

ある日、心配したらしい母が、部屋をのぞきに来た。

「最近、尚彦君は遊びにこないのね」

そう言いながら、マンガや教科書が乱雑に積まれた、春輝の机の上を整理し始めた。

「やめてよ」

照れ隠しに抗議する。

「こんなに散らかっていたら、勉強なんてできないでしょ」

消しゴムのかすを集めながら、歌を口ずさみ始めた。

母は、美濃太田にある合唱クラブに入っていて、週に一度、練習に通っている。なんでも、もともと音楽の道に進みたかったのだけれど、親が許してくれなかったため、しかたなく夢をあきらめ、名古屋の短大を出たあとは、父と結婚するまで地元の企業に勤めたのだという。

歌といっても、歌謡曲やポップスはあまり歌わない。クラシックや、合唱用の曲だ。家でもときどき練習している。合唱クラブで歌ったものをカセットテープに録音して、散髪の客にせがまれると、たまに店内でも流している。歌好きの客は一緒に口ずさんだりする。

母は特に、アイルランド民謡というのが好きらしい。その中に『春の日の花と輝く』という曲がある。歌詞がなんだか古臭くて、春輝には意味が半分も理解できないが、なんとなく心が晴れるような、明るい雰囲気のメロディが嫌いではなかった。

ところが去年、母から衝撃的なことを聞かされた。

「あなたの名前は、この曲から取ったのよ。春の日に花と輝くようにと願って、春輝」

ショックだった。とんでもない出生の秘密を教えられたような気がした。それ以来、この曲を聞くたびに、背中がむずがゆくなる気がする。恵みの秋に生まれたから秋恵、だという姉が羨ましかった。人に聞かれたら、いままでどおり「春に生まれたから春輝」なのだと説明しようと決めた。

母は、尚彦との関係をしつこく追及することはなかった。

ざっと部屋の整理を終えると、「今日は、春輝の好きなクリームシチューよ」と言い残して階段を降りていった。しばらくすると、空きっ腹を刺激するシチューの香りが、階段をのぼってきた。

6

テレビ局から連絡が来たのは、五月の終わりだった。

バスケの試合があってから、ひと月ほどが経っていた。平日の夕方で春輝は家にいなかった。あとから母に聞かされたところによると、

〈そちらの息子さん、不思議な能力をお持ちだそうで〉

相手の男は、電話に出た母に、いきなりそう言ったそうだ。

気軽で馴れ馴れしい口調だったらしい。有名な東京のテレビ局の名を出した。

「何かの間違いではないですか」

〈大里春輝君のお宅ですよね。実は、視聴者の方が送ってくれた写真がありましてね〉

電話を替わった父の哲男が、電話口に向かって「どこで聞いた」ときつい調子で言っ

た。脇で聞いていた母は「あっ」と思ったらしいが、すでに遅い。

〈てことは本当なんですね。いえね、最近、ちょっとブームが再燃したもんだからって、自分から売り込んでくるインチキばっかりで〉

「だから、何かの間違いだ」

〈今度、うちで『超能力少年特番』やるんですよ〉

父が否定しても聞く耳を持たない。はじめから決めつけていて、一方的に話を進める。取材に行きたいのだがいつが都合いいか、と聞いた。

「断る」

〈は?〉

「うちは、そういうことはお断りなの」

〈あのう、テレビですよ〉

「テレビだろうと新聞だろうと、だめなものはだめだ」

相手の男は〈もしかして、そちらテレビが映らないんですか〉と訊いたらしい。

「ばかやろう」受話器をたたきつけた父が、鼻息を荒くして怒った。「テレビっていえば、ありがたがると思っていやがる」

「でも、どうしてテレビに出ちゃいけないの」

帰宅してその話を聞かされた春輝が、夕食の支度をはじめた母に訊いてみた。父はまだ店で客の頭を刈っているから、聞こえる心配はない。

「春輝は出たいの？」

母が店のほうを気にしながら声を低くして訊き返す。

「出たくない」春輝はほおの肉が揺れるほどの勢いで顔を振った。「やだよ。恥ずかしいから」

「だったらいいじゃない」

「うん」

テレビに出るのは恥ずかしいが、誘いが来たことは、なんとなく晴れがましかった。尚彦に話したら喜びそうだ。なんとかこれをきっかけに、仲直りできないだろうか――。

そこまで考えたとき、あっ、と気づいた。

もしかしたら、尚彦が連絡したのかもしれない。「視聴者の方が送ってくれた写真」と言ったそうだ。そんなものを持っているのは、尚彦しかいない。

晴れかけた雲がまた広がっていく。最近、尚彦とほとんど会話がなくなって、何を考えているかわからない。

「お父さんが断ってくれるから大丈夫よ」

「うん」

きっとそれが一番いいのだろう。

テレビ局から電話があって、一週間ほど経った。

小学校の昇降口でスニーカーを履き、つま先をとんとんやっているところに、同じクラスの男子がふたり駆け込んできた。

「ハルキ、大変だよ。早く、早く」

息を切らしながら、春輝の腕を引っぱる。

「ええっ。何さ」

「いいから、早くって」

両腕を引かれて校庭を行くと、向こうからさらに数人が駆け戻ってくる。女子もまじっている。

「早く早く。テレビだって」

口々にそんな意味の言葉を吐いている。

なんのことかさっぱりわからない。みんなはなぜか興奮気味で、てんでに春輝の腕を引いたり、背中を押している。とうとう校門から引きずり出された。

正門から少し離れたやや道幅の広くなったところに、見慣れない車が停まっていた。パイプや階段のようなものが車体にはめこまれ、屋根にはレーダーみたいな円盤がついている。

横腹に大きく、《MNCテレビ》と書いてあった。いやな予感がした。

「こんちは。きみが大里君？　大里春輝君だよね」

薄い茶色のサングラスをかけ、白いポロシャツの上から、ピンクのトレーナーを羽織った男が話しかけてきた。なぜかトレーナーには袖を通さず、肩に羽織っている。このあたりでは、ほとんど見かけない恰好だ。名前をきちんと知っているということは、事前に調べてあるようだ。

　すぐ隣には、宇宙人を撃退するレーザー砲のような機械を担いだ男がいて、その後ろで、大学生くらいの汚らしい恰好をした男が、まるめたコードを持っている。これがテレビカメラなのかもしれない。もうひとり、小さな脚立を持った若者もいる。

「大里君でしょ」

　もう一度聞かれ、ついうなずいてしまった。周囲の児童たちも「そう、こいつこいつ。こいつが大里」と得意げに応える。

　サングラスの男が、カメラを担いでいる男に、指をくるくると回して合図をした。カメラマンはカメラに顔を押しつけ、その先端を春輝に向けた。巨大なレンズが、春輝を見つめてきらりと光った。

「ぼくたちは、《メガネットチャンネル》のものだけど、ちょっと話を聞かせてもらっていい？」

　撮影がはじまったのかもしれない。さっきまでと、声の質が少し違っていた。この男は、家に電話をかけてきた男か、その仲間に違いない。

「きみ、超能力が使えるってほんと？」

　いきなりマイクをつきつけられた。

　のけぞりながら、首を左右に振る。

「これ、きみだよね」

　男が、セカンドバッグから写真を一枚取り出して、春輝に見せた。宙に浮いたシャープペンシルと、その向こうで真剣にそれを見つめている、春輝の顔が写っていた。

やはり、連絡したのは尚彦だった。

誰にも見せないという約束をしたはずなのに、見せるどころか、テレビ局に送りつけたのだ。

「ねえ、何？　なんのテレビ？」

周囲を取り囲んだ男子が、興奮気味にカメラに向かって叫ぶ。

「ああ。悪いけど」サングラスの男が周囲を見まわした。「まわりの子はちょっと静かにしてくれる？　大里君の話、撮りたいから」

不服そうなざわめきが広がった。

「ねえ、大里君。ちょっとここで、やってみせてくれないかな」

そう言って、カメラマンの胸にささっていた、ボールペンを抜いた。

「これ、ちょっと浮かせてみてくれる」

返事をする間もなく、男がペンを離した。ペンはそのままますぐ落下して、アスファルトで小さく跳ねた。

「あれ、ちょっと調子悪いかな。もう一回いい？」

ぽとり。

「止めろ」

サングラスの男はカメラマンに指示を出すと、春輝の肩に手を置いた。

「きみ、ちょっとこっちに来てくれる。おまえらは、押さえとけ」

助手らしき若者ふたりは、押し合いながらピースサインを出している、ほかの児童たちが近寄れないように押し戻している。

車の陰に回り、話が聞かれそうもない場所までくると、男がしゃがんだ。春輝にも腰を下ろすよううながして、肩に手をまわした。店でも嗅いだことのない化粧品の匂いがした。

「ねえ。ひとつ、はっきり聞かせてほしいんだ」ぽんぽんと、軽く背中を叩く。「こっちも忙しいしね。関ヶ原のツチノコ騒ぎの帰りに、わざわざ寄ったんだしさ」

「ツチノコ?」

「ああ、オカルト好きなタレントが、取材に行きたいってうるさくてな。結局、温泉泊まって美味いもん食って芸者——まあ、宴会やって終わりだ。ツチノコなんて、影も形もなし。朝になったら自分だけさっさと帰るし。こっちも手ぶらじゃ部長に——ああ、そんなことはどうでもいいや。ねえ、ちょっとでいいから、見せてくれないかな」

「お父さんが……」

「え? ごめん、よく聞こえない」

「お父さんが、——たぶん、ダメだって言うから」

春輝を見る男の目が、少し細くなった。小刻みにうなずきながら、考えていた。

「わかった。それじゃあ、お父さんのほうには、ぼくから説明しておくよ。あ、そうだ。いっそ東京のスタジオに来ないか。もちろん、電車代はこっちで出す。泊まりになると思うから、ホテルも用意するよ。興味あるだろ?」

あまりに簡単に、東京に来ないかと言われて、めまいがしそうになった。考えたこともなかった。ホテルなんて、テレビの旅行番組でしか見たことがない。家族で旅行に行ったことは何度かあるが、いつも小さな旅館だ。ひょっとしたら、両親も喜ぶのではないだろうか。

「そうだ、紹介してくれた友達も一緒でいいよ。ええと——」

周囲がざわめくので春輝は顔をあげた。いつのまにか、周囲を大勢にとりかこまれている。男は若者の頭を叩いた。

「ばかやろ、押さえとけって言っただろうが」

「すんません。でもトモマツさん、このガキどもすばしこくて——」

「まあいいか。あ、きみ、連絡くれたきみ」

「はい」

トモマツという名らしい男に手招かれ、やや強ばった表情で返事をしたのは、やはり尚彦だった。

「親友なんだってね」春輝に視線を戻す。「もしあれだったら、彼も一緒でいいよ。ただ、ちょっと彼の家族の分は無理だなあ。彼ひとりぶんぐらいならこっちでもとう」

「ほんとですか。すっげえ」

尚彦が興奮した。すげえすげえと言いながら、クラスメイトの腕をつかんでゆすっている。

「東京のテレビ局だぜ。ホテルだって」

「ただしその前に、本当かどうかやってみせてもらわないと」

「でも……」

口ごもる春輝に、さらに人数を増した野次馬から声がかかった。

「やっちゃえよ」

「見せちゃえ」

「見せろ」「見せろ」「見せろ」

何のことかもわからない連中が、はやし立てる。

「ほら、みんなの期待に応えないと」

「でも」

「男はビシッといかないと」

「――じゃあ、ちょっとだけ」

落ちていた小石をつまんだ。顔の高さあたりに持ち上げ、意識を一点に集める。

「お、ちょっと待った!」

トモマツは急にきびきびとした口調になって、カメラマンに何か指示した。

「いいか。サン、ニィ」イチと言う代わりに、指先をぴしっと鳴らした。

春輝は息を止め、つまんだ石を離した。

初めて目撃することになるクラスメイトたちの中から、小さなどよめきが広がった。

騒ぎを聞きつけた教師が何人か、校門から飛び出して来て「何してるんですか。あなたがたなんですか」と大きな声をあげたので、撮影騒動は終わった。

トモマツは興奮気味に「撮れたか、撮れたか」とカメラマンに尋ねていた。

家に戻ってから、父親はもちろん母親にも、テレビ取材のことは打ち明けられなかった。ホテルに泊まれるかもしれない嬉しさなど、とっくに消し飛んでいた。このあとどうなるのか。ものすごく気になる。仕事を終えた父親にチャンネルを奪われるまで、ずっとMNC系列のテレビを見続けたが、春輝のこともツチノコのことも、まったく出てこなかった。

翌朝は、顔も洗う前から新聞のテレビ欄をチェックした。早朝から深夜まで、番組をひとつ残らず指先でなぞりながら確認したが、それらしき文字は見当たらなかった。

登校すると、教室全体が昨日の余韻で、ざわついた雰囲気だった。春輝に話しかけたそうだが、お互いに牽制して様子を見ているように感じた。

〝朝の時間〟の前に、担任の藤本教諭が春輝を呼びに来た。

「大里、一緒に来なさい。ほかのみんなは、静かに自習をするように」

一方的に告げて、すぐに教室を出て行く。

春輝は、早足であとを追った。昨日のできごとに関係があるのではないかと思うと、泣きたいような気分だった。

藤本教諭は応接室の扉を開け、中に入るよう指示した。

大きなテーブルの前で待っていたのは教頭だった。春輝と藤本教諭が椅子に腰を下ろすなり、昨日の下校時の騒ぎは何事だったのか、きみが超能力を使ったとかいう噂があるが本当なのか、と尋ねた。

春輝は、友達の勘違いです、超能力なんて使えません、と消え入るような声で応えた。

「ほら、そんなことだと思いましたよ」藤本教諭が眉根を寄せて教頭を見た。「もしも超能力なんてもんが使えたら、大里だってもう少ししゃきっとしてるはずです」

教頭はうなずいて、それでもまだ渋い顔で言った。

「しかし、昨日のような騒ぎは、教育上も体面上もよろしくないでしょうね」

「わかりました」藤本教諭は、あらかじめ準備していたように即答した。「児童たちには注意しておきます」

教室に戻ったのは、すでに一時間目が半分ほど過ぎたころだった。藤本教諭は、騒ぎ回っている児童たちを、まずは怒鳴りつけて静かにさせ、いいかみんな、と切り出した。

「知っている者もいると思うが、一部でなんだかおかしな噂が広まっているらしい。どんな噂かというと、まあ科学的ではない、マンガみたいな話だ。テレビだとか週刊誌だとかは、いいかげんで人を食ったような話に飛びついてくる。だからみんなはそういう噂を聞いても、信じたり、まして広めたりしないように――」

妙に焦点をぼかした担任の注意が終わって、普通の授業が始まっても、春輝は伏せた顔を上げることができなかった。

先生に禁じられたため、その後は教室内で春輝の特殊な能力について、話題に出すものはなくなった。しかし、口に出せないので、むしろもやもやとした雰囲気は、なかなか消えなかった。

学校での居心地の悪さは続いたが、何日経っても、テレビで放映される様子はなかった。もう少し辛抱すれば、みんなも忘れてくれるだろうと期待していた。

その電話がかかってきたのは、取材騒ぎがあってから二週間後の、午後の六時四十分ごろだった。

父親はまだ店にいて、母親は夕食の支度をしている。春輝はリビングでアニメを見ていた。

廊下の電話台に置いた電話が鳴った。すたすたとスリッパの音がして、母の応対する声が聞こえてくる。

「はい、大里です。——あら、草野さん。こんばんは、何か——えっ？　テレビ？　いま、春輝が？　ほんとですか？　——はい。わかりました」

胸が高鳴った。全力疾走したあとのように、急に息が苦しくなった。

慌てた様子の母が、リビングに顔を出す。

「ねえ、なんだかお向かいの草野さんが、変なこと言ってるんだけど、チャンネル回してくれる？」

春輝は、言われるままMNC系のチャンネルに合わせた。

〈——ですねえ。どう思われます？　徳山さん〉

テレビでよく顔を見かける司会者が、三人ほど座っているゲスト席に意見を求めていた。

〈どうって、特撮じゃないの?〉

髪も髭も真っ白な初老の俳優が、やけに大きな声で応える。脇から、これもテレビによく出る、本業が何かよくわからない厚化粧の女が割り込んだ。

〈〝特撮〟って言いかた、徳山さんも古いわねえ。いまはSFXって呼ぶの〉

〈なんでもいいけどさ、さっきのツチノコだって、結局出て来たのは、何かの糞と這った跡だけじゃない。視聴者をばかにすんなって話だよ〉

司会者が、まあまあと笑ってから、カメラのほうを見て真顔になった。

〈いいですか、じゃあ、もう一回。今度はスローで流しますからね。今度こそ、ようっく見てくださいよ〉

司会者が指をふると、画面が切り替わった。

見覚えのある小学校が映った。学校名の看板にはぼかしが入っているが、地元の人間にはすぐわかる。場面が切り替わり、畑を背景に立っている子供が映った。ただし、首から下だけで人相はわからない。

《はたして、これは超能力か? 話題の小学生、謎のパワー》

ペンキ塗りの刷毛で書いたような、赤や緑の派手な文字が浮き出る。

「あ、ほんとだ。何これ、春輝じゃない」

母親が頭のてっぺんから突き抜けたような声をあげた。顔は見えなくとも、春輝自身はもちろん、家族やあの場にいた人間なら、それが誰かはすぐにわかるだろう。

画面の中では、首から下だけ映った春輝が、トモマツという男の合図でいくつかのことをやらされていた。小石。ボールペン――。

《はたしてこれは本当に超能力か！》

「か」と言いながら、完全に決めてかかっている。

スタジオの風景に戻り、司会者が首をひねった。

〈いやあ、不思議なこともあるもんです。番組では、いまこの少年に出演をお願いしているところで……〉

「ちょっと、お父さん、大変。大変」

母が店に飛び出していった。

3　二〇一四年　楓太

1

週初めの朝は、いつも会社に行きたくない。

宮本楓太には、人に自慢できるほどの規則正しい習慣はなかったが、月曜の朝にベッドの中で身もだえすることだけは、ここ二年ほど欠かしたことがない。

しかし、今朝は少し違った。

早く出社したい。だからといって、早く仕事がしたいわけではない。

一刻も早く、八万円あまりを経理に提出するためだ。

金曜の夜、ブティック・ノムラから集金した金を経理に入金せず、スーツのポケットに入れたまま会社を出てしまった。すぐに気づいたのだが戻りたくなかった。どうせ経理の連中だって、銀行に行くのは月曜だ。実質的な損害を与えるわけではない。ただ、使わなければいいのだ。

そう気軽に考えていたのだが、この誘惑は大きかった。

目の前に現金が八万円あって、それを会社の人間は誰も知らない。

もともとノムラは、一カ月ぐらい平気で支払いを延ばす客なのだ。クレジットの引き落としまであと数日、楓太の口座へ一時的に〝保管〟しても、気づかれる可能性はほとんどない。

もちろん、そんなことをしたら犯罪だ。

でも、絶対に誰にも知られず、誰にも損害を与えないなら——実際は蟻の耳かすほどの利息がつくのかもしれないが——許されるのではないか。

この葛藤にもんもんとして、しかもどこかで憂さ晴らしする金もなく、部屋に閉じこもって古い漫画を読んだり、ネットでアダルト動画を見たりして時間をつぶした。

こんなとき、「お金がないなら、わたしお弁当を作って行きます」などと言ってくれる、殊勝な彼女が欲しい。もう美人はこりごりだ。やっぱり女は愛嬌だ。

そう思ったら、ボランティア女のことを思い出した。

こっちは好感を持ってやったのに、向こうは喧嘩腰で来た。くそう、また腹が立ってきた。思い出さなければいいのに、つい考えてしまう。

まさか、好きになったのかよ——。

やめとけやめとけ、どこの誰かも知らないんだから。

そんなどうでもいいことを考えながら、なんとか二日間をしのいだ。

月曜の朝、普段より一時間も早く目が覚めて、この艱難辛苦を乗り越えた自分が、また少し成長したような気がして、日頃はあまり袖を通さない少し高いスーツと、めったにつけないブランドもののネクタイを締めて家を出た。

これだけで気分がいい。道ですれ違う人も、なんとなく自分を見る目が違うようだ。ひそひそ話をしている女子高生とすれ違うと、自分が噂されているような気がする。「あの人、ニノ君に似てるね」とかなんとか。

浮かれ気分は、千駄ケ谷駅の改札を抜ける時に突然冷めた。集金した銀行の袋は、いつもの着古したスーツの胸ポケットに入ったままであることを、今思い出した。

つまり、八万円はまだアパートにある。


『パサージュ』の本社は、渋谷区千駄ヶ谷にある。

ＪＲ千駄ケ谷駅から歩いて数分、東京体育館の南側に位置する、五階建てオフィスビルの三階と四階を借りている。このあたりには、個人経営に近いような会社から、パサージュのような中堅どころまで、アパレル関係の企業が多い。

東京オリンピックが決まって、会社からすぐ近くの、国立競技場が建て替えられるらしい。詳しいことは知らないが、このあたりも再開発されるという噂でもちきりだ。しかし、会社が入っているのは賃貸ビルだから、資産価値の上昇など関係ない。移転することにでもなれば、ただ面倒が増えるだけだ。

ただ、自分の懐具合に関係がないことなので、あまり関心がない。世間では「税金が」と騒いでいるが、威張るほどの税金も払っていない。

足早に出勤するスーツ姿の男女に追い越されながら、東京体育館脇の歩道を、肩を落として歩いていた。この二日間の血がにじむような我慢は、そして今朝のあの高揚感は一体なんだったのか。

「おはようござあーっす」

どこの方言だよと突っ込みたくなるようなおかしな挨拶をして、隣席の大柴が追い越していった。大柴は一年後輩で、楓太は嫌いではないのだが、きっと悩みなんかなんにもないだろうと思わせる、能天気な男だ。もう少し大人になったら、飲みに誘ってやってもいい。

朝礼が終わるなり、楓太は事務作業を手早くまとめて、さっさと会社を出た。

勤務中にアパートに寄ることにした。

中央線高円寺の駅から北へ向かう。距離でいえば、西武新宿線の野方駅のほうが近いのだが、「おれ、高円寺から通っているんだ」と言いたいばかりに、若干遠い道を歩いている。

ただし、いままでただの一度も、誰かにＳｕｉｃａの印字を見せる機会はなかった。最近では、そもそも高円寺までの定期が自慢になるのか、という根源的な疑問が湧いてきていた。

部屋に戻り、スーツのポケットから金を抜きだしかけて、手が止まった。やはり、スーツごと着替えることにした。普段と違うことをしたりするからこんな面倒なことになったのだ。

出鼻をくじかれるってこのことだな、と思った。せっかく今日は元気よく出社したのに、足をすくわれたような気分だ。

部屋で着替えて、高円寺駅まで戻る途中の小さな公園で、ひと休みすることにした。もったいないので缶コーヒーは我慢する。さっき電車の網棚から拾ってきた週刊誌を、読むともなしにぱらぱらめくる。普段は週刊誌など読まないのだが、せっかく拾ったので、グラビアアイドルの水着写真でも載っていないかと思っただけだ。ふと、興味を引く見出しがあった。

《転がり込んだ幸運！　本当にあったジャパニーズドリーム。次は貴方か？》

特集記事だ。胡散臭いと思いつつ《転がり込んだ》の文字に惹かれる。

登場人物たちの半生などは読み飛ばして、ほんとうに自分に降ってくる可能性のありそうな幸運なのかどうかだけを検証する。

たしかに、興味深いストーリーが並んでいる。

たとえば、万札をくずそうと思って買った、たった千円分のロト6で一億円当てたサラリーマンだとか、就職先がなくて腰掛のつもりでIT関連の小さな会社に入り、給料の一部としてもらった自社株がその後急騰して、時価数千万円になった二十代の男とか、まさに夢のような、それでいて「もしかしたら自分にも起きないとも限らない」話がいくつも紹介されている。

その中で一番気になったのが、『北海道のシンデレラガール』の話だ。

札幌に、貸しビル業などで成功した、資産総額数十億円ともいわれる富裕の男性がいた。

七十代半ばの彼はすでに妻を亡くし、子どもはおろか、甥や姪といった法定相続人もいない。いってみれば〝天涯孤独〟の身だった。いくつかある趣味の中で、一番熱心なのが蝶の蒐集で、自分で捕まえたり、人と交換したりしていたそうだ。

もちろん、蝶ならなんでもいいというのではなく、シジミチョウの仲間が専門で、彼が発見した新種もあるのだという。この男性があるとき、同好の集まりでひとりの女子大生と知り合う。

ここが奇跡的な出会いなのだが、彼女もまた、シジミチョウのマニアだった。すぐに意気投合し、女子大生はあししげく、資産家男性の屋敷を訪れるようになる。男性は、知人や顧問弁護士から「くれぐれも注意するように」と忠告を受けたが、彼女は食事のもてなし以外、一切の金品を受け取らなかった。男性は「家族でもこれほど心を許すことはない」「金目当てであろうとかまわない」とまで言い出し、人生最後の温かな日々を過ごし、ほどなく癌で亡くなった。

遺言によって、遺産のうち大部分は、蝶の研究や保護にかかわる団体、さらには博物館などに寄付されたが、一割ほどがこの女子大生に渡されたという。プライバシー保護のため、個人を特定できる情報も金額もあきらかにされていないが、時価にして五億はくだらないのではないかという説がある。

楓太は誌面から顔をあげて、公園内を見回した。蝶を探したが、見つからない。五億の価値がある蝶とは、どれほど美しいのか、スマートフォンで〝シジミチョウ〟を検索してみた。意外なことに、地味で小さな蝶だった。

こんなもので五億——。

もしも自分に五億円くれるなら、蝶だろうが大嫌いなゲジゲジやカマドウマ——実家の納屋の裏に転がっている鉢をどかすとぞろぞろ出てくる——だって、一緒のベッドに寝てもかまわない。

こんな幸運に、いったいどうやったらめぐり合えるのだろうか。

うらやましくもあり、妬ましくもある。長いため息がもれた。

やっぱり運だべな、と思う。すべては運だ。美女に生まれてくんのだって、金持ちの御曹司に生まれんのだって、全部運しだいだ。努力で切り開ける未来なんて、たかが知れてっぺ。

運命の神様なんて、信じねえし、もしいればぶっくらしてやりてえぐれえだ。

週刊誌を、そのままベンチに放り投げて立ち上がった。こんなとこでぐじぐじしてても、らちあかねえ。さっさと仕事いくべ。

駅のロータリーで、どこかの方言で電話に向かって怒鳴っている男を見かけた。「そげん」とかなんとか言っている。

地方からこれ以上東京さ来んなよ。せまぐなっから。

2

なんとか気持ちを奮い立たせて、何店か定期訪問をこなした。

最初の二、三軒を回るうちに、相手がおかしな顔をし始めた。

「なんすか？」

素直に尋ねると、「今日の宮本君、なんだか少しヘン。まじめな顔でふざけてるわけじゃないよね」と訝しむような表情を浮かべる。

「なんか、ヘンすか？」

「だって、なんだか語尾があがってるよ。『なんとかでぇ』って。あと、微妙に濁音だし」

三軒目の店員に決定的な指摘を受けた。

「もしかして、北関東出身？」

あっと思った。知らず知らずに、お国訛りが出てしまっていたのだ。いったいどういうわけか。もしかして、二日間も部屋に閉じこもって、ただただ八万円のことばかり考えていたから、素の自分が出てきてしまったのかもしれない。

あわててひとけのないトイレに駆け込んで、発声練習をした。

やはり、すべての不運の始まりは、あの女だった。

何もかもうまくいかないほうへ転がりだしたのは、吉沢亜樹《よしざわあき》に出会ってからだという気がしてならない。

同じ会社で働く亜樹は、高卒で楓太より三年先輩、つまり一歳年下だった。社内研修で初めて見かけたとき、清楚な美人というのは、彼女のためにある言葉ではないかと思った。人と話すときに、目は伏せがちで顔をわずかに赤らめる。遠慮がちに吐く言葉には、バラの香りが漂っているのではないかと思えた。

入社当時から気になっていたが、部署も違うので、軽く挨拶を交わす程度の間柄だった。いや、それは正直ではない、初めから高嶺の花とあきらめていた。

それが昨年の夏、新宿駅近くの歩道で、使いに出た帰りだという彼女と、ばったり顔を合わせた。

昼時だったので昼食に誘った。彼女がたまに行くという店に入り、彼女が勧めるパスタランチを食べながら、「今度飲みにいこうよ」と誘うと、あっさりうなずいた。

これは、スタートからゴールラインまで、一気に駆け抜けられるかもしれないと、胸の高鳴りを悟られないように、わざとむずかしい顔をしてみた。

翌日、やはり彼女お勧めの洋風居酒屋に行って、知っている限りのジョークネタを披露した。笑うときに口もとを手で隠す女性とつきあうのは初めてだった。楓太の話にうふふふふと笑いながら、軽く腕に触れたりする。好感度が１００％を超えた。

帰り際、冗談めかしてホテルに誘ってみたが、案の定断られた。まったく腹は立たなかった。むしろ、断るときに申し訳なさそうに顔を赤らめた、彼女の初々しい表情が頭に焼きつき、ほかの思考はほぼ完全に止まった。

デートが、一度きりでおしまいにならないかと、死ぬほど心配したが、二度目も気さくに応じてくれた。

何度か飲食の機会を重ねて、二カ月ほどが経ち、そろそろ機は熟したかと思いはじめたころ、親が入院するので金に困っている、と聞かされた。

ひと晩悩んで、なけなしの貯金の中から二十万円を下ろした。現金の入った封筒を渡した夜に、渋谷円山町のラブホテルで、初めて関係を持った。もう何も思い残すことはない、と思った。

亜樹は、見た目どおりに、控えめでいながら存在感のある体をしていた。内股のかなり付け根に近いあたりに、少し大きめの救急バンを貼っていることで、完璧さが崩れていっそう親しみを覚えた。

あまり経験がないらしく、ベッドでは消極的だった。シャワーを浴びたあと、うつむき加減に身支度する背中を見ていると、おれは宇宙で一番幸せだという、その夜すでに何度目かわからない思いが湧いた。

亜樹は、入院した親の世話をしなければならないとかで、その日以降は、仕事が終わったあとのデートが、ほとんどできなくなった。

無利子で二十万も貸したのに、という思いはあったが、あまりがっついては元も子もなくなる。それに親が大変なときに弱みにつけこむのは、いい気持ちではない。親思いのいい子じゃないかと自分を納得させ、何も思い残すことはないとさえ思った、あの夜を思い出して、我慢した。

〝結婚〟の二文字が頭に浮かぶ。こんな子を連れて帰ったら、兄貴だって地元の連中だって、ぶったまげるに違いない。

約束のひと月が過ぎて、やんわりと催促したら、もう少し待ってくれと言われた。ふた月が経つと、亜樹の態度があきらかによそよそしくなった。親が退院したという話も聞かない。こんなに長く入院する病気とはなんなのかと聞いたら、疑っているのかと泣かれた。

会社ではいつも忙しそうにしているし、携帯電話にも出ないようになった。仕事中に結婚式場の検索をして、いくつかに絞り込み始めていた楓太の心は曇る一方だった。

師走の風が吹くころ、ようやく会社の給湯コーナーで捕まえ、借金のことを多少きつく迫った。どんな言い訳をするのかと思いきや、亜樹は態度を硬化させた。

「酔ってるわたしを、ホテルに連れ込んだわよね」

顔を赤らめるどころか、不敵な笑みを浮かべている。造りが美人なだけに、すごみがあった。楓太はあわてて周囲を見回した。

「そんなの嘘だ」

抑えた声で抗議すると、亜樹はむしろ声量をあげた。

「わたしとしてるとき、もう思い残すことはないって思ったでしょ。二十万ぐらい何よ」

一気に顔が熱くなって、気がつけば口が半開きになっていた。

「大丈夫。あんまり上手じゃないこと、誰にも言いませんから」

もう一度冷たく笑って、静かに戻って行った。

五分ほど呆然と突っ立っているうちに、ようやくわかってきた。はじめからそのつもりだったのだ。

ベッドで消極的だったのは、恥じらいからではなく、単にめんどくさかったのだ。うつむいて、小さく震えているようにさえ見えたのは、ひょっとすると笑いをこらえていたのかもしれない。

あまりに堂々と開き直られ、その上ベッドでのことまで揶揄されて、それ以上催促ができなくなった。本当は三十万円欲しいと言われたのに、二十万しか渡せなかったのが、せめてもの救いだった。

それ以来、社内や通勤の途中で鉢合せしそうになると、楓太のほうから、こそこそと身を隠した。ボーナスが出たら返してくれる、という約束を信じていた。

十二月十日のボーナス支給日に、朝礼で総務部長が言った。

「吉沢亜樹さんは、本日付けで退職しました」

急な告知に、ざわざわと私語が広がるのを抑えるように、部長の表情も口調も変わった。

「ストーカーまがいの行為をされている、と報告を受けていたので、本日まで、ごく一部の関係者以外には秘匿していた。幸い、吉沢さんには穏便に退社していただけたが、これは、悪くすれば刑事事件である。そうでなくとも、本来なら懲戒処分だ。ことを荒立てずに済ませてほしいとの、ご本人の希望もあるので、今回は不問に付す。身に覚えのある社員は猛省するように」

あまりに突然のことに、そしてあまりの言い分に、楓太は「そんなばかな」とつぶやいてしまった。驚いたことに、つぶやいたのは楓太ひとりではなく、朝礼中だというのに、あちこちから同じような声があがり、ざわめきが広がった。

朝礼終了後、何人かが一斉にしゃべりだして、事情がわかってきた。

社内の複数――それも十人近い男が楓太と同じ目にあっていたのだ。

さらに、被害は社内だけではなかった。ほどなく、得意先の店主や従業員たちも、同じようなことをされていたと判明した。

急展開した事態にあわてた幹部たちが、会議室にこもって丸二日ひそひそやっていた。

楓太も見知っている、顧問弁護士も顔を出した。

結果、顧客の被害については、会社が弁償することになった。社員については知らん顔だ。会社は不介入ということだ。ひっかかった連中が、集団で訴訟に踏み切るという話も出始めた。

しかしそんなことをすれば、恥を公言するようなものだ。人事考課は悪くなるだろう。それに、皆が「おれは三十万貸した」「こっちは五十万だ」と競うので、二十万の楓太はますます言い出せない。このころになって、内股の救急バンの下には、小さな蠍のタトゥーが彫ってあった、という都市伝説のような噂も聞いた。

現在のところ、楓太はかかわりのない顔をしている。

——いいか、宮本。よぐ聞け。不運つうのはな。

荒畑先輩が、酔った勢いで口にしたせりふを思い出す。

——不運つうのは、ゲリラ的に波状攻撃をしかけてくっか、一個師団で一気に攻めてくんぞ。ついてないときは、気ィつけろ。

その言葉は本当だった。

3

たいした仕事もしていないのに、疲れた一日だった。

課長は管理職会議に出ていて、席にいない。ほかの社員はまだ戻っていない。営業部のエリアには、田崎係長と楓太のふたりきりだ。

経理部へ入金に行こうと腰を浮かしかけたら、田崎が席を立つのが視界のすみに見えた。

「ねえ、宮本君」

楓太にはそう悪い人間には見えない。しかし、先輩たちがそろって悪口を言うので、やはり警戒を緩めるわけにはいかない。

「なんすか」とそっけなく応えた。

「なんだか最近、調子がよくないみたいだけど、大丈夫？」

熱を出した子どもを心配するようなその言い方に、ちょっと動揺した。うっとうしいと思う一方で、郷里の母を思い出す。いや、いかんいかん。それが手管かもしれない。用もないパソコン画面に視線を向けて、そっけなく応える。

「べつに、そんなことないです」

ことばづかいに神経を遣った。

「そうお？　いつもぶつぶつ言って、悩みがあるみたいだけど」

「べつに、そんなこともないです」

「わたしにできることがあったら、相談にのるから」

だったら、カード引き落とし不足分の四万五千円を、いや、生活費込みで、できれば六万円ぐらい、利息なし期限なしそのほか何も条件なしで、貸してくれますか。

「いまのところ大丈夫です」と答えた。

田崎は、それならいいけど、と小分けのチョコを何個か置いて、席に戻って行った。


今度こそ経理に行くぞと立ち上がったタイミングで、吉井課長が戻ってきた。

「おう、なんだ宮本、また早帰りか」いきなり強烈な嫌味だ。

「いえ、早帰りはしてませんが」ぼそぼそと抵抗する。

「最近、おれがちょっと席を外した隙に、こそこそ退出してるだろうが。小学生かおまえは。情けないと思わないのか」

早退したわけではない。定時はきちんと守っている。しかし、この会社ではそんな言い訳はほとんど意味をなさない。

「日報ぐらいしっかり処理して帰れよ」

わかりましたと答えたところに、隣席の大柴が戻ってきた。

「ただいま戻りましたー」

普段はどちらかといえば腹が立つ、その無駄に明るい声に救われた。

「お疲れさん」という声がそちこちであがる。

部屋に淀んでいた空気が、多少入れ替わったような気がする。ばかもばかなりに存在価値はあるもんだなと、今度機会があったらほめてやろう。

「あ、そうだ宮本さん」

そのまま声のトーンを下げず、上着を脱ぎながら大柴が話しかけてきた。

「今日、高円寺でアポでもあったんすか」

ぎょっとなったが、どうにか驚きの表情は抑え込んだ。

「高円寺なんて行ってないぞ」

大柴は、あれえ、と首をかしげている。

「じゃあ、駅前ロータリーんとこで、九州弁で電話しているオヤジにガンくれてたの、宮本さんじゃなかったんすね」

しまった。高円寺駅周辺は大柴の担当なのだが、まさか見られているとは思わなかった。

「知らねえ。ぜんぜん知らねえ」

こいつ、やっぱりほめてなんかやるか。

「おい、宮本」課長が呼んでいる。

うなだれて机の前に立つと、意外にも怒鳴られることなく、静かに宣告された。

「今週、おまえの受け持ち客を、一緒に何軒か回るからな。そんとき、おまえの仕事ぶりを聞かせてもらう。首を洗って待っとけ」

わかりました、と応えるのも変かと思い、だまってお辞儀した。席に戻ろうとすると、まだ終わってない、と呼び止められた。

「おまえ、朝とスーツが替わってるよな。おれの目を節穴だと思ってるのか」

始末書を書かされた。勤務中、自宅やこれに類する私的な建物に意味なく立ち寄った場合、処分を受けることになる。

書き終えたときは、経理は全員あがっていた。いまさら課長に言って、金庫をあけてもらい、仮入金する気にはなれない。

八万円はもうひと晩、持っていることにした。


一緒に帰りましょうと大柴が声をかけてきた。

こいつのせいでこんなめにあったのに、どういうつもりなのかと思うが、腹を立てる元気もない。駅に向かって歩きながら、荒畑先輩の口癖を思い出した。

――不運つうのは、ゲリラ的に波状攻撃をしかけてくっか、一個師団で一気に攻めてくんぞ。ついてないときは、気ィつけろ。

実は、亜樹の問題が持ち上がって間もない昨年末、パサージュ社員のあいだに、さらなる衝撃が走る騒動があった。

業績不振の折から、住宅手当という名目の一万二千円が、一月度の給与から廃止されると発表されたのだ。

「そんなばかな」

「うそだろ」

社員たちが、さすがに今度ばかりは上司の目も気にせず、不満を口にした。

これは〝手当〟と名はついているが、実態は固定給の一部だったはずだ。賞与や退職金計算のときのために、基本給は抑えておきたい。しかし、最低限の給与は保障しなければ、社員が居つかない。そこで救済策として、全員に住宅手当が、同居人さえいれば家族手当が、それぞれほぼ無条件で支給されていた。

そのひとつを廃止するというのだ。

世間では、大手を中心に景気が上向いているはずではなかったのか。株価は上がってるんじゃなかったのかよ。

当然、不満が噴出した。さすがに今回ばかりは、聞こえよがしに転職の話題を口にするものもいた。

四月までに二名が辞めた。そのうちのひとりが荒畑先輩だ。

――いいか、宮本。ちっこい島の中さ、いぐらぐるぐる歩き回ったって、島からは出らんねえべ。思いぎって筏で漕ぎ出さねえと、海の向こうへは渡れねえっぺ。

ぺ、が出たときの荒畑先輩は、もはや誰のことばにも耳を貸さない。チェ・ゲバラかジャンヌ・ダルクか、というようにまっすぐに突き進む。

しかし、あれだけ皆で騒いだのに、辞めたのは結局ふたりだけだった。残った連中も、待遇に納得したというよりは、望むような条件の転職先が見つからないのだろう。

将来のことはともかく、楓太の生活は窮迫した。虎の子の貯金は、亜樹にほとんど取られてしまった。ただでさえぎりぎりの生活をしていたから、この一万二千円の減額は痛かった。

そこへさらに、追い打ちをかけるような出来事が続いた。

父親が脳梗塞で倒れたのだ。

栃木にある楓太の実家では、父の勝《まさる》が市の職員をしており、五歳年上の兄の、秀人《ひでと》が県庁に勤めている。公務員親子だ。もともとは落花生農家だったが、いまでは母親の文《ふみ》子《こ》と父方の祖父母が、規模を縮小して続けている。

そう裕福だとは思ったことはないが、経済的に困窮した体験はなかった。東京の大学に身を置いていたころは、学費も寮費も親持ちで、その上に仕送りさえしてもらっていた。そしてこの〝仕送り〟は、実は社会人になってからも続いていた。

ところが、父親が今年の正月、松もとれないうちに倒れた。

幸い一命は取り留めたが、しばらく寝たきりとなった。春先からようやくリハビリを始めたらしいが、もとのようには戻らないと聞かされている。

公務員というありがたい職場だったおかげで、いまのところは休職扱いになっているそうだ。しかし、それがいつまで続くかはわからない。母親や祖父母は不安だろう。宮本家の希望の星である、兄の秀人の仕事に差し障りがあってはいけないから、父の面倒は、当然のごとく農作業を犠牲にして母たちがみることになるだろう。とても仕送りどころではないのはわかる。

楓太のほうでも、一度見舞いに行ったきり、ほとんど電話もしていない。父親とそれほどに不仲だったというわけでもないが、釈然としないものがあるからだ。

父が倒れた直後、兄が電話をかけてきた。

〈楓太、実家に戻れよ。おふくろも安心するぞ〉

口には出さないが、母も祖父母もそして父も、それを願っているのは痛いほどわかる。父親は自分が市役所の職員をしているくせに、元気だったころ、楓太の顔を見るたび落花生農家を継げと説いた。

「お前には会社勤めは向いてない。おれもあと何年かしたら定年を迎える。そしたら一緒に畑をやるから、いまのうちに帰って来い」

兄に対しては、そんなことはひとことも口にしたことはない。自分が市役所だから、県庁勤務の息子に遠慮があるのか。あるいはむかしから「この子は出来が違う」と近所で評判だった兄に、更なる期待を寄せているのか。とにかく「家業を継ぐなら楓太」という理屈になっている。

そのくせ、じゃあ土地を丸ごとくれるのかと言えば、それは先々考えるなどと言葉を濁す。

そんな理屈があるのかと腹が立つ。めったに口をきかない兄も、ここぞとばかりに言った。

〈うちの畑は市街化調整区域だから、宅地としては売れないし、この先道路が通る予定もないぞ。当面、ピーナッツでも作ってたほうが有効活用だ。期限を定めず、土地の権利を貸与してやってもいい〉

冗談じゃない。どいつもこいつも自分勝手なことばかり言いやがって。何が期限を定めず貸与だ――。

それに、たとえ帰るにしても、どうしても見過ごせない問題がある。

噂だ。Uターンなんかしたら、何を言われるかわかったものではない。近所の連中は「楓太が、やっぱし東京の生活にみきりつけてえ、こっちさ帰《け》えってくると」などとネタにして、盛り上がるに決まっている。

そうじゃねえ、親父が倒れたからだと言ったところで、聞く耳を持ってもらえない。田舎の噂は、ケーブルも人工衛星も使わずに、光速以上の勢いで広まる。家業を継いだり地元に就職した元同級生たちの、酒の肴になるに決まっている。下手したら、役場の脇に立っている鉄塔の、防災無線用屋外スピーカーから放送されてしまう。

「あー、あー、宮本さんとこの楓太が、東京で食いづめで、こっちさ帰えってくるってよ。みんなで、あたたがく迎えましょう」

目に浮かぶようだ。何が、あたたがくだ、ふざけるな。都会にはお前らには想像もつかない苦労があるんだ、田舎もん。

「何か?」

スマートフォンをいじりながら歩いていた、大柴に声をかけられて、我に返った。心配そうにこちらを見ている。

「おれ、何か言ったか?」

「はあ。ふざけるなとか、田舎もんとか」

「ああ、なんでもない。気にするな」

田崎係長に指摘されたとおり、最近ひとりごともひどくなっている。


とにかく、仕送りがぱたりとやんだのは痛かった。

社会人になってからも、毎月のように米や缶詰、さらにはスーパーで目についたものを適当に詰めたとしか思えない、調味料などが送られて来ていた。それとは別に、二万、三万と現金の入った封筒も届いた。父親には内緒の、母親のへそくりらしかった。

それが一切なくなった。

送ってもらっているうちは、また来たよ、ぐらいにしか感じていなかったのだが、なくなって初めてありがたみがわかった。

いままでも、そう贅沢をしてきたとは思えない。これ以上どこを切り詰めればいいのかわからない。

生きていれば、食うものは食うし、飲むものは飲む。あっという間に手持ちの金はほとんど底をついた。でも、どうしても春物のスーツが必要で、つい、レンタルビデオの会員カードについている、クレジット機能で買ってしまった。

口座に補塡できるあてはない。このままでは、あさって四月十五日の口座引き落とし時に、残高不足になる。

現実的には、一週間や二週間支払いが遅れたところで、いきなりブラックリストに載るというのは、考えすぎかもしれない。しかし楓太には、〝借金〟に対する恐怖心と呼んでいいほどの心的外傷《トラウマ》があった。

子どものときにロレックスを見せてくれた、修二という叔父にまつわる事件だ。

修二叔父は、父の弟で独身だった。おなじ次男坊という境遇もあってか、楓太をずいぶん可愛がってくれた。

よく、釣りやバーベキューに連れていってくれたし、一緒に食事にもでかけた。ラーメン屋に入れば豪快な音をさせてすすり、回転寿司では二貫一気食いをしてみせた。

その一方で手先が器用で、木材から削り出したものに塗料を塗り、本物そっくりのレイガンやライトセーバーを作ってくれた。なかでも得意なのがマジックで、楓太のすぐ目の前で水の入ったコップを空にしたり、何もないハンカチの中からチョコレートを出してみせてくれたりした。もちろん、ちゃんと食べられるチョコだ。何回見ても、どんなに目をこらしても、魔法を使っているとしか思えなかった。普通のサラリーマンではないらしく、夏のあいだはずっと、アロハシャツを着てサンダルを履いていた。

いまにして思えば、田舎くさいダンディさだったが、楓太は大好きだった。

ところが、この修二が、問題を起こした。

パチンコだったか、競輪だったか、それとも両方だったか、はっきりとは知らないのだが、とにかく、ギャンブルに生活費を使い込んでしまい、軽い気持ちでサラ金からつまんだ。しばらくのあいだは、どこで覚えたのか、カードで高級時計や宝石を買ってすぐ質に入れる、というようなこともしていたらしい。しかし、一年も経たないうちに、どうにもならなくなって、兄である楓太の父と祖父母に泣きついてきた。

子供だった楓太は、借金の総額がいくらで、誰がどれだけ立て替えたのかなどについては、聞かされていない。ただ、遺産相続の権利を放棄する、という書面にサインをしたのだと、酔った親戚のおじさんに聞かされたことがある。おそらく百万やそこらの金ではないはずだ。

その後しばらく修二叔父は、関西方面でその日暮らしのようなことをしていたと聞いたが、十年ほど経ったある日、死んだと聞かされた。あまりに急な話で、実感が湧かなかった。

両親は何も教えてくれなかったが、親戚のおばさん連中が話しているのを聞いた。どこをどう流れついたのか、沖縄の那覇にある、ウッドストックだかステッキだかいう、長ったらしい名前のスナックのかびくさい物置で、首を吊ったのだそうだ。

死に顔を見たという親戚のおじさんが「髪もひげもぼさぼさで、昔のヒッピーみたいだった」と言ったのが印象に残った。遺品の中にロレックスはなかった。

修二叔父の一件は、社会の波にもまれる前の楓太の記憶層に、くっきりと刻まれた。サラ金に手を出すと、人生が終わる。それも悲惨な結末で――。

あんなに器用で何でもできた叔父でさえ、人生が破綻したのだ。

もちろん、計画的に利用している人もいっぱいいるだろうとは思う。違法業者とかかわったのだろうとも。

しかし、カードローンを利用した自転車操業的なやりくりは、まさに自転車で泥沼に入りこんでいくように身動きできなくなる。「あの叔父さんでさえ」という単純明快な警戒が、子供心に深く濃く刷り込まれた。

クレジット機能を使ったことですら、いまさら激しく後悔しているのだ。

埼京線を使うさいたま市民の大柴とは新宿駅で別れ、途中下車して地上に出た。

少しだけ、ほんの少しだけでいいから、寄り道して帰りたかった。こんなに早い時刻にアパートに帰って、悶々としていたら、絶望感が増すだけだ。発作的に死にたくなっても、誰も止めてくれる人間はいない。

歌舞伎町の路地には、荒畑先輩に教えてもらった、安い居酒屋が何軒かある。そのうちの一軒へ行ってみようと思っていた。たしか、月曜は生ビールが半額だったはずだ。

東口の階段から地上に出たとたん、人の数に圧倒された。真夏の海水浴場のようにごったがえしている。ぶつかってくる学生風のやつらを、押し返す元気が湧かない。どうせ、ほかに待ち合わせ場所を知らない、田舎もんに決まっているのだが。

足早に通り抜けようとしたとき、見覚えのある蛍光グリーンが目にとまった。足を止め、目をこらす。

やはりそうだ。インチキ臭い成金の、中年ちくわ天男だ。あいつがまたひとりぼっちで、広場のへりに腰を下ろしている。スナック菓子らしきものをつまんで口に運んでいる。両耳からは相変わらずイヤホンのコードが伸びている。

そののんびりした顔を見ていたら、むしろ最初の印象に戻って、それほどの悪党ではないだろうと思えてきた。札束を見て逆上して妬みはしたが、単に風変わりなだけで、むしろ金のほうから近づいてくるのではないか——。たとえば、あのシジミチョウ成金の女子大生の話だってあるではないか。

だとすれば、やはり親しくなって、こんなときだからこそ、その幸運をおすそ分けしてもらいたい。そんな思いすら湧く。

しかし、話しかけるきっかけがない。そのまま横目で見ながら前を通り過ぎようとしたとき、話に夢中になって足早にやってきた学生風のグループに体がぶつかった。

あっと思ったときは、みっともなくよろめいていた。学生たちは振り返りもせずに去っていった。

よろめいた楓太の顔を見た中年男が、あっと短く声をあげた。

「あなたは」

「どうも」

会釈する。うまいぐあいにきっかけができた。ちょっとだけ話してみることにする。

「このあいだはすんません」

とりあえずは、リュックの中をのぞいたことを謝った。

男は楓太の謝罪を聞いても、うなずいたのか首をかしげたのかわからないような微妙な動きをしてから、スナック菓子をリュックにしまった。

あの中に、今日も札束が入っているのだろうか。

男の性格がだんだんわかってきた。いい歳をして、きっとすごくシャイなのだ。ちらちらと楓太を見るが、視線が合いそうになると、あわててそらせてしまう。

「あのう、マジシャンでないなら、何かの団体とかに所属してますか」

ずいぶん遠まわしになってしまった。やはり「新興宗教的な集まりの幹部ですか」とか「金を呼び寄せるシステムを考案しましたか」などとは訊きづらい。男は淡泊な口調で、あっさり否定した。

「いえ。とくにしていません」

「でも、あのちくわ天とかCDプレイヤーとかを、宙に……」

男は、楓太の話を最後まで聞かずに、蛍光グリーンのリュックに手を突っ込んだ。名刺でも出すのかと待っていると、中から黄色い飲料パックを取りだした。《バナナオレ》と書いてある。ストローを突き刺して、つるつると吸い始めた。

楓太は言葉の接ぎ穂を失って、無表情ともいえる男の顔を、じっと見つめた。やはり、普通ではない。小さな事には動じない大物なのか、それともどこか人とズレているのか――。

「オオサトさん」

若い女の声がした。続けて、かつかつかつかつと、ヒールの音が響く。小走りに近づいてくる影に、見覚えがあった。あいつだ。中央公園にいたボランティア女だ。

「ごめんなさい、オオサトさん。遅くなって。ツルマキさんには連絡とれたんですけど……」

「チホさん」男が彼女の名を呼んだ。

続けて何かしゃべりかけた女が、楓太の存在に気づいた。

「あっ」

このふたり、やっぱりそういう関係なのだと思うと、一度はさめたはずの怒りや嫉妬が、ふたたび体の中をかけめぐった。呼び合った名からすると、男はオオサト、女はチホというらしい。

チホは、楓太に冷たい視線を投げてから、オオサトに話しかけた。

「オオサトさん、こちらの方、お知り合いですか？」

「いえ、ええと、知り合いというわけではないです」

オオサトが首を左右に振る。

「じゃあ、もしかしてからまれてるんですか」

チホが、心配そうにオオサトの顔をのぞきこむ。

「人聞きの悪いこと言わないでくれよ」

楓太の抗議をチホはあっさり無視した。

「オオサトさん、行きましょうか？」

軽くあしらわれてしまった。

「ちょっと待ってって。おれはただこのオオサトさんとかいう人と世間話してただけだから。なんだよ急に割り込んできて」

「そうなんですか」

チホに問われて、オオサトは困った顔つきになった。

チホがすばやくオオサトの腕をつかんだ。

「行きましょ。オオサトさん」

歩き去ろうとする後ろからつい、言ってしまった。

「なんだよ、どうせ、金につられた愛人のくせに」

可愛さ余って、というやつかもしれない。そんなことを言う気はなかったのだが、世の中みんなから仲間外れにされているようで悔しかった。

チホという女の足が止まった。こちらを向いた目が光っている。

「それ、どういう意味ですか」

もめごとらしいと気づいて、周囲にひとだかりができ始めた。

「お手当もらって、これからいろいろサービスするんじゃないの」

言いながら、自分でも情けなくなってきた。

「ちょっとあなた、それって失礼でしょ」

女は両手を腰に当てて、楓太を睨みつけている。だまって見ているオオサトと目があった。なぜか悲しそうにこちらを見ている。

とたんに戦闘意欲が失せた。楓太がうなだれた隙にふたりは去った。

4

オオサトとチホが去ったあと、無性にさびしくなった。

喧嘩が始まったのかと周囲に集まりかけていた野次馬も、不完全燃焼に「なあんだ」という無責任な声をあげて散っていった。

もう、どうでもいい。

最初の予定どおり、ひとりぼっちで安い酒をくらって、早く酔ってしまおう。もともとあまり深酒をする習慣はないが、今日だけは、いろいろなことがどうでもよくなるぐらい、酔いたかった。気を取り直し、当初の目的地だった居酒屋を目指すことにした。

靖国通りを渡り、少し歩道沿いに歩いてから、区役所の手前で歌舞伎町の路地に入った。まだ六時半にもなっていないというのに、ぎらぎらしたネオンサインと、そこら中から湧いて出る瘴気のような濃い空気に、軽いめまいを覚えた。

目指すのは、焼き肉屋と風俗店に挟まれた雑居ビルの、地下一階にある店だった。

この店は、構えは汚いが値段は安くて肴も美味い。つまみを二品か三品ほどとって、ほろ酔いになるのに千円ちょっとで済む。最初は荒畑先輩に連れてこられた店だが、給料日前の懐具合が寂しいときには、何度かひとりで訪れたこともある。

もっとも、いま楓太が置かれた状況は、懐が寂しいなどという生易しいものではない。

そもそも、部屋に帰って飲めばもっと安上がりなのはわかっている。だが、それでは少しも気が晴れない。今日だけは自分を許したい。何より、今日は生ビールが半額なのだ。

おひとり様カウンターへご案内、と奥から詰めさせられた。業務用の割り箸がつまったビニール袋が、カウンターに出しっ放しになっている。肘が少しあたるが、気にしてはいられない。

中ジョッキと、串焼きを二本頼んだ。ひと切れの肉の大きさが、ちょっとした唐揚げぐらいあるので、二本も食べれば充分だ。

「へい、ナマお待ち」

目の前に、どん、と置かれたジョッキを、がっしりと摑んだ。しばらく睨みつけてから、息を詰め、一気に呷った。急な刺激に驚いて喉が狭まろうとする。それをこじ開けるようにして、冷たい液体を強引に流し込んだ。

「くはあ」

口のまわりについた泡を拭う。ジョッキは半分ほどが空になった。


飲んだのは全部で四杯だったが、酒にはあまり強くない。話し相手もなく、急ピッチで呷ったせいで、思ったよりも酔いが回っている。そろそろ切り上げたほうがいい。ぼうっとなった頭の中で警鐘が鳴っている。

精算を済ませると千円札が五枚と小銭が少し残った。

ため息をつき、狭い階段を上る。夜が始まったばかりの、歌舞伎町の混沌とした路上に舞い戻った。

時計を見れば、まだ八時前だ。まっすぐ部屋に帰るには、ちょっと早い。しかし、気晴らしにパチンコをする金も、ましてや女の子がいるような店にはしごする金もない。

こんな事態になったのは、ひとの顔を見りゃ説教する課長が悪いのだ。いや、悪いのは、世の中と政治家と亜樹とさっきの生意気なチホとかいう女とばか兄貴と親父と、いや親父は病気だからかんべんしてやるか。

足がふらつく。よろめきながら、誰にともなく悪態をついた。

「ばっか野郎。田舎もん」

すでに通行人でいっぱいの狭い道を、ふらふらとした足取りで歩き始めた。

歩きだしてすぐ、前方からやってくる、派手な空気をまとった、二人組の女に目がとまった。

距離はまだ十メートル以上あるだろうか。二人は勤め帰りのＯＬという雰囲気ではない。服装だけは少し派手目という程度だが、髪の毛はパフェのように盛られているし、化粧もバッチリ決まっている。あきらかに、これから出勤する水商売系の女だ。

笑い声をたてているほうの顔がはっきり見えるにつれて、楓太は、酔いがさめていくのを感じた。

「見つけた」意識するより前に、声が出た。「おい、ちょっと待て」

亜樹だ。吉沢亜樹だ。こんなところにいた。

亜樹のほうでは、楓太の声にも姿にも気づいていないようだ。楓太は、派手なネオンサインで目がちかちかする道を、通行人を避けつつ亜樹に向かって進んだ。

「おい、おまえ」

しかしその呼び声は、あたりの空気を埋め尽くす喧噪に邪魔されて、本人へは届かない。

「お兄さん、お急ぎ?」

若い男が声をかけてきた。なんだこいつ、と思って顔を見る。同い年ぐらいか。

「あれ、イケメンですね。アイドルのニノミヤに似てるっていわれません? だったら安くしときますから。ね、ね、中でおれの名前言ってくれたらサービスさせますよ」

客引きは禁止じゃないのか。いや、いまはそんなことはどうでもいい。軟弱そうな若僧なので、相手にしないことにした。

亜樹ともう一人の女が、道路に面した店のドアを引くのが見えた。まずい、中に入ってしまうぞと思っているうちに、二人はあっさりドアの向こうへ消えた。

「あ、くそっ」まだ目の前に立っている若い客引きの胸を突いた。「じゃまなんだよ」

「痛ってえな。なんだこら」

若い男は、表情も口調も一変させてすごんだが、楓太はそれどころではなかった。

亜樹たちが消えた店の脇に張りだした看板には、有名な香水の名前と同じ店名の脇に、毒々しいほど真っ赤な文字で《キャバクラ》と書いてある。あれがキャバクラか。まだ足を踏み入れたことはない。亜樹のやつ、この店で働いているのか。待ってろ、乗り込んでやる。

まだ悪態をついている客引きのことは無視して、亜樹の消えたドアを目指した。怒りで視野が極端に狭くなっている。周囲のものが視界から消え、音もしなくなった。

そのとき、向こうから歩いてきた黒っぽい服の男に、体がぶつかった。また客引きかよ、と思った。いいかげんにしろ。

「痛ってえな。ちょっと通してくれよ」

黒っぽい服の男を押しのけて、亜樹が入ったドアの取っ手を握ったところで、いきなり襟首を摑まれた。そのままものすごい力で、ぐいっと後ろ向きのまま引きずられた。足が浮き上がりそうなほどの腕力だ。

「あれ。おい、何すんだよ」

急なことで、何が起きているのかよくわからない。

襟を摑まれた手を押さえ、振り返ろうとしたとき、自分の意志とは関係なく、体が回転した。あたりのネオンサインがぐるぐると回って、腰に衝撃が来た。後頭部がごつんとアスファルトにぶつかった。強い痛みに息が詰まる。投げ飛ばされたのだと、ようやく気づいた。

「痛てて」

道路に寝転がった姿勢のまま、相手を見上げる。どうやらむこうは三人組らしかった。服装や顔つきの雰囲気を見て、酔いがさめ、胃の中のものがせりあがりそうになった。この街で、いちばんかかわりを持ってはいけない人種のようだ。あわてて上半身を起こした。

「お兄さん。当たって来たのはそっちだよな」

三人組の真ん中に立つ、太いストライプの入った黒いスーツを着こなし、細いサングラスをかけた男が楓太を見下ろしている。さっきぶち当たったのは、この男だったような気がする。

楓太より、体がふたまわりほどもでかそうな、あごひげを生やしたスキンヘッドの男が、後ろにまわってふたたび楓太の襟首を摑んだ。そのままぐいと力が入って、楓太はマリオネットのように、あっさりと立ち上がった。さっき投げ飛ばしたのは、きっとこの男だ。格闘技でもやっていそうな腕力だ。

もうひとりの、頭にニット帽をかぶった一番若そうな男は、ガムを嚙みながら、楓太を睨みつけている。すごんだつもりかもしれないが、ほかのふたりの迫力に比べれば、だいぶ見劣りする。

細いサングラスの男が顔を近づけてきた。楓太は襟首を摑まれたままなので、顔をそむけられない。レンズの向こうにある瞳はよく見えないが、ほおがこけた感じで不健康そうな肌の色をしていた。

この男が三人のリーダー格のようだ。

「す、みません」

頭が下げられないので、言葉だけで謝った。通行人たちが、ちらちら見ながらも、そのまま行き過ぎる。さっきの若い客引きが、にやにや笑いながらこっちを見ているのが、視界に入った。

ニット帽の若い男が、無精ひげがはっきり数えられるほど近くまで顔を近づけた。

「てめえ、何様だ」

不本意ながらも、とりあえず謝る。

「うっかりして、すみません」

「聞こえねえぞ」襟首を前後にぐいぐいと揺すられる。

「まあ、待て」

サングラスの男が、あごをしゃくると、襟を摑んでいた力が抜けた。体がふにゃりとしぼみそうになる。二、三歩よろめいて足を踏ん張ったとき、サングラスの男が肩に手をまわしてきた。煙草とムスクの香りがした。

「ここは、通行の邪魔だから、ちょっとそっち行こうか」

静かに耳元で語る口調が妙にやわらかい。はいとも、いやとも、答えられない。肩を摑んだ手に、ぐいと力が入った。弱々しくうなずいた。

引きずられるようにして、歩いて行く。向こうからやってくる通行人が、自然に左右に分かれていく。さっきから我慢していた小便が漏れそうになってきた。いや、胃の中身も逆流しそうだ。どっちが先か時間の問題だ。

気づいたときには、小さな雑居ビルの入口に連れ込まれていた。

狭い通路の突き当たりにはエレベーターがあり、その右手に、外から見えにくい畳二畳ほどのスペースがある。人目につかずに話すにはぴったりだ。このあたりの土地勘がありそうだ。

「てめえ、人にぶつかっておいて、謝りもしねえのかよ」

ニット帽の男がまっ先に口を開いた。あまりに顔の近くで怒鳴られたので、唾がかかった。もちろん、拭ったりはできない。

「あ、あの、すみません」

「何言ってんだか、聞こえねえよ」

どなり散らすニット帽を押しのけて、スキンヘッドの巨体が低い声で言った。

「兄さん、会社員だろ？　礼儀とか常識とか教わってんだろ？」

「あ、はい」

「だったら、自分からぶつかっておいて、『痛ってえな』つう言いぐさはないよな」

「あ、はい」

「そういうときは、どうすんだ」

「すみません」

あらためて、お辞儀をした。

ニット帽が、舐めてんのかてめえ、と唾を飛ばして楓太の靴を蹴った。

「ばか、手は出すな」サングラスの男が制止して、楓太のスーツの胸のあたりを手の甲で軽くはたいた。「気持ちだ、気持ち。気持ちを見せてくれよ」

「あ、はい」

「さっきからバカみてえに、はいはい言ってんじゃねえよ」

ニット帽の男がまた唾をかけた。

「てめえこそ、うるせえ」

サングラスの男がいきなりニット帽を叩いた。ばすんという音がして、帽子がずれた。

「いまおれが、話してんだろうが。殺すぞ、この」

「うす。すいません」

ニット帽の男が頭を下げて、内輪もめは一瞬でかたがついた。サングラスが楓太に向き直る。口調はまた静かになっていた。

「そうだ。今後のこともあるから、名前聞いとこうか。免許証かなんか見せてくれ」

「あの、勘弁してください。そんなつもりじゃなくて……」

スキンヘッドが、いきなり胸ポケットに手を入れようとした。これはまずい、と思った。なんとしてでも、この場を切り抜けないと。後先のことも、細かい手段のことも、まったく考える余裕はなかった。ただ、この場から逃げ出したい、それしかなかった。

スキンヘッドとニット帽の体のあいだに隙間がある。そのわずかな空間が、外界へ通じる狭き門に見えた。ふたりのあいだをこじ開けるようにして、ダッシュした。

「あっ、こら！」

スーツの背に、誰かの指がかかるのを感じた。ぎりぎりのところでかわし、走る。道路に飛び出したところで、いきなり若い通行人に当たった。

「痛ってえ」

こちらを睨む、会社員風の若い男に詫びもせず、そのまま走る。

「待て、こら」

背中から追ってくる気配を感じる。振り向いてはいられない。記憶にないほど久しぶりに、全力疾走した。こちらを向いている人間たちは、何事かと脇へ避けてくれる。背中を向けている連中は突き飛ばすように押しのけて通る。悲鳴や怒声が浴びせられる。足がもつれる。何かにつまずきそうになる。

通行人をかき分けながら進むのでは、ハンディキャップがあった。ワンブロックも進まぬうちに、背中を摑まれた。バランスをくずして、よろめいた。

「てめえ、ふざけやがって」

ニット帽の声だった。いきなり腹に膝蹴りをくらった。

短くうめいて、体を折る。

「ばか、やめろ。早く連れてこい」

指図してすぐに背を向けたサングラスのあとを、スキンヘッドとニット帽に挟まれて歩く。

すぐに、もとのビルの中へと連れ戻された。

サングラスの男は、まだほとんど吸っていない煙草を、楓太の足元に放った。

「それが兄さんの詫びのしかたたか」

「す、すみませ――」

全部を言い終えることができなかった。こらえることもできなかった。いきなりせり上がってきた胃袋の内容物を、体を折って吐き出した。

膝蹴りのダメージも多少はあるかもしれないが、久しぶりに急ピッチで流し込んだアルコールが、過度の緊張と全力疾走に耐えられなくなったのだ。

男たちが怒声をあげ、あわてて身を引く。ますますまずいと思うが、どうにもならなかった。勝手に胃のあたりの筋肉が収縮する。涙と嗚咽がこぼれた。

すっかり吐き終えて肩で息をしていると、またも襟首を摑まれ、さらに奥へ引っぱられた。

「兄さん、やってくれたな」

サングラスの男の声の、意味することがすぐにわかった。きっちりプレスされたスーツのズボンと、ぴかぴかに磨かれた革靴の一部が汚れていた。

「ひでえ」ニット帽が、あきれたような声をあげた。「超ひでえ」

超ひどいというほどではないと思ったが、それでも、とんでもないことをした、という自覚はあった。

「すみません」手の甲で口元をぬぐい、頭を下げた。

「ちょっとハンカチ貸せ」

ニット帽が、おれ持ってないっす、と答えて、ポケットからティッシュを出した。スキンヘッドが、チェック柄のハンカチを差し出した。

サングラスの男は、最初にティッシュでおおまかに汚れをぬぐい、そのあとハンカチでふきとりはじめた。ほかの二人も手伝ったり、汚れを探したりしている。

「うしろもついてるか？」

「少し」

「拭いてくれ」

しばらくの間、楓太は無視されていた。もしかすると、もう行ってもいいぞ、と言われるのではないかと期待した。もちろん、クリーニング代として、三千円ぐらい払うつもりはある。今の全財産の半分以上だが、しかたがない。

「まあ、こんなところか」

「そうっすね」

サングラスの男は、首をひねっては足元を念入りに見まわしたあげく、ようやく楓太に視線を向けた。

次から気をつけろよ、そんなことばを待った。サングラスの男の口元がゆがんだ。笑ったように見えた。

「さてと。この始末、どうつける？　お兄さん」

手持ちの金が、五千円だけでないことを思い出した。

4　一九八八年　春輝

1

小学校の前で撮られたシーンがテレビで放映されてから、しばらくのあいだ大里春輝の身の回りは騒々しかった。

一度にいろいろなことが起きたせいか、このころの記憶は断片的だ。

春輝が映っている場面を——最後の数秒だったが——自分の目で見た父親が、激怒してどこかに電話していたこと。翌日、母親と一緒に校長室に呼ばれたこと。校長を筆頭に四人の教諭から、今後テレビ出演をする際は、必ず事前に学校の許可をとると約束させられたこと。また、この日から下校時刻にあわせて母親が迎えに来るようになったこと。一度だけ家の前にパトカーが停まっていたこと。家の周囲に、見慣れない大人たちがうろうろするようになったこと。休日は家から一歩も出なかったこと。それでも何かの折りに、大人に取り囲まれて質問攻めにあったこと。父の酔う姿を見る機会が増えたこと。姉の態度が以前と違ってしまったこと、母の笑顔が少なくなったこと。

そんな場面を、こま切れに思い出すことしかできない。

テレビ放映のあった直後は、あきらかに床屋のお客さんが増えた。なぜわかるかといえば、店の中で椅子に座って待っている人の数が、以前より多くなったからだ。いままでは、ふたり以上が順番待ちすることなどめったになかった。

客足が伸びて商売はよくなったはずなのに、父の機嫌はしだいに悪くなっていくように感じた。

休日に家にいると、店のほうから父が客を相手に怒鳴る声が、よく聞こえてくるようになった。しだいに店を開ける日が減って、春輝が学校から帰ると、リビングでごろごろしながらテレビを見ている父を目撃することが増えた。

夜中に、両親が一階のリビングで言い争う声も聞いた。トイレに行って出て来たところに、姉の秋恵が待ち構えていた。

「全部、あんたのせいだからね」

詫びも弁解も、何ひとつ言葉を返せなかった。

やがて六月の半ばになるころ、父親から突然テレビ局に行くと宣言された。

あれほど嫌っていたはずなのに、どういういきさつでそうなったのか、教えてはもらえなかった。

「緊張しないでね」

ブレザーの襟についた糸くずをつまみながら、母の景子がそう声をかけた。春輝を気づかってくれているのが、申し訳なく感じるほど伝わってきた。

先週、わざわざ名古屋まで出て買ってもらった、おニューの紺色のブレザーが、なんとなく気恥ずかしい。ついでに、ワイシャツもズボンも靴まで新品だ。ズボンや靴はともかく、真っ白なワイシャツは、不相応に背伸びをしたようで気恥ずかしい。しかも、まだ糊がよく落ちていないらしく、首を回すと襟が当たって痛かった。

しかしそんなことより、あと五分もしたら、いよいよスタジオに向かわなければならない。

気分を落ち着かせようと、いま自分がいる風変わりな部屋をもう一度眺めた。

入るときに、ドアに《出演者控室》と書かれた紙が貼ってあるのを見た。部屋の壁の一方には、大きく横長な鏡がはめこんである。そこに映っているのは、母と春輝だけだ。母も、それなりによそ行きの恰好をしている。めったに着ない青いワンピースをクリーニングに出し、春輝が知っているかぎり、母が身につけるたったひとつのアクセサリーである真珠のネックレスを首に巻いている。

「楽屋って、なんだか殺風景なのね」

春輝と一緒になって部屋を眺めていた母が、感想を漏らした。

部屋の隅にはどういうわけか、小ぶりの和太鼓と金髪のカツラが放り出してある。誰かがこれから使うのか、忘れていったのか。どちらにしても、何かの残骸のようで気味が悪かった――。

今回のテレビ出演騒ぎで、春輝にとってほとんど唯一の楽しみは、東京見物ができそうなことだった。尚彦と一緒に、上野動物園でパンダを見たり、後楽園球場に行ってみたかった。

テレビ局の友松というディレクターは、最初の約束どおり尚彦を連れてきてもいいと言ってくれたそうだ。母が尚彦の母親に電話してその旨伝えたところ、翌日、断りの電話がかかってきたらしい。

「尚ちゃん、行けないって」

母に申し訳なさそうに言われたとき、理由は尋ねなかった。聞けば母を苦しめるような気がしたからだ。

春輝の周囲が騒がしくなってから、尚彦とはますます口をきく機会が減った。あきらかに尚彦のほうで避けている。断られるかもしれないと思っていた。

テレビ局訪問のスケジュールが具体的になってくると、あれもこれもと楽しみにしていた東京見物も、あまりできないことがわかってきた。

土曜日の授業が終わってから支度をして、名古屋駅から、午後四時少し前に発車する新幹線に乗る。東京に着くのは六時過ぎで、これから子どもが街を見物するという時刻ではない。この日は、後楽園で巨人戦のナイターの予定もなかった。

テレビ収録は、翌日の日曜日、昼の十二時からの生放送だ。

ならば午前中は自由になるかと思ったが、打ち合わせやリハーサルがあるので、十時には局に来て欲しいと言われた。これでは、観光どころか、買い物をする時間もない。
収録は午後一時には終わるが、用意してもらった新幹線の切符は、東京駅を四時半に出発するものだった。
自由になるのは、二時間かせいぜい三時間がいいところだとわかった。
「がんばれば上野の動物園に行けるけど、並んでパンダを見るのはちょっと無理かも」
パンダも後楽園もあきらめることにした。
そんな事情で出発前から気落ちしていたせいもあって、東京駅に着いたときは、春輝
はすっかり疲れきっていた。母の顔にも疲労が浮いている。
結局どこにも寄らず、調べておいた地図を頼りにホテルに直行した。
ホテルに着いたとき、予想していたのと少し違うと思った。
見上げるような高層の建物も、大きな噴水もシュロの木もない。ハイヤーがたくさん
停まったロータリーもないし、帽子を被って白い手袋をはめた、ボーイのような人もい
ない。着飾ったドレスの女性も、金髪に青い目の観光客もいない。それどころか、ビル
の一階は普通の中華料理店だ。
《ビジネスホテル》と書かれた入口を抜け、エレベーターで二階にあがり、駅の切符売
り場のようなフロントで受付をすませて、部屋に入った。
このころには、出発前に漠然と想像していた、見渡す限りの夜景や、トランポリン代
わりになりそうなほど広いベッドは、すでにあきらめていた。
ベッドスペースだけでいえば、春輝の部屋とあまり変わらない。ソファすらなかった。

たしかに窓からビル街が見えたが、むしろ見下ろされるほうだ。

「少し狭いわね」母が苦笑する。

「なんだか、テレビとかで見たのとちょっと違う」少しだけ残念な気持ちを吐き出した。

弁解するように、母が説明した。

「こういうの、ビジネスホテルっていうのよ。有名なニューオータニとか赤坂プリンスとかとは、ちょっと違う種類のホテルなの」

やることもなかったし、空腹なことに気がついて夕食に出ることにした。フロントで割引チケットをもらったのと、あまり歩き回る元気がなかったので、同じビルの一階にある中華料理店ですませることにした。

海鮮あんかけご飯は意外においしかった。腹ぺこだったせいもあるかもしれない。母が頼んだパーコー麺も、結局は半分ほど春輝がもらって食べた。どちらも、生まれて初めて体験する味だった。なんだかんだといっても、やはり東京というところはすごいのだと少し元気が湧いた。

ユニットバスで、水漏れに注意しながらシャワーを浴びた。ベッドに腰を下ろしてテレビをつけると、見慣れたバラエティ番組をやっていた。

「あ、東京でもやってる」と感動すると、母が笑っていた。

ベッドに寝転がってテレビを見るうちに、いつのまにか寝入ってしまった。

2

本番の収録が終わると、あっけないほどあっさりと、もうこれで帰っていただいて結構ですと言われた。

母が、東京タワーを見に行こう、と提案した。

パンダもナイターもだめだったので、残るは東京タワーぐらいしかないもんね、ここからなら近いし、と笑った。

「うん、行く」

姉の秋恵は修学旅行でも寄らないと聞いた。ならば先を越せる。

間近から見上げると、東京タワーは首が痛くなるほど高かった。こんな鉄の骨組みだけのものが、どうして台風で倒れないのか不思議だ。入口近くでチケットを買って、エレベーターで大展望台にのぼった。

展望台からは、ようやく東京の街を見下ろすことができた。なんとビルだらけなところなのだろう。このすべてに本当に人が詰まっているのだろうか。

「もっと上に行ってみる?」

窓にへばりつくようにして感動していると、母が悪戯っぽく聞いた。

「もっと上?」

「せっかくだから」

別なエレベーターの前にしばらく並び、特別展望台と呼ばれるフロアに着いた。

「うわあ」

さっきより、さらに高い。しかし、こんな高いところなのに、観光客でいっぱいだった。中学生らしき集団がはしゃいで騒いでいるが、一カ所にかたまって暴れたら、重さで傾いたりしないだろうかと心配になった。

彼らとは反対側の窓に、こわごわと近づいてみた。

人も車もごまつぶのようだ。岐阜市にある金華山で、家族と乗ったロープウェーや、その上の岐阜城からの眺めも迫力はあったが、この大都会を見下ろすというのは特別な興奮があった。

「ほら、あれが富士山」

母の指差す先を目をこらしてみると、街並みを越えたはるか彼方に、蜃気楼のように薄く富士山のシルエットが見えた。

次々と場所を移して、見て回る。

「あれが新宿の高層ビルだって」案内パンフレットを見ながら、母が説明してくれる。「あっちの一個だけ高いのがサンシャインね。その右の手前に見えるのが国会議事堂」

母が示す指の先を、いちいち感心しながら見入った。

東京とはなんと巨大で果てしのない街なのか。ここにいったいどれほどの人間が暮らしているのか。

境目も果てもなく延々と続く街並みを見ていると、沈んだ気持ちがいくぶん晴れていくようだった。人も車も、おもちゃよりも小さく見える。テレビ番組の、本番では一度も成功しなかったことなど、小さな問題に思えてきた。

「ねえ。もう、テレビに出ろって言われないかな」

東京湾に見入っていた母に声をかけた。

「そうねえ。春輝はどうしたいの？」

「わかんないけど、また失敗したら迷惑かけるし」

「気にすることないわよ。あんなに大勢の人がいて、ライトが当たって、カメラが何台もあったら、お母さんだったら気絶してるわよ」

「たしかに、そうかも」

あははと笑ってしまった。

「それに、リハーサルやらされて、疲れてたんでしょ」

「うん」

「陸上の選手だって、そんなに何度も走れないものね。春輝は充分がんばったわよ」

そう言ってもらえて、また少し気が軽くなった。

空いたスタジオで何度か試しにやらされ、そのときは成功した。すると今度は「テスト撮り」と称して、テレビカメラの前に立たされた。見知らぬ大人たちに囲まれ、カメラのレンズがこちらを睨んでいては、なかなか集中できない。ようやく一回だけ、ボールペンを浮かせることができた。

そんなあれこれで、本番が始まるまでに疲れ切っていた。

観客やゲストが見守る中では、一度もうまくいかなかった。

やむを得ず、テスト撮影で成功した、たった一回分のVTRを流すことになった。出演者があれこれしゃべっているスタジオに、手持ちぶさたで突っ立っている春輝本人がうんざりするほど、繰り返し同じシーンばかりが放映された。

ゲストの、大げさなほど驚くタレントと、頭から疑ってかかる大学教授とが、春輝そっちのけで、あんたはもともと嘘つきだとか、ことばづかいが失礼だとか、本筋から脱線した口論を繰り広げた。

あとで母が「間が持たなくて春輝がかわいそうだから、あの人たち、わざと喧嘩してくれたのよ」と教えてくれた。

みんなの期待を裏切ってしまったという罪悪感がぬぐえなかったのだが、きっとあの場に立ったらバスケの深町コーチだって、シュートに失敗するはずだ。しょうがないさ。せっかく東京まで呼んでくれた友松の期待に応えられなかったことが心残りといえば心残りだった。

でも、もうそんなことはどうでもいい——。

日を浴びて光るビルや東京湾を見て思った。

母がどうしてこの場所に連れてきてくれたのか、わかったような気がした。

「ねえ、お母さん」

「え？」

「お姉ちゃんとお父さんに、お土産買いに行こうよ」

父に、タワーの絵が入った灰皿、姉には同じく絵入りのボールペン、自分にはタワーの形をしたキーホルダーを買った。母にねだって、キーホルダーは二つ買ってもらった。ひとつは、機会があれば尚彦にやるつもりだった。母は自分のものは買わず、東京タワー名物と書かれたクッキーを買った。

騒動は、意図しなかった方向へ動き始めた。

あまりきれいに成功すると嘘くさいが、ほとんどが失敗だったことで、かえって「あれは本物じゃないか」と話題になっているらしい。

スポーツ新聞などで「超能力少年は本物か、インチキか」という論議が巻き起こっているようだった。一旦下火になりかけた取材攻勢が、ふたたびひどくなった。

父が「学校にはおれが話を通しておく」といったのも嘘だった。月曜にはまたしても、母とふたり校長室で油をしぼられた。

父と母の口論の回数がますます増えた。

「だから、おれがついていくと言ったんだ」

「そんなことしたら、春輝が緊張して、もっとうまくいかなかったでしょ」

「おまえが、甘やかしすぎなんだ」

「甘やかしと関係ないじゃない。だいたい、あれほどテレビになんか出るなって言ってたのに、急に手のひら返したみたいになったのはどうしてですか」

「春輝のために、きちんと白黒つけて……」

「柳ヶ瀬で接待されて鼻の下のばしてたのは誰ですか」

「何を。鼻の下なんてのばしてないぞ」

「それと、車券っていうの？　まるめた競輪の券が三万円分ぐらいポケットに入ってたけど、あれは何？」

「うるせえ」

3

電話がひっきりなしに鳴ってきりがないため、一度、週刊誌やスポーツ紙の各社をまとめた形で取材を受けることになった。

世間では、インチキか本物かで、あいかわらず本人そっちのけの議論が続いているらしいが、対象が小学生ということもあって、直接春輝に矢が飛んでくることはなかった。

公民館を借りて父親の哲男が記者会見を開いた翌日、今度は別なテレビ局から電話がかかってきた。父の応対する声が、二階の春輝の部屋まで聞こえた。

「……なんだって？」あきらかに怒っている。「皿を曲げろだ？　そんなことできないぞ。え？　仕掛け？　仕掛けなんてしたらインチキだろうが」

ふたつ並べた東京タワー形のキーホルダーを見つめながら、この騒動はいつまで続くのだろうとうんざりしていた。

「しかしまあ、大変な目にあったよね」

いつまでも店を閉めているわけにもいかず、テレビ放送があった数日後から、『おおさと理髪店』は再開した。

すると話し好きの連中が、待ってましたとばかりに店にやってきた。

学校が休みの日は春輝も家にいるので、どうしても話の中身が聞こえてくる。

「だけど、あれだろ？　こう言っちゃなんだけど、一種のインチキだろ？　よくできてたけどさ」

入れ替わり立ち替わり、同じようなことを言ってはくっくと笑う。父の性質を知っている連中は、わざと腹を立てるようなことを言って、からかう。

「しかしなんでまた、ハル坊にあんな話が来たのかね。茫洋としてるところが、かえって本当っぽいと思われたのかな？」

最初は「まったく、困ったもんで」などと話を合わせていた父だったが、あまりに、インチキだトリックだ、あのハル坊にそんな気の利いたことができるわけがない、と言われ続けて、しだいに機嫌が悪くなっていった。

発火寸前だった火薬庫にマッチを投げ入れたのは、元々あまり仲のよくない、ソフトボール仲間の竹村という男だった。

「ギャラっていうの？　おあしをけっこう貰ったらしいじゃないの。おととい、だったか、うちのばばあが言ってたよ。大里さんとこじゃ寿司の出前を取ってたよって」

わきでハラハラしながら聞いていた母は、竹村がへらへら笑った直後にバリカンを持っていた父の手が止まり、顔色がさっと変わるのを見たそうだ。

父は、まだ散髪している途中だった竹村から、エプロンを乱暴にはぎ取った。

「おい、何すんだよ」竹村は驚いて振り返った。

「うるせえ。おめえの頭なんか刈れるか」父が、丸めたエプロンを空いた椅子にたたきつけた。

「何を急に怒り出してんだよ。変なやつだな」

「何が、おあしだ。ガキにテレビ出てもらわないと、うちは寿司も食えないのか。えっ。マスコミの馬鹿どもがうるさくて、外にも出られないから出前を取ったんだ。うちじゃあな、寿司なんてのはお茶漬け代わりに食ってんだ。そういうのを貧乏ったれのゲスの勘ぐりっていうんだ」

「な、なんだって」今度は、竹村が顔色を変えた。「客に向かって、貧乏ったれのゲスとはなんだこの野郎。謝れ」

「誰が謝るか。ふだんはふた月にいっぺんしか刈りにこない、しみったれのくせして、こんなときばっかり、ひょこひょこやってきやがる。そういうのをゲス野郎っていうんだ。嫌なら来るな。貧乏人の頭なんか刈ったらハサミが錆びちまう」

「この野郎、言っていいことと悪いことがあるぞ」

母が止めに入って、取っ組み合いの喧嘩にはならずに済んだ。しかし、二十年来の馴染み客をひとり失った。

そのあとの客とも、似たようないざこざを起こし、しまいには、まったく関係のない話題にまで怒り出すようになってしまった。来る客、来る客、ほとんど全員と喧嘩したそうだ。

狭い町内のことだから、すぐに噂が広まって、気がつけばお客さんがほとんど入らなくなっていた。

理髪店はこの店ばかりではない。それに何より、首から上を鋭利な刃物でいじられるのだ。すぐにかっとなる男に委ねるのが気持ちいいはずがない。

「ハル坊んとこは、開店休業ってやつだな」

近所の顔見知りのおじさんから、そんなふうに声をかけられたこともあった。

手持ち無沙汰になった父は、昼間からぶらぶらと外出するようになった。ときおり、ぷいっと外出しては、何時間も戻らない。国道沿いにできたパチンコ屋で見かけただとか、昼からヤキトリ屋で赤い顔をしていたとか、面白半分に教えてくれる声が、春輝の耳にも入る。

「どうしてこんなになっちゃったんだろうね」

肩を落とす母と一緒に深い溜め息をついた。

しかし、運命のボールは、まだ坂道を転がり始めたばかりだった。

もともとは家族の間でも、春輝が持っているらしい不思議な力についての接し方は違っていた。

姉の秋恵は、昔から完全に無視だ。否定も肯定もしない。話題に出ても聞こえなかったふりをする。きっと不愉快なのだろうと思うが、本当の気持ちはわからない。

母は、いつもただ心配してくれた。

たしかにこの世界には不思議なことが存在するかもしれない。でも、人に言ったり見せたりしないほうがいい。結局は自分が傷つくことになるから、と。

春輝は、小田尚彦に打ち明けるまで、その言いつけを守ってきた。

一方、父親の哲男は否定的だった。人前でひけらかすという以前に、そんなものありはしない、何かの間違いだ、という態度を変えたことはない。話題に出しただけで、いきなり怒り出すこともあったほどだ。それがなぜ急に東京へ行けと言い出したのか不思議だったが、両親のやりとりを聞いていると、どうやら〝セッタイ〟されたからしい。


当の春輝も、学校ですっかり孤立していた。

いじめられはしない。ただ、近寄ってくる級友がいなくなった。

気持ち悪がられている、と感じていた。いじめたりからかったりして、呪われたりしたら大変だ。近寄らないのが一番、触らぬ神に祟りなし。

唯一の友人と呼べそうな存在だった小田尚彦が春輝を避けるようになって以来、野球カードやテレビアニメの話題を語り合える相手がいなくなった。

そろそろ夏休みになる——。

それが、春輝にとっては希望の光だった。

夏休みになれば、みんな旅行に行ったり、家族との行事を楽しんだりして、新学期には生まれ変わったような顔つきで登校してくる。休み前に喧嘩した級友とも、自然に関係が回復できる。いままでも、毎年そうだった。それに今年は、夏休みが終わればすぐにオリンピックが始まる。カール・ルイスとベン・ジョンソンの対決が楽しみだ。

自分の身に起きた、このささやかで馬鹿げた騒動も、皆忘れてくれるに違いない。いや、忘れないまでも、笑い話に変わるはずだ。もう少しのしんぼうだ――。

そう思っていた矢先、父親がまたとんでもないことを言い出した。

「おい、春輝、来週の日曜日に名古屋へ行くぞ」

外から戻ってくるなり、そう声をかけてきた。

夏休みが眼の前に迫った、土曜の午後だった。春輝は、父の姿が見えないのをいいことに、ランドセルを放り出し、リビングでテレビを見ていた。

春輝にとって父親はもともと煙たい存在だったが、最近ではますます顔を合わせたくなくなっている。

「えっと、何しに?」

あわてて体を起こす。父はほんのりほおのあたりが赤らんで、酒の匂いがした。

「何って、決まってんだろうが。テレビだよ。テレビに出るぞ」

いきなりのことで、どう返事をすればよいのかわからない。

「この前はな、東京くんだりまでのこのこ出かけていったからダメだったんだ。だから、今度は名古屋のスタジオで撮るんだ。いいか。名古屋のスタジオで撮っても、全国放送だぞ。東京や大阪でも流れるんだ」

　どこで放映されるかなど、どうでもいい。あんなことを繰り返すのはもう嫌だ。父親がもう少し穏やかに話し合える相手だったら、そう反論していただろう。東京での失敗のあと、もう二度と出なくていいと、母は言ってくれた。父もうなずいていた。いや、そもそも父は一貫して「そんな力なんかあるわけない」と言っていたではないか。

「もう二度と出るなって言ったのに」恐る恐る抗議した。

「おまえだって、失敗したとか小心者だとか、そんなレッテル貼られたままじゃ、いやだろうが。この先、一生後ろ指を差されたくないだろう。え？」

　え、と言われても、たかがあれだけのことで、一生後ろ指を差されるとは思っていなかった。

「でも、また失敗したらどうするの？」

「ばかやろう」頭を叩かれた。「だからお前はだめなんだ。いいか、これから何かをやろうってときに、『失敗したらどうしよう』なんてびくついて、成功するわけがないだろう」

　だんだん興奮してきた。だめだ。もう、何を言っても聞いてはもらえない。

「男なら、胸を張って行け。いいか、背筋を伸ばした人間は、神様の目にとまりやすいもんだ」

　それならお父さんは、神様の目にとまったのだろうかと思ったが、もちろん、そんなことは聞けなかった。

夜中に、「でも、それじゃあの子が緊張するから」とか「お前が一緒にいて、だめだったじゃないか」というやりとりが何度か聞こえてきた。春輝はティッシュを丸めて耳に突っ込み、蒸し暑いのを我慢して夏掛けを頭からかぶって寝た。

翌週、名古屋のテレビ局まで付き添ったのは、父親の哲男だった。

夏休みまで残り数日、べたべたとシャツが肌に張りつく不快指数の高い日だった。

日曜の朝七時に家を出て、電車を乗り継ぎ名古屋へ向かった。途中の電車の中で、父はずっと競輪の新聞を読んでいた。赤鉛筆で丸や三角をつけては、乗り換えのたびに「ちょっと、そこにいろ」と春輝を待たせて、どこかへ電話を掛けに行った。

「こいつが来たら、帰りには特上の寿司を食わせてやる」そう言って笑った。

約束の十時少し前には、無事テレビ局に着いた。

4

「やあ、どうも、どうも。君が天才超能力少年ですか」

テレビ局の受付で案内を乞うと、柳田《やなぎだ》と名乗る男が応対に出てきた。皮肉を言われたような気がして、なんとなく不愉快な気持ちになった。

あとで聞いたが、プロデューサーという職業らしい。

東京の友松は、馴れ馴れしい調子で話す、なんとなくいいかげんな感じの男だったが、この柳田は、態度が丁寧なのがかえって胡散臭かった。たとえていえば、金を貸したときに、友松なら「ゴメン。今日も持ち合わせがなくて」とのらりくらり逃げそうだが、柳田は「金なんて借りましたっけ？」とごまかしそうな雰囲気だ。

「あれ、なんか、緊張してるかい」

春輝の気など知らない柳田が、人なつこそうな笑みを浮かべた。

「田舎もんで、こまった奴です」

父が、照れ隠しのように春輝の頭を叩いた。

「さ、こっちにどうぞ。お父さんもご一緒に」

柳田が二人をつれて、通路を奥へ入って行く。哲男は春輝以上に落ち着きがなく、すれ違う人物のほぼ全員に、「どうも、大里です」と頭を下げていた。

幸いなことに「どちらの大里さんですか」などと聞き返す人はひとりもなく、ほとんど全員が「あ、どうも」と言うだけで、目も合わせずに通り過ぎていった。

《予備室》とプレートのかかった部屋に入った。

一瞬、だだっ広く感じたのは、あまり物が置いてないせいだろうか。よく見れば、学校の教室の半分ほどかもしれない。

手前の壁ぎわに、長テーブルをふたつくっつけた島が二個あり、その回りにパイプ椅子が十脚ほど乱雑に置いてあるだけの殺風景な部屋だった。

「ま、とりあえず座って、打ち合わせましょうか」

勧められて、椅子に腰を下ろす。テーブルの上には、紙パック入りの麦茶や、袋の口を開けたお菓子などが、雑然と並べてあった。

「どうぞ、遠慮なく食べて」

煙草に火を着けた柳田が、春輝に飲食を勧めたとき、せわしないノックの音がして、数人の男が入ってきた。一人はカメラを担ぎ、なんだかわからない機械を三人がかりで押している。

またあれが始まるのかとうんざりした。

「おう、こっちこっち」

柳田が、立ち上がって、紹介しますね、と言った。男たちが、その周囲に立つ。灰皿に置かれた煙草から、煙が立ち上っている。

「彼が、ディレクターの細野、そっちはカメラマンの――」

ひととおり説明されたが、ほとんど耳に入らなかった。柳田が先を続ける。

「MNCテレビの友松さんから、だいたいのところは聞いてます。前のテープも見ました。パワーを出せるのは五回が限度、ってことで間違いないですね」

「そうなんですよ。情けない話で」

先に、父がうなずいた。

本当は、体調や緊張の度合いによっては、一回もできないことだってある。しかし、いまそんなことを説明できる雰囲気ではなかった。

「無理なものはしょうがないですね。ぶっつけ本番ということで」

「それに、今回はナマじゃないから、気楽にね」

名前とは裏腹にごつい体の細野が、バウムクーヘンをかじりながら、本当に気楽そうに口を挟んだ。

「そしたら、まずはモノを見てもらおうかな。おい、おまえ、例のやつ持ってこい」

柳田に命じられた若者が、背負っていたリュックからスーパーのレジ袋のようなものを出した。細野が受け取り、テーブルに置くと軽めの金属音がした。

「今回は皿に挑戦してもらいます。ボールペンより絵になりますからね」

袋を逆さにすると、がらがらと音をたてて皿が出てきた。全部で十枚ほどあるだろうか。学校の給食に使うような、アルミの皿だった。どれも新品のようにピカピカで、見た目よりずいぶん軽かった。

今度はうまくいくかもしれない——。

ほっと息を吐いた。


テレビ局で弁当を渡されたが、それは持ち帰ることにして、名古屋駅近くの食堂に入った。

寿司でないところをみると、競輪の結果は〝来なかった〟のだろうと思った。

とりあえず番組撮影は成功したのに、父はさっきからずっと不機嫌そうだ。

その原因がテレビ局にあるのか、競輪のせいなのか、春輝にはわからない。

父はビールと味噌カツを頼み、春輝はここ数年で急に名古屋の新名物になったというエビフライを頼んだ。店に入ったときは、まったく食欲はなかったが、八丁味噌を使った色の濃い味噌汁をすすってから、揚げたてのエビフライにかじりつくと、胃がくるくる鳴るほど美味しかった。

しっぽの殻に詰まった身までほじって食べた。

5

春輝には、忘れられない秘密の体験があった。

あれは五年生のときのことだ。道を歩いていると、向こうから仔犬がやってくるのが見えた。右の後ろ足をひきずっている。すれ違うとき、鼻をひくひくさせながら、うるんだような目で春輝を見上げた。

「おまえ、怪我してるのか」

動きのおかしい足には、べっとり血がついている。怪我をしているようだ。

「ちょっと見せてみな」

抱きかかえるようにすると、いやがる様子もなくされるがままにしている。膝の少し上あたりに、三センチほどの傷があった。原因は想像がつかない。大きな犬に嚙みつかれたのか、有刺鉄線にでも引っかかったのか、まさかと思うが、人間が刃物で切りつけた可能性もある。

「痛いか?」

通じるわけがないと思いながらも声をかけたとき、犬と目があった。仔犬は濡れた鼻をひくひくさせながら、春輝のほおをなめた。体が小刻みに震えている。

具体的にどうしようと思ったわけではなかった。気がついたときには手のひらで傷口を押さえていた。犬はそれが気持ちいいのか、体を曲げて、押さえている春輝の手をなめた。目を閉じ、意識を集中させるとだんだん夢の中に吸い込まれていくような感覚を味わった。

どれぐらいそうしていたのか、平衡感覚がまったくなくなり、目を開けているのに真っ暗になった。頭がアスファルトにぶつかる、ごすん、という音が聞こえた。

気がついたときには移動中の救急車の中で横になっていた。救急隊員の話では、通りかかった人が道ばたに倒れている春輝を見つけ、話しかけても反応がないので通報してくれたらしい。

「お父さんとお母さんは、直接病院に来てくれるそうだよ」

「犬は?」最初にそう尋ねた。

「あれはきみの犬かい。ずっとそばにいたけど、救急車には乗せられなくてね」

誰かに預かってもらおうとしているうちに、小走りで去っていったそうだ。

「怪我してましたか?」

「さあ、わからなかったけど、元気そうだったよ」

病院へ駆けつけてきた両親は、車にはねられたのではないかとしつこいくらいに尋ねたが、そうではなくて道を歩いていたら突然目の前が暗くなったと答えた。

医者も、レントゲンを撮ったが異常はない、たぶん脳貧血でしょう、と説明した。夜更かしでもしたんじゃないの、まあ一度精密検査を受けることをお勧めします、と言って何かの注射を打った。

両親が何を知っているのかわからない。春輝からは何も話していない。それなのに父は、恐ろしい顔で「二度とおかしなことはするな」と叱った。となりで母も、心配そうにうなずいている。きっとぜんぶわかっているのだ。

それからひと月ほど経って、今度は道路のはしで雀が羽をばささせているのを見つけた。前にも一度見たことがある。そのとき一緒にいた父が「車のガラスにでも当たったんだ」と教えてくれた。

苦しそうにもがいている。

どうしようかと迷った。また救急車が来るような騒ぎになるかもしれない。この前の仔犬の一件に、はたして自分の力が何か影響したのかどうか、自分でもわからなかった。

昔から漠然とだが、もしかするとペンを静止させる以外の力もあるのではないかと思ってはいた。しかし、それには犠牲を払わねばならないこともわかった。仔犬の怪我を治して気を失ったなら、小さいとはいえ、死にかけている雀をもしも救ったりしたら、自分の命と交換になるかもしれない。

そう思ったら体が硬直して何もできなかった。

春輝が立ち尽くしている目の前で、やがて雀は動かなくなった。

テレビ放映があったのは、夏休みに入って初めての土曜日だった。

『夏休み特別企画。スーパー・チャイルド――不思議な力を持った子供たち！』というタイトルの、九十分番組の中で流れた。十歳にして大人顔負けのイリュージョンを見せる少年がトリで、春輝はそのひとつ前という扱いだった。

大がかりなセットや屋外撮影などもあるため、ほとんどは撮影済みのＶＴＲをスタジオのゲストが観賞する、というスタイルだ。

春輝の番になった。周囲の照明が落とされ、スポットライトが当たる中、テーブルの皿を見つめる春輝が映っている。見ているだけで顔が熱くなってくる。

思わせぶりなナレーションが流れる。やがて、白いテーブルに置かれたアルミの皿がかたかたと揺れ始め、ゆっくりと中空に浮いた。インパクトのある音楽に合わせて、ナレーターが興奮気味にまくし立てる。

スタジオのゲストが目と口を開けて、大げさに驚いている。すごい、何これ、の大合唱だ。ただひとり、こういう話題のときによく登場する大学教授が、こんなもんインチキですよ、と決めつけた。東京のときも否定していた、あの人だ。すぐに司会者に「また始まった」とまぜっかえされ、みんなの失笑を買っていた。

番組では、わずか十秒ほどのＶＴＲが繰り返し再生された。自分の出番が終わると同時に、春輝の額や首筋から汗がどっと噴き出した。大量のからしでも飲み込んだみたいに、胃の中がじんじんと熱かった。

「いやあ、大里さん。見たよ、見たよ」

散髪の客が、店に入ってくるなり、声をあげるのが聞こえた。

放映があった翌日のことだ。

春輝は、ガラス戸一枚隔てたリビングで、横になってテレビを見ている。夏風邪でもひいたのか、熱っぽくふらつく感じだ。ときどき体を起こしては、コップにささったストローで、大好きなコーラをすする。

「いやあ、お粗末さまで」

父が照れている声が聞こえた。機嫌がよさそうだ。ひところのとげとげしさは消えている。

「なんのなんの。ハル坊、前のときより貫禄があったね。やっぱり、慣れってあるんだね」

「恥ずかしいからその話はやめてください」と母親が懇願する声に続いて、男たちの笑い声があがった。

テレビに出るのは、胃が痛くなるぐらいにいやだが、それで父親がまた客と仲良くなれるなら、そして店の商売ができるなら、自分は我慢してもいいと思った。

春輝はその夜から体調をくずし、とうとう三十八度近い熱を出して寝込んでしまった。

熱は二日ほどで引いたが、やることもない。ふとんのなかでぼんやりと天井を眺めながら、ああ学校へ行かなくていいんだ、と思った。夏休みになっていてよかった、と。

しばらく学校の心配はいい。それよりも、ミニバスケはどうしよう。

美濃ラビッツは、来週、ふたたび関市のチームと交歓試合をすることになっている。この前、少しだけいい動きができたので、またA組に選んでもらえそうな気がする。

本当は、いまこの時期だから、人前に出るのはあまり気がすすまないのだが、A組に選ばれることは名誉だ。

家に引き籠もってばかりではいけないと思っている。いままでも、気まずくなった同級生とミニバスケの試合中に仲直りした経験がある。試合でいいところを見せれば、みんなの態度もまた違ってくるのではないか。

よし、気分を変えて、試合では全力をつくそう。たとえB組になったとしても、くさらずにがんばろう。

そう思っていた矢先に、コーチの深町が家を訪ねてきた。

店はまだ閉めてなかったが、客も父もいなかったので、母が応対した。春輝も隣に座る。

出されたコーラに手もつけず、深町はしきりに汗をぬぐった。

「いつも、お世話になっています」

「いえ、こちらこそ、ハルキ君には活躍してもらって助かっています」

ニックネームに「君」をつけて呼ぶちぐはぐさからも、深町の緊張が伝わる。

深町は最初、あれこれと言い訳を並べていた。ハルキ君の真面目な練習態度は模範だとか、天才肌ではないが努力型なので、いつか大きく花開くだとか。なかなか用件を切り出そうとしない。

「あのう、すみませんが、ちょっとお店の片づけがあるので」

母に催促されて、ようやく本題に入った。

当分の間、春輝は試合には出られない――。

それが、結論だった。

「どういうことですか？　レギュラーメンバーでなくなるという意味かしら」

ミニバスケのことは詳しく知らない母が、深町と春輝の顔を交互に見た。

「いえ」深町のこめかみを汗が流れ落ちる。「試合に来ないで欲しいんです。応援にも」

「応援にも？」

ここまでは黙って聞いていた春輝が、思わず割り込んだ。応援にすら来るなとはどういうことだろう。

「尚ちゃんが何か言ったんですか？」

疑いたくはなかったが、さすがに会場にも来るなとは、あまりの仕打ちに思えた。

「いや、違うんだ」春輝を見た深町の目は、ふちが赤くなっていた。

「じゃあ、コーチのお考えで？」母が問う。

「まさか」とんでもない、と訴えるように、大げさに手を振った。「相手チームです」

「関市の？」

「うん。協会に申し入れがあったそうだ」

深町の説明によれば、今度の対戦相手、『関キングフィッシャーズ』の保護者から、岐阜県の協会宛てに「超能力を持った少年が試合に出るのは不公平だ」という訴えがあったらしい。

協会で検討したところ、たしかに、科学的に証明はできないが、少なくとも本人や親が認めてテレビにまで出ている以上、なんらかの不正な力が働く可能性は否定できない、という意見が多数を占めた。どこで入手したのか、四月のブルーソックスとの試合のビデオが参考資料として提出されたそうだ。春輝が、ラスト近くに放ったロングシュートの場面だ。

リングの上でぐるぐると回転していたボールが、見えない手で触れられたかのように、内側に落ちるところが、はっきり映っているらしい。

「あれも、その〝力〟を使ったのじゃないかというのが主張なんです。ブルーソックスの保護者も刺激されたらしくて、いまごろになってぼくのところに、あの試合は無効だからと連絡してきました」

「そんな――」

その先が続かなかった。下瞼の内側で水道の栓でもひねったように、ぼろぼろと涙が溢れてきた。

「そんなこと、ぼく、ぼく――」

腕で目をごしごしとこする。それでも、つぎつぎに涙は湧いてくる。

「もちろん、おれは信じてる。そんなこと、ハルキがするはずがない」

「でも、でも」

「ねえ、春輝。あとはお母さんがお話しするから、あなたは二階の自分の部屋に行ってなさい」

母がそう言う理由はわかった。こんな場面を父親に見つかって、理由を知られたりしたら大変な騒ぎになる。いますぐ関市まで飛んで行って、相手の保護者のところへ怒鳴り込むかもしれない。

春輝は袖口で目を押さえ、ひっくひっくとしゃくりあげながら、階段を上った。

そのあと、母とコーチが何を話し合ったのかわからない。

結論は変わらなかった。それはしかたがないと春輝もわかっている。権利を主張して、あくまで試合に出ると言い張ることは可能かもしれない。見えない力を使ったなどと証明できないからだ。しかし、心の中まで強制はできない。チーム全体が白い目で見られてしまう。ズルをした、と後ろ指を差されるのが、自分だけではなくなる。みんなに迷惑を掛けては申し訳ない。

さっき、話を聞いた瞬間は、そんなことありえないと思った。絶対に、あの不思議な力は使っていないつもりだった。しかし、部屋でひとりきりになって考えているうちに、自信がなくなってきた。

あのとき——ボールがリングの上でくるくると回っていたときに、入れ、入れ、と強く念じていたのは確かだ。あの場面でそう思わないプレーヤーなどいないだろう。しかし、その結果、春輝自身も望んでいなかった力が働いた可能性が、まったくなかったと言い切れるだろうか。

「わからないよ」腕に目を押し当てて、うめくようにつぶやいた。「そんなの、わかるわけないよ」

春輝は、事実上その夜にミニバスケチームを退団した。

5　二〇一四年　楓太

1

「さてと。この始末、どうつける？　お兄さん」

やけに静かな口調が、かえって不気味だ。

「あの、クリーニング代は……」

言い終える前に、スキンヘッドの男に遮られた。

「兄さんよ。他人にゲロ吐かれた靴、また履く気になるか？」

「すみません」

「買い換えるしかないだろう？」

サングラスの男が穏やかに言って宮本楓太の目をのぞきこんだ。つい、視線を落とす。

買い換えるほど汚れたようには見えなかった。返答に困っていると、サングラスの男の手がすっと伸びて、楓太のスーツの内ポケットから長財布を抜き出した。流れるような動作だったので、拒む隙もなかった。

「それは」

差し出した手を、スキンヘッドが払いのけた。

サングラスの男が、財布をあらためる。千円札を五枚抜き出した。

「なんだ、こりゃ」

ゆらゆら揺れる札に三人の視線が集まった。

「こいつ、キャバクラ目指して突進してましたけど」ニット帽がうひゃうひゃと嬉しそうだ。

「これじゃ、おめえがよく行く超格安ピンサロだって無理だろ」

「あ、ひどいっす」

ニット帽が口を尖らせ、スキンヘッドがげらげらと笑っている。

「その金は……」

サングラスの男は耳を貸さず、免許証を見つけ出した。

「宮本――なんだこりゃ、フウタって読むのか。ふうん」

ひととおり目を通してから、ニット帽に渡した。

「そこのコンビニでコピーとってこい。カラーにしとけよ」

「うっす」

「あ、それはちょっと」ますます、まずい事態になっていく。

伸ばした手を、またスキンヘッドに払われた。

「でも、ユウジさん」ニット帽が、免許証をもてあそびながら聞き返した。「財布ごともらったらいいじゃないすか。免許証とかカードとか」

「ばかやろう。ゆすりたかりじゃねえんだ。いいから早く行ってこい」

サングラスの男は、次に名刺を引っぱり出した。名刺入れを忘れたときのために、予備で入れておいたものだ。

「これが勤め先か。『パサージュ』？　レディースファッション？　なんだこりゃ。おめえ、知ってるか」

スキンヘッドが、知りません、と首を振った。

「あの、勘弁してください」

「こっちはなんだ？　――宮本勝、市役所にお勤めか。おいおいこっちは県庁だぞ、宮本秀人か。こりゃいい。公務員一家じゃねえか」

さらにまずい。何かのときの連絡用に入れておいた、父親と兄の名刺だ。

「それは……」

「まあいい。電話して本人に聞けばわかる」

「勘弁してください」

「家と会社と親兄弟の勤め先。まあ、こんなとこか」

ユウジと呼ばれたサングラス男は、二枚の名刺を自分のスーツのポケットに押し込み、ポイントカードでぶ厚くなった財布を楓太に向かって放った。受け止めそこねた財布が落ちたとき、楓太の体をまさぐっていたスキンヘッドが、集金した八万円余りの入った封筒を見つけた。逆らう間もなく抜き取られてしまった。

「あ、それは」

伸ばした手を、スキンヘッドが再び払いのける。びしっと音がしてしびれた。

「このガキ、こんなとこに、別に持ってますよ」

「その金は違うんです」

「見せてみろ」

手渡されたユウジが、封筒から札を抜き出し、小銭を手のひらにあけた。捨てられた封筒が風に乗って飛んでいく。

「八万ある。多少は持ってるじゃねえか」

ユウジは小銭をポケットに落とし、八枚の一万円札を自分の札入れに差し込んだ。

「その金は違うんです」

「うるせえ」

スキンヘッドが蠅を追い払うように手を振る。

ユウジがゆっくりと宣言した。

「明日、あと十二万持ってこい。スーツと靴、合わせて二十万にまけてやる」

「二十万！」

ユウジはうなずきもせず、先を続ける。

「兄さんもファッションの会社に勤めてるなら、このスーツと靴が安物かどうかぐらいはわかるよな。スーツはつるしじゃねえぞ。ズボンだけ替えるわけにいかねえんだ」

たしかに、スーツも靴も楓太のものよりも高級品だった。しかしそれは、新品で買ったときの話だろうし、そもそもクリーニングで済む程度の汚れだと思うが。

「明日のちょうどいま――ああ、切りよく八時にするか、それまでに、ここに持ってこい。いいな」

「そんな。勘弁してください」

深く頭を下げる。吉井課長に謝るときよりも、気持ちはこもっていた。

「明日、約束の時間に来なければ、あさっての朝、おまえの会社まで行くからな。『おたくの社員は、キャバクラで遊ぶ金はあっても、汚した他人の服は知らんぷりですか』ってな」

「お願いです。勘弁してください」

とうとう、土下座してしまった。

納期を間違えたり、商品を間違えたりして、どんなに客に罵倒されても、土下座だけはしたことがなかった。いまは、そんなプライドなど、みじんもなかった。

「いいか。おまえが汚したものを、弁償するんだからな。下手なことして話をこじらせると、あとで後悔するぞ。ああ、すんなり弁償しときゃよかったってな」

「お願いしますっ」

額を床にこすりつけた。ワックスとコンクリートと、かすかに小便の臭いがした。

「なんなら、いいサラ金、紹介するぞ」

スキンヘッドが、優しく肩を叩いて笑った。

「ユウジさん、とってきました」息を切らしたニット帽の声がした。

「てめえは、さっきから――」また、ごすんと音がした。ニット帽の頭を殴ったらしい。

「名前を出すなって、言ってんだろうが」

「うっす。すんません」

「こいつと一緒にタコ部屋行くか」

「うっす。かんべんしてください」

「明日の夜八時に、おめえが受け取れ」

「うっす。――何をっすか」

スキンヘッドが事情を簡単に説明すると、ニット帽がへっと笑った。

「このやろ、今夜が年に一回の風俗祭りじゃねえだろうな」

「くだらねえこと言ってねえで、行くぞ」

床にひれふしている楓太の体をまたいで、男たちは去っていった。

顔をあげると、近くに免許証が落ちていた。妙に緊張した自分の顔が写っている。かなり面倒な事態になったことが、まだ半分酔った頭でも理解できた。

とんでもないことになった――。

集金した八万円を取られてしまった。さっさと入金しなかったばかりに。週末、まるで苦行僧のような我慢に耐えた金なのに。一円も使い込んでいないのに。ああ、こんなことになるなら、自分で使ってしまえばよかった。

――いや、そうじゃない。そんな問題じゃない。トラブルはまだぜんぜん終わっていない。八万とられただけでなく、さらに追加で十二万円要求されている。自分の会社も、父と兄の勤め先もあっさり知られてしまった。

　膝の埃をはたいて、ようやく立ち上がった。

　逃げたときに膝蹴りをくらった以外、どこも殴られたり蹴られたりしていなかった。最近は、直接的な暴力はふるわずに金を脅し取るのだと聞いたことがある。ただ、免許証のコピーと名刺だけを持ち帰った。

　警察に行ってみようか。

　だが、それでどうなる。そもそもことの始まりは自分なのだ。歌舞伎町の路上で酔っぱらって、こっちからぶつかり、話し合いの途中で逃げ出し、暴力をふるわれたわけでもないのにズボンと靴を汚した。説明のしようではそうなる。下手をすれば、あんたが悪いよ弁償しなさいよ、などと言われてしまうかもしれない。

　仮に警察が親身になってくれたとして、解決するだろうか。明日はしのげるかもしれない。しかしその翌日、さらにその翌日、会社まで見回りには来てくれないだろう。自宅にも来てはくれないだろう。さんざんひどい目にあってから捕まえてもらっても、何にもならない。仮に捕まるにしても、きっとあの下っ端のニット帽だけだ。下手なことをすればますます泥沼にはまっていく気がする。

　心配してくれている田崎係長につれなくしたばちが当たったのだろうか。

　汚いビルを出て、路地に戻った。三人の姿はない。さっき声をかけてきた客引きの若い男が、楓太に気づいてにやにや笑っている。何が起きたかわかっているようだ。

楓太は睨みかえす元気もなく、目についた近くのパチンコ屋に入った。

トイレで口をすすぎ、顔を洗い、服の汚れを払った。

少し気分が落ち着いたので、亜樹がいるはずの店の前に戻ってみる。

亜樹に貸した二十万円が戻ってくれば、なんとかしのげる。

しかし、さっきまでの、攻めの気持ちはすでにない。いま彼女に会って開き直られたら、また土下座してお願いしてしまいそうだ。

帰るに帰れず、近くの物陰で店の扉を見張っていた。ひょっとして、中から亜樹が出てくるかもしれない。

しかし、客の出入りはあるが、女の子の見送りや出入りはなかった。

「弱ったな」

汚い電柱にもたれながら、またひとりつぶやいた。

こんな夜に、どうしてまっすぐ家に帰って、一本税抜き九十八円の缶チューハイで我慢しなかったのだろう。

カードの引き落としまであと二日だったのに。

時計の針を二時間前に戻せるなら、なんでもするのにと思った。

結局、亜樹が入っていった店に突入する勇気も、店のかんばんまで待ちぶせる気力もなく、アパートへ帰ることにした。

どこをどう帰ったのかほとんど覚えていないが、気がつけばアパートのドアの前に立っていた。

深くため息をついて鍵を開ける。

冷蔵庫から、ノーブランドのミネラルウォーターのボトルを出して、直接飲んだ。ももやしていた胃に、冷たくしみ渡った。

ワイシャツを脱ぐ元気もなく、安物のダイニングセットの椅子に腰を下ろす。あごが胸につきそうなほどうなだれてしまう。誰かに相談し、できることなら少し元気をもらいたいが、信頼できる友人はいない。

地元の連中とはほとんど没交渉にしている。

大学でも、自分で世界を狭くした。地方から出て来ている人間とは、必要以上に親しくしないよう注意していた。田舎くささは伝染《うつ》ると、本気で信じていた。いまだって信じている。その一方で、東京に実家のある人間とも距離を置いた。どこかで見下されているような気がするからだ。さらには、自分たちだってネギ畑や菜の花畑に囲まれて暮らしているくせに、都民気取りで北関東出身者を笑いの種にする、埼玉や千葉の人間がとりわけ大嫌いだった。

今にして思えば、何とちっぽけな性根だったのか。

それだけではない。出身地のことは、当初は洒落のつもりだった。つまらないコンプレックスの裏返しであることは、自分でもわかっていた。しかし、劣等感をごまかすためにまずは相手を見下す、という癖がついてしまい、気づいたときには、常に人間関係を「上か下か。損か得か」で考えるようになっていた。そして気がつけば、腹を割って相談できる友人はひとりもいなかった。

社会人になってからだって似たようなものだ。わけも聞かずに十万も二十万も貸してくれる同僚はいない。せめて、大柴あたりともう少し深いつきあいをしていればよかったのだろうか。いや、あいつはやっぱり頼りにならない。

そのとき、後悔だらけでぼうっとなった頭の中に、小さな灯がともった。

そうだ。あの手があった——。

匿名で相談を持ち寄るインターネットサイトに投稿してみるのだ。

中古で買ったノートパソコンを立ち上げ、さっそく投稿サイトを開いた。出てる出てる。

《喧嘩したはずみで、知り合いに怪我をさせてしまった。逮捕されますか》《来月出産ですが、夫の子どもでない可能性があります。産んでからバレたら離婚されますか》そんなのがぎっしり並んでいる。〝自称〟法律関係者の回答もある。《お尋ねのケースは、民法第○○条第○項が適用されます》などと解説してある。ここなら何か道を示してくれるかもしれない。

さっそく入力フォームに少し打ち込んでから、ふと思いついて、冒頭に《友人が——》とつけ加えた。

《友人が、夜の繁華街でアブナイ感じの男にからまれて、免許のコピーと名刺をとられて、明日までに金を持ってくるよう要求されたそうです。どうしたらいいでしょう》

たちまち、反応があった。

中には、《はじめが肝心です。いますぐ警察に行ってちゃんと相談するように、アドバイスしてあげてください》という真面目なものもあった。しかしほとんどの書き込みは、冷やかしというより、悪意すら感じるものばかりだ。

もう人生オワッタとか、骨の髄までしゃぶられるとか、《友人》なんて書いてごまかしてるが本当は自分のことだろタコ、などと血も涙もない言葉が続く。ＩＰアドレスから個人が特定されますよと脅すものまである。

あわててコメント削除の手続きをしていたら、パソコンがまたフリーズしたので、「このオンボロ」と悪態をついて床に放り投げた。

2

熟睡できないまま夜を明かした。

洗面所の鏡に映った顔を見て、こりゃひでえな、と思った。殴られたわけでもないのに、なぜか顔がぱんぱんに腫れているし、目はたこやきを半分に切って貼り付けたようだ。会社できっと何か言われるだろう。

出社した。田崎係長は少し驚いたような顔で「おはよう」とだけ言った。ほかの課員はそれとなく楓太の顔を盗み見ているだけで声をかけてこない。

朝礼が終わるなり、隣席の大柴がひそひそ声で話しかけてきた。

「宮本さん、かなりきてますね。昨日、相当飲んだんですか」

「いや、ちょっと込み入った事情が……」

「おい、宮本」吉井課長の怒声にさえぎられた。「ちょっと来い」

しかたなく課長の机の前に立つと、楓太を見上げて「なんだその顔は」とあきれた。

「はあ、ちょっと」

ねちねち追及されてはかなわないと思ったら、すぐに話題は変わった。

「ぼけっとしてんじゃないぞ、今朝の朝礼、聞いただろう。未収金の話だよ。おまえが一番多いんだからな。そんなのばっかりトップになってどうするつもりなんだ。出かける前に、長期の未収は報告書あげておけよ」

「すみません」

力なくお辞儀をして、ふたたび椅子に腰を下ろす。見るつもりはなかったが、田崎係長が視界に入った。意味ありげな笑みを浮かべて、うなずいたように見えた。

どうやら、未収金回収に力を入れようという社の方針になったらしい。課全体の未収金額は課長のマイナスポイントになる。楓太が真っ先に血祭りにあげられるのは、数字からいってもしかたのないことだった。

しかし、現在最大の関心ごとは、そんなところにない。キーボードに指は載せているが、報告書の文章など、ちっともまとまらない。

まずいよ、まずいよ。

あと十二万どうする。誰かに借りるのか、無視するのか、警察に駆け込むのか。

しらばっくれて払わなかったときに起きるであろう事態を考えると、暗い気分に襲われる。父親が休職しているのに、職場にあんな男たちから電話などいったら、とりかえしのつかないことになる。

楓太の得意技である、「逃げる」という手が、今回は使えないのがつらい。かといって、親に借金は頼めない。父親が元気だったときでさえ、いきなり十二万貸してくれと頼んで今日の今日では間に合わないだろう。まして兄になど問題外だ――。

亜樹を見つけたのだから、最終的には彼女に返却してもらうしかないのか。ただ、あの女が「はいそうですか」と、すぐに返すとは思えない。やはり、それはそれとして当座の金を工面しなければならないだろう。

困った、困った。

しかも、それとは別に、明日までに四万五千円も用意しなければならない。それを言うならノムラの八万はどうなる。ああくそ、全部でいったいいくら足りないんだ。

悔んだり恨んだり、しまいには自分でも何を悩んでいるのか、よくわからなくなってきた。もうやけくそだ。外回りの途中で消費者金融に寄るしかないと、ようやく腹を決めた。

開店の時刻にあわせて、テリトリー内の新宿南口にある、テレビＣＭで有名な店に入った。利用者の数が多いほど、〝大勢の中のひとり〟として個性を消せそうな感じがしたからだ。それに大手ならば、杓子定規なことをいうかわりに、あこぎなことはしないような気もする。

スマートフォンの電卓機能を使って、ようやく冷静に計算ができた。追加金とノムラの集金分とクレジットの合計だけで二十五万円近く必要だ。生活費だっている。条件が許すなら三十万円ほど借りたい。

心の準備ができる前に自動ドアが開いてしまった。

「いらっしゃいませ」

清楚なデザインの制服を着て、首にスカーフを巻いた美女が、にこやかに声をかけてきた。

「よろしければ、ご案内いたしますが」

営業スマイルとわかっていても、吸い込まれそうな笑顔だ。ほんのりと香水が香る。理由は聞かずに三十万円貸してほしいんです、と言いかけて、我に返った。

ロレックス叔父さんを思い出せ――。

「あのすみません。書類忘れちゃって」

さっと頭を下げ、背中を向けた。心臓が痛いほどどきどきいっている。

「またのご来店、お待ちいたしております」という声が聞こえたときには、自動ドアを通り抜けるところだった。

店の中から完全に見えなくなるあたりまで歩いて、荒くなった息を整え、額の汗を拭い、会社貸与の携帯電話を取り出した。

メモリの中から、一件呼び出して発信する。

〈はい。もしもし〉元気のいい声が響く。

「すみません、田崎係長。ちょっとお願いがあるんですけど」

3

「二十五万？　二十五万でいいの？」

田崎はそう言って、レモンティーに軽く口をつけた。

「はい。足りないのはそのぐらいだって」

楓太はアイスコーヒーを頼んでみたものの、ストローの袋さえ破っていなかった。

午後の二時に、田崎の受け持ち区域である池袋西口の喫茶店で待ち合わせた。

急に仕事中に連絡してきたというだけで、田崎には何か事情があるとわかったようだ。

楓太の顔を見たときから笑みはなかった。

どうしたの、と訊かれて、父親が脳梗塞で倒れて金が必要なのだと嘘をついた。言ってしまってから、どこかで聞いた話だなと気づき、すぐに亜樹の顔が浮かんできた。亜樹がつかった口実は、今では社内の語り草になっている。当然、田崎も知っているはずだ。

「あの、これは本当なんです。もしなんだったら、実家に電話してみてもらっても……」

「べつに疑ってないわよ」

それよりいくら必要なの、と訊かれ、ついぎりぎりの二十五万と答えてしまったのだ。

「それで、手術するの？」

田崎が心配そうな顔で、またレモンティーに口をつけた。

「あ、そこまでは聞いてないです」

「急にご入り用ということは、緊急手術かしら。帰らなくていいの？」

「別に自分が帰ってもやることはないので。兄貴もいるし、むしろ邪魔になるから帰ってこなくていいって言われて」

すらすらと言い訳が出てきた。田崎は、金の話に触れず、病状や病院の環境ばかり気にしている。これは、払いたくなくてはぐらかそうとしているのだな、と気がついた。だとしたら、これ以上油を売っていてもしかたがない。

「あのう、無理ならもういいです。急なお願いをした自分が非常識だったんで」

「違うのよ」

田崎は、口の近くにあったカップをあわててソーサーの上に戻した。薄茶色の液体が少しこぼれた。

「べつに、宮本君のこと疑って根掘り葉掘り聞いてるわけじゃないの。心配しただけよ。気を悪くしたらごめんなさい」

「いえ、ほんとすみません」

間が持たなくなったので、ようやくストローを袋から出して、アイスコーヒーに突き刺し、ずるずると吸い上げた。

「ちょっと待っててくれる」

そう言いながら、田崎はすでに腰を浮かしていた。

「ええと――」

「そこのATMで引き出してくるから、ちょっと待ってて」

「マジですか」

自分で頼んでおきながら、あっさり聞き入れてもらえて、かえってあわてた。ひりひりするほど喉が渇いている。

「大丈夫よ、そのぐらいの蓄えはあるから。――あ、それより、ご実家の口座を教えてくれたら、直接振り込むけど」

もう少しで、吸いかけのコーヒーを噴き出すところだった。

「それはちょっと」

「まずい？　まあ、そうね。むやみに他人に口座番号なんか教えられないわよね」

田崎のほうから逃げ道を示してくれた。

「ええ。信用してないわけじゃないんですけど、きっと親が怪しむと思うので。よけいな心配かけたくなくて」

「わかった。ちょっと待ってて」

ハイヒールの音をかつかつ言わせて、田崎が店を出ていった。

「ふう」

長く息を吹き出しながら、ずるずるとソファに身を沈めた。

田崎は戻ってくるなり、花柄の刺繡が縫い込まれたタオルハンカチで鼻の頭の汗をぬぐいながら、銀行の袋に入った金を渡した。

「はい。一応数えてみて」

「すみません」

ぺこりと頭を下げてからすぐ数えてみると三十枚あった。

「五万円多いです」

田崎は、ハンカチを額にはたはたと当てながら、多くて困ることはないから、持ってなさい、と目元に笑みを浮かべた。

「きりのいい数字にしたの。利息なんかとらないから、安心して」

片目をしかめたが、もしかするとウインクのつもりかもしれないと思い、見なかったふりをした。

「給料日に返しますから」

「宮本君の給料だと、一度に全額返せないでしょ。格好つけなくていいから、一度頼ったなら、とことん頼りなさいよ」

理由はよくわからないが、感謝と嫌悪が同時に湧いた。安堵感と後悔の念が綱引きをしている。

この場をどう取り繕って席を立とうかと悩んでいたら、幸いなことに、田崎のほうで午後のアポがあるからと、身支度を始めた。伝票を摑んだ手を小さく振り「じゃあ午後もがんばって」と笑顔を残して店を出ていった。

ぼんやりとその後姿を見送ってから、封筒に十二万を残し、あとは財布の中に押し込んだ。

店から出ると、四月にしては強い日差しが目を焼いた。ものすごく体がだるかった。歩くのも億劫だ。そういえば、朝からほとんど何も口に入れていない。食べないと元気が湧かないと思うが、食欲はない。

まずはカード引き落としの口座に五万円入金し、どうしても外せない訪問を二軒だけこなしたあとは、公園のベンチやデパートの休憩コーナーで、ぼんやりして過ごした。定時近くに社に戻ってみると、吉井課長は出先から直帰のようだった。良かった。こんな日に立たされたまま説教をくらっては、ぶっ倒れてしまうかもしれない。

できることなら、田崎とも顔を合わせたくなかった。一階上のフロアに行き、八万円と入金伝票を一緒に経理に提出した。

済んだ――。

とりあえず、問題のうちふたつはこれで清算できた。このあと渡す十二万をさっぴいても、手元に五万残ることになる。なんとか給料日まで生きていける。田崎係長様様だ。

昨日、課長に「小学生かおまえは」とあきれられたばかりだが、今日もまた定時二分過ぎにタイムカードを押し、歌舞伎町に向かった。

4

ゆうべ亜樹を見かけた店の前に立った。

さすがに歌舞伎町だ。こんな狭い道なのに、相変わらず往来がはげしい。立ち止まっていると、またろくなことにならないかもしれない。通行人の流れにのって、行ったり来たりしてみる。少し前に、コンビニでクリームパンを買って、むりやり飲み下した。

スマートフォンで時刻を確認すると、午後七時数分前だった。指定された時刻まで、まだ一時間以上もある。昨夜の一件で、勉強になったことがあった。飲食店の入っていない雑居ビルは、夜になるとまるで無人の廃屋のように、人の出入りがなくなるらしい。見張ったり、時間をつぶすにはちょうどいい。

楓太は、亜樹のいる店のドアが視界に入るあたりに、ちょうどいい具合の薄暗い小さな雑居ビルを探すことができた。人の出入りがなさそうなことを確認してから、ビルの入口あたりに立った。疲れてきたので、階段に直接座った。多少汚れるがしかたない。

ぼうっと待つうちに、ようやくゆうべ亜樹を見かけた時刻になったが、それらしき影は見えない。そして気づけば約束の午後八時近くになっていた。

自分を励ましながら、待ち合わせ場所に向かう。昨日土下座したビルのエントランスに入る。鼓動が速くなる。頭を床にすりつけたときの臭いが蘇る。呼吸が苦しいような気がしてきたころ、ほとんど定刻にニット帽が現れた。ニット帽には違いないが、昨日かぶっていたのとは別な帽子だ。

「うす。お疲れ」

くちゃくちゃとガムを噛みながら、体を揺すって笑った。トレーナーのポケットに手をつっこんだまま、楓太の反応を待っている。

楓太は無言で、胸ポケットから封筒に入れた十二万円を取りだした。ニット帽がひったくるように奪い取った。封筒から中身を抜き出し、慣れないコンビニのアルバイト店員のような手つきで札をかぞえ始めた。

楓太には、ひどくながったらしい時間に感じられた。この隙に亜樹が出勤してしまわないか。いやそれよりも、本当にスーツと靴を買い換えるんでしょうね、と聞いてみたい。もちろん、口には出せない。

「たしかに」

ニット帽は小さく二回うなずいて、もとの封筒に札を戻した。そして、封筒ごと大きな長財布にはさんで、尻のポケットに押し込んだ。終始にやにやと笑っている。

「んじゃ、また」

また、じゃないだろうと思った。

「あの、領収書」少し声がうわずってしまった。

去りかけたニット帽が振り返って、不思議そうな顔をした。

「領収書か受取りをもらえませんか」今度は少し落ち着いた声が出せた。

ニット帽が「じゃ、手を出せよ」と言った。

不審に思いながらも言われたとおりにすると、ニット帽はポケットに手をつっこんだままさっと顔を寄せて、楓太の手のひらに噛んでいたガムをぺっと吐き捨てた。

「うわ」

あわてて楓太がガムを捨てると、ニット帽はげらげら笑いながらふたたび背を向けた。

体を揺すりながら去って行く。

あきらめることにした。これ以上しつこくすると、墓穴を掘ることになるかもしれない。胸ポケットに入れておいたスマートフォンを取り出す。録音停止ボタンを押して、すぐに再生してみる。耳を当てると、いまのやりとりがほぼ録音できていた。これで我慢するしかない。これで縁が切れたのだと思うしかないだろう。

田崎係長に借りた三十万が、あっという間に残額五万円になってしまった。たった五枚しかない札を眺めながら、これはほんとうのできごとだろうかと不思議な気分だった。ひどくだるい。すぐにでもアパートに帰って寝てしまいたかったが、まだやることが残っている。

さっき見つけた小さなビルの見張り場まで戻り十五分ほど待っていると、ついに亜樹が現れた。

今夜は男とふたり連れでやってくる。腕を組んで恋人気取りだ。男はどうみても冴えない中年のサラリーマン風だ。これが話に聞いた同伴出勤というやつか。亜樹は昨日と違う服を着ているが、髪は同じように盛ってある。点滅するライトに、整った顔が浮かび上がる。

とうとう見つけたぞ――。

萎えきっていた闘争心が、急速に蘇ってくる。沸騰したヤカンのように、頭のてっぺんから蒸気が噴き出してきそうだった。連れの男がやくざ風ならひるんだかもしれないが、家でも会社でもいじめられていそうな、小太りの中年おやじだ。

これまでに受けた、理不尽なできごとに対する怒りのすべてを、あの女にぶつけてやりたい。

人の流れをよけながら素早く進む。声をかければ聞きとれそうなあたりまで近づいたとき、亜樹のほうでも楓太に気づいたらしかった。やや強ばった顔を、楓太に向けている。

お互いの視線がロックオンした。

濃密な怒りではち切れんばかりだった楓太の頭の中で、ふいに発芽した疑念が一気にふくれあがった。

亜樹の表情には、しまった、という雰囲気はなかった。単に、血相をかえて自分に向かって来る男に気づいて、警戒と怯えの表情を浮かべただけに見えた。中年男の腕にしがみついている。

なんということだ。

女は亜樹ではなかった。

顔の造りも身のこなしも、似てはいるが、別人だ。

まじかよ――。

足の力が抜けて、その場にへたり込んだ。女の顔をもう一度だけ確認しようと顔をあげたとき、大急ぎで店の扉を開けた彼女が一度だけ振り返った。再び、目があった。

気色悪い男、そう語っていた。

気温はさほど高くもないのに、全身にぐっしょり汗をかいている。

男好きのする美人ではあるが、よく見かける顔つきでもある。近くで見ると、こっちのほうがやや厚化粧だったかもしれない。なんのことはない、「亜樹を探し出さないと身の破滅」という切羽詰まった思いが作り上げた、幻想だったのだ。

なんとか立ち上がって、駅の方角を目指して歩きだした。視線を落としたまま、ゆらりゆらりと進んで行く。また二十万円が遠のいた。田崎からの借金は当分返せそうもない。

視界の中に、何か見覚えのある色彩があることに気がついた。

その正体をすぐにみつけた。蛍光グリーンのオオサトだ。そしてすぐ隣を歩いているのは——驚いたことに、あの日公園で声をかけてきた怖そうな男だ。背が高く、あいかわらず黒ずくめの格好をしている。オオサトと知り合いだったのか。

深い理由もなく、とっさに左右を見て、身を隠せそうな場所を探した。これ以上のトラブルはごめんだ。二台並んだ自販機の隙間に背を向ける形で入った。はたからみれば、立小便でもしているように見えるだろう。

ほどなく、オオサトと背の高い男が通り過ぎていく気配があった。楓太のことは気づいていないようだ。考えてみれば、何も隠れる必要はなかったのだ。彼らにはなんの借りも負い目もない。

隙間から出て、ふたりが去った方角を見る。もう、ひとごみにまぎれてどれがどれだかわからない。やれやれだ。

こんな日は早く帰って、さっさと寝よう。再び歩き出したとき、いきなり肩をポンとたたかれた。

ぎょっとして振り返ると、通り過ぎたはずの、黒ずくめの男が立っている。まったく表情が読み取れない顔で、静かに楓太を見下ろしている。その隣では、オオサトがいじめっ子のことを先生にいいつけた小学生のような眼で楓太を見ていた。

――いいか、宮本。不運つうのは、ゲリラ的に波状攻撃をしかけてくっか、一個師団で一気に攻めてくんぞ。

荒畑先輩の言葉が浮かんだ。

6　一九八九年――二〇一三年　春輝

1

大里春輝が進んだ中学校は、隣接区の小学校からも生徒が上がってくる。つまり、半分ほどは新しく見る顔だ。

春輝は、中学に上がって環境が新しくなれば、毎日に変化が訪れるかもしれないと期待した。

小学校最後の一年は、少しおおげさにいえば、ひどい土埃の中にいるような毎日だった。目を開けていたくない。できれば息もしたくない。頭を下げ、顔を覆って、嵐が過ぎ去るのを待っていた。

たったひとりの友人だと思っていた尚彦とは、あの試合翌日の騒動あたりから、ほとんどまともに口をきいていない。しかし、あとになって考えると、それ以前から尚彦の態度は少しずつよそよそしくなっていたような気がする。バスケのレギュラー問題はきっかけであって、春輝が気づかないうちにひびは入っていたのかもしれない。

どちらにしても、いまさら本人に聞くことはできない。

クラスの中で浮いた存在といっても、かつて尚彦が受けていたような、たとえば背中から蹴られたり持ち物を壊されたり、といういじめではなかった。むしろその逆で、誰もほとんど近寄ってこない。

「ハルキに恨まれると夜中に呪い殺される」

そんな噂があるのは知っていた。少し離れた場所で、春輝に聞こえるか聞こえないかの悪口を言うからだ。

――味方のシュートでも、気に入らないやつのボールは外に落とすんだって。

そんなのは、まだましなほうだ。

――洋服も透けて見えるんだぜ。

――下着も？

――全部、全部。

――うっそお、だったらあたし死んだほうがマシ。

そんなことあるわけがないと反論したくても、自分に向かって話しかけられているわけではない。それどころか、会話の聞こえてくるほうへ顔を向けると、おおげさに「きゃあ」と悲鳴をあげて逃げていく。「見られる、見られる」と騒ぎながら、胸や股間のあたりをノートや下敷きで隠す。そんなことの繰り返しだった。

何かのきっかけで、ある日この状態ががらっと変わる、という安易な期待は崩れた。

夏休み効果もオリンピックの話題も、役には立たなかった。

最後に残ったのは、無視されてもいいから放っておいてほしいという願いだけだった。

そして、中学校での生活が始まった。


体育館で入学式を終えたあと、クラス分けがされ、教室での席が決められた。

尚彦とは別なクラスになった。

新しい教科書が配られる。三日もすれば飽きてしまい、落書きが増えていくだけなのに、もらった初日だけは新しい印刷の匂いが心を浮き立たせる。

隣の席に座った安田《やすだ》真澄《ますみ》という女子が、先に声をかけてきた。顔に覚えがないので、隣の小学校の卒業生だろう。

「なんかあったら言ってね。わたしってよく忘れ物をするから、そのときはよろしく」

さばさばした口のききかたをする。少なくとも春輝の同級生にはいなかったタイプだ。体つきは細いが、背は高い。ようやく百五十センチ台の半ばを超えた春輝よりも、三センチほどは高そうだ。

「よろしく」口の中でもごもごと応えてしまい、あわてて小さく頭を下げた。

無愛想な返事で機嫌を損ねなかっただろうかと心配になり、ひと呼吸置いてから、横目で真澄の様子をうかがった。真澄は、最近のヒット曲を鼻で歌いながら、音楽の教科書をぱらぱらめくっては、あ、『イエスタデイ』が載ってる、などと喜んでいた。

心配していたとおり、一週間ほどで春輝のことは知れ渡った。クラスはもちろん、学年の大半の生徒のあいだにも。

「ねえ、大里君てさ、テレビに出たことあるんだって？」

「おれ、それ見たぜ」

小学校が別だった生徒は、春輝に対する拒否感があまりないらしく、気楽な口調で話しかけてくる。同じ小学校の出身者は、相変わらず距離を置いていた。

あまり目立たないように派手な言動は避けて、休憩時間なども、本を読むか要らないノートに落書きをして、時間をつぶした。

入学して二週間ほどが経ったその日も、春輝は自分の机で、最近流行っているマンガのキャラクターを描いていた。とぼけたラッコが主人公で、ぼんやりした雰囲気がなんとなく自分を見ているようで好きだった。

「あ、それ知ってる」

隣の真澄が声をかけてきた。身を乗り出すようにして、春輝の手元をのぞき込んでいる。

「すごい似てるう。大里君て、マンガじょうずじゃん」

「これ、知ってるの？」

意外だった。『おおさと理髪店』のテーブルに置いてある、どちらかというと大人向けのマンガ雑誌に載ってるだけで、まだテレビアニメにもなっていないのだ。

「知ってるよ。うちの事務所、みんなが買ってきたマンガ雑誌とか、いっぱい置いてあるから、それも読んでる。ちょっとエッチなのもあるよ」

そういうと真澄はぺろりと舌を出した。

「うちの事務所」ということは、真澄の家は会社経営でもしているのだろうか。

じつをいうと春輝は、父親が普通のサラリーマンをしている家の子がうらやましかった。スーツを着てネクタイをしめ、毎朝きちんと出かけていく。会議で遅くなったり、休みの日にはおしゃれな恰好でゴルフに行ったりする。何より、平日の昼間に、家でごろごろしたり、酒を飲みに行ったりしない。

その一方で、だからこそ気後れするところもある。もしも真澄の家が自営業なら、何か共通の話題があるかもしれない。

彼女は「いま、これ読んでるんだ」と言って、机の中から本を出してみせた。少女マンガのコミックスだ。春輝の知っている話だった。中学二年の女子が不良になって、やはり不良の高校生の男子とつき合ってバイクの後ろに乗ったりする。どこが面白いのかわからないが、掲載されていた雑誌を姉の秋恵がよく買って来たので、こっそり春輝も読んだ。

しかし内容はともかく、コミックスを学校に持ってくるのは禁止のはずだ。

「内緒だよ」真澄が片目をつぶった。

「うん」

うなずいてうつむくと、真澄が、何照れてんの、と春輝の背中を叩いた。女子にこんな態度をとられたのは初めてなので、どぎまぎした。顔が赤くなるのが自分でもわかった。見ていた何人かの男子生徒が、ひゅうひゅうとはやし立てたが、それ以上の大きな騒ぎにはならなかった。

小学校時代の、春輝に対する周囲の態度は、いじめというより悪ふざけの延長、という雰囲気もあった。やられる当人はたまったものではないが、怪我をしたり物が壊れたりしたことはない。

一方、中学のいじめは、そんななまやさしいものではないと聞かされてきた。数千円からときには数万円という単位でカツアゲされたり、日常的な暴力や使いっぱしり、火のついた煙草を使った〝根性焼き〟、さらにはもっと陰惨なリンチまであると聞いた。とにかく大人の犯罪顔負けで、いわば中学の名を借りた犯罪の巣窟である。どんな被害にあっても、中学は退学することができないから泣き寝入りするしかない。

それどころか、学校をシメている生徒には、先生もビビって手を出せない。なぜなら、十五歳までなら人を殺しても逮捕されないから。たとえカンベツショに行ってもすぐに戻ってくる。だから一度ターゲットにされると、死ぬか転校するまで救われる道はない。

どこまでが本当なのかわからないが、級友たちが交わすそんな噂話が耳に入った。もしかすると、春輝に聞かせるためにしゃべっていたのかもしれない。春輝のおびえた様子を盗み見ている気配がしたからだ。

もしも、実際にそんないじめにあったなら、三年間も耐えられる自信がない。大雨で水かさの増したときに、長良川に飛び込んで死んでしまおうと思った。一度、そのつもりで下見に行った。家から歩いて十分もかからない川べりの船着き場から、どす黒く濁って渦を巻いて流れていく水面を眺めていると、言い知れぬ不安がこみあげてきた。死ぬことにはあまり現実感がないが、この暗黒の水に流され沈んで二度と浮かんでこないかもしれないと思っただけで力が抜け、その場にへたりこんでしまった。

それ以来、自殺しようという考えはなくなった。

2

何が気に入ったのか、真澄はよく春輝に話しかけてきた。

二人きりで話しているところを見られても、ほかの連中が露骨に冷やかしてはこない。なぜだろうと不思議に思っていたのだが、しばらくしてその理由を姉の秋恵から聞くことになった。

「あんたのクラスに、安田真澄って子いる?」

高校受験が近づき、最近ますますいらいらしていることの多い姉が、めずらしく声をかけてきた。

「うん。隣の席だけど」

「うそ。まじで? 気をつけたほうがいいよ。その子のお姉さん、かなりなもんだから。変なことして、わたしまで巻き込まないでよ」

かなりなもん、とはどういう意味なのか、もう少し詳しく聞きたかったが、それ以上は教えてくれなかった。ただ、なんとなく想像がついたし、クラスメイトの会話を意識的に耳で拾っていくと、およそのことが理解できた。

三年にいる真澄の姉、晴美《はるみ》は、この中学校の女子勢力を二分割だか三分割しているボスのひとりで、先生も手を焼く存在のようだった。

いわゆる〝スケバン〟というものらしい。そんな人間は、それこそ真澄が愛読しているマンガの世界だけの存在だと思っていた。ただ、怖れの一方で興味も湧いた。

いちどこっそり、晴美がいるという教室の前を通り抜けてみた。小走りだったのとあせっていたので、誰がそうなのかわからなかった。よそ見をしていて、教室から出て来た女子生徒にぶつかりそうになった。その生徒は季節はずれのマスクをして、スカートの丈が床につきそうなほど長かった。

そう思ってみれば、真澄自身も目立つ生徒だった。

スカートの丈は規定通りだし、マスクもしていない。目の上を青く塗ってもいないし、派手な髪留めもしていない。しかしクラスの女子の中心的な存在で、いつも数人のとりまきがいる。何人かが集まってがやがやしていると思えば、その真ん中には必ず真澄がいた。

春輝は、教室を出入りするときなどは、なるべく集団を避けて通る癖がついていた。それなのに、談笑している中から突然真澄が声をかけてくる。

「あっ大里君。あとで宿題見せて」

とりまきたちは、物好きだなあ、という目で真澄と春輝を見比べるが、口に出して冷やかすようなことはなかった。

五月の連休中に、初めて真澄の家に呼ばれた。

はじめは困ったことになったと思った。たとえ姉の忠告がなくとも、あまり親しくなってはいけないという思いがある。しかし、やはり女の子の家に呼ばれたという事実は、無条件に嬉しい。ふわふわと浮ついたような気分になった。母に照れながら相談すると、洋菓子の詰め合わせを買ってきて持たせてくれた。

自転車をすっとばせば、十分ほどで真澄の家だ。自転車から降り、荒れた息を整えながら、車道から安田家まで伸びた専用の細い道を歩く。

庭と隣接した農地に境界がないので、とても広く感じる。古くからある家柄なのかもしれない。

林を背にした敷地の奥に建つのが住宅だろう。和風の二階建てで、窓がたくさんある。土地の別な一画には、二階建てコンクリートの建物があり、《安田土木》という看板がかかっていた。

あれが〝うちの事務所〟かもしれない。

敷地には、トラックの荷台に載りそうな小さなクレーン車がある。

そのすぐ脇で、だぼだぼのズボンをはき、鼻の下に髭を生やした若い男がしゃがみこんでいた。水道でセメントのついたシャベルを洗っている。くわえ煙草で、じろりと睨まれたので、急にトイレに行きたくなった。

男は、近くの大きな缶に煙草を投げ捨てると、別なシャベルを洗いはじめた。建物の中にはほかにも人の気配がした。春輝は、できるだけ安田土木の建物に近づかないようにして、母屋へ向かった。

「こんにちは」

間口の広い、引き戸の玄関先で声をかけた。

「はあい」

元気な声がして、体格のいいおばさんが出てきた。目のあたりが真澄に似ている。この人がお母さんかもしれない。

「あの……」

「はい、こんにちは。大里くん？」

「はい」

彼女は半身だけ振り返って、表の通りまで聞こえそうな声で呼んだ。

「真澄ぃ、彼氏が来たよ」

「ひっく」

急にしゃっくりが出た。いますぐ逃げ帰りたくなった。なんとかその場に立っていたのは、耐えたというより、体が硬直して動けなかったからだ。大きな足音を響かせて、二階から真澄が降りてきた。

「うっさいなあ、お母さんは」

ジーンズをはいて、上はピンクのトレーナーを着ている。ごく普通の女の子の恰好だった。制服のブラウスとはまた違った雰囲気の胸のふくらみに目がいって、どぎまぎした。

「声がでっかいんだよ」

声量についてはクレームをつけているが、〝彼氏〟という発言は気にしていないようだ。

「ひっく」

「大里君、早くあがって。あ、お母さん、コーラとケーキだけくれる。あとは来なくていいから」

それだけ言って、もと来たほうへ帰って行く。このままでは、ひとり取り残されてしまう。

「ひっく」

「いつもああやって、威張ってんのよお」

真澄の母が、春輝に片目をつぶってみせた。

「あのう、ひっく。これ、母が持って行くようにって」

「あらあら、気ぃつかっていただいちゃって。すみませんねえ」

「ひっく」

真澄の母の迫力は、自分の母親の二倍以上もありそうだが、やさしさは同じくらいかもしれないと思った。

意外にもぬいぐるみであふれかえった部屋で、とりとめもない話をし、乞われるままに、真澄が大好きな少女マンガのキャラクターを描いてみせた。

真澄は、すっごい似てる、と大喜びで、色も塗って、バッグも持たせてと、ほとんど使った形跡のない四十八色の色エンピツを持ち出してきた。

このときのことがよほど楽しかったのか、それ以来、真澄は何度も春輝を家に呼んだ。部屋でマンガを描くばかりでなく、岐阜市まで文房具やファッション小物を買いに行くのに、つきあわされることもあった。

やっぱり何か裏があるのではないか。親しげにしておいて、あとでみんなで笑い物にするのではないか。最初のころは、そんな心配が片時も頭を離れなかった。

一度、勇気を振り絞って遠回しに尋ねたことがある。どうして自分なんかと親しくしてくれるのか、と。

「うちってさあ、みんな逞しいんだよね。お姉ちゃんは美人で頭もよくて学校じゃあれだし、オヤジは見た目もいかつくていちおうは社長だし、お母さんもあんだけ元気でしょ。家ン中のテンション高くてさ。だからなんか、大里君みたいにぼうっとしてるの見てると、ほっとするんだよね。間抜けなラッコみたいで」

褒められたようには感じなかったが、裏がなさそうなことがわかってほっとした。

近くにゲームセンターもなく、野球やバスケにも誘ってもらえない春輝は、暇つぶしといえば、ひとり自転車で遠出をするか、部屋でマンガでも読むしかなかった。

そんなときに現われた、そっけないほど飾らない真澄の存在は、近所にある空き家の荒れた庭に、毎年勝手に生えて咲く、向日葵を連想させた。

特別豪華な椅子ではないが、右も左もわからない映画館でようやく自分の座るシートがみつかったような、尚彦と親しくなったときとはまた違った心の温かみを覚えた。

夏休みになると、真澄の家に呼ばれて、一緒に宿題をする機会も増えた。〝一緒に〟とはいっても、ほとんど一方的に春輝のほうで教えるばかりだ。

「ねえねえ。なんでそこは on なの？　さっきは at だったじゃない」

「知らない。イギリス人かアメリカ人が決めたんでしょ」

そんな会話が、実は楽しくてしかたがない。真澄の家のリビングには、ファミコン本体と、それ用のソフトが何本か揃っていたが、スイッチを入れたこともなかった。

ときどき、家の中で姉の晴美に会うことがあった。そのたびに、どぎまぎしてしまう。服装も化粧もとても大人びていて、中学生だとは思えない。テレビや雑誌以外では、あまり見たことのないような美人だと思った。やはり、真澄が好きなマンガに出てくる不良少女に、なんとなく似ていた。

一度、勇気をふりしぼって「こんにちは」と挨拶をしたところ、ごく普通の口調で「こんにちは」と挨拶が返ってきた。ただそれだけで、感激のあまり涙が出そうになった。

夏休みに一度だけ、真澄とその姉の晴美、そして高校一年生だという晴美のボーイフレンドと四人で名古屋にあるプールへ遊びに行った。

晴美のボーイフレンドのことは怖くて見られなかったし、真澄たち姉妹の水着姿もまぶしくて、まともに見られなかった。どこにも目のやり場がなくて終始うつむいている春輝を、ほかの三人はソフトクリームを食べながらからかった。

それでも、水につかっている間は、なんとか会話ができた。真澄とふたりきりで流れるプールで遊んでいると、顔の知らない、年上らしい男子三人組がからんできた。

「いちゃいちゃしやがって。お前、どこの中学だ」

「何よ」真澄が言い返す。

春輝はどうしていいのかわからず、急に小便がしたくてたまらなくなったところへ、晴美の彼氏が寄ってきた。

「どうした。何かもめてんのか」

ただそれだけだったが、三人の顔色がすっと変わって、何も言わずに離れて行った。とりあえずもめごとは消えたが、ますますトイレに行きたくなった。

夏休みが明けたころ、尚彦に関するいやな噂を聞いた。

その前から、一年生の何人かが、上級生の不良に目をつけられて、〝借りる〟という口実で小遣いを巻き上げられたり、買って貰ったばかりのゲームソフトを取り上げられたりしているらしい、という噂は聞いていた。中学に上がる前に聞かされた話は本当だったのかと、ショックを受けた。

ところが、脅されている側の中に尚彦の名も、バスケで一緒だった大輔の名もあることを知って、さらに衝撃は増した。

どうしよう、どうしたらいいのだろう。

小学生のときには考えもしなかったが、いまでは尚彦が目をつけられる理由が少しわかる気がする。上級生も、なんのかかわりもない下級生にいきなり言いがかりをつけるわけではない。弟分的な後輩から生意気そうな面子を聞き出し、その生徒をターゲットにして難癖をつけるのだ。

尚彦は、自分から積極的に喧嘩をふっかけるわけではないが、人と話しているときに、少し見下したようなしゃべりかたをする癖がある。

たとえば、単に「知ってる」と言えばいいものを、「知らないわけないだろ」とか「お前より先に知ってたよ」などと口にしてしまうのだ。小学生のころ「東京臭い」と言われたのは、そのあたりに原因があったのかもしれない。だとすれば、大輔は巻き添えをくった可能性もある。

よけいなことをすればまた彼らに恨まれると思い、しばらく様子を見ることにした。

二カ月近く経って、状況がひどくなりこそすれ、いいほうへ動きそうもないことがわかったので、真澄に相談した。頼ったというよりは、ほかに打ち解けて話せる相手がいなかったからだ。

真澄は「ふうん」などとあまり興味なさそうに聞いていたが、最後に「そいつらの名前、なんていうんだっけ」と質問した。

それからほどなく、尚彦たちへの脅しがなくなったらしいという噂を聞いた。

真澄との親しさは増しているような気もするが、半年が経っても、手をつないだこともなかった。

3

十月もほとんど終わりの、空の青さに冷たさを感じるようになったある日、なんの予兆もなく、大里家に季節外れの台風がやってきた。坂道は、まだ下りきっていなかった。

はじめに気づいたのは、朝食をとりながら新聞を読んでいた父親だった。

「なんだこりゃあ」

口から飯粒をふきとばしながら、新聞紙をばさばさいわせる。

「もう、お父さんたら。邪魔だから、食べながら新聞読まないで」

ようやくテーブルについた母が、たしなめる。

「ばかやろう、そんなこと言ってる場合か。これ、見てみろ」

「何よ、もう」

父がおかずの皿を脇に寄せて、新聞を広げた。母がのぞき込む。

テレビ局の一件以来、なるべく父親とはコミュニケーションをとらないようにしていた春輝も、顔はテレビに向けたまま、視線だけ動かして新聞を見た。父が指差しているのは、記事の下段に掲載された、週刊誌の広告だった。

《いま暴く。インチキ超能力の全容！　——元テレビ局プロデューサー（42）が小誌に

すべて語った》

紙面から視線をあげて父の顔を盗み見ると、酒も飲んでいないのに真っ赤だった。

春輝は心臓がどきどきして、全身から汗がにじみ出るのを感じた。

もういちど広告に目を向ける。元プロデューサーの顔写真の目の部分に黒い横線が入っているが、あの柳田という男であることは間違いなさそうだった。

母もようやくただごとでないと気づいたようだ。

「ねえ、まさか、このインチキって——嘘よね」

週刊誌の、それも新聞に載った広告だったこともあって、当日はクラスの中でも気づいた生徒はいないようだった。

帰りの掃除が終わって逃げるように帰宅すると、定休日でもないのに、店先にある赤と青の回転灯が止まっている。入口ドアのガラスには、テレビ放映騒ぎのころから使う機会の増えた《本日、都合により臨時休業》と書かれた手作りの札がぶら下がっていた。

リビングでは、テーブルに置いた週刊誌を挟んで、両親が難しい顔をしていた。

「あ、おかえりなさい」

春輝の気配に気づいた母が声をかけた。

「おい、見てみろ」

父が、春輝に向けて週刊誌を突き出す。書店か駅の売店で買ってきたのだろう。

「お父さん、これは春輝には見せないほうが」

「ばか。隠したってしょうがないだろ。どうせ、すぐに噂になるし、またマスコミの連中がやってくるかもしれない。知っといたほうがいい」

「そうかもしれないけど」

母親の気遣いはありがたかったが、春輝もどんなことが書いてあるのか知りたかった。父から受け取り、記事に目を落とした。

《いま暴く。インチキ超能力の全容!》の大見出しに続いて、広告に載っていたのと同じような文言の惹句が躍っている。

《すべてはマヤカシだった。中空に浮いたアルミ皿》

《退職した元敏腕プロデューサーがすべてを語る》

《これがカラクリだ!》

コラージュのようにちりばめられた写真にも目が行く。見覚えのある名古屋のテレビ局、アルミの皿、テレビカメラ、そして思わせぶりな、公園で遊ぶ子どもたちの遠景。子どもの写真の下には、小さく《写真と本文は関係ありません》と言い訳のように書かれている。

「あの馬鹿、自分でやったくせに、全部暴露していやがる。〝元〟って書いてあるところを見ると、クビにでもなってその腹いせかもしれねえな」

ひとりごとのような父の言葉を聞きながら、目は活字を追っていた。

《皆さんは覚えておいでだろうか。一年数カ月前に、世間を騒がせた超能力少年のことを。当時小学六年生(12歳)だった大山夏夫少年(仮名)は、物質を中空に浮かせることができるとして、華々しくテレビに登場し、マスコミで注目を浴びた。しかしその一方で、つねにトリック疑惑がついてまわったのも事実。今回、この疑惑騒動に終止符を打つべく――》

春輝は鮮明に覚えている。

あの日、収録の前に見せられた、テレビ局側が用意したアルミ皿は、全部で十枚あった。

どれも新品のようにピカピカだったが、半分の五枚には中心に小さな穴が開いていることに気づいた。

「どう？　これ、いけそう？」

柳田が、皿の一枚を取り上げて、春輝に差し出した。横から父親が奪って、手のひらで重さを量っている。

「これなら、いけるよな」うなずきながら春輝に渡した。

手に持った感触では、たしかになんとかいけるだろうと思った。もっと重い石で成功したこともある。問題は、そのときの調子なのだ。人にうまく説明できないのだが、気分によってうまくいったりいかなかったりする。今日の場合、もっとも障害になりそうなのは、ほかならない父親の存在だった。

「たぶん――」

「ばか、もっとしゃんと答えろ」

「たぶん、大丈夫だと思います」

まったくこいつははっきりしなくて、と頭を叩かれた。

「まあまあ、お父さん。あんまりプレッシャーを与えると、またこの前みたいなことになりますから」

そんなことを言われることこそが緊張を生むのだが、言ってみたところでわかってはもらえないだろう。

「一応、押さえで用意しときました」

ディレクターの細野が、中心に穴の開いた皿をひらひらと振った。細野のごつい指でつまむと、紙皿のように軽そうに見えた。

「押さえって、このあいだ電話で言ってた？」

父の顔色が変わった。それで、春輝にもだいたいの想像がついた。父親は、自分勝手で理不尽なことを平気で言うくせに、妙に正義感は強い。自分で決めたルールから逸脱することには、反発する。特にいかさまや八百長が大嫌いだった。おそらく彼らは、インチキをやろうとしているのだ。

「ま、それは、だめだったときに説明します。成功したら、使う必要はないわけですから」

細野が切れ間なくお菓子を食べながら言う。

背景に明るいシルバーの幕を垂らし、白い小さなテーブルが置かれた。

ライトが当たって、まぶしい。それに、冷房などぜんぜん感じないほど暑い。皆の視線を感じて、よけいに顔が火照る。肉屋の店先で、ぐるぐる回りながら照り焼きにされている丸裸のチキンは、こんな気持ちかもしれない。

ゴォ、ヨン、という秒読みのあと、撮影が始まった。余計なところは編集するから気楽に、と言われているが、緊張しないわけにいかない。

目の前に置かれたアルミ皿だけに意識を集中することにした。

じっと見つめるうち、次第に雑念が晴れていく。もう少しだ。集中するんだ。あせるな。力を抜いて——。

「どうした。気合い入れろ」

突然耳元に響いた父の大声で、すべてがだめになった。

結局一度も、ただの数ミリも、アルミ皿を浮かせることができなかった。

「今日は、体調悪いかな」

柳田が鼻のわきを掻きながら近づいてくる。その後ろで細野が、まあこんなもんだろう、という顔でアーモンドチョコを口に運んでいる。ふたりとも怒っている様子はない。

「すみません。もう一回やらせてみますから」父が頭を下げる。

いつからこんな喋りかたをするようになったのだろう。曲がったことは嫌いだ、総理大臣でも大統領でも連れてこい、それが口癖だった父親はどこへ消えたのか。

「そろそろ例のしかけ用意しましょうか」

細野が、口をもぐもぐさせながら気軽な調子で口にした。

週刊誌の記事では、Y氏という元プロデューサーが語り手として登場し、アルミ皿浮遊のトリックを暴露している。

あの日あの『予備室』で行われたことが、ほぼ正確に書いてあった。何度やっても成功しなかったので、中心に小さな穴を開けた皿を、ピアノ線と呼ぶらしい細い針金で吊り、あとから加工して消したことも。放映したのはそのトリックを使った映像だったことも。

読み終えた春輝の頭に真っ先に浮かんだのは、真澄がこれを知ったらどう思うだろうかということだった。

「訂正とおわびの文章を載せさせてやる」

さっきからさかんに怒鳴っている父の言葉が、いままでになく頼りなく聞こえた。

翌日登校すると、教室の雰囲気がいつもと違っていた。

朝のホームルームが終わってすぐ、真澄に廊下の隅へ引っぱり出された。

「あの週刊誌に書いてあった、《大山夏夫少年カッコ仮名》って、大里君のこと?」

返答に迷っていると、真澄が先を続けた。

「昨日の夜、クラスの子から電話があって知ったんだ。ほら、あたしってこういうのにゼンゼン興味ないでしょ。最初は、大里君がテレビに出たことがあるっていうのも知らなかったくらいだしさ。ていうか、知ってても関係ないし」

「うん」

「だから、超能力なんてどうでもいいんだけど、みんながインチキは許せないとか言ってるんだよね」

「うん」

「ねえ、インチキじゃないよね？　大里君、そういうの嫌いだもんね」

「うん」つい、そう答えてしまった。

「ほんとに？」

「うん」

自分の言葉で「インチキじゃない。あの記事は根も葉もない嘘っぱちだ」と宣誓しろと言われたら、無理だったかもしれない。しかし、ただ「うん」とうなずくことへのハードルは、ものすごく低かった。足を踏み出したら、気づかずに白線をまたいでしまったという感覚だ。

「そっか。やっぱりね。あのあとぜんぜんテレビに出ないっていう奴もいるけど、ただやりたくないだけでしょ。大里君、騒がれるのとか嫌いだもんね」

「うん」

「わかった。あたし信じる」真澄の顔が真剣になった。「クラスのやつらには何も言わせないから」

情けなさと申し訳なさで、今度こそ本当に死んでしまいたかった。

その二週間後に、ほかならぬ父親の哲男自身が、同じ週刊誌のインタビューに答える形で、「たしかにあれは、インチキでした」と認めた。

誤魔化しようもなくなって、とうとう真相を話したとき、真澄はあまり怒らなかった。もう、誰にどう思われてもよかった。ただ、真澄に対しては、申し訳なさと恥ずかしさでいっぱいだった。彼女が陰で「あれはインチキじゃない」と反論して、春輝をかばってくれていることに、気づいていたからだ。

4

春輝の告白を聞いたあと、真澄はしばらく口を開かなかった。想像していたように、怒ったりなじったりすることなく、淡々と話した。

「この前も言ったけど、あたしは、大里君が超能力を使えるかどうかなんて、あんまり興味がなかった。ていうか、インチキしたってしょうがないって思ったよ。だって小学生でしょ。大人に強制されたら嫌だって言えないもんね。とくに大里君じゃ、絶対言えないもんね。――だけどさ、あたしに嘘をついたのはひどいよ。あたしたち、友達だったじゃん。嘘をつくのは相手を侮辱することだって、いつもお父さんが言ってる」

「ごめん」他に適当な言葉も見当たらなかった。

真澄は謝罪については何も応えず、ただ「当分、あたしに話しかけないで」とだけ言った。

その日から、クラス全員が春輝を無視するようになった。授業中の討議やグループ発表のときには、普通に会話をする。しかし、休み時間や放課後には、みごとなまでに無視された。誰も教えてはくれなかったが、真澄に気を遣っているらしいことはわかった。

――いじめはやめとけ。ただし、話もするな。存在しないことにしろ。

そんな諒解だったのかもしれない。

それからほどなく席替えが行われた。

真澄が先生に訴えたのかどうかわからない。仮に訴えたとして、先生が耳を貸したのかどうかもわからない。ただ、真澄と春輝の席は教室の両端に分かれた。廊下ですれちがってもまったく視線を合わせようとしない。存在を完全に無視される形になった。

真澄との仲が疎遠になったと聞いたからか、あるいは偶然に時期が一致したのか、学校帰りの道で尚彦たちに待ち伏せされた。

ひとけのない林の脇を通るときに、突然現れた尚彦を含む四人に強引に腕を摑まれて林の中へ引きこまれた。以前「いじめをうけている」という噂で名前があがった四人だった。高村大輔の顔もある。

「お前、真澄の姉ちゃんにいいつけて、カツアゲさせただろ」

いきなり尚彦はそう言った。

「そんなことしてないよ」

むしろその逆だ。もし、真澄の姉がかかわったとしたら、カツアゲをやめさせた側のはずだ。

「嘘つくんじゃねえよ」

別なひとりに背中を蹴られ、よろめいた。

それが引き金になって、口々に春輝をののしりながら殴ったり蹴飛ばしたりした。耐えられなくなった春輝がしゃがみ、倒れ、体を丸めてもしばらく暴行は続いた。

「金、返せよ」

「あのソフト、ためた小遣いで買ったんだぞ」

「おれなんて、入学祝いの万年筆とられた」

春輝の言い分になど、はじめから耳を貸す気はなさそうだった。

「なあ、このぐらいでやめとこうぜ。もういいよ」

そう言ったのは大輔の声に聞こえた。それでもまだ、二人か三人は蹴っている。

「おれ、もう行くから」

大輔が去る気配がすると、ようやく攻撃はやんだ。

「このこと誰かに言ったら、またやるからな」

そう脅して、最後にもう一度蹴ったのは尚彦だった。

まだどこかで春輝と真澄の――正確にはその姉との――つながりを怖れていたのか、襲われたのはその一度だけだった。

春輝にとっては、いわれのないリンチを受けたのと同じぐらい、真澄の変化が心にひっかかっていた。

あきらかに、春のころよりスカートの丈が長くなった気がする。あまり近くで見たわけではないが、目の上がかすかに青いようだ。赤いゴムで縛った髪がひと束、しっぽのように斜め前方に突き出し、歩くたびに相手を挑発するように揺れている。

先生に何度注意されても学生服の前を全開にし、上履きのかかとを踏んで歩く男子と楽しそうに話していた。

小学校時代に逆戻りしたような毎日が続き、やがて冬休みになった。

初日の出を見に行くという名目で集団走行した暴走族が、名古屋近辺の東名高速で捕まり、この中にいた真澄の姉が補導されたという噂を聞いた。

とても心配だったが、本当かどうか確かめるすべはなかった。


山を越えた郡上郡あたりへ行けば、雪が深い。

春輝はそれがうらやましかった。大雪が降れば、皆の関心がそちらへ向かう。いっそのこと、町がまるまる雪に埋もれてしまって、誰も家から出られなくなればいいのにと思う。しかし、残念ながら美濃にはそれほどの雪は積もらない。

乾いた風が吹く道を、マフラーで半分ほど顔をかくして登下校する。冷たい木枯しを全身に受けると、なんとなく丸裸にされてしまいそうな不安を抱く。この、学校までの往復とたまに母親に頼まれるおつかい以外は、家から出なかった。

よりにもよって父の哲男が、インチキを認める形で取材を受けたことには、春輝はあまり怒りを感じなかった。むしろこれでよかったと思っている。真澄に嘘をついたのとおなじように、母をだまし続けていることも苦しかったからだ。ようやく本当のことを言えて、心が少し軽くなったような気さえした。

もちろん、いいかげんな父の言動を腹立たしく思わないわけではないが、あきらめるしかない。自分に非があることがあきらかで、かつそれを認めたくないときほど、父は荒れるのだ。

久しぶりにぶり返した、両親の言い争いを聞いていると、父が週刊誌に取材されたいきさつがわかった。

一回目の記事が載ってすぐ、父は出版社に抗議の電話を入れた。担当記者というのが応対に出て、「だったら、これから取材に行くから、真実を語ってくれ」と言った。父は鼻息も荒く「望むところだ」と応えた。

考えてみれば、柳田が暴露した内容は真実だったのだ。訂正のしようがない。父は、百戦錬磨の記者によって、前回の記事がいかに正確だったかの証言者にされただけだった。

春輝は、真澄に絶交宣言をされ、尚彦たちに袋叩きにされたころから、身の回りに起きることにしだいに無感動になっていった。ほとんどあらゆることを、しょうがない、どうしようもないと、あきらめる癖がついてしまった。そして、何かよくないことが起きると、真っ先にそれは自分のせいではないかと考えるようになった。

朝起きて、簡単な朝食をとり、薄氷の張る道を学校へ行って数時間過ごし、また同じ道を帰ってくる。相変わらず、というよりもこの騒ぎでますますファミコンを買ってもらえるあてはなくなった。

部屋にこもって、小説かマンガを読みふけるしかない。

姉が留守のときには部屋に忍び込んで、古い少女漫画雑誌を探して読んだ。真澄が好きだと言っていた話をみつけて読むと、胸が締めつけられるような思いがした。

短いはずなのにとても長く感じた三学期も、ようやく終わった。

あれ以来、真澄とはほとんど口をきいていない。

春休みに入って間もなく、夜の七時を少し回ったころに、電話がかかってきた。

「春輝、安田さんのお母さんからよ」

母に声をかけられ、どきりとした。安田さんという名で思い当たるのは真澄だけだ。あの母親から電話がかかってきた。いったい、なんの用事だろう？

受話器を渡すときに、母が春輝を意味ありげな目つきで見た。恐いほど真剣な顔をしている。得体の知れない不安が増す。電話を代わって、すぐに理由がわかった。真澄の母親は泣いていた。

〈もしもし、大里君？〉

鼻をすすりあげる音が聞こえる。その瞬間、背筋のうぶ毛が一斉に逆立って、受話器を取り落としそうになった。夏のころ何度も会ったことのある、あの元気で溌剌としたお母さんとは思えないほど、勢いも張りもない声だった。

「はい、そうです」

〈真澄の母です〉

「はい……」その先を、どう続けていいのかわからない。こんばんは、と口にするのは場違いな気がした。そんなことよりも、気が急く。泣いている理由を早く教えてください。いえ、やっぱり言わないでください。

〈あのね、真澄が、真澄が……〉

そこで、がさがさっという雑音が聞こえた。もうほら、お母さん貸しなよ、という別な若い女性の声が聞こえた。姉の晴美ではないかと思った。

〈もしもし、電話代わりました。真澄の姉です。真澄が、今日の昼間に事故って、やばいの。明日まで持たないかもしれないって。それでね、さっきまでときどき、あんたの名前呼んでたのよね。だから、父親が、あんたに連絡してやれってさ。来る?〉

怒ったような、ふてくされたような声だった。

「はい、ええと、すぐ行きます」

適当なお見舞いの言葉が出てこない。

晴美は、早口で岐阜市にある総合病院の名をあげた。

〈わかった?〉

「あ、はい」

〈そこのね——〉

言葉が途切れ沈黙が続いたので、もしもし、と声をかけた。

〈そこの、集中治療——〉

いままではきはきと喋っていた晴美の声が、急に不明瞭になった。

「もしもし、もしもし」

そのまま、ガチャリと切れた。

すでに事情を察していたらしい母に説明すると、すぐに車で送ってくれるという。幸い、このところ雪はそれほど深くない。父親はどこかへ飲みに出かけていない。姉の秋恵もまだ帰っていない。母が置き手紙を残し、サニーのバンに乗り込んだ。

春輝たちが着いたときには、真澄は昏睡状態で、危篤だった。

集中治療室というからには個室なのだろうと思っていたら、フロア全体をそう呼ぶことがわかった。

真澄のほかに、ふたつほどベッドに人が横たわっている。

ガラス越しに、ぐるぐるに包帯を巻かれた真澄の姿を見た。わずかにむくんだような目の周囲が見えている。表情豊かで元気いっぱいだった、あの真澄だとは思えない。

春輝と真澄の母親どうしが、泣きながら挨拶を交わした。真澄の姉と父親の姿はみえない。

春輝は、誰に何を言えばいいのかわからず、ベッドの上の白いふくらみを見ながら、いまも赤いゴムで髪をまとめているだろうかなどと考えていた。

真澄の母の説明によれば、オートバイの後ろに乗っていて事故にあったらしい。

雪が残った日陰の道でスリップし、ふたりとも投げ出され、二十メートル以上転がった。運転していたのは、高校生の男子で、ふたりともヘルメットをかぶっていなかった。男子のほうは、対向車線を走って来た車にはねられ、ほぼ即死だったそうだ。真澄は転がって、電柱に頭をぶつけたらしい。

すぐに、真澄が好きだったマンガを思い出した。まるで主人公の生き方をなぞったような事故だ。

真澄の母親は、ヘルメットをかぶっていれば助かったかもしれないんですって、この寒いのにどうしてかぶっていなかったんだろう、馬鹿だねえ、ほんとに馬鹿な子なんだから、と泣きながら話し続けた。

春輝は、ひと言もしゃべれず、ただうつむいていた。

ぼくはどうなってもいいから、どうか彼女を助けて――。

もしも、もしもいま、真澄のベッドの脇に立ち、彼女の手を握り、あの仔犬の怪我を治したいと思った気持ちの百万倍の強さで祈ったら、そうしたら真澄は助かるのではないか。

だけど、できない――。

インチキをした手で握ったりしたら、必死に生きようとしている真澄を侮辱するような気がする。意識がないはずの真澄に、ふりほどかれそうな気がする。

それに、この雰囲気の中で真澄の母親に向かって「助かるかもしれないから手を握らせてください」とはとても言えない。

人の気配がしたので顔を向けると、姉の晴美が立っていた。すでに相当泣いたらしく、まぶたが腫れぼったい。電話の口調そのままに、怒ったような顔をしている。化粧はしていないか、すっかり落ちてしまったようだ。

「真澄がさあ、さっきまだ意識があったときにね、二回、あんたの名前呼んだよ。そのあと――」そこで一回、はあ、と大きく呼吸した。「たぶん『ごめんね』って言ってたと思う」

晴美の形のいい鼻孔がふくらみ、ふてくされたような顔の怒りに満ちた目から、涙がひとつふたつと落ち始めた。

「事情は知らないけどさ。あの子、あやまってると思うんだよね。だからさ――、あの子、あんたに何したのか知らないけどさ、許してやってよ。ねえ。ガラスのこっち側からでいいからさ、許すって、声かけてやってよ。じゃないとあの子、ゆっくり眠れないよ。お願いだよ」

そう言って、頭を下げた。

「ぼく、ぼく」と言いかけたが、途中から泣き声になってしまった。「ごめんなさい」

その場に立っていることさえできず、いきなり走り出した。

とにかく、人のいなそうな、薄暗い物陰を探してしゃがみ込んだ。

食いしばった歯の奥から、自分のものとは思えない、うなり声が漏れた。いままで生きてきて、これほど悔しいと思ったことはなかった。ぬぐっても、ぬぐっても涙が溢れてくる。

「怒ってなんかいるわけないよ」

ぽたぽたと涙のしずくが落ちるリノリュームの床に向かって、怒りに満ちた声をぶつけた。

「そっちから謝ったりしないでよ」

あまりに情けなくて、いまなら長良川の濁流にも飛び込めそうな気がした。

しゃがんだまま、どうか安田真澄さんを死なせないでくださいと、ようやく祈った。

お願いします、お願いです、ぼくは何もいらないです、ぼくの命をとってもいいです。本当です——。

そうつぶやき続けた。


翌日未明に真澄が息を引き取ったと聞いたとき、これ以上膨れようがないほど腫れ上がったまぶたの間から、また新しい涙がこぼれた。

結局、祈りは通じなかった。

直接手を握って、死ぬほど願ったなら助かっただろうかと、そんなことも考えた。結局は無理だったかもしれない。仔犬のあれっぽっちの傷で、気を失うほど体力を使ったのだ。人間を救うなんて、自分には無理に決まっている。そう自分に言い聞かせた。

だけど、という気持ちがすぐに湧いてくる。

どうして——。

どうして、自分が大切に思うものは消えて行くのか。

どうして、よりによって平凡で目立たないのが一番いいと思っている自分に、こんな力があるのか。それも、肝心なときに役に立たない中途半端な力が。

こんな思いばかりするなら、この変な能力も大切な友人も、何も欲しくないと思った。

5

年明け早々に阪神・淡路大震災が起きたその春、春輝は岐阜市内の公立高校を卒業した。

成績表の通信欄に担任が書いた、定型文のようなメッセージが、春輝の高校での三年間を端的に表していると自分でも思った。

《大里君は遅刻もなく授業態度もまじめで、課題の提出も良好です。体育祭や文化祭の準備では、クラスの中心となって積極的に活動していました》

ほとんどその通りなのだが、後半は少し違っていると思う。

春輝がいたクラスでは、三分の二の生徒は、イベントの準備などやらない。春輝としてはしかたなく、一部の生真面目な生徒の手伝いをしていたのだ。気がまぎれる、というのもあったかもしれない。とにかく、やるべきことをあまり目立たないよう無難にこなす、という習慣が完全にしみ込んでしまっていた。

高校に進学すると、さすがにもういじめのような扱いは受けなくなった。それでも、テレビ出演のことや、その後に起きたインチキ騒動のことを知っている者もいた。

しかし、何を話題にしても春輝が、「ああ」とか「うん」しか言わないので、盛り上がらない。「変わり者だから放っておけ」という雰囲気が定着するのに時間はかからなかった。

三年間が一週間に短縮されたとしても、あまり変わりばえはしなかったと思える高校生活も終わりに近づき、春輝は就職を希望した。

姉の秋恵は東京でひとり暮らしの女子大生になる夢をあきらめ、名古屋の大学に自宅から通っている。経済的な理由からだ。

乗り継ぎが悪いと片道二時間近くかかるらしい。通学に時間ばかりかかって、ろくにバイトもできないし合コンにも出られないと、春輝に聞こえるようにため息をつく。

両親は春輝にも進学を勧めたが、店の経営が苦しいのはわかっていた。父親の哲男は、一時期の自棄のような生活からは立ち直って、理髪店を再開してはいたが、定休日以外にも店を閉めることが多かった。客足もかなり遠のいた。昼の空いた時間帯には、母が近くのスーパーへパートに出るようになっていた。

それに何より、春輝はこれ以上「学校」という組織の構成員でいることに耐えられなかった。

就職するということは、あたりまえだが仕事をすることだ。仕事というのは、求められる何かをこなすことであって、そこには成果と評価が必然的についてまわるはずだ。

何ということもなく、遠くのほうからひそひそと噂されただけで一日が終わる、ということはないだろう。働いている人たちは自分のことに一生懸命で、春輝の昔のことなど気にしないはずだ。

就職したい理由はもうひとつあった。自宅のある土地から離れたかったのだ。どこか遠くの町に行って、まったく知らない人のなかで、ひとりぼっちで生きてみたかった。

人の中に埋もれるといえば、思い出すのは小学六年生のときに、母親と東京タワーから見た景色だ。

東京へ出たい。東京のひとごみに紛れ込みたい。

いよいよ上京するというときになって、『地下鉄サリン事件』が起きた。母はいまからでも上京を思いとどまるように春輝を説得したが、気持ちは変わらなかった。

東京には一千二百万もの人が住んでいる。自分はその中に埋もれて生きていくのだ。

空前の好景気と呼ばれた〝バブル〟があっさりと終焉し、一転して世間には不景気の風が吹きまくっていた。

ほんの数年前までは、一流企業でさえ人材の確保に苦労し、卒業の一年も前から採用の内定を出し、囲い込みを図っていた。テレビでは連日のように、大手証券会社が、採用予定者全員をハワイに連れて行ったとか、中堅の不動産会社が、新人ひとりにつき一台高級新車をプレゼントした、などという景気のいい話を報じていた。

それがいまは、どこも赤字で新規採用を控えるようになった。

春輝は、学校へ届いた求人案内の中から、板橋区にある中原《なかはら》印刷という名の、従業員が七十人ほどの印刷会社を選んだ。本が好きだったことと、あまり大勢の人と会話しなくてすみそうな、印刷オペレーターという職に惹かれたからだ。

さらに、六畳一間とはいえ、賄い付きの独身寮まである。二階と一階で区分けされてはいたが、男女混合の寮らしい。ジャージの上下を着た若者が、寮の食堂で談笑している写真が会社案内のパンフレットに載っていた。

大きな不安と、わずかな着替えや身の回りの品などと一緒に、春輝は上京した。

四月の入社前から、アルバイト雇用という形で研修が始まった。春輝は、オフセット輪転機の、オペレーター見習いになることが決まった。

印刷の工程は、漠然と想像していたより、ずいぶんと複雑だった。

まずは、印画紙に打たれた写植で、版下というものを作る。あるいは、作成済みの版下が持ち込まれてくる。それをカメラ撮りして白黒反転したフィルムを作成する。すると、ゴミや影の部分が透明になる。これをオペークと呼ばれる修正液のようなもので、ひとつひとつ丁寧に塗りつぶしていく。気の遠くなるような細かい作業だ。

写真は、そのままではべたっとした二階調になってしまうので、網目の入ったフィルムを載せて撮る。カラー写真は大げさな機械で色分解して四枚のフィルムに焼く。

ここまででまだ工程の半分ほどだ。このあと、何枚もに分けて加工された反転フィルムを、一枚の透明なポジフィルムに焼き直す。それを元にアルミの板で刷版——要するにハンコ——を造り、輪転機のローラーに巻いてインクの調整をし、紙をセットしてようやく刷り出しが始まる。

印刷オペレーターというのは、いわばこの印刷機械の見張り番だった。

紙の流れに異常はないか、インクは問題なく供給されているか、そして何より刷り出し口から出てくる印刷物は見本通りの色に刷り上がっているか。そこに意識を集中させる。前段階でどんなに気を使っても、ここでインクの噴射量を間違えると台無しになってしまう。ぼうっと眺めていればいいというものではない。

もちろん、最初から機械操作をまかされたりはしない。喉が痛くなるほど声を張り上げなければ、会話もままならないほどの騒音の中で、命じられるままに力仕事やゴミ捨てなどの雑用をこなした。

不景気になって、印刷物はだいぶ減ったと聞かされたが、刷っても刷っても注文を捌ききれない状態が続いていた。休憩時間に先輩たちが愚痴をこぼすのを聞くと、ほとんど儲けの出ない金額で、量ばかりどっさり注文を受けているらしい。

中原印刷でも、早番遅番のシフトを組んで、一日十二時間ほど輪転機を稼働させていた。

春輝の休日は、たまに池袋かせいぜい新宿あたりまで買い物に出る以外は、ほとんど寮の部屋にいた。本を読んだりCDを聞いたりして過ごす。

数少ないCDライブラリーの中で、特別お気に入りの一枚は、母から借りた、アイルランドやスコットランドの民謡が入ったものだった。

母が客に乞われて店で流した、合唱グループのテープで聞いたことのある歌も何曲かある。春輝は、特にその中の『ダニー・ボーイ』という曲が気に入っている。

このCDを借りるまで、タイトルを知らなかったのだが、耳馴染みのいいメロディには、昔から聞き覚えがあった。テレビコマーシャルのバックなどでも、よく流れている。

東京での生活が始まってひと月ほど経ったころ、この曲の歌詞を訳してみようと思い立った。輸入盤らしく、対訳が載っていなかったからだ。

少しあとで知ったことだが、もともとは、アイルランド民謡にあったメロディに、イングランドの弁護士が詩をつけたらしい。八十年以上も前のことだ。古い英語の言い回しも多いし、英語の辞書は実家に置いてきたので、図書館で借りて訳した。古い英語の言い回しなどもあるし、意訳しなければならないところも少なくない。

普段から、読書のあとの感想などを書き付けるノートがあったので、そこへ、自分なりに訳したものを書いてみた。

おお、ダニー・ボーイ、バグパイプの音が呼んでいる
谷から谷へ、そして山の斜面へと
夏が終わり薔薇の花が散って
あなたは去って行き、わたしに止める術《すべ》はない

そう始まるこの歌は、誰の誰に対する気持ちなのだろう。まるで、自分に対する呼びかけのような気がする。

もっと詳しく調べたかったが、どこで調べればいいのかすらもわからない。図書館をはしごして、ようやく、いくつかの説がある、ということがわかった。その中でも「戦争に行く息子を嘆いた母の気持ち」というのがもっともふさわしい気がした。

何かに祈るように、一字一字を丁寧に書いていく。

すべての花が枯れ果てるなか、あなたは帰ってくる
たとえ、わたしが死んでしまっていたとしても
あなたは、わたしの眠るこの場所をきっと探しあてるでしょう
そして、ひざまずき別れの言葉をかけてくれるでしょう
わたしの上をそっと歩くあなたの足音が聞こえ
わたしがいる場所は、暖かく心地よい世界に包まれる

そのあたりまできたところで、急に胸の高鳴りが激しくなったので、書くのをやめた。真澄の笑顔と、事実上の絶交を告げられたときの顔が、交互に浮かんだ。

翌日、文具店で新しいノートを買ってきた。歌詞を書いたノートは、本棚がわりのカラーボックスの端に押し込んだ。

6

入社して七年目に入り、春輝は二十五歳、機械を一台まかされるようになっていた。暦は二十一世紀になり、コンピューター化の波は、印刷業界にも及んでいた。人海戦術作業の典型のように言われていた、写植や版下と呼ばれる作業が、電算写植と呼ばれる処理方法に変わった。

いってみれば、アナログレコードがＣＤに変わったようなものだ。しかも、業界の人

間でさえ「十年はかかる」と予想していた移行が、たったの二、三年で劇的に行われた。

その結果、一部の工程では大量に職を失う人たちが出た。

ただ、フィルムとよばれる印刷の元版ができてしまえば、それ以降の工程はこれまでと変わらない。幸いなことに、春輝がいままで覚えた知識は当分活かせそうで、ほっとしていた。

大卒の新人がひとり、サブとして春輝の下についた。中原印刷でも、営業や総務系には四年制大学卒を採用していたが、輪転機が動く現場に大卒が入ってきたのは、初めてのことだと聞いた。

だからといって、春輝自身は特に気負うこともなく、淡々と指導し、業務をこなした。私生活でもこれという派手な楽しみも趣味もないかわりに、大きな波風も立たず、輪転機関連の小さなトラブル以外には、あまり変化のない毎日を送っていた。

あるとき草間《くさま》健二《けんじ》という同僚が、寮での夕食のあと話しかけてきた。

「なあ大里、これっておまえのことだろ？」

草間は、同期入社の男で、仕事もおなじ印刷オペレーターだった。

その草間が、社員食堂のテーブルに、何かの記事のようなもののコピーを広げた。

それがなんであるか、春輝にはすぐにわかった。あのときのインチキをあばいた週刊誌の記事だ。折り目の跡らしい白い線が、何本も入っている。おそらく、古くなったコピーをさらにコピーしたものだろう。

騒動の記憶が、昨日のことのように蘇る。

あれからいったい何年経つのだろう。どうしてこんなものが手に入ったのだろう。仮名なのに、どうして自分のことだとわかったのだろう。驚きと不思議さが半々だった。

過去の経験から、こういうときは何も答えないか、あいまいにうなずいておくのがいちばんだと、わかっていた。春輝は、小さく首をかしげただけで、食器を下げに立とうとした。

「なあ、答えろよ。そうなんだろ?」草間が、春輝の腕を押さえた。

「さあ」もう一度首をかしげる。

「とぼけるなよ。だったら、元同級生で、小田さんって知らねえか? 小田尚彦」

驚いて草間の顔を見ると、ほらな当たりだろ、と言わんばかりに、嬉しそうにうなずいている。

懐かしく、そして鈍い痛みと共に記憶されている名前だった。出身地のまったく違う草間が、どうして尚彦の名を知っているのか。

「小田さん、キタマツ宣広の制作部にいるんだよ」

キタマツ宣広は中堅の広告代理店であり、春輝が働く、中原印刷の受注高トップテンに入る客だった。中小の不動産会社や、西東京でチェーン展開するパチンコ店などを、顧客にもつ。若干ながら電波も扱うし、自前の制作部を持っている。営業は色校正などでよく顔を出すので、春輝も何人か見知っているが、制作部の人間とはほとんど面識がない。

あの尚彦が東京にいた。しかも、キタマツ宣広の制作部にいる? 懐かしさよりも警戒心が勝った。

「この前さ、チラシで目玉商品のプレステの値段がひと桁間違ってて、輪転機止めただろう。あのとき、差し替えの紙焼き持って小田さんが来たんだよ。刷り出しを待ってるとき、ゲームの話とかで盛り上がって、そのあと飲みに行ったんだ」

東京に出てきていたのか。草間が続ける。

「同い年で岐阜出身だっていうから、ウチにも岐阜から来てるやついますよ、ってことになって、大里のことを話したらさ、『あれ、そいつ知ってる』ってことになって。それで次に会ったときに、これ見せられたわけ。わざわざコピー取ってきてくれた」

「悪いけど、その話はしたくないんだ」

「だけどさ、少しはほんとのこともあるって、小田さんが言ってたぜ。あとさ、有名になったからって調子に乗って、不良グループに入ってでかい顔してたとか」

「そんなの嘘だ」

「小田さん、恨みは忘れないって言ってた」

「悪いけど」

食べたばかりのものが、胃の中で暴れそうになっていた。食器の載ったトレーを持って、さっさと下げに行こうとした春輝の腕を、草間がまた摑んだ。

「ちょっと、待てってば」

「ほっといてくれよ」

春輝にしては、珍しく乱暴な口をきいた。袖をふり払った勢いで、トレーが撥ねた。

皿に残っていた肉野菜炒めの汁が、草間のジャージにかかってしみをつくった。

「あ、ひでえ」

大げさにジャージの汚れた場所を広げてみせる草間にかまわず、春輝は皿を下げに向かった。


一週間ほど経ったある日、草間の担当する輪転機が、三回続けて「断紙」を起こした。断紙自体はそれほど珍しいことではない。印刷の途中に、パン、という派手な音とともに、トイレットペーパーの化け物のようなロール紙が切れてしまうことだ。原因はいろいろ考えられる。紙に微細な傷があった、巻き上げる力がわずかに強すぎた、微妙に捻れが生じた。その日の湿度や刷り物の内容によっても、起きる頻度は変わってくる。

しかし、二時間のうちに三回はひどすぎた。

草間が、おかしいおかしいと騒ぎ出した。春輝は、なんとなく必要以上に騒いでいる印象を持った。たぶん失敗をごまかすためだろうと思い、とくに声をかけなかった。

その日の夕方あたりから、春輝に向けられる周囲の目つきが変わった。あからさまに、春輝を見ては、ひそひそ話をしている。春輝のサブについている後輩も、なぜかぎこちない態度をとる。また何か噂が広まったのだと直感が告げている。

だとすれば、発信元は草間の可能性がある。先日、相手にしなかったので仕返しのつもりだろう。

胃のあたりが重い。何年かぶりで、この感触を味わうことになった。

それから間もなく、キタマツ宣広からの依頼物で、春輝が印刷を担当した不動産のチラシに、トラブルが発生した。

念入りに色校正をしたはずなのに、物件の写真に傷が入っていたのだ。校正に立ち会った営業が「絶対に、輪転にかけてからの事故だ」と言い張った。調べたところ、ハンコと呼ぶアルミ製の刷版に、金属でひっかいたような傷がみつかった。

原因は特定できなかったが、責任を問うなら機械を管理している春輝ということになる。

このときは始末書で済んだが、その一週間後と二週間後にも似たような事故が起きた。どこで名を調べたのか、キタマツ宣広から「今後、当社の印刷物は大里という担当者の機械で刷らないでくれ」という要望が来たと聞かされた。

業務課長に進退伺を出すように言われそのとおりにすると、来月の異動で営業に回ってもらうと内示された。

その翌日、退職願いを出した。

7

苦しい業界ではあったが、春輝には六年余りの経験があるので、どこかにもぐり込むことはそれほど難しくなかった。しかし、最初の中原印刷ほどには肌が合わず、どこも一年ほどで辞めた。転職するたびに、会社の質も雇用の条件も悪くなっていく。

結局、春輝は二度と正社員として仕事に就くことはなかった。

法律が改正されて、気がつけば世の中はすっかり派遣ブームになっていた。企業側から見れば、社会保険や税制面での利点が多く、大量の人材を抱える大企業ほど、競って派遣社員を採る傾向にあった。

公務員になったり大企業に正社員として採用されたりして、ゆとりある人生を送る人種を『勝ち組』、春輝のようにドロップアウトしたまま、もとの線路に戻れなくなってしまった人間を『負け組』と、いつしかそう呼ぶようになった。


その日暮らしのような生活を続けていると、またたく間に時間が過ぎる。気づけば中原印刷を辞めて、九年が過ぎていた。

自分がおかれた状況を、春輝自身は勝ちとか負けといった観点でとらえたことはなかったが、故郷への足は遠のいた。

ときおり、実家には電話を入れる。およその事情はわかっていた。

父は一時期の荒れた生活からは立ち直り、理髪店を再開していたが、春輝が上京したころからふたたび酒の量が増え、数年後には休業してしまっていた。

春輝は三十歳のときに、ちょうど三十歳違いの父親の還暦祝いに帰郷した。まだ派遣の仕事をしており、春輝に定期的な収入があった最後の時期だった。祝儀袋に五万円を包み、老舗の羊羹を手土産に持って帰った。

父は六十歳という実年齢よりもずいぶん老けて見えた。その一方、母は五十八歳だったが肌の色艶もよく、五十そこそこといっても通じるほど若く見えた。

母は、これまでやっていた帳簿つけの経験を生かして、知人の紹介で経理の正社員として雇ってもらっていると聞いた。はつらつとして見えたのはそのせいかもしれない。「まだ、歌ってるの」と尋ねると「ときどきね」と笑って答えた。

名古屋で所帯を持った姉とは、このときも顔を合わせなかった。

三十四歳の誕生日を過ぎて三日後、その姉から母が死んだと知らせを受けた。電話番号を知らせていないので、年賀状の住所を頼りに電報を送ってよこしたのだ。闘病していることなど、まったく知らされていなかった。

しばらくの放心状態から我に返ると、さっそく公衆電話から電話をかけた。携帯電話を持つ、余裕も必要もなかった。

どうして知らせてくれなかった、見舞いに行きたかった、と姉に抗議すると、あんたみたいに無責任に出ていった人間にあれこれ言われたくない、と言い返された。その点に関しては詫びて、母の最期について訊いた。

もとは肺癌だったらしいが、みつかったときにはすでに何カ所かに転移していて、手術はあきらめたという。

春輝に連絡することを、母自身が望まなかったとも聞かされた。「やっといい職場が見つかったのに、見舞いや看病で休ませたら迷惑をかける」と心配していたそうだ。最後に電話で話したとき、安心させたくて「今度の会社はいいところだよ」と話したのを信用していたらしい。

そのときの、持ち金のほとんどすべてを使って帰省した。久しぶりに会った姉は、春輝を見てほんの一瞬懐かしそうな顔をしたが、一週間も着たままの服に気づいて、眉をひそめた。

「あんた、大丈夫?」

心配というよりは、わたしを頼ってこないでよ、と言われているのがよくわかった。

父の喪服を借りて、母の葬儀に臨んだ。棺の中の母の顔は痩せて、やつれていた。あまり安らかな死に顔とは思えなかった。

式のあいだ、不思議と涙は出なかった。

久しぶりに真澄の墓も訪ね、花屋で買ってきた小さな花束を供えた。両手を合わせて耳をすませてみたが、何も聞こえなかった。

東京へ戻る電車の中で、汚れたデイパックの中から一枚のCDを取りだした。

母の遺品の中に、合唱グループで吹き込んだCDがあったので、もらってきたのだ。ついでに、母が入院先で使っていたというポータブルCDプレーヤーももらってきた。

曲名のリストには、懐かしい名前が並んでいる。

中原印刷の寮で暮らしていたころ、暇にあかして、アイルランド民謡はほとんど訳していた。

『アイリッシュ・ララバイ』というのも好きな曲だ。

はるか昔、母が優しく穏やかに、歌ってくれた

もしも今、もう一度あの歌を聞くことができるなら
ぼくは、世界と引きかえにしてもかまわない

懐かしいメロディに、ふいに、涙が浮かんでこぼれた。
もう、ずいぶん前のことだが、『ダニー・ボーイ』の歌詞をノートに書きつけていて、
胸が苦しくなり途中でやめたことも思い出した。あの胸騒ぎは、今日のこのことを予感
したのだろうか。

――そっと歩くあなたの足音が聞こえ
わたしがいる場所は、暖かく心地よい世界に包まれる
おお、愛しいダニー・ボーイ
その日を、わたしはずっと待っている

母はもしかすると、病床でこの歌を口ずさみながら、「連絡するな」と言いながらも、死ぬ前に一度息子が会いにきてくれることを夢見ていたかもしれない。
東京に戻った春輝は、その足で大家のところへ顔を出した。八十をいくつか超えているらしい彼女は、皺と区別のつかないような目をさらに細めて、アパートを出ていきたいという、春輝の話を聞いていた。もしも支払いが厳しいなら、千円くらいなら値下げしてもいいし、しばらく猶予してもいいという意味のことを、もごもごと喋った。

春輝はその申し出を辞退して、やはり今月いっぱいで解約して欲しいと告げた。

自分は、誰かに優しくしてもらえる価値などない人間なのだ。

三十四歳の春に、春輝は、母と住む場所と心の一部をまたひとつなくした。

8

「きゃっ」

女の悲鳴だ。

段ボールとブルーシートで作った〝ハウス〟の中で、春輝は体を起こした。

その少し前から、男女が言い争うような声は聞こえていた。

「返せ」とか「どうすんだ」と言う男の声は、相当怒っているらしかった。

女が早口で何か言い返すのだが、そっちはよく聞き取れない。耳をそばだてる気もない。

しばらくもみ合うような気配がしていたと思ったら、そこに今度は別な男の低い声が加わった。通りがかりの人物が仲裁に入ったようだ。

悲鳴が聞こえたのは、これでやっと静かになるだろうと思った矢先のことだった。

男どうしでとっくみ合いでも始めたのだろうか。もみ合うような気配も感じる。これでは気になって、眠れやしない。公園で喧嘩などしないで欲しい、と思ったが、考えてみれば自分も、立ち入り禁止の芝に〝ハウス〟まで建てて寝ているのだから、えらそうなことは言えない。

「きゃあ」

また悲鳴だ。しかも今度は、叫ぶような声だ。続けて、ばたばたっと走り去って行く革靴の音が聞こえた。

「誰か。誰か、助けてください。救急車を——」

女の声は、かなり緊迫している。春輝は、シートを三センチほど開けて、片目でのぞいてみた。十メートルほど離れた水銀灯の下に、うずくまった女の背中が見える。そのすぐ近くに、倒れている男の姿も見える。どういうわけか、あれほど部屋に閉じこもって本ばかり読んでいたのに、視力だけはいい。

女がきょろきょろと周囲を見回しながら、携帯電話を耳にあてている。救急車を呼んでいるのかもしれない。

——どうしよう。

迷っていた。

他人とは関わり合いにならない、それが春輝の行動規範における、最優先事項だ。

しかし、どうも様子がただごとではない。それに、男の頭のあたりに黒く広がっているのは、血ではないのか。胸騒ぎがしてきた。

「手を貸してあげなさいよ」母の声が聞こえた。

ひとつ大きなため息をついて、テントから出た。同じように様子をうかがっていたらしい隣のハウスの住人が、春輝を見上げた。やめとけ、とその年齢不詳の男の目は語りかけていた。

近寄って行く春輝に、女性のほうでも気づいた。見ればまだ若い。せいぜい二十代半ばだろう。その彼女が春輝の恰好を見て立ち上がり、表情を強ばらせたまま何歩か後退した。無理もない。

彼女の持っているカバンが横向きになっていて、開いた口からばさばさっとパンフレットのようなものが落ちた。《投資》とか、《ＦＸ》とかいう見出しが見えた。

通行人が何人か寄ってきて、救急車は呼んだんですか、などと聞いている。

皆の視線を感じながら、春輝は男のそばにしゃがんだ。

普通のサラリーマンには見えなかった。黒いスーツに黒いシャツ、スーツの胸には純白のポケットチーフを差している。

首の左側、鎖骨のすぐ上の首のつけ根あたりから、心臓の鼓動ごとに血が流れ出している。生地が黒ずくめなのでよくわからないが、シャツがべっとり濡れているのはおそらく血液によるものだろう。男の顔は青白い。しゃがみこんだ春輝の顔を、生気のなくなりかけた瞳で見上げた。放っておけば、この男は死ぬに違いない。

ふいに、はるか昔に訪れた集中治療室の光景を思い出した。

知らせを受けて病院に駆けつけたとき、もう手の施しようがないと聞かされた。

しかし、彼女は、真澄はまだ生きていた。

ベッドに寝かされ、いろいろな管が伸び、顔を見ることすらできなかったが、まだ命の灯は消えていなかった。

自分が勇気を振り絞っていれば、もしかすると真澄を助けることができたかもしれない——。

ずっとそればかり考えて生きてきた。

だが、その一方でせいぜい小石を浮かせるぐらいの能力しかない自分に何ができたのか、という思いも相変わらずある。仔犬の怪我にしても、結局どうなったのか真実はわからない。「助けてみます。やっぱりダメでした」では、あまりに家族や真澄本人を侮辱することにならないか。

母はどうだ。もしも、あんなつまらない嘘などつかず、ちっぽけな見栄や意地など捨てて、まめに帰郷していれば、救う機会があったのかもしれない。

いまここで試せばはっきりする。

ずっと、想像だけで自分を責め続けていたことへの答えが出る。

春輝は目を開いた。死相が浮かびはじめた男の顔を眺める。心は決まった。あのとき、真澄にできなかったことを、母には試みるチャンスすらなかったことを、いまこそやるのだ。

すでに瞳の焦点が合わなくなっている男に小さくうなずいてから、首の傷に触った。

男の顔に、わずかに驚きの表情が浮かんだ。

春輝は再び目を閉じ、精神を集中させた。

「あんた、誰だ」

傷口を春輝に押さえられたまま、男がうめくように言った。

目を開けて見ると、男の顔にいくぶん赤味が戻ったように感じた。何かを答えようにも、口を開くのさえ億劫だった。

風に舞って飛んできたビラが、男の胸のあたりにへばりついた。さっき、あの女のバッグから散らばったものだろう。

《安心と充実の投資情報――コペル証券》

春輝はカラフルな印刷物を指でつまんで、脇へどけた。顔をあげると、その彼女が青白い顔でこちらを見ていた。

心配しないで、と声をかけようとしたところで、急に意識が遠のいた。額がアスファルトにぶつかるのを感じた。それでも痛いとは思わず、体を起こすこともできない。

だんだん大きくなっていくサイレンは、救急車だろうかパトカーだろうかとぼんやり考えたのを最後に、何も聞こえなくなった。

7　二〇一四年　楓太

1

コーヒーの香りと煙草の煙が濃すぎて、店内の酸素が少し足りないような気がした。しかしその息苦しさの原因は、空気の成分よりも、目の前に座る男が発散する威圧感からくるものだろうと、宮本楓太は感じている。

痩せて背の高い男は腰を下ろすなり、あんまり意味はないかもしれんがと前置きして「鶴巻《つるまき》という名だ。舞鶴に花巻」と名乗った。オオサトは「大里」であることもわかった。

鶴巻は、今日も黒いシャツと黒いスーツを着ている。しかし、大里が二日続けて同じ服装をしていたのとは違って、きちんとプレスがきいているし、もちろん同じものを着まわしているわけではなさそうだ。

鶴巻は煙草の煙を静かに吐き出して、コーヒーをひとくちすすった。ときおりこちらを見る目は、獣というよりは猛禽類のような、冷たさと鋭さを帯びていた。コーヒーをすする瞬間、その険しい目がわずかに細くなる。美味いとも不味いとも言わないが、気に入ってはいるのだろう。

向かってその左隣に座る大里は、家庭訪問に同席した小学生のようにかしこまって、コーヒーカップに砂糖を二杯も入れてかき回している。

さっき、歌舞伎町の路上で鶴巻に肩を叩かれたとき、ここ数日続いている、踏んだり蹴ったりの不運は、まだ終わっていなかったのだと思った。やりすごしたはずなのに、後ろに回られたということは、目標にされたわけだ。

ちょっと話がしたい、近くに行きつけの喫茶店がある、と連れてこられたのが、この『純喫茶　翡翠』だった。毛が擦れて生地がうすくなったソファ、塗りのはげたテーブルや椅子。レトロというより、古くさいという表現が似合いそうだが、安っぽさはなかった。なんとなく、鶴巻と一緒に半世紀前からタイムスリップしてきたような雰囲気だ。

そんなことよりも、どうして声をかけられ、こんな店に引っ張り込まれたのか。問題はそこだ。気にはなるがその一方で、もう鼻血も出ない、という開き直りに似た思いがあるのもたしかだ。

「鼻血が出るのか」鶴巻が静かに、しかしややざらざらした声で言った。

「は？」

「いま、自分で言っただろう。鼻血がどうしたとか」

「いえ、なんでもないです」

ひとりごとが出たということは、開き直ったつもりでいても、やはり緊張しているのだ。

鶴巻が煙草をもみ消し、用件を切り出した。

「忙しいところ悪いが、大里さんに頼まれて声をかけた」

「どういうことでしょう」

それほど恨まれるようなことをしただろうか、ととっさに記憶をたぐる。

「大里さんは、あんたがトラブルに巻き込まれているんじゃないかと、心配している。赤の他人のあんたを」

ほら来た。何がトラブルだ。何が心配だ。思いっきり胡散臭い。確かに、最初に声をかけたのはこっちだが、いいカモだと思われたならしゃくにさわる。

荒畑先輩の言うとおりだ。金や幸運はいくら待ってもちっともやってこないが、面倒ごとだけは、毎週フリーマーケットでひと山いくらで売りに出せるほど、向こうから転がり込んでくる。

「ついいましがた、すぐそこで顔見知りの若い者に聞いた話だ。ゆうべ、さっきあんたが歩いていた路地で、若いサラリーマンが三人組にからまれていたそうだ。見ていたそいつが言うには、財布の金を抜かれた上に、追加の金をもってこいと要求されていたらしい。脅されてたサラリーマンは『タレントのニノミヤをしょぼくした感じで、気が強いんだか弱いんだかわからない』印象だそうだ」

もしかすると、その〝若い者〟というのは、あの客引きの若僧ではないかという気がした。だからどうするというのだろう。この鶴巻という男、存在感でいえば昨日の三人組の上をいっている。楓太がカツアゲされたのを聞いて、しかも大里との接点があるのを知って、自分もひと口乗ろうと思ったのだろうか。

「大里さんがその話を聞いて、めずらしく興味を示した。他人の噂や、まして暴力がらみの話は大嫌いなのにな。どうやら、脅されていたのがあんただと気がついて、自分から詳しく人相風体を聞いていた」

「大里さんが」

もはや正体の想像もつかなくなった、中年男の大里に目を向けると、ものすごく深いことを考えているようにも、何も考えていないようにも見える目つきで、テーブルの一点を見つめている。

「大里さんはその話を聞いて、残念がっていた。あんたが二、三度話しかけてきたとき、つい警戒してしまったそうだ。まあ、ここでは詳しく話さないが、大里さんは、見知らぬ人に話しかけられたら、まずは警戒してもしかたがない体験をしてきている。だが、あのときあんたの話し相手になっていれば、もしかしたらその後の展開は変わっていたかもしれない、と言うんだ」

さっぱり意味がわからないので、はあ、と言ったきり首をかしげた。

「じつは、おれにもよくわからない」

楓太は自分の目を疑った。ロボットのように表情のなかった鶴巻が口もとを歪めている。それがどう見ても笑っているとしか思えない。しかしすぐに、鶴巻は笑みを引っ込めてしまった。

「その話を聞いて、大里さんとあのあたりを少し見て回っていたら、ずばりあんたの姿を見かけたわけだ」

「そうですか」

いきさつはわかったが、つけまわされる理由はさっぱりわからない。

「あのう、大里さんに直接質問してもいいでしょうか」

鶴巻には聞きづらい。

「はい」大里がこちらを見た。

「何か、心配していただく理由がありましたっけ」

「常識的にはないかもしれません」

そうだよな、ないよな、とうなずく。少し安心した。大里が続ける。

「でも、中央公園であなたが話しかけてきたとき、とてもせっぱつまった目をしていると思いました。大変失礼ですが、そんな印象の目をした方を何人か知っています」

「はあ」

その先を待ったが、どうやらそれが答えの全部だったらしい。つい、鶴巻を見てしまった。また口もとを歪めている。やはり苦笑しているようだ。

「それで、金は払ったのか」鶴巻が会話に戻った。

「はい」正直にうなずく。

「いくら払った」

やけくそだ。正直に答えてやれ。

「全部で、ええと、二十万です」

楓太の説明に、ふたりは顔を見合わせて小さくうなずいた。どうやら金額まで知っていたらしい。やっぱり怪しい。底抜けに人のよさそうなおっさんと、強面のおやじ、新手の詐欺コンビなのか。

――なんとか、あなたの力になります。あと三十万ご用意いただけたら、その二十万を取り返して差し上げます。

どうせそんな話に決まっている。おれはもうだまされない。

鶴巻は、瞬時にそんな楓太の心の内を読み取ったらしい。

「勘違いするな。あんたにたかろうとは思わない。その逆だ。大里さんは、謝るのが趣味みたいな人間なんだ。なんでも自分のせいにする。普通の人間には理解できん。――さて、どうする？」

最後の「どうする？」は、楓太にではなく、大里に向かって問いかけた。大里は困ったような表情を浮かべて、小さく首を振った。

「全部はちょっと無理です」

それを受けて鶴巻がふたたび楓太に視線を戻す。

「実は、大里さんはあんたが脅し取られた金を立て替えてもいいと言っていた。しかし、残念ながら、いまそれだけの持ち合わせがないらしい」

大里の気持ちを代弁してくれたようだが、ますます意味がわからない。鶴巻が続ける。

「――おれは、そのぐらいの金なら都合がつくが、残念ながら、おれがあんたに金を貸す義理はない。わかるな」

こっちの言い分のほうがまともだ。

「わかります。ぜんぜんわかります」

鶴巻が、ひと仕事終えたという雰囲気で姿勢を変えた。気のせいか、わずかに消毒薬のような臭いがした。

「それより、残酷なことを言うようだが、終わらないかもしれないぞ。おれが興味を持ったのはむしろそっちのほうだ」

「それはどういう意味ですか」

「あんたを脅した三人組だ。連中のことを少しだけ知ってる。いちばん威張ってるやつはユウジと呼ばれてなかったか」

「呼ばれてました」

鶴巻が、生徒から算数の答えを聞いた教師のように、ゆっくりうなずいた。

「やはりな」

「でもあれは、もう終わったんです」

なんとなくさっきから見下されているようで、少し強い口調で言い返した。本当は心のどこかで恐れていたことだ。だからかえって、むきになって否定してしまった。

楓太の目を見ていた鶴巻は、隣の大里に、小声で「だそうだ」と話しかけた。

「それならそれでいい。手間をとらせて悪かった。話は以上だ」

鶴巻がテーブルの伝票に手を伸ばし、素早く三つに折って、ワイシャツの胸ポケットに差した。ひとつひとつの動作が流れるようで、絵になっている。

「それから、これは何かの足しにしてくれ。時間を割かせた詫びだ」

札入れからすっと万札を一枚抜き、テーブルの上に置いた。

「いえいえ、そんな、とんでもない」

慌てて手を振った。しかし、鶴巻が静かに見返しているので、それ以上の拒絶はできなかった。

「すみません。じゃあ、お借りしておきます」

鶴巻はうなずき、大里を促して立ち上がった。

「待ってください」

気がついたら呼び止めていた。背を向けかけていた鶴巻が、顔だけをこちらに向けた。後悔したが、どうせなら訊いてみよう。

「――すみません。もう少し教えてください。どんなふうに終わらないいんですか。あの『ユウジ』とかいう人のこと、何か知っているんですか」

鶴巻が、ふたたびソファに腰を下ろし、もう一本煙草を抜こうとした。

そのとき、再び思いもしないことが起きた。

「鶴巻さん」

なんと、大里が鶴巻をたしなめた。

鶴巻が少し苦い顔で大里を見ると、大里が真剣な顔で首を左右に振っている。鶴巻は何も言い返すことなく、あきらめたような表情で出した煙草をまた箱にしまった。

「一日の本数が決められていてな」

鶴巻が言い訳でもするように楓太に言った。ふたりの関係が少しわかりかけたようでまたわからなくなった。

「まあしょうがない。——いまの話だが、これはあくまでおれの意見だ。聞く耳を持つか持たないか、あんたの勝手だ」

「はい」

「さっきも言ったが、あんたを脅した三人のことをちょっと知ってる。特にユウジのことはな。すんなり二十万も払うサラリーマンを、みすみす手放さない」

「つまり、また金を要求するってことですか」

「おそらくな」

「そんな。だって——そんな」

「悪いことは言わない。いまからでも、警察に相談したほうがいい」

「でも、そんなことしたら、会社とか家族とかに——」

「それほど後ろめたいことをしたのか。二十万もせびられて、泣き寝入りするほど恥ずかしいことをしたのか」

「吐いて、スーツと靴を汚してしまって——」

気づけば、そんなことまで説明していた。鶴巻に初めて会ったときの警戒感は吹っ切れてはいないが、なんとなく、やみくもに害をなす存在ではなさそうだと思えてきた。そればかりか、鶴巻のほとんど感情が読み取れない目で見つめられると、嘘がつけなくなる。

「なんで、自分ばっかりこんな目に遭うんだろう。やっぱりてんびん座のO型だからかな」

つい、そんな愚痴までこぼした。

「どういう意味だ」

「あ、すみません。気にしないでください。ただ、少し前に辞めた先輩が『お前の星座と血液型は今年は波乱万丈だっぺ』とかいいかげんなことを言っていて、それで……」

まったく興味がないらしい鶴巻がさえぎった。

「生きていれば、運不運はある。人間の価値が決まるのは、進退窮まったときにどういう態度に出るかじゃないのか」

そこで言葉を切って、ふっと小さく息を吐いた。

「まさかおれが、堅気にそんな説教するとはな。大里さんといると、どうも調子が狂う」

楓太は、目の周囲がむずがゆくなってきて、手の甲でごしごしとこすった。

「親御さんはどうしてる」

「実家は農業で、父親はサラリーマンです」

さすがに、公務員だとか、脳梗塞で倒れてリハビリ中だとまでは、言えなかった。

「歳はいくつだ」

「今年で五十二歳です」

「違う、あんたの歳だ」

「あ、二十五です」

「親と住んでいるのか」

「いいえ、家は栃木にあって、兄貴も地元に勤めてます。ぼくだけ東京でひとり暮らししています」

聞かれもしないのに、この兄貴というのが冷たいやつで家業には知らんぷりだからこちらにお鉢が回ってきそうだなどと話してしまった。ずっと誰かに愚痴を言いたかったことだ。

「それに、近所のやつらだって、悪口ばっかり……」

「二十五にもなってそのざまでは、実家の親御さんも心配だな。——まあ、おれみたいなやくざ者に、人様のことをとやかく言う資格はないが」

また似たような冗談を言ったが、今度は笑わなかった。

むずがゆいと思っていた目のふちから、ふいに涙が浮かんでこぼれた。自分の父親や課長にされた説教なら「うるせえ」と腹の中で毒づいて終わりなのに、どうみても堅気でない男のことばがなぜか素直に聞けた。

「すいません」

「おれに謝ってもしょうがない。——わかった。二日ほど時間をくれ。これも何かの縁だ。ちょっと考えてみる」

「あの、それはどういう意味でしょうか」

「二日ばかり、静かにしててみろ。あまりうろうろ出歩くな」

素直にはいと答えた。

鶴巻はスーツの内ポケットから再び札入れを出した。

もう一万円くれるのかと思ったら、名刺を一枚抜き出した。渡されたそれに目を通す。聞いたことのない会社の名前と、ここからそう遠くない新宿六丁目の所在地、電話番号が載っていた。

「どうしても困ったら、そこへ電話してくれ。伝言すればおれに連絡が届く。もっとも手を貸せるかどうかわからないが」

そう言うと、再び大里を促して立ち上がった。

大里は去りぎわ、楓太に向かって軽く頭を下げ、蛍光グリーンのリュックを摑んだ。

「鶴巻さん、いい人ですから」

そう言い残し、あわてて鶴巻の後を追って出ていく。不思議な思いでその背中を見つめていた。

どういうつながりなのだろう。お互いに〝さん〟をつけて呼んでいたから、対等な関係なのだろうか。おどおどしているかと思えば、二本目の煙草をやんわりとたしなめた。鶴巻も素直に聞いていた。その関係の想像がつかない。

それより、あの大里という男、正体はどうあれ、そこそこに金回りはいいのかと思っていたが、どうやら違ったらしい。たった二十万円の都合がつかないと言っていた。あてが外れたのは残念だし、また別な疑問も湧いた。もし金がないなら、なぜ、あれだけのことを言うために、わざわざ喫茶店になど呼び込んだのか。

鶴巻が言ったように、謝るのが趣味なのだろうか。自分には理解できない。さっぱりわからない。もう、あまりかかわるのはやめておこう。

そろそろ自分も店を出ようと、何気なく個人用のスマートフォンを見た。気づかないあいだに、登録していない番号から着信があった。留守録がされていた。

〈田崎です。ちょっとお話があったのですが、早めにあがられたようなので、また明日にします〉

ほら来た――。

これもまた怖れていたことだ。利息も担保もとらずに、他人に三十万円も貸してくれるわけがない。それは、覚悟していた。

まずは、食事にでも誘われるのだろうか。それとも、飲み屋だろうか。まさか、いきなり部屋に呼ばれたりはしないだろう。そのあと、あまり具体的に想像したくない展開になるのかもしれない。

それだけではすまないかもしれない。四十二歳独身であのポジティブさは胡散臭い。きっと、マルチ商法かアブナイ宗教かその両方にはまっているに決まっている。話を聞く前からわかっている。絶対に何かに勧誘され、あるいは何か売りつけられるはずだ。

それでまた、実家のことを思い出した。

楓太がまだ中学生だったころ、母親が続けて内臓の病気にかかり、知り合いの主婦に「飲むと体の中のあらゆる毒素が排出されて、体の芯から健康になる」という謳い文句の、特殊な成分の水を勧められた。二リットル入りで一本二千円の水を一ダースも買って、母のやることには比較的寛容だった父親が、烈火のごとく怒ったのを覚えている。

それでも懲りず、二年後に自分の実家が火事で半焼したときは、やはり、知り合いの知り合いだとかいう女の「こっちの土地に憑依した霊が怒って、あんたの実家に火をつけた」という無茶な話を真に受けて、もう少しで三十万円の印鑑を買うところだった。このときの女は後に逮捕されて、ニュースでも流れたことを覚えている。

まさか、親父が倒れたことで、またおかしな絵だとか壺だとか買わされていないだろうか。兄貴はそういうことに知らんぷりだしな。

電話してみようか――。

いや、話をすれば心が揺れる。母親はきっとめそめそしながらも「戻ってきてくれ」とは言わないだろう。そうしたら、かえって決心がぐらついてしまう。

まだだめだ。おれは、東京に根づくと決めたんだ。

――二十五にもなってそのざまでは、親御さんも心配だな。

鶴巻の抑揚のない言葉が頭の中をぐるぐると回っていた。

2

「宮本君、おはよう」

朝一番から机にへばりついて、田崎係長とは視線を合わせないようにしていたのだが、向こうから近づいてきた。

「あ、おはようございます」

借りたときに、社内では内緒にしてください、と頼んでおいてよかった。こんなところでいきなり「貸したお金のことだけど」などと切り出されたら、死んでしまいたくなる。

「はい、これ」またヤクルトジョアを机に乗せた。「食生活、乱れてるんでしょ」

例によって《ガンバ！》に加えて、にっこりの顔文字が書かれた、パンダの付箋が貼ってある。

「いちおう気はつかってます」

「いいから、飲みなさい」

元気よく席に戻っていった。

留守電に、「お話があった」と入っていた件はどうしたのだろう。こちらから持ち出すつもりはないが、言われないとそれはそれで気になる。水滴が浮いた、ブルーベリー味のジョアをぼんやり見つめていると、隣で大柴がくすくす笑っているのに気づいた。睨みつけると「女史に気に入られたみたいっすね」と、嬉しそうにボールペンの尻で田崎のほうを指した。

「うるせえ」

やっぱりこんな奴、頼りになるか。

大柴の机の脚を蹴飛ばして、付箋を丸めて捨てた。


今日は久しぶりに、まじめに回ろうという気になっていた。

事実、二軒ほど開店前に顔を出した。よそのメーカーの商品だったが、着荷の段ボールを開け、見当をつけた棚に並べた。

「宮本君が手伝ってくれるなんて、めずらしいじゃない」

ふだんは機嫌の悪い店長が、それこそめずらしく笑いかけてくれた。それだけで、なんとなく気分がいい。

天気がいいので、昼はパンを買って公園で食べることにした。雨が降ったら、やっぱりパンを持って都庁の食堂へ行けばいい。コンビニで調理パンをふたつとパック入りのドリンクを買った。三百三十円で済んだ。あの大里とかいうおっさんと同じ食事になっていることに気がついたが、細かいことは気にしない。

中央公園のベンチにこしかけ、袋から出したコロッケパンをかじりながら、ひとつ深呼吸をしてみる。

東京に出てきて、もう何年になるだろう。

この間に何か変わっただろうか。

アパートと会社の往復、そして仕事といえば、受け持ち区域をぐるぐると回っているだけだ。休日といっても、とくにこれという趣味もなく、渋谷駅の周辺や原宿、表参道あたりを、用もないのにぶらぶら歩いて時間をつぶす。

いまおかれているような窮状で、金を貸してもらえないまでも、愚痴をこぼせる友人すらいない。

たった一度関係を持った女に金をだまし取られ、その女を見つけた興奮でやくざ風な男たちにからまれ二十万も脅し取られ、しかもその女は人違いで、借金を返すあてはない。会社での評価も最低だ。

「ちっともいいことねえな」

ほとんど雲もない空に向かって、小さく吐き捨てた。

いつしか、貧乏ゆすりが始まっていた。

でも、全部自分がまいた種かもしれねえな。

上京以来、初めて素直に自分を責めた。もしも新しい人生がやり直せんなら、このけなげな気持ちを忘れねえで、地道にまじめに生きていくべ。

いまの自分は、金精峠《こんせいとうげ》の朝霧のようにすがすがしい心持ちだ。

こんなとき、ドラマだったりすれば、神様だとか天使だとかが現われて、願いを聞き入れて奇跡を起こしてくれんだけどな——。

貧乏ゆすりが止まった。向こうからやってくる若い女に見覚えがあった。

あのチホとかいう女だ。

こらちを見て、なんとなく微笑んでいるような気がするのは、目の錯覚だろうか。

8　二〇一三年——二〇一四年　春輝

1

意識が戻ると、大里春輝は少し硬めのベッドに寝ていた。

ここはいったいどこだろう、という思いを皮切りに、次々に疑問が湧き上がってきたが、頭の芯にもやがかかったようで考えがうまくまとまらない。

天井が高い。蛍光灯がともっている。あたりまえだが、いつもの〝ハウス〟ではない。体に神経を行き渡らせてみる。とくに痛かったり動かない部分はなさそうだ。肘をついて上半身を持ち上げてみた。

あまり広くはない。病室、それも個室のようだ。岐阜の実家にいたころ、病気で入院した親戚を見舞ったことがある。そのとき入った部屋に、雰囲気が似ている。

左腕に、何かがまとわりついていることに気づいた。見れば、大きな絆創膏のようなもので細いチューブが固定されている。その先は液体が入った容器につながっている。

点滴を受けているのだ。

やはり自分は、病院のベッドに寝ているらしい。そう確信したとたんに、夜の新宿中央公園で巻き込まれた、騒ぎのことを思い出しはじめた。そうだ、自分はあの血まみれの男を助けようとしたのだ。そして予期したとおり、意識を失ってしまったようだ。だが、こうしているところをみると、命は落とさずに済んだらしい。

窓からは日が差している。いまは日中のようだ。とすると、あれは昨夜の出来事だったのか。あるいは、もっと前の――。

「お目覚めですか」

若い女の看護師が入ってきた。何か言おうと思ったが、適当な言葉がみつからない。お世話になりますと頭を下げるのも、ありがとうございますと礼を言うのも、なんだかおかしな感じだ。

「どこか痛いところとかありませんか」

優しい声で話しかけてくれる。いいえ、と首を振った。

「もうすぐ先生がお見えになりますから。その前に体温計りますね。これを脇の下に挟んで、ピピッと鳴ったら出してください」

ポケットから取り出した電子体温計を渡される。

うなずいて受け取ってはみたものの、本当に脇に挟んでいいのだろうかと思った。たしかに、幼いころからのきれい好きな習性は変えられず、毎日のように片道十五分ほど歩いて、五分間百円のコインシャワーへ通っている。さらに、一週間に一度は銭湯にも行く。着ている物は古いが、拾った洗剤とバケツを使って、公園の水道で洗っている。それでも、普通の暮らしをしている人間からすれば、異臭がするのではないかと心配だ。

「どうしました？　そのまま挟んでもらえれば大丈夫ですから」

体温計の使い方がわからなくて、戸惑っていると思われたらしい。ならば知ったことか。やけな気持ちで、ゆかたのような入院着の前をあけて、体温計を左の脇の下に突っ込んだ。そういえば、いつのまに着替えさせられたのだろう。右手で腰のあたりを触る。パンツをはいていない。必要があって脱がされたのか、汚いから捨てられたのか。

いま目の前にいる、この若い看護師が脱がせたのだろうか。ようやく成人式を終えたばかりのような若い看護師のつやつやした横顔を見て、顔が赤らむのを感じた。なんとか気分を落ち着けようと、浅い呼吸を繰り返しているところに、医師らしき人物がふたり入ってきた。

「どうですか。体調は」

若いほうの医師が尋ねた。胸に付けた名札には、《後藤医師》と書いてある。

「あ、はい。ええと、どこも痛くありません」

「そうでしょうね。どこにも異常はみつかりません。少々中性脂肪の値が高めな点をのぞけば、ほぼ健康です」

「あ、はい」

「お名前はなんとおっしゃいます」

「大里です。大里春輝といいます。大きい里に春に輝くです」

「ほう。なんだか、春うららかな里山、みたいなお名前ですね」

後藤医師が、春輝が気にしていることを、ひとなつこそうな笑顔であっさり言った。

脇の下でピピッと電子音が鳴った。看護師に差し出すと、三十六度七分です、と読み上げた。

一歩引いた位置に立っている、もう一人のひょろっと背が高く白髪をオールバックになでつけた医師が、手にしているボードにさっきから何か書き付けている。彼の名札は《荻島医師》となっていた。

「あなたと一緒に運ばれた男性、覚えてますか」

後藤医師が尋ねる。

「はい。――ええと、首を怪我した男の人ですか」

「そう、その男性です。鶴巻さんという名です」

メモ用紙に書いて教えてくれた。その鶴巻という男性は助かったのだろうか。疑問が顔に出たらしく、後藤医師が教えてくれた。

「命は取り留めました。致命傷になってても不思議はない傷でしたが、いまは回復しつつあります。その関係で、ちょっとうかがいたいことがあって来ました。大里さん、話していても体調は大丈夫ですか?」

「はい――たぶん」

本当は、誰かと会話したい気分ではなかったが、それは体調のせいではない。

「あの鶴巻さんという方は、ここのところを刺されています」後藤医師が、自分の喉の左側を示した。

「傷口がきれいなので、鋭利な刃物だと思われます。おそらくは、よく砥いだ小ぶりの包丁か薄手のナイフでしょう」

春輝はそんな話を聞くだけで貧血を起こしそうだったが、後藤医師は淡々と続ける。

「頸動脈からわずかに外れていますが、声帯近くの気道も損傷しています。本来なら相当の重傷です。生死にかかわると言ってもいい」

「はい」うつむいたまま、ぼそっと応じる。

「鶴巻さんが刺されてから救急隊が到着し、ここへ運ばれるまで、長くとも三十分は経っていなかったと思われます」

後藤医師は何かの効果を狙ったかのように、一旦言葉を切って息継ぎした。

「ところが、われわれにとって意外なことがありました。まだ施術する前にもかかわらず、ほとんど出血が止まっていたばかりか、傷が治り始める兆候さえ見せていたのです」

白髪の荻島医師が、絶妙のタイミングであはん、と咳き込んだ。

「こんな症例は見たことがありません。鶴巻さんはまだ声が出せる状態ではないため、筆談で簡単な質問をしましたが、特別に傷の治りが早いといった体質ではないそうです。ご本人曰く、意識が遠のきかけたとき誰かに引き戻される感覚があって、目を開けるとあなたが喉を押さえてくれていた、と」

「はあ」自分から、よけいなことは何も言わないほうがいい。

「大里さんに心当たりはありませんか。たとえば、止血剤のようなものを使ったとか」

後藤医師は、わずかに首をかたむけて春輝の返事を待っている。このまま、ずっとだまっているわけにはいかないだろう。

「わかりません。ただ、血がいっぱい出ていたので、押さえなければいけないと思っただけです」

「傷を押さえただけですか」

「はい」

「なるほど。荻島先生、何か」

それまでほとんど口を開かなかった荻島医師が小さく咳払いをした。

「やはり、ぼくは鶴巻さんの体質的なものじゃないかと思うな。詳細な血液検査の結果を待ったほうがいいでしょう」

「そうですね」

後藤医師がうなずいて、二名の医師が引き上げかけたときだった。

「ごめんください」

入口にスーツ姿の男がふたり現れた。素早く室内を見回して、春輝の顔で視線を止めた。

「先ほどは失礼しました。意識が戻られたと聞きまして。先生、こちらの男性に、ちょっとお話をうかがうことはできますか」

春輝より少し年上に見える、髪を短く刈り上げた男が言った。後藤医師が応える。

「病理的な観点からいえば、禁止する理由は見あたりませんね。あとは、ご本人次第というところでしょうか」

「あまりお時間はとらないようにします。手ぶらで帰ると、上に叱られるもんで」

顔をしかめてみせたが、なんとなく芝居がかって見えた。もうひとりの若くて目つきのきつい男はにこりともしない。

後藤医師が春輝の顔をのぞきこんだ。

「大里さん、どうしますか。こちらのおふたりは警察の方です。少しお話をうかがいたいそうですが、もし体調が悪ければ断ってもいいと思いますよ」

ありがたい助言だが、刑事だとすれば、一度話を聞くまではしつこく訪ねてくるだろう。下手に〝ハウス〟に帰ってから訪問を受けるよりは、いまここで話してしまったほうがいいと思った。

「大丈夫です。話せます」

「そうですか」後藤医師がうなずく。「じゃあ、わたしたちは、とりあえず席を外します。午後の診察が終わったらまた来ますから」

刑事に向かって、あまり疲れさせないでくださいねと声をかけて、医師たちは部屋を出て行った。

2

ふたりの刑事は、年上で恰幅のいいほうが繁村、痩せて若いほうが武田と、それぞれ名乗った。

「まず、あなたのお名前は？」若い武田が問う。

春輝は顔を上げて、さっき医師にしたのとまったくおなじ説明をした。

「お住まいは？」

「現住所、という意味ですか」

春輝のわかりきった問い返しに、武田が眉根を寄せた。

「もちろんそうです」

「それが、ありません」

「は？」今度は武田が、芝居がかった声を出した。「ないって、住所不定ってこと？」

挑発的な態度だ。もしかすると、春輝を嫌悪しているのかもしれない。だとすれば、考えられる理由はひとつ、春輝が公園で暮らしていると見抜いたのだ。事件のあったのが新宿中央公園だったし、運び込まれてきたときの春輝の身なりを聞けば簡単に想像はつく。

公園に〝ハウス〟を作って住むことは、法律に違反しているはずだ。《芝生内立ち入り禁止》の看板があった。だからこの若い刑事の態度も分からなくはない。

刑事たちは、春輝の出身地やこれまでの経緯について、あれこれ質問した。中年の繁村は、しきりに「世間じゃ、景気は上向いてるとか言うけど、ちっとも実感ないよねえ」などと合いの手を入れるが、あまり感情がこもっているようには感じられない。

「鶴巻が何者だかご存じでしたか？」武田が質問する。

「いえ、知りません」

「面識は？」

「ありません。あのとき、初めて会いました」

ふたりは顔を見合わせて、あいまいにうなずきあっている。武田が説明を始めた。

「あの男は――大里さんはご存じないそうですが――新宿界隈にいくつかある、非合法組織の仲介役ですよ。つまり、世間で暴力団とかやくざとか呼んでる連中の、仲立ちというか取りまとめ役です。正確には〝だった〟かな。いまはあんまり名前を聞かないから」

「堅気の社長さんだ」

繁村がぼそっと口を挟む。武田が笑って続ける。

「現役時代は武闘派とか呼ばれたらしいですが、いまじゃ、飲食店だとか金融業だとかやってあんまり表に出ないようですがね」

「そうだったんですか」

たしかに、普通のサラリーマンには見えなかった。知らなかったとはいえ、とんでもない人にかかわってしまったのかもしれない。ただ、いまの自分には脅されて取り上げられるものもない。あまり恐怖感というものはなかった。

繁村という刑事が、丸いパイプいすを引いて腰を下ろした。顔の高さがほとんど変わらなくなった。

「一緒にいた女性は、新妻千穂《にいづまちほ》さんとおっしゃるそうなんですが、以下は彼女の説明です」

手帳を出し、視線をときどき春輝に向けながら読み上げる。

「新妻さんの勤め先は、外資系の証券会社です。株だけじゃなく、もう少しリスクのある商品も扱っているらしい。ゆうべも、新宿西口の顧客を一軒訪ねてから、駅に戻る途中だった。普段は、ぐるっと歩道を回るのだけれど、たまにショートカットして、公園内を突っ切ることがある。もちろん、夜は多少危険なことは知っているが、パトロールの警官もよく見掛けるし、近道なのでつい抜けてしまうことがあると。そしたら、どうもそこを狙われたらしい」

ぼんやりと頭に浮かんだのは、やはりあれはゆうべの出来事だったのかという感想だった。

「襲って来た相手は、これも顧客のひとりで——ええと、石内恒俊《いしうちつねとし》三十六歳です。投資で損失を出したことを恨んで、以前からうるさく新妻さんに文句を言ってきていた。商売の流れに沿ってやったことだからと相手にしていなかったのだが、とうとう待ち伏せされた。毎週決まった曜日に、あの公園の先にあるお得意さんのところに行くのを、知られたらしい。腕を摑まれて『金を返せ』としつこく迫られた。そこへ、鶴巻が通りかかった。ちなみに、鶴巻に聞いたところ、新妻さんとも石内とも面識がないそうです。

鶴巻が仲裁に入ると、石内はあっけないほど簡単におとなしくなった。新妻さんが、鶴巻に礼を言って帰ろうとしたとき、鶴巻に腕を摑まれてしょんぼりして見えた石内の、もう一方の腕から何か刃物のようなものが飛び出た。新妻さんには何がどうなったのかよくわからなかったそうですが、気づいたら、鶴巻が喉から血を流して倒れていた。悲鳴をあげて助けを呼ぶと、ほどなくあなた、つまり大里さんが現れた。さて、ここからが不思議なんですが、素人目にも助からないと思った鶴巻が、大里さんが手を当てて止血しているうちに、意識を取り戻した。そればかりか、顔色もわずかによくなったように見えた。すでに聞いたかもしれませんが、鶴巻は一命を取り留めたようです」

脇で立っていた武田が口を挟んだ。

「洒落を言うつもりはないけど、これがほんとの手当てってやつですかね」

繁村はちらりと睨んだだけで、先を続けた。

「いまの話で、大里さんの記憶と、どこか違っているところがありますか」

少し考えてから、たぶんありません、と答えた。

「石内を見ましたか」

「いいえ。外に出たときは、女性と刺された男性しか見えませんでした」

「しかし、鶴巻のじじいもしぶといな」

「おい、武田」

「医者も『特異体質かもしれない』って言ってましたよね」武田が、不服そうに鼻を鳴らした。「あのまま死にゃよかったのに」

「武田。いいかげんにしろ」

「だって、抗争だったら組対の連中におしつけられたのに、素人の怨恨じゃこっちのヤマジゃないすか。しかも、まきぞえってことは被害者ですよ。下手したら鶴巻に感謝状ですよ」

鶴巻という男は、救ってはいけない人物だったのだろうか。

「まあ、そうぼやくな」

気まずさの一方で、ほっとする部分もあった。刑事が来たと聞いて、てっきり自分の能力について、しつこく追及されるのではないかと思ったからだ。しかし彼らは、事件に対する意気込みはあまりなさそうで、捜査のお鉢が回ってきたことへの、不満しか頭にないようだ。

「石内が捕まったら、また何か聞きにうかがうかもしれません」

最後に繁村がそう言って部屋を出ていくのを、春輝は黙って見送った。

こちらから聞きたいこともいくつかあったが、あまり関わり合いにならないほうがいいかもしれない。

しばらくすると、さっきの看護師が入って来た。聞こえるかどうかの音量で鼻歌を歌っている。気分がよさそうだ。思い切って打ち明けた。

「あの」彼女がこちらを見た。「お金がありません」

「はあ？」

看護師はきょとんとした顔で春輝を見ている。点滴セットを片づけていた手は止まったままだ。

「お金を持っていないんです。つまり、入院させていただいても、お支払いができません」

「ああ」ようやく合点がいったというように、うなずく。「そういう意味ですか。大丈夫ですよ」にっこりと微笑む。

「それは、わたしたちの管轄じゃないですけど、師長さんと事務長が話してるのを聞いたんです。費用は、鶴巻さんが全部もってくださるそうですよ。無保険だったら高額になりますって説明したけど、それでもいいからって。きっと助けてもらって感謝してるんでしょうね」

「はあ、そうですか」

看護師は、また何かのメロディを口ずさみながら、点滴のスタンドを押して出て行った。

「感謝——」言葉に出してみた。

誰かに感謝されたのなんて、いつ以来だろう。しかも相手はなんだか反社会的な人物らしい。武田刑事が言うように、あのまま放っておけばよかったのだろうか。

いつまで経っても、何歳になっても、答えがわからないことだらけだ。

さっき、刑事が入ってくるまえに考えていたことに気持ちが戻った。

今回のことでますます確信を抱いた。あの日、勇気を振り絞って真澄に同じことをしていれば、彼女の命を救えた可能性が高い。長年疑問だったことにようやく答えが出た思いだ。しかし、晴れやかな気分とはほど遠かった。

3

翌日になっても、退院していいとは言われなかった。

どこが悪いんですか、と尋ねても、医師も看護師もあいまいにしか答えてくれない。

そのくせ、やたらと検査を受けさせられた。血を抜かれ、脳のＣＴ画像を撮られた。

鶴巻は、さすがに動き回れるほど回復はしていないようで、看護師経由で連絡をつけてきた。

「はい、これ、鶴巻さんからお手紙」

昨日とは別な若い看護師が、四つに折った紙を差し出した。便箋のようだ。

「それと、もし、大里さんのほうから連絡があるなら、これを使ってくださいって」

そう言って差し出したビニール袋には、新品のレターセットとボールペンが何本か入っていた。

折られた便箋を広げてみる。万年筆で書かれた手紙だった。上手な字だなと思った。

看護師が、「まだ鶴巻さんは動けないし、声もよく出せないみたいですから」と説明してくれた。

はっきりとした根拠はないが、鶴巻はあの風貌にもかかわらず、看護師たちへの受けはあまり悪くないように感じた。

手紙にはこう書いてあった。

《一昨日は大変御世話になりました。御礼の言葉も有りません。費用のことなどはどうぞ気になさらないでください。その他にも、必要な物があれば何でもお申しつけください。看護師に手紙を預ければ、私の手に届くよう頼んでありります。医者の許可が出次第、ご挨拶に伺います》

義理堅くて、ずいぶん丁寧な裏稼業の人もいるものだ。もしも自分だったら、生死の境をさまよった直後に、こんなふうに気を回せるだろうか。

少し迷って、返事を書くことにした。もらったばかりのレターセットを広げる。

まずは、心遣いを感謝してから、《あつかましいお願いだと思いますが――》と続けた。あの公園で住んでいた〝ハウス〟の場所を説明し、寝床に置きっぱなしになっているCDは大切なものです。取りに行きたいが、体はなんともないのに、外出許可が下りない。そちらからもお願いしてみてもらえないでしょうか。

鶴巻が、看護師に顔がききそうだと思ったからだ。

巡回してきた看護師に渡すと、三十分ほどで返信が届いた。

《明日の朝まで、お待ちください》

翌朝、午前十時の面会時間を過ぎてわずか三分後に、看護師が有名なデパートの紙袋を持って来た。

「これ、渡してくださいって頼まれて」

中には、ハウスに置いてきたCDと洋菓子の包みが入っていた。CDケースをあけてみる。傷も汚れもなさそうだった。あまり期待していなかった使い古しの財布も入っていた。チャックを開けてみる。自分の全財産である三千七百二十一円のほかに、ピン札で一万円札が三枚入っていた。鶴巻が入れたに違いない。

洋菓子はとても一人では食べきれないので、皆さんでどうぞと看護師に渡した。

「本当は規則で受け取っちゃいけないんですけど、こういうケースはしょうがないですよね」

若い看護師は嬉しそうに言うと、胸に抱えてナースステーションへ戻っていった。

さて、三万円をどうしようかと思った。返すにしても、看護師を間に立てたのでは、角が立ちそうだ。動き回ってよいという許可が出たら、自分で返しに行こう。

とりあえずお礼の手紙を、と思って文面を考えているところに声がかかった。

「ごめんください」

見れば若い女性が立っている。見覚えがある。

「はい」

「大里春輝さんですか」

「そうですが」

「わたし、先日お世話になった新妻です」

外見はほとんど記憶にないが、声には覚えがあった。あのとき、公園にいた女性だ。

新妻千穂は、春輝のほうが恐縮するぐらいに、何度も詫び、礼を言った。

「ほんとにご迷惑をおかけしました。そしてありがとうございました」

「ぼくが助けようとしたのは鶴巻さんというかたで、あなたを助けようとされたのは鶴巻さんです。だから、お礼は鶴巻さんに言っていただいたほうが」

「もちろん、まっさきにお礼にうかがいました。縁起でもないですが、最悪の場合も覚悟していました。でも、一命を取り留めたとうかがって——」

語尾がよく聞き取れなくなったと思ったら、顔を伏せはなをすすりあげる音が聞こえた。どうやら泣きだしたらしい。困った。どうなぐさめていいのかまるでわからない。

生きていたんだからいいじゃないですか、と言うのは変だろうかなどと考えていると、やがて千穂はハンカチを目にあてて顔をあげた。

「それが、考えていたよりずっとお元気で、わたしびっくりして。嬉しくて、でも安心したら急に恐くなって。——鶴巻さんにかばっていただかなければ、わたしが刺されていたでしょうし、いくら助けていただいても、あのかたが代わりに亡くなられたら、わたしは一生負い目を感じて、生きていかなければならないところでした」

とりあえずは泣き止んだらしく、ハンカチを握って春輝に視線を合わせた。

「——病院の先生や看護師さんにうかがったら、大里さんの応急処置がとても上手で奇跡を呼んだんじゃないかって。わたしは動揺してしまって、よくわからなかったんですけど」

春輝は、そんなことありません、と顔と手を同時に振った。

「ぼくは何もしていません。鶴巻さんの生命力が強かったんですよ。——それより、狙われたのはあなただそうですね」

はい、と千穂がやや青ざめた顔でうなずいた。

詮索するつもりはなかったが、今後の彼女の身の安全が気になった。

「大丈夫ですか。仕事のことで恨まれたと聞きましたけど」

「そうなんです。半年ほど前から、逆恨みされていました。あの方には、ファンドのリスクもちゃんと説明したんですよ。この商品は、従来型の投資信託と代替投資のハイブリッドというか、いいとこどり型なんです。ただ、ローリスクミドルリターンを謳い文句にはしていますが、当然ある程度のリスクはついてまわるわけで、だいたい契約書をちゃんと読めば書いてあるわけだし――」

春輝がぼんやりしているのに気づいたらしい。

「あ、ごめんなさい。こんなお話、興味ないですよね」

「すみません。経済のことには詳しくなくて。でも、くれぐれも気をつけてください」

「ありがとうございます」

千穂は腕時計を見て、いけないこんな時間、とあわてた。

「お体のことも考えないで、すっかり長居してしまいました。なんだか、大里さんとお話ししていると、気持ちが落ち着いてくるような気がするんです」

「気のせいですよ」

「それじゃ、また来ますね。お大事に」

立ち上がり、バッグを持って出ていきかけたところで立ち止まり、振り返った。

「そういえば、ひとつだけ不思議なことがあるんですけど」

「何か」

「刺されたのは鶴巻さんで、大里さんはただ手をあてただけなのに、どうして大里さんまで入院されてるんですか？」

春輝が答える前に、千穂はにっこりと微笑んで出て行った。テーブルに残された籠を見て、見舞いにフルーツの詰め合わせを持ってきてくれたのだと、ようやく気づいた。

4

翌日には、鶴巻本人が姿を現した。

ひどく痩せているし、もとからなのか顔色はあまりよくない。ただ、うすピンク色の入院着を着ていても、人を威圧する雰囲気があった。

「大里春輝さんですね」

低い、ややかすれた声で聞かれた。首には包帯を巻いている。それでもまだ傷が痛むのか、喋るときにわずかに顔をしかめるのが痛々しかった。

「その節は、大変お世話になりました」鶴巻は深く腰を折って礼を言った。

「お礼なんていいんです。どうぞ、おかけください。それと、声は出さないほうがいいと思います」

春輝の提案で、その後の会話は筆談で行うことになった。

鶴巻は、自分は世間でいうところの堅気の人間ではないが、けっして大里さんに迷惑をかけるようなことはしない。入院費、治療費、そのほか必要経費はすべて持たせてもらうので、体調が完全に戻るまで養生して欲しい、と告げた。

鶴巻には、折を見て三万円を返そうと思っていたのだが、切り出せなかった。

春輝は、それからさらに二日間入院させられた。

退院前にもう一度精密検査を受けた。その結果わかったことは、入院直後に比べて血圧と中性脂肪の値が若干下がったことぐらいだった。

春輝が退院するその日、鶴巻も病室を出て正面入口前のロータリーまで見送りに来た。きちんとスーツを着た体格のいい男がふたり、鶴巻を支えるようにして付き添っていた。一見勤め人のようだが、目つきが険しい。にこりともしないそのひとりに、紙袋を渡され、だまって受け取った。鶴巻のことだから、菓子折りでも入っているのだろう。

春輝は、一番親しくなった看護師に鶴巻あての三万円を託して、鶴巻が手配してくれたタクシーに乗った。

運転手に頼んで中央公園に向かった。まっ先にハウスの様子をたしかめたかったからだ。

金はもらってあるというのでそのままタクシーを降り、熊野神社脇の坂を小走りに上った。ハウスはまだそこにあった。しかし、すでに新しい住人がいるようだ。

ここでは、よくあることだ。ある日突然持ち主がいなくなる。場所を替えたのかもしれないし、行き倒れになったのかもしれない。あるいはごくまれに元の世界に戻ることもあるらしい。

そんなときは、貝殻をみつけたヤドカリのように、新しい人間が住みつく。もちろん、周囲も咎めたりはしない。

春輝も、いまさらここは自分のものだと、名乗り出るつもりはなかった。ただ、自分が作った城を気に入ってくれたのが、どんな人物なのか興味があった。近くのベンチに腰を下ろして、中から新しい住人が顔を出すのを待ってみることにした。

ふと思い出して、別れ際に渡された紙袋の中身をベンチに並べてみた。新品の下着やシャツ、スニーカーのほかに、《御祝い》と書かれた結びきりの祝儀袋が入っていた。胸騒ぎがして、急いで開けてみる。

せっかく三万円を返したと思っていたのに、袋にはピン札で三十万円が入っていた。

ようやくハウスからちょっとだけ顔をのぞかせた新住人は、正確な年齢はわからないが、春輝の父親と同世代に思えた。あの歳でここの生活はきついだろう。CDだけは回収してもらえたし、新しい服と靴まで買ってもらった。あのハウスとその備品が気に入ってもらえたなら、それでいい。ひとつふたつ持ち出したい荷物もあったが、しみったれたことを言わずに、彼に全部あげよう。

春輝は、使い残しの封筒に、一万円札を三枚と重し代わりの五百円玉を入れ、表に《厚手の下着でも買ってください》と書いて、ハウスの隙間から落とし込んだ。中で動く気配があったので、全力で走って逃げた。

5

この短い期間に、鶴巻は春輝の退院後のことまで世話をしてくれていた。鶴巻が、すぐに紹介できるといくつかあげた仕事の中から、春輝が選んだのは、新聞販売店の仕事だった。店主と親しいので口をきいてくれるという。

「もっと楽で実入りのいい仕事もあるんだが」と鶴巻が何度か念を押したが、春輝に迷いはなかった。誰かと会話する必要がなく、毎日規則正しい生活ができそうな、新聞配達の仕事をやってみたかった。しかも、ただでアパートに入れるという。

このところ日増しに地面の温度が下がるのを体で感じていた。去年の冬に味わった屋外越冬生活を思い出し、あれをもう一度経験するのはさすがに少しきついなと思っていたところだった。

勤務先もアパートも、住所表記で言えば中野区だが、これまで春輝がねぐらにしていた新宿中央公園から歩いて数分の場所だった。神田川と高層ビルに囲まれた一角で、まるでそこだけタイムスリップしたかのように、朽ちかけたようなアパートや築数十年は経つだろうと思われる戸建てが、狭い路地を挟んで建っている。

なんとなく心落ち着く街だ。

新聞販売店での仕事は、きついが楽しかった。

早朝というよりは、まだ夜中と呼ぶほうがふさわしい時刻に起き、インクの匂いが立ち上る届いたばかりの朝刊の梱包を解く。これを折り込み機にセットし、準備しておいたチラシが挟み込まれて行くのを待つ。ほどなく揃う自分の受け持ち部数を、自転車の荷台と前カゴに乗せ、暗い町へ漕ぎ出して行く。ドアの向こうでこの新聞を待っている人もいるのだと思うと、久しぶりに、自分の存在を実感できた。

鶴巻は、春輝に遅れること四日で退院し、その足ですぐに訪ねてくれた。

朝の配達が終わり、皆で菓子などをつまみながら、ひと息ついているときのことだ。店の前にぴかぴかに光るシルバーのベンツが停まり、スーツを着た強面の男がドアを開けた。その場にいた従業員は何ごとかと驚いたようだ。

店には鶴巻ひとりが入ってきた。作業台兼休憩用の、長テーブルの前で固まっている、春輝に声をかける。

「どうです。仕事はきつくないですか」

元の声を知らないが、傷の後遺症だろうか。なんとなく喉に何かがひっかかっているような声だった。

「大丈夫です。ちょっと眠いですが」

「日が経てば、慣れてくるでしょう」

「はい。早起きして運動するので、ごはんが美味しくて。せっかく病院で少し痩せたのに、前より太りました」

「それはいい」

鶴巻の声が少し柔らかくなった。機嫌がいいのかもしれないと思った。
不自由なことはないか、足りないものはないか、などと聞いて、春輝がそのたびもう
これで充分ですと答え、ようやく帰ってもらった。
鶴巻が手土産に持って来た洋菓子は有名な銘柄のようで、春輝が「皆さんでどうぞ」
というと、こわごわ様子を見ていた主婦のパートさんたちが、急ににぎやかになった。
鶴巻は数日に一度、午前中の早い時刻に販売店へ顔を出した。朝刊を配達し終えて、
店の人間たちがちょうど一服している時刻だ。そのたびに欠かさず、菓子の詰め合わせ
や高級そうなジュースなどを持ってくるので、配達員仲間、とくに女性たちにはすぐに
人気が出た。顔つきは猛禽類のようで春輝はいまだに恐いのだが、女性は「この前のお
菓子、とっても美味しかったですよー」などと気軽に話しかける。彼女たちには人間の
中身で好き嫌いを判断する能力があるらしい。
春輝の受け持ち区域の夕刊の配達は、主婦のパートに譲った。早朝は無理だが夕方か
ら働きたいという人がいたからだ。その分、歩合の収入は減るが、雨風がしのげて、飯
が食え、最低限の現金収入があれば、それで満足だった。
新しい生活を始めて二週間ほど経ったころ、こんどは新妻千穂が訪ねて来た。
「例の新妻とかいう娘が、大里さんに会いたいとしつこくてかなわない。連絡先を教え
てやってもいいだろうか」
事前に、そう鶴巻から許可を求められていた。
どうして自分などに会いたいのかという疑問もあるが、それより、刑事の言い分を信

じるなら、非合法組織の仲介役をしていたという鶴巻が、まだ二十代半ばの千穂にしつこくされて困っている様子を想像して、なんとなく楽しくなった。

千穂は、春輝の顔を見るなり「ずいぶん探しちゃいましたよ」と、少し膨れてみせた。

「個人情報だからって病院じゃ教えてくれないし。鶴巻さんもいなくなっているし。やっと、鶴巻さんの連絡先を教えてもらって、何度もお願いしてやっとここがわかったんです。アメリカの大統領に会うみたいに苦労しました」

「すみません」

「でも、お元気そうなお姿を見られて嬉しいです。あ、いけない、一番大切な報告を忘れてました」

新聞のコピーを見せてくれた。千穂を襲って結果的に鶴巻に大怪我を負わせた、石内という男が捕まったらしい。新聞販売店に勤めていながら、ニュースに関心がないのでちっとも知らなかった。さっと目を通すと、投資で損失を出しただけでなく、ギャンブルにはまってどうにもならないほどの借金があったらしい。

「よかったですね」

これで身の危険を感じずに歩けるだろう。千穂は、はい、とうなずいたものの、表情を曇らせた。

「でも、めでたしめでたし、っていうわけにはいかないんです。このあと裁判になるので、わたしはほぼ確実に証人として呼ばれます。もう、関わりたくないんですよね。それに、たぶん鶴巻さんも呼ばれます。なにしろ一番の犠牲者ですからね。それもなんだか申し訳なくて」

たしかに、鶴巻はいやがるだろう。しかし鶴巻には申し訳ないが、彼が法廷に呼ばれ、あのぶっきらぼうな言葉で証言しているところを想像したら、また少し楽しくなった。

そのあとも千穂は、春輝の体調を気遣いつつ、仕事の中身について、興味津々という表情であれこれと聞いた。

やがて沈黙がちになったころ、千穂がやや上目使いで話題を変えた。

「あのう、とても的外れなことをうかがうかもしれませんが」

「なんでしょうか」

切り出しづらいらしく、下唇を嚙んだり、髪をいじったりしてから、ようやく本題を口にした。

「あのとき鶴巻さんを手当てした薬って、すでに実用化されているんですか」

「はあ」

意味がよくわからない。いや、わかる。勘違いしているのだ。担当した医師も、最初は似たようなことを言っていた。どこにも異常のない春輝を何日も入院させたのは、彼らの中に釈然としないものがあったからだろう。

春輝の表情をうかがうように、千穂が続ける。

「あれは、劇的に傷に効く特効薬ですよね」

「いえ、それは勘違いです。ぼくはただ傷を押さえただけで、薬なんて使っていません。あれはたまたま、鶴巻さんの回復力が強かっただけで、ぼくは何も役に立っていません」

千穂は少し寂しそうな顔で「そうですか」とうなずいた。

とてもひどいことをしているような気分になった。しかし、自分でもほんとうのところはわからない。鶴巻の命が助かったいまでも、そんな能力があると断言できる自信はないからだ。ことはシャープペンシルや消しゴムを浮かせてみたりするのとは違う。人の健康や命にまで関わることだ。軽々しく肯定や否定をすることはできない。

「ご期待に添えず残念ですが」

千穂は気をとりなおしたように、わかりました、と笑った。

「勘違いしていたみたいで、ごめんなさい。それじゃあわたし、このあとも仕事がありますので、そろそろ失礼します」

元気よく頭を下げて、店を出て言った。

「大里さん、なんだか人気者なのね」

千穂に出したお茶の片付けをしながら、ハナエさんが春輝を冷やかした。

彼女の正式な名前はまだ知らない。皆がただ「ハナエさん」と呼ぶので、春輝もそれにならっている。店主の妹で、結婚して近くに住んでおり、手伝いに来ているらしい。ちょうど五十歳だそうだが、髪を明るめの栗色に染めているせいか、五、六歳は若く見える。

「そんなことないです」

「いまのお嬢さん、とっても可愛いくていい子じゃない」

勤め始めてまだ間もないのに、昔からの知り合いのような口をきいてくれる。自分からなれなれしくすることはできないが、相手に気をつかわれないことはとても居心地がいい。

「そんなんじゃないんです」と振り返ったときにはもう、ハナエさんは仕事仲間と千穂の手土産のお菓子についてわいわいしゃべっていた。

6

新しい生活は時間が経つのが早かった。

すっかり変わった環境や人間関係に緊張していたせいか、あるいはその一方で、これまでにないほど居心地がよいと感じていたためか、自分でもよくわからない。

雨の日も猛烈な風の日も、朝の四時前から自転車で新聞を配ってまわる、こんな生活が、あと何年続けられるだろうかと心配になることもある。しかし、いまは幸せだ。これまでの半生で、もしかするともっとも満ち足りた生活を送っているかもしれないと、思わない日はない。

鶴巻はあきれるほどに義理堅かった。

何度「もう結構ですから」と春輝が遠慮しても、最低でも週に二度は顔を見に来る。そして春輝を誘って、食事や買い物に出たりする。例のベンツでアウトレットに連れていってもらったときは、とにかく最初に目についたものを買ってくれた。

時計をしていないことに気づいた鶴巻が、むかし人にもらって少しだけはめていたという、高級そうな時計をくれた。

「お古で悪いが、どうせ自分で選べというと、二千円ぐらいの安物を買うだろう」

「はい」

半ば無理やり押し付けられた。あとで販売店の店主に「そりゃあ、中古でも百万やそこらはする」と聞いて、次に会ったときに返そうと努力した。しかし鶴巻は「金額は関係ない」と言って、絶対に受け取らなかった。店主は「そんなものはめて配達に行くのか」と驚いたが、鶴巻が「金額は関係ない」と言うならば、常に身に着けることがその好意に応えることになると、春輝には思えた。

宝物といえば、とても悲しいできごとがあった。

同じ販売店の従業員仲間に、もしかすると春輝以上に無口かもしれない青年がいた。年は三十一歳だと聞いた。これまでの経歴などについて、まったく話そうとしない。

この一見偏屈な青年が、なぜか春輝に親切にしてくれた。自転車に新聞の束を積むときのコツ、集合住宅を回る際の心得、犬に吠えられた場合の対処法などを、これ以上削れないというほど簡素な言葉で説明してくれた。

春輝がようやく仕事に慣れ始めたころ、その彼が配達の途中、車にはねられて死んだ。ひき逃げした犯人はすぐに捕まった。朝まで酒を飲んで運転していたらしい。

その彼の遺品である、蛍光グリーンのリュックを捨てるというので、くださいと頼んだ。

「だって、こんなにくたびれてるよ。ご遺族もいらないって」

「ならば、なおさらください。大切に使いますから」

それ以来、ずっと大切に使っている。


新妻千穂も、営業回りの途中なのだと言って、よく差し入れを持ってきてくれる。鶴巻ほどの頻度ではないが、それでも販売店仲間に「差し入れのお姉さん」として顔を覚えられるほどにはなっていた。

当然、千穂と鶴巻が鉢合わせすることもあり、このときばかりは、ひごろ悠揚迫らぬ雰囲気の鶴巻も、勝手が違うというかどこか落ち着かない様子で、見ているだけで楽しくなってくる。

寒気が緩みだして、春輝が近くの新宿中央公園で、昼の空いた時間を過ごしていることを知ると、千穂はそちらにもよく足を運ぶようになった。客先からの帰りに襲われたぐらいだから、もともとこのあたりがテリトリーなのだろう。

公園に顔を見せるのは昼時が多く、よく途中でサンドイッチを買ってくる。女性が持つにしては少し大ぶりなバッグには水筒も入っている。

「節約できるところはしないと」照れたように笑う。

ときおり、顔見知りの昔のお仲間が、不思議そうな顔でふたりを見て通る。

ベンチに並んで食事をするといっても、交される会話はどうということもない。

千穂の仕事に対するちょっとした愚痴や、そのとき世間で話題になっているニュース、共通の知人である鶴巻の謎が多い仕事について、などだ。そんなことを話していて、何が楽しいのだろうと疑問にも思うが、不愉快ではないので拒みはしない。

最初のころ、鶴巻の命が助かったことについて、本当に春輝は関わりがないのかと二度ほど聞いてきた。二度とも、春輝にはめずらしくきっぱり否定すると、賢い千穂はその話題を出さないようになった。

そうして気がつけば、早くも桜の季節になっていた。


今日は、その新宿中央公園で炊き出しがあると、千穂から聞いてやってきた。

――わたしもお手伝いするんです。大里さんもよかったら食べに来て……。

そこまで言ったところで、ようやく炊き出しに誘うことの意味に、気がついたらしかった。

――すみません。それって、もしかしたら失礼でした？　いまはちゃんと働かれてますもんね。そういう意味じゃないんです。

――大丈夫です。気にしてません。

ほぼ完全なホームレス状態になって一年半ほど暮らしたが、あったかい汁物や、賞味期限切れでないにぎりめしがもらえる炊き出しは、とてもありがたかった。その感覚を思い出して懐かしさが湧いてきた。

――ぜひ行ってみたいですけど、でもぼくが食べたら、ほんとうに困っている人の分がなくなりませんか。

——量はたっぷりあるから大丈夫。それに、大勢集まってもらったほうが、主催者側は嬉しいし、どうしても心苦しいなら、募金箱にお気持ちだけ入れてください。

主催側のメンバーの中に、投資してもらおうとアプローチしているお得意さんがいて、このお手伝いは広い意味で営業の一環なんですと舌を出した。ただ純情なだけではないらしい。

募金箱があると聞いて、気持ちが楽になった。ただ募金するのでは気恥ずかしいが、うどんの代金だと思えば抵抗はない。

配っているのは、おにぎりと、ちくわ天入りのうどんらしい。食欲をそそる匂いがあたりに漂っている。きょろきょろしていたら、会場内のゴミ拾いをしている千穂と目が合った。素早く春輝のところへ駆け寄ってきて、ありがとうございます、と頭をさげた。今日の人数の見込みなどを話してから、そうだご紹介します、と春輝の腕をつついた。

千穂が示した先を見ると、人目につきにくい木陰に、ふたりの人物がいた。

車椅子に座った銀髪の女性と、その脇に立つ、かなり薄くなった髪をオールバックになでつけた男性だ。夫婦だろうか。服装もたたずまいも、とても品があり、春輝には苦手な人種のひとつだ。

千穂が会釈すると、男性はわずかに微笑み、車椅子の女性は軽く手をあげた。なぜか、千穂だけでなく、春輝にも挨拶しているように感じたので、つられて頭を下げた。

「とても素敵なご夫婦なんですよ。今回はご見学なんですが、次回からご寄付をいただけることになっているんです」

なるほど、そんな人もいるのだと思って、もういちど夫婦を見た。ゆったりした雰囲気だが、なぜかその表情は、少しだけ悲しそうに見えた。

かつての仲間の何人かが、春輝と千穂に好奇の目を向けている。悪気はないのだろうが、やはりなんとなく気恥ずかしい。春輝は、そろそろ列に並びます、と千穂から離れた。

順番が近づいてくると、なぜかどきどきしてきた。久しぶりの感覚だ。自分のちくわが大きかったらいいなどと考えてしまい、思わず笑ったときに、さっきの老夫婦が移動していくのが見えた。

木立の陰に見えなくなる直前、男性が振り向いて、なぜか春輝を見たような気がした。


うどんとおにぎりを受け取るときに、募金箱に一万円札を入れた。隠したつもりだが、揃いの青いウインドブレーカーを着たスタッフが気づいて、驚いた顔で見ていた。

熱々のうどんの上には、縦に半切りにした大きなちくわ天が乗っていた。

さっそく階段を上り、滝の裏の空いているベンチに腰を下ろす。いよいよ食べようとしたときに、ビラのようなものが一枚飛んできて、腹にへばりついた。《ダニー・ボーイ》と大きな文字で印刷されている。この派手なピンク色は、印刷用語でいう〝特色〟だ。普通の四色刷りより金がかかっている。

そのタイトルに興味を惹かれて手にとった。なんだろうと思ってよく見ると、若い女性向けの、ファッションブランドの名前らしい。女性向けなのにボーイなのか。春輝にはよくわからないが、それが都会のセンスなのかもしれない。

通路を挟んだ向かいのベンチに座る、若い男と目が合った。

名前はすぐに思い出せないが、国民的アイドルの誰かになんとなく似ていた。

春輝が手にしたビラは、彼のカバンから飛んできたらしい。ビラを差し出すと、若い男は不機嫌そうな顔のまま、手を伸ばして受け取った。受け取るときに、春輝がはめた腕時計に目をとめて、ずいぶん驚いた顔をしていた。この価値を知っているのだとしたら、さすがに都会の会社員だ。

それより、今度こそうどんにありつける。

まずは汁をすする。甘じょっぱい関東風の少し濃い味付けが、胃を刺激する。汁にひたってほどよくふやけた、ちくわ天を囓ろうとしたそのとき、飛んできた何かが箸を持つ手に当たった。

あっと思う間に、箸に挟んだちくわ天が落ちた。落ちるな！　とっさに念じた。千穂の好意が詰まったちくわ天なのだ。

地面からぎりぎりの所に浮いている。よかった、無事だった。ほっとして箸でつまみ、器に戻した。肩を上下させて呼吸を整えた。

「すみませーん」

髪の長い二十歳くらいの男が、詫びながら走ってくる。

通路の向こうで、数人の男女がそろって頭を下げている。手に当たったものを見ると、バドミントンのシャトルだった。大丈夫ですと答えると、若者はシャトルを拾って走り去っていった。

ようやく、ちくわ天にかじりつく。衣が吸った汁と天ぷら自身の旨味が、じわっと口の中に広がる。

「ああ」至福の溜め息をついたとき、向かいの若い男が、血走ったような目で、うどんの器と春輝の顔を、交互に睨んでいるのに気づいた。いまの一件を目撃されたのだろうか。またぁんどくさいことにならなければいいが――。

ゴミ拾い用のトングとビニール袋を持った千穂が近づいてくる。

「さっきはありがとうございました」

寄付のことを言っているらしい。

「たいした額じゃありませんから」

そのあと、いくつか世間ばなしをしたあとで、来週の月曜日に約束した、誕生パーティーの話題になった。

「あんまり高級じゃなくて、気軽な感じのレストランでいいですか」

「ぼくはなんでもいいです。ピーマン以外はなんでも食べられます」

千穂が、いやだ大里さんて子どもみたい、と背中を叩いた。

「あ、そうだ、すっかり忘れていた」

リュックの中から、銀行の封筒を取り出した。中には三十万円入っている。千穂に頼まれて、投機色の少ない商品を買うことにしたのだ。ここ最近、新規客が獲れずに苦戦しているらしい。

春輝は、販売店に勤めだしてからも、ほとんど給料を使っていない。朝食は配達のあとにまかないが出るし、夜もハナエさんの料理をごちそうになることが多い。衣類はだいたい鶴巻が買ってくれるので、出費といえば、昼に食べる菓子パンとパック入りのバナナオレぐらいだ。

そうして自然に貯まった金のほとんどである、三十万円を預けることにしたのだ。

「ありがとうございます。あとで証書をお渡しします」

千穂がとても喜んでいる。どうせすぐには使うあてもない金だ。

ふと気づくと、ビラを拾ってやった若いサラリーマンと、千穂が口論になっている。どうやら初対面ではないらしく、しかもあまり友好的な関係ではなさそうで、ゴミを捨てたとか捨てないとかもめている。

青年が食ってかかるのに、千穂は負けずに応対している。ふだんのにこやかな千穂とは別人のようだ。本当は芯が強い女性なのだ。

どう仲裁に入ろうかとおろおろして、思わずそのビラをくださいと言ったところに、鶴巻が通りかかった。

青年が興奮して大げさに振った手が、鶴巻の腹に当たった。

振り返って鶴巻を見た青年は、あっという間に去っていった。

翌日も天気がよいので、公園で昼食をとることにした。

驚いたことに、風で飛んだサンドイッチのビニールを拾おうと、ちょっとベンチを離れた隙に、きのうの青年がリュックをのぞいていた。何ごとかと思って背中から声をかけた。脅すつもりはなかったのだが、青年はずいぶんびっくりしていた。

その直後、どこからか現れた仔犬がとびかかってきて、リュックからCDプレーヤーが落ち、またしても浮かせてしまった。それも見られてしまったらしく、青年は、マジックのネタを教えてください、というような意味のことを、話しかけてきた。

青年が熱心に語るには、大好きだった叔父さんが手品が得意で、とにかくロレックスをして沖縄で死んだそうだ。

なんだか問題を抱えていそうな顔をしているし、これまでの人づき合いの経験からすると、悪い人間ではなさそうなので、嘘をつくのは心苦しい。

どうしたものかと悩んでいると、仕事の関係者から電話がかかってきたらしく、急にどうでもよくなったように去って行った。

青年の、何かに追われているような、おびえているような、そして怒っているような、あの目をどこかで見たことがある。

しばらく考えてみたが、思い出せそうで思い出せなかった。

7

千穂の仕事には、土曜も日曜もないらしい。

平日忙しく働く、ビジネスマンや企業のオーナーなどが、自宅でくつろいでいるときに呼ばれることも多いのだそうだ。たしかに、むさくるしい——たとえば自分のような——男に訪ねてこられたら、せっかくの休日もぶち壊しだろうが、千穂がお洒落な明るいリビングで、投資のパンフレットを広げている場面は絵になりそうだ。

むしろ、ことはそこまでで済むのかと、無粋なことを心配してしまう。むかし父親が客に向かって言った「ゲスの勘ぐり」かもしれない。

仕事の関係で、千穂がいちばん時間を取りやすいのは月曜日らしい。何かの会話のおりに「四月二日が誕生日だ」と言うと、「じゃあ、ちょっと遅れた誕生会をしましょう。そうしましょう」とさっそく鶴巻にも声をかけた。

千穂は、三月いっぱいで勤め先を辞めてフリーになった。いまの肩書はコペル証券の「特約プランアドバイザー」となっている。これは、エージェント、つまり個人代理店というものらしい。歩合は社員時代よりも格段にあがるが、なんの保証もない。契約が取れなければ収入はなくなる。ずいぶん勇気があるんだなと感心する。

初めて聞かされたときはちょっと驚いたが、事務所の経費を浮かすため、鶴巻の会社の机をひとつ借りて「事務所」にしたようだ。もちろん、鶴巻のことだから賃料などはとらないと、計算したのだろう。ちゃっかりしたところもある。

街では怖そうな連中でさえ一目置く鶴巻も、千穂が相手だと調子が狂うようだ。

鶴巻の都合とも調整して、月曜の夜七時から、新宿のレストランで誕生会を開いてもらうことになった。

ＪＲ新宿駅東口の広場で千穂と待ち合わせたのだが、そこへまたあの青年が通りかかった。どうやらこの界隈が活動の拠点らしい。それにしても、この短い期間に三度も顔を合わせるとなると、何かしら縁のようなものを感じる。

いくら否定しても、春輝のことを、好意的でマジシャン、ひょっとするとトリックを使って、何かの金儲けをしている人間だと思い込んでいるようで、あれこれと聞いてくる。話していて不愉快ではないのだが、本当のことを言わない限りは嘘をつくことになるし、ほとんど見知らぬ人間に話せる内容でもない。その結果、どうしても無口で不愛想になってしまう。困っているところへ千穂が現れ、また喧嘩になりかけた。

さいわい、大きな騒ぎにはならずにすんだが、せっかく話しかけてきた青年に対して冷たい態度だったかもしれないと反省した。

考えすぎかもしれないが、青年は何かに迷っているような目をしていた。それに、少し訛りがあるようだ。昔の自分のように、ひとりぼっちで東京へ出てきて、誰も相談相手がいないのかもしれない。

誕生会のレストランは、千穂の行きつけらしく、気さくな感じの店だった。春輝にはフレンチもイタリアンもまったく区別がつかないが、フレンチベースの創作料理なのだと教えられた。

料理の種別はどうあれ、会食は楽しかった。レストランで食事をするなど、いったい何年ぶりのことだろう。鶴巻も「こういう雰囲気の食事は久しぶりだ」と目を細めていた。同じナイフとフォークを使うにしても、たまに鶴巻と行くのは、春輝が生まれる前から営業しているような、古めかしい洋食屋さんだったりする。

千穂があらかじめ手配しておいてくれたらしく、食事の前にバースデイケーキが出てきた。

昔、姉の秋恵がしつこく言っていた、イチゴがたっぷり乗ったショートケーキだ。家族が四人そろってケーキを囲み、春輝を励ましたりからかったりしてくれたことを思い出した。

もしも今、もう一度あの歌を聞くことができるなら
ぼくは、世界と引き替えにしてもかまわない

ぼんやりしていると、千穂が何か勘違いしたらしく「用意したケーキが小さくてごめんなさい」と謝った。

春輝が「とんでもない」と答える前に、鶴巻が助け船を出してくれた。

「そんなことは思ってないだろ」

春輝はあわてて何度も深くうなずく。鶴巻が静かな声で続ける。

「でかいのがいいなら、いまからでも知り合いのケーキ屋に言って、テーブルに乗らないようなのを持ってこさせてもいいが、大きさの問題じゃないだろう」

春輝がそうですそうですと賛成すると、千穂は感激していた。

いままで、家族以外に自分のことを考えてくれる人間がいるなどとは、考えたこともなかった。しかし、千穂や鶴巻と会話をしていると、心の中を春の風が吹き抜けていくようだ。

トイレに立って、鏡に映った自分の顔を見たとき、ああそうか、と気づいた。

あの青年の目つきは、印刷会社を辞め、何もかもがどうでもよくなっていたころの自分のそれに似ている。さらにはそのずっと昔、おかしな力があるとまわり中に騒がれ、気持ち悪がられたときの自分の目に似ているのだ。

8

誕生会の翌日、夕刊配達のパートさんから連絡が入った。熱が出て配達に行けないという。

春輝は店主に乞われて、快く代役を引き受けた。いつも朝刊を配っているエリアだから、説明も何もいらない。

問題なく配り終えて、店の休憩所で、淹れてもらったお茶を飲んでいるときだった。

「大里さん、お客さんだよ」

ハナエさんの元気な声が響いた。

「はい、いま行きます」

ほとんど疑うこともなく、千穂か鶴巻だと思っていた。

新聞を配る直前のピーク時間帯には、人や紙類の出入りが激しい。そのため、販売店の建物の正面は間口が広くとってある。春輝はそのガラス戸を開けて店先に出た。男がひとり、こちらに背中を向けて立っている。鶴巻やその部下ではなさそうだ。

「あのう」男の背中に声をかけた。

男が振り返る。春輝と同年配に見える男だった。瘦せて、髪の毛にところどころ白髪が見える。下はジーンズ、上は黒いジャンパーを着ている。肩からショルダーバッグを下げ、休日の、それも少し生活にくたびれたサラリーマンという印象だ。

「どちらさんでしょうか」

相手の男が、ぼそっと応えた。

「久しぶりだな、ハルキ」

視界がぐらぐらと揺れた。現実と記憶、過去と現在が、混濁して頭の中で渦を巻いている。ずっと遠い昔に、そんな名前で呼ばれた。その呼び名を知っているということは——。

男の顔をもう一度よく見る。額は生え際がすっかり後退して、頰がこけ、内臓が悪いのか黒く沈んだ肌の色をしている。それでも、面影は残っていた。

「もしかして——尚ちゃん？」

すっかり中年になった小田尚彦だった。

尚彦は懐かしがる様子もなく、睨むような目つきのままだ。

「ずいぶん楽しそうじゃないか」

しばらく言葉が出なかった。

「何か、用？」

どうしていまごろ。いや時期の問題ではない。どうしてこの場所がわかったのか。

「もう、配達は終わったんだろう？　ちょっといいか」

春輝の返事を待たず、尚彦はさっさと歩いて行く。

春輝は、ガラス戸越しに店の中を振り返ったが、作業はほとんど終わってしまって、のんびりした空気だ。談笑しながら、昨日鶴巻が差し入れたチョコの残りをつまんでいる。今は仕事が忙しいからと、断れる雰囲気ではなさそうだ。しかたなく尚彦のあとを追った。

尚彦は、ひとブロックほど歩いて、住宅街の中にあるコインパーキングの隅に入っていった。人目を避けたいのだろう。

「尚ちゃん」

春輝の呼びかけに、ようやく尚彦は立ち止まり、こちらを向いた。

「おまえ、最近まで新宿中央公園に住んでただろう」

思わず、どうして知ってるの、と答えてしまいそうになった。

「べつに不思議はないさ。一年ぐらい前に、あそこで炊き出しがあったとき、行列でおまえを見かけただけだ」

なるほど、そういうことか。

「おまえみたいなやつが、もしも成功して金持ちにでもなってたら、我慢ならないところだが、おまえにぴったりの生活ぶりらしくて、おれは楽しかった」

尚彦の話し声を聞くのは、二十五年ぶりだ。それも、中学に上がってからは、直接会話したことはほとんどない。そのせいかもしれないが、話し方も声も、ひどく違ってしまったように感じた。

「そうしたら、去年の秋ごろから見かけなくなった。盲腸でもこじらせてくたばったのかと思っていた。ところがつい最近になって、また炊き出しでおまえを見かけた。なんだよその恰好は」

あわてて自分の服装を見た。なんだよと言われても、鶴巻に買ってもらったものだ。安物ではないが、人を不愉快にさせるほど成金趣味だとは思えない。

「しかも若い女や、やくざみたいな男とつきあいがあるだろう」

「ちょっとした知り合いなだけだよ」

口調が強くなった。彼らにまでとばっちりを食わせてはいけない。

「おまえ、まだあの能力が使えるのか」

尚彦が顔を寄せて来た。浅黒い髭の剃り残しがよく見えるほど近い。目が血走っている。仕事で疲れているのかもしれない。尚彦のせっぱつまった口調に、つい本当のことを言いそうになったが、なんとか首を左右に振った。

「もう、使えない」

「嘘つけ、消えるわけがない」

「ほんとなんだ。大人になって使えなくなった」

尚彦が口もとに気味の悪い笑みを浮かべて、急に話題を変えた。

「あの若い女のあとをつけた。ずっとな」

「なんでそんなこと……」

「あの女は、外資系投資会社の、個人代理店をやっているな。しかも、いつもベンツに乗ってくる、黒ずくめのやばそうな男が社長をやってる、怪しげな会社の中に間借りしている。あんなに可愛くてやり手の女が、お前なんかと親しくする理由はひとつしかない。株や先物取引の結果が読めるんだろう」

「そんなわけないよ」

尚彦の口もとがさらに歪んだ。

「黒ずくめの男のほうは、もっとお前には似合わない。どうせ、裏で競馬や競輪のノミ屋の胴元でもやってるんだろう。おまえは、その予想を立てて儲けさせてやってるんだ」

もはや、想像というより断定だ。

「違う、そんなんじゃない」

春輝が否定すると、尚彦は細めた目で春輝をにらみながら「なるほど」とうなずいた。

「宝くじの番号なら好きにいじれるな」

またおかしなことを言いだした。

「そんなこと、絶対に無理だってば」

「ロト7なんかの抽選に使う、あんな小さなボールだったら操るのは簡単なはずだ。一回で何億円にもなる」

「できるわけないよ」

「嘘をつくな。おまえは昔から嘘ばっかりついてる。卑怯者だ」

たしかに、嘘もついたし、自分でも卑怯者だと思っている。

「でも、ほんとにそんなことできない。もしも、あの人たちのためにそんなことをしてるなら、とっくにもっともっとすごい大金持ちになって、世間に騒がれてるよ」

尚彦は、しばらく春輝の目を睨んでいた。

「たしかにそうだ。それほどの金持ちにも見えないな。じゃあ、いったい何ができるんだ――」

「だから、なんにもできないって」

尚彦は、一旦は興奮がさめかけたように見えたが、春輝が否定するとすぐにまたいらいらし始めたらしく、両手で春輝のジャンパーの襟をつかんだ。

「隠してないで、さっさと言えよ」

力まかせに揺すられて、春輝の首は前後にがくがくと揺れた。

「え？　はっきり言えよ。お前の何が目当てで、あいつらは寄ってくるんだよ。ただの友達だなんて、寝ぼけたこと言うなよ」

「もう、やめてくれよ、尚ちゃん」尚彦の腕を摑んだが、がっしりと強く握られて、どうにもならない。

「昔からそうやって、憐れみを乞うような目つきばっかりしやがって。おれは知ってるぞ、中学んときのカツアゲ、おまえがやらせただろう」

「違う」

尚彦は、ようやく摑んでいた襟から手を離した。

「おまえ、あのズベ公にいいつけて、不良連中にカツアゲさせたろう」

「だからそれも勘違いだって言ったじゃないか」

「お前と仲の良かった、真澄とかいうブスがいたよな。事故って死んだ女だ。あのブスの姉貴がズベ公だったろうが」

「ブスって言うな。彼女の悪口を言うなよ」

「何？」

「真澄ちゃんのことを、悪く言わないでくれ」

「おまえ、怒ってるのか」尚彦が目をむいて春輝を指差し、笑いだした。「ははは。まさか、いまでも好きなのか。いい気味だ。中一のガキのくせして、男のバイクのケツに乗っかって事故って死にやがった。おまえ、死ぬ前に胸でも揉ませてもらったのかよ。それで忘れられない……」

気づけば殴っていた。よろめいた尚彦が左の口のあたりを押さえ、驚いたような顔をしている。

「ごめん。つい——大丈夫だった？」

伸ばしかけた春輝の手を、尚彦が思いきりはねのけた。

「このことは忘れないからな」

「ごめん。そっちも殴っていい」

「そんなことで恨みが晴れるか。毎日毎日学校へいくたびに、脅されて金や文房具なんかを取られて、今日こそはからまれませんようにと、祈るような思いでびくびくしてた。そんな気持ちがわかるか。『勉強がんばってね』って買ってもらったばっかりのペンケースを、いきなり踏みつぶされたときの気持ちがわかるかよ」

「想像するしかないけど、でも、気持ちはなんとなくわかる。それに、ほんとにぼくが頼んだわけじゃない。第一、真澄ちゃんのお姉さんが、あれをとめさせてくれたんだよ」

「信用できるか。さっきのクジの話だってそうだ。あやうくだまされるところだった」

尚彦は、春輝の頭から足の先まで、汚いもののように眺め回した。

「お前は何億円あったって、コンビニの菓子パンか何かを美味そうに食って、セットで五十円引きのペットボトルを美味そうに飲むんだ。あのふたりにも、お前はのらりくらりと嘘をついて、まだ金をもうけさせていない。だからこそ、お前みたいなやつのそばを離れないんだ……」

「なんだ、揉めごとか」

声のしたほうを見れば、鶴巻が立っている。めずらしくタクシーを使ったらしい。運転手に、ここでいいからもう行ってくれと声をかけ、車は去った。

春輝は小さく「なんでもないです」と答えた。

尚彦は鶴巻を見るなり、ぎょっとした顔つきになり、すぐに視線を戻した。

「ふん。また来るからな」

春輝が応じる前に、背中を向けて小走りに去っていった。

「どうした、からまれていたのか」

鶴巻が、静かに春輝に尋ねる。最近の鶴巻は、入院していたころのような、馬鹿丁寧な話し方はしなくなった。それが、春輝を軽んじるようになったからでないことは、春輝が一番よくわかっている。他人行儀をやめて、友人として接してくれているのだ。

「昔からの知り合いなんです。懐かしくて、ちょっと口喧嘩してしまいました」

「それならいいが」軽く咳払いをし、口調を変えた。「どうだ。よかったら飯でもいかないか」

正直をいえば、尚彦にあんなことを言われた直後で、あまり食欲がない。仮に断ったとしても、鶴巻は残念そうにうなずくだけで、無駄足を踏んだことへの恨みなど、おくびにも出さないだろう。だからこそ、断れない。

「わかりました」

鶴巻はごく自然にうなずいた。

「なら少し歩こう。今日は気持ちのいい風が吹いている」

はじめからそのつもりで、タクシーで来たのだろう。

歌舞伎町にある和食の店へ行くことになった。安くて美味い海鮮丼を出してくれる。

ここからだと少し歩くことになるが、気分転換にはちょうどいい距離だ。

実質的に鶴巻が経営する会社は、歌舞伎町から明治通りを一本挟んだ新宿六丁目にある。

似たような事務所がいくつか入った地味な五階建てのビルだった。この会社自体は従業員が十人程度らしいのだが、たとえば別のフロアにある、サラリーマンや商店主などを相手にしたローン会社だとか、新宿駅周辺の飲食店を何軒か子会社としてもっているらしい。最近になって、お互いに将棋という共通の趣味があることがわかって、ときどきこの会社の「社長室」で将棋盤に向かい合う。

尚彦も言っていたように、つい先日から千穂はそこで机を借りている。

鶴巻と並んだり前後になったりして歩きながら、尚彦のことを考えていた。

尚彦はまだあの広告代理店にいるのだろうか。それにしては、服装も顔つきも精彩を欠いていた。この不景気だから、リストラされたのかもしれない。やつれた顔で、何かに怒っている目をしていた。白目は血走っていたし、黒目には薄く膜が張ったようだった。顔色も、日焼けしているというより、どす黒い感じだ。結婚はしているのか。子供はいるのか。生活が苦しいのだろうか。あれほど毛嫌いしていた春輝を探し出して、「宝くじを当てろ」などと脅さねばならないほど、逼迫しているのか。

だとすれば、もう少し親身になってやればよかっただろうか。

昔、床屋の客足がどんどん遠のいていったとき、暗い表情の両親を見ることはつらかった。尚彦の子供も、同じ思いをしていないだろうか。

食事のあと、鶴巻の会社に寄って将棋を指した。

中原印刷の寮にいたときに覚えて、同僚とやってみたところ、意外に勝つことが多かった。ハウスで暮らしていたころ、拾った定石の本を暗記するほど読んだ。ごくたまに、仲間と指すことがあったが、負けた記憶はない。最近、自分の金で本を買って、また読み始めた。

鶴巻とは、十番指してやっと一回勝てるかどうかだ。それでも「拾った本で勉強した割には強い」と褒めてくれる。

気づけば日が落ちていたので、コーヒーを一杯ごちそうになって、帰ることにした。馴染みの喫茶店を出て鶴巻と並んで歩いていると、区役所の裏あたりで、鶴巻に話しかけてきた若者がいた。

禁止されている客引きを、うまく取り締りの目をくぐってやっているようだ。

知り合いの女房が赤ん坊を産んだというような報告をしたあとで、若者が「そういえば」とにやにや笑いだした。

「ゆうべ、田舎もん丸出しの若いサラリーマンが、ユウジさんたちにやられてましたよ」

「ユウジに？　あいつまた素人に何かしたのか」

若者は「違いますって」と手を振った。

「やられたほうが悪いんすよ。あせってキャバクラ入ろうとしてユウジさんにぶつかったあげくに、ゲロンパしたらしいっす」

「それで金を巻き上げたのか」

若者は嬉しそうにくすくす笑っている。

「それが一回じゃ済まなくて、今日も追加をもってこさせたらしいっす。全部で二十万」

「二十万」

先に春輝が反応してしまった。たったそれっぽちのことで、二十万も脅し取られたのか。

「今日も見たのか」

鶴巻は、春輝が興味を示したことが不思議そうだ。

「見たも何も、まだいますよ、あそこにほら、未練がましくキャバクラ眺めてるやつ。よっぽど入りたかったんじゃないっすか。あのニノミヤをダサくしたみたいな——」

春輝は、最後まで聞かずに歩きだした。

その若いサラリーマンとは、あのダニー・ボーイのビラを持っていた青年ではないか。

「どうした、大里さん」

背中から鶴巻の声がかかったので、「すみません、ちょっと」と答えて先へ進む。鶴巻がすぐに追いついてきた。

「なるほどあの男だな」

炊き出しの日、千穂と口論になったときに鶴巻も一度顔を見ている。

「はい」

「知り合いか」

「ちょっと立ち話をしただけです」

「気になるのか」

「なんとなく」

鶴巻はそれ以上、なぜとかどうしてとは問わなかった。

「わかった、知らぬふりをして一旦やりすごそう」

そんなやりとりをしていたら、青年のほうでもこちらに気づいたらしく、くるりと背を向けた。あっと思う間もなく、すぐ近くの二台並んだ自販機の狭い隙間に、体をねじ込ませた。隠れたつもりかもしれないが、背中は丸見えだ。

どうしたものかと、脇に立つ鶴巻の顔を見上げると、口の形が「進め」と動いた。うなずいてそのまま通り過ぎ、こちらも看板の陰に身を隠し、青年が自販機のあいだから出てきたところで、鶴巻が声をかけた。

青年は、まるで警察から逃げ回る指名手配犯のようにおびえていた。

誘って、近くの喫茶店に入った。宮本という名だと知った。

鶴巻が落ち着いた口調で、宮本から身の上話を聞き出した。

二十万円脅し取られたというのは、本当だった。

きちんとスーツを着て都内の会社に勤めていても、いろいろと苦労はあるのだと知った。

鶴巻が警察に届けたほうがいいと助言したが、聞く耳を持たないようだった。

少しだけニノミヤに似た青年と別れたあとで、鶴巻が彼の話題に触れた。

「金融業をやっているなら、あいつに貸してやればいいと思ったか」

はい、と正直にうなずいた。

「少しだけ、だめですか」

「おれが貸せば、それは仕事になる。あいつの親を連帯保証人につける。そして、十中八九は、その栃木にあるとかいう、実家も畑も取り上げることになる」

そこで一旦言葉を止め、春輝を見て珍しく微笑んだ。

「大里さんが同情してるらしいから、あえて貸さなかった。それがせめてもの情けだ」

9　二〇一四年　楓太

1

こちらに向かって歩いてくるのは、見間違いではなく、やはりあのチホという女だ。右手に営業マンが持つようなカバンとビニールの買い物袋を提げ、笑顔でやってくる。宮本楓太の中に、わずかに警戒心が湧いた。

チホとはこれまで二度顔を合わせているが、二度とも雰囲気は最悪だった。タイプとしては嫌いではない、というより、かなり好みなのだが、向こうが喧嘩腰なのでしかたなく応戦している、といったところか。

それが今日はなぜか、こちらを見て微笑んでいる。

「こんにちは」チホのほうから先に声を掛けてきた。

「どうも」あたりさわりのない挨拶を返す。

「お昼ですか?」チホが楓太のパンを見て言った。

やはり怪しい。どういう風の吹き回しだ。このあいだまで、二本足のゴキブリでも見るような目で睨んでいたくせに。どうせだまし取られる金などないから、気分は楽だが。

「今日はちょっと軽めに」あいまいに答える。

「ここ、いいですか？」

ベンチの空いたところを指差すので、あわてて少し横にずれた。

チホは、木製の古びたベンチを軽く手で払った。その指があまりにきゃしゃだったので、どきりとした。あわてて、カバンから『ダニー・ボーイ』のビラを三枚ほど引っぱり出して、敷いてやった。

「この上に座っていいですよ」

「あ、ダメですよ。大切な商売道具なのに」チホが手を振る。

「いいんです。どうせ客先でもゴミ箱行きだから」

チホが笑いながら、それじゃあ、と座った。

「お昼の休憩ですか？」

チホがめずらしく、ええ、まあ、と口ごもった。いま来たほうを振り返っている。誰かと会っていたのだろうか。まさか、あの大里じゃないよなとやきもちをやきかけて、苦笑いした。

「お天気がいいから、ベンチでお昼にしようと思って」

そう言うなり両手をあげて大きな伸びをした。

楓太を見てにこっと笑うと、チホのぱっちりとした目が急に細くなった。髪をポニーテール風にまとめ、目が覚めるようなブルーのシュシュで束ねている。清潔感があって、また好感度が上昇してきた。

「これ」チホが、手にした白い袋の中身を嬉しそうに見せた。「安くて美味しいんですよ。お店は、地下のショッピングモールにあるんですけど」

チホが買ってきたのは、サンドイッチ専門店の、ミックスサンドらしかった。ハムやチーズ、それにみずみずしいポテトサラダが、ぶ厚いぐらいにはさんであって、見るからに美味そうだ。楓太はいままで自分がかじっていた、コンビニのコロッケパンをそっと袋にしまった。

お互い新宿界隈をテリトリーにしているとわかったので、どこのランチが安くておいしいというような話題が、少しのあいだ続いた。気取り屋のいやみな女という印象が、わずか数分ですっかり溶けて消えた。

「あの、怒らないでくださいね」

「なんでしょう」

「大里さんから、ちょっとだけお話を聞きました」

「どんな」

あのオヤジ、変なこと言ってないだろうなと不安になる。

「大変な目に遭われたんですね」

「たいしたことないです」あまり知られたくはなかった。

「こんなこと聞いたら失礼かもしれないんですけど、お金の都合はついたんですか」

「会社の上司に借りました」

しかたなく、正直に答えた。この上司というのが、じつはちょっと不気味な人なんですけど、と付け加えた。

「ええー、どんなふうに？」

チホが興味を示したので、田崎係長の人物像などを多少脚色して説明した。少しだけ心が痛んだが、せっかくチホとの会話が盛り上がっているのだ。〝若者喰い〟の噂話も添えた。

途中、くすくす笑いを漏らしながら聞いていたチホだったが、そこのところで心配顔になった。

「大丈夫ですか。ふだんからそんなに親しい方なんですか」

「ときどき、ヤクルトジョアをくれる程度です」

また少し笑ってから、たしかに少し気になりますね、と答えた。

「正直いって、三十万というのは、少なくない金額です。担保も借用書もなく、期限も決めずに貸すなんて、ずいぶん信用されているんですね」

実は最近、似たような事件があった。ただし、そっちは自分が二十万も払ったほうだったが。それより、専門家のようなしゃべり方が気になった。

チホはああそうだ、と小さく手を打った。

「ごめんなさい。お話があんまりおもしろいので自己紹介が遅れてしまいました。どうしてお金のことを気にするかというと、わたし、こういう仕事をしていますので」

自分のカバンから名刺入れを出して、中身を一枚抜いて差し出した。

《コペル証券　新宿支店　特約プランアドバイザー　新妻千穂》

「コペル証券?」

「はい」

にっこりと微笑んだ顔が、テレビCMのイメージモデルのように輝いていた。

コペル証券といえば、金融界になどほとんど興味のない楓太でも、名前くらいは知っている。外資系で急成長しているので有名だ。

「すごいですね」

「いえいえ。後発なのでいろいろ大変なんです。それに、実はこの春から独立したので」

「独立?」

「フリーになったんです。自分の力を試したくて。ひとりぼっちの代理店です」

これまで抱いていた悪印象が一気に尊敬に変わった。

ただあまりに実感がなくて、すっげえ、しか言えない自分が悔しかった。

「あのう、わたしもお名刺、いただけますか」

「あ、いけね」

あわてて、自分の名刺を渡す。

「へえ、ファッション関係なんですね」

「知らないですよね、そんなブランド」

「あら、見かけたことありますよ。セレクトショップに卸されていますよね」

「ほんとですか」

会話ごとに、千穂に対する印象はどんどん良くなっていく。そもそも最初に何でつっかかったのか、いまとなっては思い出せないぐらいだ。

たしか荒畑先輩が、ものごとがうまくいくときも気をつけろ、というような忠告をしていたが、くそくらえだ。あの人はいつも心配ばかりしていたが、結局浮かび上がらなかったじゃないか。

「会社の景気はいかがですか」と千穂が聞く。

「あんまり、っていうかゼンゼンです」

「どこも同じですね。ほいほい投資してくれるお客さんなんて、そうそういないので」

「ぼくのほうも、さっきもちょっと話しましたけど、ここんとこ百パーセントついてなくて」

「運が悪かったんですね」

「違うんです。自業自得なんです」

「いいときも悪いときもありますよ」

鶴巻みたいなことを言う。彼らがどんな関係でどんなつきあいをしているのか知らないが、意外にいいやつらなのかもしれない。

「今度よかったら――」

思い切って、「昼食でも一緒に」と言いかけたとき、目の前を小さな蝶が横切っていった。

「あ、ルリシジミ」

千穂が目で追う。

「蝶、詳しいんですか」

楓太の何気ない質問に、千穂は照れ笑いを浮かべて「子どものころ、兄につきあって、よく昆虫採集したので」と答えた。

「うちは田舎だったので、電燈のところに、よくカブト虫とかクワガタが飛んできましたよ」

「へえ、すごいですね」と千穂は素直に感心してからすぐ「ご実家は、何か商売でもされているんですか」と尋ねた。

「ええと、ちょっと自営業を。父親は公務員です。ただ、いま病気をして休職中で」

「公務員――」千穂の瞳が、ほんの一瞬だけ揺れたように感じた。「それは心配ですね。ご兄弟は?」

「兄貴がいますけどこいつが冷たい男で、実家のことなんて知らんぷりなんです。きっと前世はウーパールーパーか何かです。県庁に勤めてるぐらいでエリート風吹かせてる、嫌な野郎で」

この際だからみんなに言いふらしてやる。

「お兄様は県庁なんですか。すごい、公務員一家ですね」

「ぼくだけ落ちこぼれです」

「ぜんぜんそんなことないですよ。夢を売る素敵なお仕事じゃないですか」

なんてこった。お世辞とわかっていても、嬉しすぎる。

「ご実家のほうはどうするんですか」

「おれ――ぼくがあとを継げとか言われてるけど、いまさら農業なんて」

しまった、嬉しさのあまり、ついばらしてしまった。

「たしかに、農家は大変ですよね。わたしみたいに、ただお金を右から左に動かすのと違って、大地に足がついている感じで尊敬します」

なんていい子なんだ。なんだったら、明日結婚してもいい。そうしてふたりで落花生を作るのだ。

興奮をさとられないように、こちらからも少し質問することにした。

「ボランティア活動はよくされるんですか」

千穂は、ああ あれは、と言いかけて、声のトーンを落とした。

「具体的なお名前は言えないんですけど――」

前かがみになって、顔を寄せてくる。内緒話をしているようで、楓太は落ち着かない気分になった。

「あるお客様が、ボランティア活動に熱心なんです」

「お客様?」まだ手にしていた名刺に視線を落とした。

「ええ。投資のお客様です。ご自身は大変な資産家で、ああいった衣食住に困ったかたを支援されています」

「じゃあ、うどんやおにぎりのお金とかも？」

「もちろん運営の基金はきちんとありますが、どうしても不足が出るので、そういったご寄付に頼っている部分もあります」

世の中にはいろいろな人間がいる。赤の他人のうどん代を出してやるなど、自分には理解できない感覚だ。理解できないといえば、大里の正体も気になる。

「大里さんって、いったい何者なんですか？　まさか、あの人がその資産家さんですか」

「いやだ、面白い」

チホは小さく噴き出して、軽く楓太の腕を叩いた。生まれたての蚊でさえつぶせないような力だったが、楓太の腕は高圧電流に触れたようにしびれた。

「いや、ええと」楓太はあわてて手を振った。「べつに、根掘り葉掘り聞くつもりはないですよ。ただ、マジックみたいなこともできるし、けっこういい服着て、アンティークな高級時計しているから、いったい何者だろうと思って」

「マジック――」千穂は何事か考えていたが、違います、と続けた。「大里さんは資産家じゃありません。それに、ほんとうは人の集まるところが苦手なんです。ちょっとしたことで、少し前から知り合いになったんですけど、わたしがあの公園でボランティアをするとお話ししたら、わざわざ来てくださったんです」

「うどんをもらいにですか」

「はい。でも、一万円も寄付してくれたんですよ」

一万円、と声がうわずった。

「やっぱりお金持ちじゃないですか」

「そんなこともないんですけど、あまりお金とかに執着しない方なんです」

「あのう、実は見ちゃったんですけど」

「何を？」楓太と視線を合わせたまま、小さく首をかしげる。

「大里さんが、万札を何十枚も渡すところを」

千穂はしばらく思いだそうとしていたが、ああれですね、とうなずいた。

「投資していただいたんです」

「投資？」

「はい。わたし成績があまり良くないので、大里さんにお願いして、貯金の中から三十万円ほど、リスクの少なそうな外為ファンドに投資してもらいました」

そういうことだったのか。大里が、貸したいけど貸せない、という意味のことを言っていた理由がわかったような気がする。チホに貸すために貯金を下ろしてしまったので、さらに二十万の都合がつかなかったのかもしれない。

あれこれ疑問だったことが、少しずつ解けてきた。そしてわかってみれば、なんだか心根のやさしい連中じゃないか。敵視して悪かった。

「何か、悪かったですか？」

「あいえ、ひとりごとです。――大里さんて何者なんだろうってずっと疑問だったんです。たとえばトリックを使って、人を信用させて、いつのまにかお金を集めるとか」

自分でもうまく説明できない。

千穂は、また変なこと言って、とくすくすと笑った。

「そんな怪しげな方じゃありません。いまのお仕事は、ご実家とは全然関係ない、新聞配達をされてるそうです」

「新聞配達？」

「たしか朝刊だけって聞きました」

「そうなんですか」

なるほど、朝刊の配達をしていたのか。それなら、午前中に仕事は終わるだろう。配達員の仕事の詳細は知らないが、昼過ぎからぶらぶらしているのも納得がいく。しかし、なんとなく不相応な服飾品や金払いのよさの説明にはなっていない。

まあいい。宇宙人と同じぐらいに得体のしれなかった男だが、意外に等身大の人間であることがわかった。そして何より、千穂が金で買われた愛人でないこともはっきりした。オールクリアのノープロブレムだ。人生はアグレッシブにプログレッシブだ。

「もうひとつだけ聞かせてください」

「なんでしょう」

きらきらと光る瞳で見つめ返されて、思わず唾を飲み込んだ。

「あの、どうして、急にこんなふうになったんですか」

「こんな、とは？」

「すごく嫌われてるのかと思いました」

「ああ、そのことですか」

すぐに楓太の言わんとする意味がわかったようだ。やはり賢い子だ。顎に手をあてて、考えながら説明する。

「大里さんからお話を聞いて、悪い人じゃないんだなって思えたからです。――あ、いっけない。お話が楽しくて、こんなにのんびりしちゃった。わたし、次のアポに行かないと」

あわてて、千穂が立ち上がる。尻の下に敷いていたビラを申し訳なさそうに差し出す。

「皺になっちゃいました」

「よかったら、持っていってください。いらなくなったら捨ててください。ただし、ちゃんとゴミ箱に」

「了解です」千穂も少しおどけて敬礼のまねをした。

ほんとうはもう少し話していたかったが、引き止めるわけにもいかない。千穂はそれじゃあまた、と頭をさげて小走りに去った。

「めちゃ、いい子だな」

木立の間に消えて行く後ろ姿を眺めながらつぶやいた。

それに、仕事熱心じゃないか。べつに、暇でボランティアをやっていたわけではなかったのだ。顧客に気に入られるためのサービスと聞いて、かえって親しみが湧いた。みんな苦労しているんだなと思う。自分も、がんばらないと。

こっちの借金のことだとか、実家や家族のことを聞いてきたから、少し警戒したことも申し訳ない。実家の土地に担保をつけたり、公務員の家族を保証人にして金を貸すぞ、とかいう勧誘だろうと思ったからだ。いくら世情にうとい自分でも、そうやって根こそぎ奪うやり口は知っている。だからこそ、金融機関アレルギーなのだ。

不思議なもので、置かれた状況が大きく変わったわけでもないのに、新妻千穂と話をしたあとは明るい気分になっていた。

さっきはいきなり頭に血が上ってしまい、結婚式の日取りまで考えそうになったが、今回はあせらずじっくりいってみよう。何しろ連絡先は聞いたし、テリトリーもかぶっているらしい。

午後の仕事は、自分としてはかなりまじめに回った。それが顔に出ていたのか、今日は課長も、嫌味も説教も言わない。そのまま気持ちよく会社を出て、安い飲み屋に引っかかることなくアパートへ帰った。

第三のビールのタブを押し込み、自分に乾杯する。

「よし、がんばれ」

ひとりぼっちの空間に、気合いの声が響き渡った。右手で小さくガッツポーズを作った。おれは若い。未来は開けている。東京なんかで負けていられるか——。

翌朝の目覚めもよかった。

出社したときの挨拶も元気よくできた。

田崎女史にもらったジョアも一気に飲み干した。

世界は自分のために回っているような気がしてきた。

一時間ほど内勤作業をこなし、そろそろ出かけようと支度していたところに、受付兼任の総務課の女子社員が、声をかけてきた。

「宮本さん、お客さまです」

「どちらさん？」

「ヒラタさんとおっしゃるんですけど……」

「ヒラタ？」

口ごもった彼女の顔に、困ったような表情が浮かんでいる。それを見た瞬間、いやな予感が湧いた。腰を浮かせ、入口近くの簡易応接セットに目をやった。

まさか——。

みぞおちのあたりに、雑巾を飲み込んだような不快感が湧き上がってくる。

あの、ニット帽だ。楓太と目が合った瞬間、にやっと笑って片手を上げた。

2

ヒラタ、という名に覚えはなかったが、簡易応接セットでこちらを見ながらにやにや笑っているのは、ユウジの使いっ走りをしている、あのニット帽の若い男だ。

昨日の昼、新妻千穂と打ち解けた会話をしてから、なんとなく軽くなりかけていた胃のあたりに、またしても粘土を飲み込んだような重苦しさが広がる。

「宮本さん？」

腰を浮かせかけたまま、動きを止めてしまった楓太に、女子社員が心配そうに声をかけた。

「あ、ああ」半ば上の空で応える。「大丈夫です。いま、行きます」

机に手をついて立ち上がった。

あいつ、何しに来た——。

想像はついた。たぶん、鶴巻が予告したとおりだ。

できることなら居留守を使いたいが、顔を見られてしまった。足を引きずるようにして近づいていく楓太を見て、ヒラタと名乗る男が、よう、と笑いかけてきた。相変わらずくちゃくちゃとガムを嚙んでいる。背骨のあたりに、気持ちの悪い汗が浮き出てきた。

何か用ですか、と声をかけそうになって思いとどまった。こんなところで、いきなり本題を切り出されてはたまらない。

「ちょっと社内が混み合っておりますので、外でお話をうかがいます」

「あ、そう」

ごねるかと思ったが、意外にも素直にうなずいた。ヒラタはポケットに手を突っ込んだまま、器用に椅子から立つ。

「こちらへ」入口のほうへ誘導する。

「ほいよ」

硬質ガラス製のドアを押し、ヒラタを先に行かせ、続いて自分も出ようとしたとき、朝一番で客先に立ち寄ってきた、吉井課長と鉢合わせした。わずかに息を切らして、いかにも忙しそうな雰囲気だ。

「おう、なんだ、宮本」

吉井はそう言いながらも、営業職の本能からか、楓太と一緒にいるヒラタに、軽く会釈した。ヒラタは、にやにやしながらガムを噛んでいるだけだ。

「あ、あの、お客さまとちょっとお話があって」

つっかえながら説明する。吉井が、あっそう、と言って品定めするような視線をヒラタに向けた。

事情を知られたくない、という思いの一方、楓太の心の隅に、何もかもばれてしまってもいい、という気持ちが湧いた。吉井は好きではないが、こんなときは頼りになりそうだ。

しかし吉井は、いつもお世話になっております、と無難な挨拶をし、せわしなく自分の席めがけて去った。考えてみれば、パサージュの客の中には、このヒラタのような恰好をしている店員など、いくらでもいる。

会社近くの喫茶店には入れない。誰に見られ、話を聞かれるかわからない。

結局、会社から歩いてすぐの小さな神社の境内で、立ち話をすることにした。

「あと十万、なんとかしてくんねえかなあ」

ヒラタはいきなりそう切り出した。やはり、想像したとおりだった。

「十万って、どういう意味ですか」

へその下あたりに力を入れて、なんとか問い返した。もちろん、意味はわかっている。ただ、素直に「はい」とは言えない。

「わかってんだろ」くちゃくちゃ音をたて、にやにやしている。「おれも、いろいろ苦しいんだよな。ユウジさんがよ、厳しくてよ」ぺっとガムを吐き出した。

つまり、追加要求しているのはユウジではなさそうだ。おこぼれに与《あずか》ろうと、このヒラタというちんぴらが、ひとりでやってきたということだ。

涙が出そうになった。ふざけんな、と怒鳴ってやりたい。すでに取られた二十万円だって、あれを稼ぐのにどれだけ苦労すると思っているんだ。ユウジさんが厳しかろうと、その結果おまえが苦しかろうと、おれの知ったことじゃない。

会社を出るとき、とっさにスマートフォンの録音ボタンを押し、ズボンのポケットに落とした。きちんと声を拾ってくれているだろうか。

「弁償のことだったら、もう済んだと思うんですけど」

怒りが、なけなしの勇気を後押しする。それでも、目を合わせないよう相手の胸のあたりに視線を置いて応える。

「なんだてめえ」

背丈は同じくらいのはずなのに、なぜか頭上から声が聞こえてくる。

「いいか。てめえの不始末のおかげで、こっちはさんざんパシリさせられたんだ。コピーとってこい、金受け取ってこい。おまけに、何かっつーと人の頭ボカスカ殴りやがってよ。こっちは、たった一回焼き肉ごちになっただけで終わりだぞ。それも、食い放題の安い肉だ。えっ。全部てめえのせいじゃねえか。てめえが安い酒なんか飲んで、ゲロなんか吐かなきゃよかったんだろうが。ああ」

ああ、と言われても、そんな勝手な理屈なんか知るもんか。

「だから、この十万は、お、れ、の、迷惑料なんだよ」

ひとの金で焼き肉なんか食っておいて、勝手なことを言うな。こっちは、おもいきり贅沢しても、から揚げ弁当だぞ。

「追加で十万円なんて、すぐに用意できません。この前あなたに渡した二十万円だって人から借りてまだ返すあてもないんです」

録音を意識して、はっきりさせた。

「何ぐだぐだ言ってんだ。おめえの事情なんて知るかよ。ユウジさんにそんな口きいたら、顔が腫れて三日くらい外に出られねえぞ」

「でも、あと十万円、あわせて三十万円なんて無理です」

「おめえ――」ヒラタが息がかかるほど顔を寄せてきた。「何、作文読んでるみたいなしゃべりかたしてんだよ。おれが、下っ端だと思って舐めてんだろ。なんなら、明日の朝、おめえが出社するときに、おれのダチ全員でお出迎えしてもいいぞ。会社の前にずらっとならんで、でかい声で挨拶してやるよ。『おはようございます。宮本楓太さん。今日も一日がんばりましょう』ってな」

「ちょっと考えさせてください」

そんなことをされたら、始末書ぐらいでは済まない。クビにでもなったら田崎係長に借りた金さえ返せない。千穂との将来設計だってできなくなる。この録音は恐喝の証拠にはなるかもしれないが、抜本的な解決にはならない。

「考える必要なんかねえっての。今夜八時、またあの場所に十万持ってこい。じゃな」

「ちょっと待ってください」

楓太が何か言う前に、鼻歌を歌いながらゆっくり境内を出て行った。

楓太は、倒れ込むようにして松の木の脇にある岩に腰を下ろし、録音を止めた。

念のため再生すると、ほぼ会話の内容は聞き取ることができた。

しかし、これを持って警察に駆け込むつもりもない。どうすりゃいいのか。

今夜なんて無理に決まってるじゃないか。だが、無視したり断ったりすれば、本当に仲間を連れてきそうだ。あんな連中が、会社の前にずらっとならんで大声を張り上げているところを想像したら、めまいがしてきた。

困ったことになった。昨日から、ようやく運気が上向いてきたと思った矢先にこれだ。

自分が何か悪いことをしたのか。

——一度払ったらおしまいです。

あいつらに脅された晩の、ネットへ書き込まれた忠告を思い出した。

——いまからでも、警察に相談したほうがいい。

どちらかといえば、警察とは敵対関係の立場にありそうな鶴巻までそう言った。

やはり警察へ行くしかないのか。

3

自分でも何をやっているのかわからないうちに社を出て、中央線に乗った。ほとんど条件反射のように新宿駅で降り、気がつけば交番のすぐ近くに立っていた。とうとう来てしまった。深呼吸する。脇に立っている掲示板に目が行く。《この顔にピンときたら110番》《絶対ダメ。麻薬、覚せい剤》

中には制服の警官が何人かいて、忙しそうにしている。机に座って、中年サラリーマンから話を聞いている警官、立ったまま机に肘をついて電話に受け答えしている警官、何かのファイルと書類を見比べている警官。

ドアを開けるタイミングを計っていると、電話を終えた警官と目が合った。

何か――?

顔にそう浮かんでいる。

よし。行け、行くんだ宮本楓太、男になれ。

心の中で自分に言い聞かせ、一歩踏み出したとき、ポケットの会社貸与の携帯が鳴った。本当に間が悪い。見れば吉井課長からだ。着信を拒否できない、ほとんど唯一の存在だ。

「もしもし、宮本です」

〈ああ、仕事中悪い。このまえ言った、おまえの客を回る件な。ちょっと都合がつかなくて来週でいいか？〉

いいかも何も、自分で言いだしたことじゃないか。適当に返事をして通話を切ったとき、交番に入ろうとする高揚した気持ちは、みじんも残っていなかった。

こちらをちらちら見ている警官と、目が合わないようにしながら、背を向けた。

ポケットに入れたままになっていた名刺を取り出す。

立ち止まって、そこに書かれた番号を見た。

「まあ、そんなことになるだろうとは思った」

説明を聞き終えた鶴巻は、にこりともせずにそう言った。痰が喉に絡んだような、かすれ気味の声をしている。

先日お話しした件で相談がしたいのですが、と遠慮がちに切り出してみたところ、意外なほどあっさりと「だったら、この前の喫茶店で会おう」ということになってここにいる。

今日もまた鶴巻は、黒いスーツとシャツに身を包んでいた。

ソファに腰を下ろし、煙草に火を付け一度深く吸い込んだあとで、静かに「それで」と言った。

いまさら隠すことはない。楓太は、正直にヒラタのことを説明した。録音も聞かせた。

前回は、見栄もあって多少脚色してしまった。こちらには非がないのに、あの三人組に因縁をつけられたんです、と。しかし、鶴巻にあっさり真相を見破られた。そう長くないつきあいだが、この鶴巻という男は、嘘でごまかせないような気がしている。だから今回は、ありのままを話した。

「警察には行ったか」

「さっき、交番の目の前まで行ったんですけど、ふんぎりがつかなくて」

「なるほどな」

まあそうだろうな、という顔でうなずいている。怒鳴られるよりはましだったが、なぜか寂しい気持ちがした。

「すみません」

「この前も言った。さらに十万払えば、また来るぞ」

首が折れそうなほど頭を垂れた。やはりそうか。そうだろうな。でも、と言いながら顔をあげる。

「これで最後にして欲しいと、強くお願いしてもだめでしょうか」

鶴巻は煙草をふかして、何も答えない。それが回答だった。

びっしりと汗をかいたアイスコーヒーのグラスを見つめる。つつっと水滴が伝わり落ちて、テーブルに小さな水たまりをつくった。

「あのう」顔をあげて、鶴巻を見る。「ぼくは、どうしたらいいでしょうか」

返事がないので、視線を合わせた。せっぱ詰まった焦りが、鶴巻に対する畏怖に勝った。

「親が病気なんです。会社でも睨まれていて、へたしたらクビになります。会社もアパートも実家までばれてるから、逃げることもできないし、兄貴は冷たくて頼れないし、かといってドラマみたいに、いまから格闘技とか習ってもやっつけるのは無理だと思うし」

鶴巻がこの店に入ってから、すでに二本目の煙草が半分ほど灰になった。

「おれはあまり他人に関心を持たないようにしているが、あんたを見てると、むかっぱらが立ってしかたない」

「すみません」

「そうやってすぐに安っぽく謝るが、ほんとうに反省はしていないだろう」

「すみません」

鶴巻が三本目の煙草に火をつけた。火をつけてしまった自分に腹を立てたように舌打ちをして、まだ長いそれをもみ消した。一日の本数が決められているのだ。

「追加の十万を払うのはいつだ」

「それが、今夜なんです」

「わかった」

鶴巻が息を吐く音が聞こえた。あきれているだろうか。

それしか言わない。かえって、不安な気分になる。

「あのう、ええと」

「わかった。なんとかしてみる。待ち合わせの場所を教えてくれ」

かったようだ。

カバンからメモ用紙を出して、略図を描きながら説明した。鶴巻はすぐにどこだかわ
「はい」

「そこに夜の八時だな」

「はい」

鶴巻はうなずくと、伝票を摑みすっと立ち上がった。

「あ、あのですね」あわてて声をかける。「ぼくは、どうしたらいいでしょうか」

「来なくていい」

気負いや見栄を感じさせない、落ち着いた声だった。

「すみません」

鶴巻は小さくうなずいて、レジに向かった。その背中に向かって声をかけた。

「よろしくお願いします」

鶴巻は何も聞こえなかったかのように、支払いを済ませドアを開けて出ていった。

4

ほんとうは、すぐにアパートへ逃げ帰って、ベッドにもぐり込んでしまいたかった。

しかし、今日の巡回ノルマはあるし、こちらから頼んだアポイントも何件かある。

「なんとかしてみる」というのは確約ではない。しかし「来なくていい」とも言ってい

た。まかせておいて大丈夫なのだと信じたい。一方で不安もある。仮に解決したとして、今度は鶴巻から、報酬としてもっと大きい金額を請求されたりしないだろうか。

客先を回っても、上の空の応対をしてしまい「こっちはまじめな話をしてんだよ」と叱られてしまった。

会社に戻って日報にとりかかってみたものの、まともな文章など打てるわけがない。鶴巻に全部あずけてしまったという虚脱感と、でもほんとうに大丈夫だろうかという不安とで、日報はほとんど手に付かない。

ぼうっとパソコンのディスプレイを見つめていると、机の上で会社貸与の携帯が震えた。メールの受信だ。ほとんど何も考えず、片手でつかんで携帯を開いた。

田崎係長からだった。

《なんだか、煮詰まってるみたいね。今夜、仕事が終わったあと、よかったら食事どう?　気取った店じゃないけど、安くておいしいの》

顔をあげ、ディスプレイを見るふりをして、田崎の様子をうかがった。知らん顔で電卓をたたいている。

どういうつもりだろう――。

まるで恋人みたいなメールだ。てんこ盛りライスのイラストまでついている。よりによって、こんなこみ入った事情のときに、かんべんしてくれよ。

《今日は都合が悪くて》まで打ったところで、ふと気が変わって、一旦クリアした。

今夜ひとりで過ごしたら、息苦しくて頭がおかしくなってしまうかもしれない。田崎係長といれば、気が紛れるかもしれない。どうせ飯だけでは済まないだろう。どうせその先が待っているんだろう。もうやけくそだ。毒を食らわば皿までだ。

死んだほうがましだ、というのは言葉の綾だ。人間死ぬ気になれば、なんでもできる。それも荒畑先輩の口癖だった。たしかにそのとおりだ。もしかしたら、もっと金を貸してくれるかもしれない。目をつぶってでも一度ぐらいなら――。

《わかりました。何時にどこで待てばいいですか》

両親の顔が浮かんだ。受験の下見に上京する楓太を、新幹線に乗る宇都宮駅まで送ってくれたときの、期待と心配が入り混じった顔だ。

楓太は小さく頭を振り、めり込みそうなほど力を込めて、送信ボタンを押した。


本当に気取らない店だった。

あまり入ったことはないが、割烹というのだろうか。七、八人も座ればいっぱいのカウンターの向こうで、初老の夫婦が忙しそうに働いている。あとは、座敷に四人掛けのテーブルが三つ、それが全部だ。

田崎は常連客らしく、店に入るなり「こっちいい？」と座敷を指さした。「混んで来たらカウンターに移るから」と言うと、おかみが「いいよ」と威勢よく応えた。

「あら、田崎さん、今日は若い彼氏連れちゃって」

おかみが、おしぼりを置きながらさっそく冷やかす。楓太は聞こえないふりをしていた。

「そんなんじゃないの。上司と部下」

「ますます怪しいじゃない。仕事が終わってから人目を忍んであいびきなんて」

「ちょっとやめて」

田崎が睨んで生ビールをふたつ頼んだ。

泡がふちからこぼれているジョッキがどんと置かれ、さっそく摑んだ。

「じゃ、健康とボーナスアップを祈念して、かんぱーい」

田崎が差し出したジョッキにかるく合わせると、カチンと音がして、また少し中身がこぼれた。

「会社の近くにこんなお店あるの、知らなかったでしょ」

「はあ」

「好きなもの頼んで。ここ、愛想はないけど味はたしか」

「ちょっと聞こえたわよ」

突き出しを運んできたおかみが、割り込んできた。あまり食欲はない。鶴巻とヒラタのことも気にかかる。壁に貼られた短冊型のメニューを見ていると、掛け時計に目が行った。七時五分、あと一時間を切った。

「すみません。おまかせしていいですか」

「そう？　じゃあ――」

田崎はカウンターの中に届く声で、すらすらと五品ほど注文した。そのあと、もういちどこくこくとビールを流し込んで、ふうと息を吐いた。

「この瞬間のために生きてるみたいなものね」

「そうすね」

「ねえ、宮本君、ここんとこ、元気ないけど、何か困ったことでもあるの？」

遠回しに、三十万の礼を求めているのだろうか。

「ええと、三十万ありがとうございました。できるだけ早く返しますから」

枝豆をつまんでいた田崎が、あわてて手を振った。

「いいのよ。すぐに使うあてもないお金だから。どうせ貯金しておいたって、あるんだかないんだかわからないような利息しかつかないし。役に立ててもらえば」

「安い金利で借りられそうなところが見つかったので、なるべく早いうちに、そっちから借り換えようと思ってます」

そんなつもりもないのに、つい思いついたことを口にしてしまった。

「だから、気にしないでって。――あ、来た。ここのお造りは、ぶつ切りみたいだけど、活きがいいから食べて。大将が自分で築地から仕入れてくるの」

うなずいて、自分の小皿に醤油をあけ、ヒラメをひときれつまんで口に入れた。

たしかに、こりこりするほどの歯ごたえなのに、しっとりした感じもあって、いままであまり食べたことのない食感だった。

「うまいっす」

「でしょ。いっぱい食べて」

ジョッキをぐっと呷った。空になったのを見て、田崎がおかわりを注文してくれる。テーブルに置かれるなり、また口をつけた。

「なんだか、ペースが速いけど大丈夫？」

「大丈夫っす」

何もかもわからなくなるまで飲みたい気もするが、例の件で何か連絡があったらと思うと、頭の芯が冴えていくような気分だ。


手持無沙汰を恐れて、いさきの塩焼きの小骨をていねいにとっていると、田崎が急にしんみりした口調になって、なんだかね、と切り出した。

「どうやって調べるんだかしらないけど、絶対に個人情報を知った上でのDMがよく来るのよ。DMだけじゃなくて、ときどき電話もかかってくる」

「なんのDMですか」七時三十七分。

「お墓、墓地。そろそろ結婚あきらめて墓でも買えってことかしら」

「たまたまじゃないですか」

「それとね、投資目的のマンション。偶然とは思えないのよね。独身の四十二歳ってよっぽどお金持ってそうに見えるのかしら」

「持ってるんじゃないですか」

「ない、ない。毎日毎日自炊して、つましい生活よ」

七時四十二分。時間の流れというのはこれほど遅かっただろうか。もうだめだ、限界だ酔ってやる。がんがん飲んで、わけがわからなくなるぐらい、酔ってやる。

「ねえ、宮本君。さっきから、しきりに時間を気にしているけど、何か用事でもあったの？」

「いや、ないです。なんでもないです。それより、もっと飲んでいいですか」七時五十七分。

「いいけど、大丈夫？ 明日も会社よ」

とうとう、テーブルに置いたスマートフォンの時刻がハチゼロゼロになった。何事もおきないまま、誰からも電話がかかってこないまま、五分が過ぎ、十分が過ぎた。

とうとうやっちまった。もう後には引けないぞ。鶴巻に頼んだ問題も、これから田崎係長とのあいだに起きる問題も。賽は投げられたってやつだ。たしかこういうのをなんとか川を渡るとかいったぞ。オビコンだったか、ナビコンだったか。

「あの、田崎係長」ジョッキをごすんとテーブルに置いた。

「なあに。それより、こんなお店で係長はやめてよ」田崎が、唇の脇についた汁を、花柄のタオルハンカチで拭った。

「わかりました」敬礼する。「ローマだかギリシャの英雄が、引き返せない川を渡ることをなんて言いましたっけ」

「ルビコン川のこと？ カエサルが自分の軍勢をつれて、ローマに戻るとき渡った川でしょ。後戻りできないっていう意味で使う」

「それですそれ」

「何が?」

「自分はいま、ルビコン川を渡ったであります」

「そうなの? ビールの川で溺れたみたいに見えるけど」

「面白いことを言うであります」

そのあと、何を話したのかよく覚えていない。

自分でもよく分からない高揚感に包まれた。最近胸にたまっている会社への不満や、田舎から出て来てアパートに住んだとたん、東京人面《づら》する連中の悪口や、県庁勤めのウーパールーパーのことや、親が入院するという話を信じて悪い女に金をだまし取られたことなどを、延々喋り続けた。

田崎は、相づちの合間に何度も「そろそろ行こうか」とうながしたが、無視した。

ようやく気が済んで立ち上がったとき、足元がふらついてテーブルに手をついた。

取り皿が落ちて割れた。

5

天井がぐるぐる回っている。

田崎が出ていったあとの戸締りをしなければと思うが、立ち上がることができない。

左のほおがずきずき痛む。

こんなに酔ったのはずいぶん久しぶりだ。学生のときのコンパで、怖いもの知らずの一気飲みをやって以来だ。

天井に向かって、アルコール臭いに違いない息を、思いきり噴き上げた。届いたかどうかわからないので、もう一度やった。三回やったら目の前が暗くなってきたのでやめた。


結局、田崎係長には何も要求されなかった。

酔い覚ましに、と入った喫茶店で、何の会話がきっかけだったか思い出せないが、楓太は泣きだしてしまった。

「あらら、宮本君て泣き上戸なんだ」

「違いますよ。知りもしないで、言わないでくださいよ」

後半は、ずっとからみ続けていた気がする。

それでも田崎は目尻を釣り上げたりせず、なんでも話してみなさいよ。言えばすっきりするよと言うので、とうとうほとんどすべてを話してしまった。

「それでルビコン川とか言ってたのね。警察行かないとダメよ」

予想した答えが返ってきた。

「そのあとどうするんですか」

「あと？」

「あいつら、仲間がいるに決まってます。そいつらが、ぜったい仕返しに来ますよ」

「警察が介入したと知ったら、来ないと思うけど」

「思うけど？　そんなあやふやなことで、命かけられますか」

田崎が悪いわけではないのはわかっている。

コーヒーをひとくちだけ飲んだが、少しも酔い覚ましにならなかった。ますます頭の中の台風が勢力を増していく。楓太の声が次第に大きくなってきたので、田崎が「送っていくから帰ろう」ということになった。

自力で立てないほどふらついている楓太を抱きかかえるようにして、「酔っ払いは困る」というタクシーの運転手を説得し、アパートまで連れ帰ってくれた。

「どう、自分で部屋まで行ける？」

楓太の体を支えたまま、階段の下でそう尋ねた。

「問題なし」

そう応えるそばから、段差につまずいた。

「ほら、だめじゃない」

田崎は、待たせておいたタクシーを帰し、楓太に肩を貸してくれた。そのままゆっくり階段をあがり、玄関ドアの前までつきそい、鍵穴の場所もわからない楓太の代わりに鍵をあけ、ぐにゃぐにゃの楓太をダイニングセットの椅子に座らせ、ネクタイをゆるめ、冷蔵庫からミネラルウォーターを出して、グラスに注いでくれた。

「どうも」

ごくごくと飲み干したあとで、ろれつの回らない口で礼を言った。

「田崎係長、それじゃあ、シャワーでも浴びますか。でも、酔って役に立ちますかね。

へへへ」

「何のこと？」

「どうせ、それが目的なんでしょ」

「目的って何？　宮本君、意味がよくわからへんよ」

なんで関西弁になるんだ。ますます怪しい。

「酔ってるけど、頭はしっかりしてます。話は聞いてますから、田崎係長が高木先輩を喰った話。へへへ」

これまで、楓太がどれほど失礼なことを言っても平然と受け流していた田崎の顔つきがかわった。

「それ、どういう意味？」

イントネーションがすっかり関西風になっている。

「だから、あれやるのが目的で三十万貸してくれたんでしょ」

白くなったように見えた田崎の顔が、みるみる真っ赤になった。

「あ、図星だったりして」

「帰るね」

テーブルに置いた自分のバッグをひったくるように持って、荒い足音をたてて玄関に向かう。

「あれ、しないんですか。おれ、覚悟してたのに」

玄関ですでに靴を履いていた田崎が、そのまま脱がずに、かつかつとハイヒールの音をさせて戻ってきて、使い込んだ黒いハンドバッグを思い切り振った。

ごすんという鈍い音をたて、めまいがするほどの衝撃でバッグは楓太の横面を張った。

椅子ごと床に倒れ、そのまま気絶するように眠りに落ちた。

6

翌朝、まだうす暗いうちに、猛烈な吐き気で目が覚めた。

手で口を強く押さえながら、トイレに駆け込んだ。なんとか間に合ったが、胃の中が空になってもしばらく動くことができなかった。

十回近く、ひっくりかえりそうなほど収縮してから、胃袋はようやく機嫌をおさめてくれた。這うようにして、流しの蛇口から直接水を飲み、ベッドまで這っていった。

呼吸が早い、まだアルコールが相当残っているらしい。目をあければぐるぐると回り、目を閉じればずきずき痛む頭を呪いながら、ゆうべのことをぼんやり思い出した。

何かとても不愉快な結末だった気がする。

最初は、機嫌がよさそうな田崎の勧めるまま、刺身だの煮物だのをつぎつぎ腹に収めた。途中からやけ酒のような飲み方になり、そのあといろいろと田崎にからみ――。

唐突に思い出した。最後にこの部屋で険悪なムードになり、激怒した田崎がハンドバッグで思い切り顔を殴ったのだ。

殴られた左のほおに手をあてた。たしかに、まだいくらか痛みが残っている。

どうして彼女はあんなに激怒したのだろう。図星だったからか？　いや違う、本気で怒っていた。目には涙が浮かんでいたような気がする。自分はとんでもないことを言ったのではないか。

もしかすると、変な下心など一切なく、単に自分を元気づけようとしてくれた人に、これ以上ないほど失礼な態度をとったのかもしれない。

情けなくて死んでしまったほうがましなぐらいだ。

死んじまいたい——。

それと、もうひとつ——。

鶴巻にまかせっきりにしてしまったヒラタの問題だ。あれはどうなったのだろう。いくら「来なくていい」と言われたからといって、ほんとうに全部まかせっきりでよかったのか。あわてて携帯を見るが、どこからも着信はない。

まさか、暴力沙汰にはなっていないよな、と心配になる。たしかに、鶴巻は迫力はあるが、肉体的体力的には、もしかすると楓太のほうが勝っているかもしれない。あのニット帽だけでなく、たとえばスキンヘッドだとか、あるいは別な仲間をつれてきたら、鶴巻ひとりでは太刀打ちできないだろう。

悪い可能性がつぎつぎ浮かんできては、頭の中で追いかけっこをしている。

津波のように押し寄せる頭痛の原因と、本物の頭痛の波状攻撃に、結局何も考えられなくなった。

途中何度も立ち止まって息を整えながら、どうにか遅刻せずに出社した。

田崎係長にどんな顔をして挨拶すればいいのだろう。さすがに、無視するわけにはいかない。

昨日は、ごちそうさまでした。いや、それだとほかの社員に筒抜けだ。シンプルに、昨日はありがとうございました、それでいい気がする。

まだふらつく体を机に肘をついて支え、待ち構えていたが、田崎の姿がない。いつもなら、楓太が出社するころには、ひと仕事終えたような顔をして、ヤクルトさんが回ってくるのを待っているのに。さすがに二日酔いかもしれない。楓太のアパートにタクシーで着いた時点で、日付が変わっていたと思う。それからタクシーを拾って、文京区の自分のマンションまで帰ったはずだ。

田崎の姿を見ないうちに、朝礼が始まってしまった。今日は営業部だけの顔合わせの日だ。部長の訓示のあと、課長が連絡事項を伝える。

「――それから、田崎係長は親戚に急なご不幸があって、本日は休むそうだ。基本的にはわたしがフォローするが、いくつか重要な客は――」

田崎係長が休み――？

ますます不安がつのる。昨日の今日で、あまりにタイミングが合いすぎてはいないか。ほんとうに不幸があったのか。これで月曜まで顔を合わせずに済むとほっとする一方、不安も湧き上がる。

朝礼が終わるとすぐ、吉井課長の机に寄った。

「おう、宮本どうした。——おまえ、また深酒したのか?」

「すみません。それより、田崎係長の不幸って、どなたが亡くなったんですか」

「いとこだとか言ってたな。香典でも送るか?　斎場までは聞いてない」

頭をさげて、席にもどった。

三親等までは慶弔休暇が使えるかわりに、何か証明するものが必要になる。それより遠い親戚なら、普通の有休を使うかわりに証明は必要ない。田崎は、有休を使うと言ったらしい。

やはりゆうべのことと関係があるのだろうか。

携帯に電話をしてみれば、すぐにはっきりすることだ。しかし、あんなことがあったあとで、しかももしも本当に葬儀の途中だったらと思うと、電話などできない。

「宮本さん、同行の件ですけど」

隣の大柴が声をかけてきた。

「同行?」

「やだな、また飲みすぎて忘れたんですか。ちょっと癖のある客がいるから、一度同行してくださいって、頼んだじゃないですか」

思い出した。一週間ほど前にそんなことを言っていた。

「あれって、今日だったか」

「しっかりしてくださいよ。スケジュールとか管理してないんですか」

「でかい声出すなよ。頭に響く」

「あーあ」

いつもは口ごたえしながらも、とりあえず楓太を先輩として頼ってくる大柴が、珍しく態度を荒くした。ファイルをテーブルに叩き付けるように投げたので大きな音がした。ほかの課員がびっくりして、こちらを見ている。

「わかりました。もう頼みませんよ」

「悪い、月曜日なら絶対」

「だから、今日のアポなんです」


頭の中に霞がかかったような状態のまま、営業に出て、得意先を三軒回った。

どうしよう――。

客先でも移動のあいだにも、不安だけが頭の中をぐるぐるとめぐる。田崎に対するすまない気持ちが一段落すると、計算が頭をもたげてきた。

もしも彼女の機嫌を――それも偽の葬式を持ち出して休むほど――そこねたのなら、きっと貸した金は返せと言われるに違いない。早急に手をうたないと、亜樹のときのような騒ぎになってしまう。

千穂に連絡してみようか。系列会社に、個人向け金融があると言っていた。そこに頼めないだろうか。

それから、鶴巻にも連絡しなければならない。昨夜のことで、知らんぷりはできない。

車の通行が少ない通りのガードレールに腰を下ろし、鶴巻に電話をしようと思ったそのとき、会社貸与の携帯に着信があった。
慌てて取り出す。液晶に表示された番号は未登録だ。
警戒しながら通話ボタンを押した。
「もしもし」
〈いま、時間あるか〉
小さな虫が無数に這い回っているかのように、背中がもぞもぞとした。
ユウジの声だ。名刺の番号にかけたのだろう。
〈たしか新宿がテリトリーだったな〉
「は、はい」
〈すぐに来られるか〉
伊勢丹の裏にある喫茶店で待っているという。
断るべきか迷った。そのまま拉致されない保証はない。
〈あまり手間はとらせない〉
「すぐに行きます」思わずそう答えていた。

7

喫茶店の場所はすぐにわかった。ドアを開けると、煙草の煙がうずまいている。
一番奥のコーナーにあるソファで、ユウジが軽く手をあげた。

その隣でうつむいているのはヒラタだ。頭痛がぶり返してきた。今日は、大きめのサングラスをしているかわりに、得意のニット帽をかぶっていない。意外にてっぺんの毛が薄いことに気づいたが、もちろんそんなことは口に出せない。

これは当然、鶴巻と何かあった結果と考えるべきだ。

「まあ、座ってくれ」ユウジが反対側のソファをあごでしゃくる。

勇気を振り絞って腰を下ろした。

「どうだ、景気は」

「まあまあです」余計なことは言わないほうがいい。

ちらりとヒラタを盗み見る。おもわず、あっと声をあげそうになった。サングラスで隠している理由がわかった。顔がぼこぼこに腫れ上がっている。切れた下くちびるからは、血がにじんでいる。無性に小便がしたくなった。

ユウジがラークの箱から煙草を振り出すと、ヒラタがすかさずライターを差し出し、火をつけた。

「おまえ、鶴巻さんの知り合いなのか」

最初の煙を吐き出しながらユウジが尋ねる。真意が摑めないが、正直に答えたほうがいい。

「はい、ちょっとだけ、知り合いです」

「そうか。このタコが、よけいなことをしたらしいな」

タコというのは、ヒラタのことらしい。

「いえ、なんていうか」

「おれも、かかなくていい恥をかいた。このタコのせいで」

二度目に、タコ、というときに、ヒラタの脛のあたりを革靴で蹴った。うっと、ヒラタの声が漏れる。だんだん事情が飲み込めてきた。ますます小便がしたい。

ユウジは、この界隈ではごく普通に見かける格好をしている。スーツがやけにテカしているのと、白いシャツの胸元が開きすぎているのと、そこから太いプラチナのネックレスが見えているのと、指輪がごついのと、金のロレックスをしている点で、普通のサラリーマンには見えない。

「悪かったたな」ユウジは素直な口調で言った。「だが、最初の金だって、脅したわけじゃない。そうだな」

ふぅーっと煙を吹きかけられた。

「はい。そうです」えほえほと少しだけむせた。

「おまえが、自発的に弁償したんだよな」

「はい、そうです」

「警察に届けたか」

「ええと――」

「はっきりしろ」

「いいえ、届けてません」

「そうか」

ユウジは満足そうにうなずくと、煙草をもみ消し、内ポケットに手を入れ、封筒を取り出した。覚えのある、ムスクの香りが漂った。

「クリーニングで済んだから、預かった金は返す」

ほんとですか、と手を伸ばしたいところを、どうにかこらえた。

「どうしてですか」

「いま、言っただろうが」

「あ、でもいいです、ほんと。汚しちゃいましたし」

心にもないことが、口から勝手に飛び出してくる。

「いいです、ってのはどういう意味だ？」

「すいません」

あわてて封筒を手にとった。すぐにカバンにしまおうとすると、ユウジが、ちょっと待て、と止めた。

「はい」

「中身をたしかめてくれ」

「いえ、そんな。たしかめなくたって」

「おまえ、客先で集金したあと、金を数えないか」

「いえ、——数えます」

「だろう。だったら、数えろよ」

またはいと答えて、ゆっくり丁寧に数えた。

「あのう、三万円多いんですが」

「預かってたあいだの利息だ」

「いえ、そんな、いいです」

「だから、『いいです』ってのはどういう意味なんだ。返事には、『はい』か『いいえ』しかねえんだよ。なあそうだろ」

ヒラタの頭を殴った。ごすん、という鈍い音にまばらにいる店内の客の会話が止まった。

「うす」ヒラタがうなずく。

ユウジは、楓太の顔に視線を戻し、急に声の調子を変えた。

「——ってな説教を、むかしおれは食らった。な、受け取ってくれ」

もはや受け取るしかない。

「ありがとうございます」

受け取ったら、またそのことをネタに絡まれるのではないかと警戒したのだが、ここで逆らっても似たような結果になりそうだ。胸の内ポケットにしまった。

飲めよ、と言われて、目の前のコーヒーカップにようやく口をつけた。

ユウジは窓の外に目を向け、新しい煙草を吸った。

「鶴巻さんが、もう長くないのは知ってるな」

「へっ?」間の抜けた声を出してしまった。

「鶴巻さんの、がんのことだ」

「がんて、あの病気のがんですか」

そうか、知らなかったのか、とユウジがうなずき、煙を噴き上げた。

「咽頭がんだ。このまえ、喉を刺されたあとの検査で見つかったそうだ。しかし、あの性格だ。手術は拒否したらしい。今度の正月どころか紅葉も見られないかもしれんとさ」

そうだったのか。それでいつも喉に痰がからんだような、かすれたような声を出していたのか。怪我の原因は知らないが、声帯が傷ついたせいだとばかり思っていた。

ユウジが前かがみになって、いいか、と声を低くした。

「兄ちゃん、あんまり頭がよくなさそうだが、これだけは覚えておけ。あのおっさんが生きてるあいだは、おまえに手を出さない。昼のあいだ、このあたりを仕事で回るのも目をつぶる。だがな――」ユウジは、さらに前かがみになり、息がかかるほど顔を近づけた。「あのおっさんがこの世から消えたあと、日が落ちてからこのあたりをうろつくな。おれの視界に入るな」

静かにそう言うと、急に姿勢を戻し椅子に背をあずけた。いぶっていた煙草を押し消し、おい行くぞとヒラタに命じた。

立ち上がることもできずにいる楓太に、もう一度静かに言った。

「東京は広い。遊ぶなら、ほかで遊べ」

ふたりが出ていったあとも、たっぷり二十分間はぼうっと座っていた。なんとか気を取り直して店の外に出た。警戒して左右を見渡すが、危なそうな顔は見当たらない。

自分のスマートフォンを取り出し、鶴巻からもらった名刺の番号に電話をかけた。

呼び出し音が鳴るが、出る気配がない。とうとう留守電に切り替わった。

「もしもし、宮本です。このたびはありがとうございました。あらためてお礼を申し上げたいと思いますが、とりあえず電話をさせていただきました。失礼いたします」

ふだん、営業で使っているせりふとほとんど同じ言い回しだったので、よどみなくしゃべることができた。

相変わらず食欲はなかったが、このままでは動けなくなると思って、最初に見つけたドラッグストアに入って、一本千円の栄養ドリンクを買い、一気に飲み干した。


その足で新宿中央公園に向かった。

目的はもちろん、大里に会うためだ。千穂の話では、晴れていればほとんど毎日のように、昼をこの公園ですごしているらしい。一時期ホームレスの生活をしていたときのことがどこか懐かしいのではないかと言っていた。

すでに一時を回っているが、まだいるかもしれない。

大里を見つけて聞きたいことがあった。もちろん、鶴巻のことだ。鶴巻とはいったいどんな人物なのか、どうすれば確実に会えて、どんな礼をしたらいいのか。ユウジから金が返ってきたのはいいが、あまりほっとできない気分だ。危険が増したような気もするし、鶴巻にもっと大きな借りができただけ、という気もする。なんだか胸が苦しい。

初めに芝生のエリアをぐるっと見て回ったが、大里らしき人影はない。やはり、そううまくはいかないかと半ばあきらめつつ、次に「区民の森」と呼ばれるエリアへ足を向けた。こちらには樹木がたくさん植わっていて、ベンチが散在している。談笑していたり、仮眠するビジネスマンの姿もちらほら見かける。

植栽のあいだを透かして見回していると、やはりいた。

うっそうと生い茂った低木に囲まれて、周囲からはほとんど見えないベンチに座っている人影が大里らしい。葉と枝の隙間から、蛍光グリーンが見える。

細い道を回り込んで近づこうとしたとき、肩を叩かれた。

「うわっ」

びっくりして振り返ると、暗い顔をした中年の男が立っている。

「な、なんですか」

「ちょっと話がしたい」

にこりともしないでおっさんが言う。こいつはいったい何者だ。

「話ってなんですか」

「おまえ、大里の知り合いだろ」

内臓が悪いのか顔の皮膚は土気色だし、やや猫背気味で体力もなさそうだ。がちで取っ組み合いをすれば負けない気はするが、目が危ない。何をしでかすかわからない目の光り方をしている。ここはあまり逆らわないほうがよさそうだ。

「大里と知り合いなんだろ」同じことを繰り返す。

「知り合いというほどでもないですけど」

不気味さゆえ、つい丁寧な口をきいてしまう。

「何か知ってるのか」

「何かってなんです？」

「あいつの、普通じゃない〝力〟だ」

普通じゃないのはたしかに感じていた。だけど、「力」ってなんだ。それに、普通じゃないオーラは、このおっさんのほうが上かもしれない。

困ったな、また新しく変な奴に捕まったな、と思っているのが、顔に出たのかもしれない。

「知らないならいい。悪かったな」と詫びているとは思えない口ぶりで言った。

「それじゃ」

逃げるように去ろうとすると、うしろから声がかかった。

「おい、あんた」

「なんですか」半身で答える。

「もしも、抜け駆けしたら、ただじゃすまさない」

目が怖い。意味がわからないが、逆らえない。

「はい」

わけもわからないまま、深くうなずいてしまった。

男は最後にもういちど楓太を頭のてっぺんからつま先まで眺めると、くるりと背を向けて歩きだした。

「なんだ、あいつ。おかしいんじゃねえの」

男に聞こえない程度に悪態をついた。

それにしても、あの大里とかいう男の知り合いは、鶴巻といい、どうしてこうへんてこなやつばかりなのか。たしかに、鶴巻に恐喝スパイラルとでも呼ぶしかない悪夢から救い上げてもらった。それは感謝しているが、これ以上深くつきあわないほうがいいかもしれない。

そうだ、そうすべきだと思ったとき、胸ポケットに入れた私用のスマートフォンに着信があった。

あわてて引っ張り出したので、もう少しで落としそうになった。

かけてきた相手は千穂だった。

「ああ、はいはい、もしもし」つい早口になってしまう。

〈こんにちは。宮本さんですか〉

「ああ、はいはい、そうですが」

〈いま、お電話大丈夫ですか〉

「ゼンゼン、オッケーっす」

千穂が、よかった、と明るい声で喜んだので、とてもいいことをしたような気分になった。続けて千穂が何か言ったのだが、耳を素通りしてしまったので聞き直した。

「すみません、もう一度お願いします」

〈近々、お時間のとれる日にお食事でもどうですか〉

「ゼンゼン、オッケーっす」

〈何日がいいでしょう〉

「今夜」

千穂がふふふと笑った。

〈ちょっと急すぎますね〉

「じゃ、明日の土曜日」

〈ええと、日曜はどうですか〉

「ゼンゼン、オッケーっす。じゃあ、日曜の朝八時に」

〈もう。ハイキングに行くんじゃなくて、夜のお食事です〉

生きてきてよかった。いや、自分がなぜ生まれてきたのか、その答えがわかったような気がした。

「了解です」

〈じゃあ、午後六時に、渋谷ハチ公の前で〉

「たとえ天から空が落ちてきても行きます」

〈おかしい〉

くすっと笑う気配を感じた。

鶴巻に会うことなどもうどうでもよくなっていた。

10　二〇一四年　春輝

1

宮本楓太という名の青年から脅迫されている顚末を聞いた日は、なかなか寝付けなかった。

昼間、尚彦のすっかり変わってしまった姿を、見てしまったせいもあるかもしれない。翌日もまた、大里春輝の足は中央公園に向かった。もちろん、ここが一番心落ちつく場所、という理由もあるが、なんとなくあの青年に会えそうな気がしたからだ。公園で仕事をしているとは思えない。きっと自分と同じように、あの場所が気に入っているのだろう。

顔を見たからといって何か役に立ってあげられるわけではないが、元気にさぼっているところを見たい気もする。

募金箱を見るとつい金を入れてしまう以外は、あまり現金を使う機会もないので、この半年で三十万円ほど貯めることができた。その大半を千穂に預けた。詳しい説明はほとんど聞いていないが、多少のリスクがあるものの定期預金などよりよほど利回りがいいそうだ。もっとも、そんなことには興味がない。ただ、千穂が独立したとたん新規開拓ができなくなって、証券会社に対して肩身が狭いというので協力しただけだ。

だから、あの青年に気軽に貸せるまとまった金はない。

しかたなく、とりあえず手元にある三万円を持ってきた。焼け石に水かもしれないが、これを渡してもいい。もちろん、返してもらうつもりのない金として。

いつものように、コンビニで菓子パンとパック入りのバナナオレを買ってきた。鶴巻にもらった腕時計を見ると、正午にまだ十分ほどある。今日もさわやかな天気だ。ジャケットを脱いで肩にひっかけているサラリーマンもいる。

現れたのは千穂だった。このところ、顔を合わせる頻度が高い。偶然だろうか。

「こんにちは。今日もお天気がいいですね」

ベンチに腰を下ろすなり、千穂はスーツ姿のまま両手をあげて大きな伸びをした。手に持っていた白いビニール袋が揺れた。中身はサンドイッチだろうか。

「ベンチでお昼にしようと思って」

くりくりとした目が、笑うと細くなった。

今日は髪をポニーテール風にまとめ、シュシュとかいう目が覚めるようなブルーの布で束ねている。相変わらず清潔感がある。

お昼にしようと言ったのに、なかなか食べようとしない。かといって、いつものように切れ目なくおしゃべりをするわけでもない。どうしたのかと気になってそっと様子をうかがうと、ただあたりの景色を見回している。

何かありましたか、と水を向けた。

千穂は、ようやく心を決めたという顔で春輝を見た。

「正直に言いますね。今日ここへ来たのは偶然じゃなくて、お話があるからなんです」

いつになく真剣な顔をしているので、春輝のほうまで緊張してくる。

「どんなことですか」

「ずうずうしいお願いなのはわかっています。でも、大里さんしかそういった知り合いがいなくて」

黙って続きを待つことにした。

千穂の頼みというのは、先日の炊き出しのときにちらりと見かけた、老夫婦のお宅へ一緒に行ってくれないか、ということだった。車椅子に乗った老女と、それに付き添うように立っていた男性のことだ。佐久間《さくま》という名だと教えてくれた。

「どういう事情でしょうか」

「この前もお話ししましたけど、佐久間さんご夫婦は、経済的に苦労されているかたがたを、救済する活動に関心がおありです。あのときの炊き出しにはちょっと間に合わなかったのですが、今後、本格的に支援なさろうとお考えです。ただ、そういった活動にほんとうに意味があるのか、一方通行の偽善じゃないか、という点を気にされているんです。だから、大里さんのように、路上生活を経験後に、社会復帰されたかたのお話が、もしも許されるならぜひ聞きたいとおっしゃっているんです」

金持ちの葛藤とは、そんなものなのだろうか。

特別腹も立たないし、千穂の説明する趣旨に納得もできるが、偉そうに語れるほどの体験談はない。ただ生きてきただけだ。そのことを千穂に説明して断ったのだが、それでいいんです、と言われた。

「ごく普通の生活をされているかただからこそ、お話をうかがう価値があると思います」

まだ少し迷ったが、引き受けるしかないだろうとあきらめた。

「わかりました」

「やった、嬉しい。ありがとうございます」

拝むように両手の指を組み合わせて、まぶしいような笑顔で喜んでいる。そんなに喜んでもらえると、かえって申し訳ないような気分になってくる。

しかし、千穂の笑みはすぐに消えて、真顔に戻った。まだ何かあるのか。

「お話は変わるんですけど、わたし、どうしても気になることがあるんです」

「どんなことです？」

「正直に話していただけますか」

「聞いてみないとなんとも答えようが――」

本能的に警戒心が芽生える。

「あのとき、鶴巻さんを手当てした薬って、すでに実用化されているんですか」

「え」

間の抜けた顔をしたかもしれない。そんなことを蒸し返してくるとは思わなかった。

「たしか、何も薬は使っていないと説明したと思うんですが」

千穂は黙ったまま、春輝の心の奥を見抜こうとするような目を向けている。あわてて言葉を継ぐ。

「本当です。薬なんて使ってないんですよ。あれはたまたま良くなられただけで、ぼくは特別なことはしてません。お医者さんもそういうふうに……」

「わかってます」声が真剣だ。「信用してください。誰にも言いませんから。特殊な新薬なんですよね。だってあのとき、わたし見えたんです。大里さんが、とっさに何かの薬を塗るところを」

そんなものは塗っていないが、たしかに手のひらを押し当ててはいた。

「以前、大里さんにそのことをうかがったら、違うと言われて。――実はあのあと、あの病院の事務長さんがお客様になってくださったので、裏事情を少し聞くことができました」

「あの病院の事務長さんが？」

不思議な偶然があるものだと思うが、まさか千穂がそんな嘘をつくとは思えない。

「鶴巻さんがあれだけの傷を負ったのに、どうして救急隊員がかけつけたとき、すでに血が止まっていたのか、それがいまでも謎だと病院で語り草になっているそうです。特異体質かとずいぶん調べたけれど、まったく普通の肉体だということでした。可能性としては、大里さんが何か特殊な手当てをしたとしか考えられないって」

「勘ぐりすぎです。だってあのときのぼくは、その日の食べ物にも苦労する生活だったんですから」

　春輝の主張はまったく無視されてしまった。

「病院の職員だけじゃありません。もしぜんぜん関係ないなら、どうして鶴巻さんが、いまだにこんなに大里さんを大切にしているんでしょう。それは、大里さんが特別な存在だからじゃないですか」

　賢そうな子だと思っていたが、やはり、ただ愛嬌があるだけではなかった。鶴巻のことは、春輝自身が不思議に感じていた。

　実は、あの夜のことは、鶴巻とのあいだで一度も会話に上ったことがない。死の淵からよみがえった鶴巻だからこそ、ことばで説明できない何かを感じたのかもしれない。それは、春輝にもわからない感覚だ。

「どうして大里さんがそんな薬を持っているのか、きっと深いわけがあるんでしょうね」

　返事のしようがない。

「――どこの製薬会社か教えてもらえませんか。ヒントだけでも。まだ、臨床実験をする段階にも進んでいないっていうことですね。きっと大里さんたちで、こっそり試してるんじゃないですか？　こんな言いかたをして、大変失礼だとは思うんですけど、当時のお仲間で新薬の実験台になっているかたも、何人かいるみたいですよ」

「当時のお仲間」とは、路上生活者のことを言っているのだろうか。春輝は被験者になったことはないが、噂に聞いたことがある。一日三千円ほどもらって、ある錠剤をひと月ほど飲み続ける。相手がどこの誰だかは聞かないし、聞いても教えてはもらえない。何日かに一度血を抜かれ、毛髪や口の粘膜を持ち帰ったりすることもあるそうだ。

なるほど、自分のあの暮らしが、そんな発想を呼んだのか——。

「これは、お金儲けのためじゃないんです」

千穂の声が大きかったので、つい周囲を見回した。

「あ、ごめんなさい。なんだか熱くなってしまって。でも、人の命がかかっていることなので」

「お気持ちはわかります」

そんな力が自分にあるのかどうかわからない。しかし、千穂に真実を語っていないことには違いないのだ。それが心苦しく、落ち着かない気分になった。

「それより、どなたかと待ち合わせですか」千穂が話題を変えた。

「待ち合わせではないですけど、どうしてそう思います？」

「わたしが来たとき、人待ち顔をされていたので」

やはり鋭い子だ。ほんの少し迷ったが、宮本のことを話すことにした。いつも千穂と顔を合わせると喧嘩腰になるようだが、悪い青年ではないと教えてやろう。そうだ、歳も近そうだしいい友達になれるのではないか。

昨日聞いたばかりの宮本の身の上ばなしをした。

はじめは「あのいやな奴ですよね」と眉間にしわを作った千穂だったが、話を聞くうちに興味を示しだした。

「実家が農業で次男なんですね。それで、なんとなく敷居が高いというか故郷には戻りたくないと」

手のひらほどのメモ帳を取り出して書き込んでいる。

「ええ、そう言っていました。千穂さんとは、ちょっと相性が合わないみたいですけど、まじめでいい青年ですよ。そもそもは、クレジットカードの引き落としに間に合わないって、悩んでいたことが発端みたいですから」

「まじめですか」

またメモしている。好みにあったのだろうか。ならばあの話はどうだろう。

「千穂さんは占いとか好きですか？　彼はてんびん座のO型だそうで、なんだか今年はついてないとか言ってました。そんな純な青年です」

千穂のメモを取る手が止まった。

「たしかさっき次男だとか言ってましたよね」

「ええ。冷たい兄貴がいるんだとも言ってました」

「冷たい兄貴、そしてO型――」

千穂は少しのあいだ何か考えているようだったが、すっと立った。

「すみません。ちょっと用事を思い出して」

春輝の返事も待たず、去っていった。

その背中を見ていたら、なんだか自分もサンドイッチが食べたくなり、コンビニへでも買いに行くことにした。

2

今日もまた公園に来た。

ただし、いつものように本を読んだりCDを聴きながらぼんやり時間を過ごすためではない。

腕時計を見る。午前十一時、いつもよりも少し早い時刻、千穂との約束があって来た。おととい、特殊な薬を使ったのではないかと千穂に迫られて、返事に困った。苦しまぎれに、話題を変えようと、宮本という青年の話をしたら、千穂は急にそちらに興味を示した。

ありもしない新薬の話がうやむやになったのは助かったが、関心の示し方が少し気になった。

ところがあの日、サンドイッチを買って戻ってみると、いつの間にか戻ってきたらしい千穂と、いつの間にか現れたらしい宮本が、仲好さそうに話しているではないか。自分の話で宮本を見直したのだろうか。身の上に同情したのかもしれない。なんでもいい、話し相手ができれば、彼の人生も別な方向へ開けていくかもしれない。

だからふたりには声をかけずに、そっと離れた。金の問題だって千穂のほうが専門家だ。自分はよけいな口出しをしないほうがいい。

ところがそれから数時間後、その千穂から電話がかかってきた。

〈あらためて、ちょっとお話がしたいんです〉と言う。

新薬はないと言うと、まったく別な話だと答えた。

喫茶店でもいいが、晴れていたら中央公園のいつも自分が座っているベンチのあたりで、と望んだ。口調から、あまり人に聞かれたくない話題だという気がしたからだ。

約束の時刻、ほぼぴったりに千穂はやってきた。

こんにちは、と微笑んだが、いつもより固い表情に見えた。

ベンチで隣り合って座り、ほんの少しだけ天候や体調の話をしたが、すぐ会話が詰まってしまった。

「じつは、こんなものが送られてきたんです。昨日届きました」

千穂が、バッグの中から封筒を取り出した。白いごく普通の封筒だ。目の前に差し出されたので、あまり意識せずに受けとった。表書きはボールペンを使ったらしい手書きで、これという不審なところはない。宛先は鶴巻の会社内だ。

裏返して驚いた。差出人が春輝の名になっている。販売店の所在地が書かれてあった。

「ぼくは出していません」

「わかっています」千穂が真顔で応える。「それにこれ、鶴巻さんのところへ移ってからの、新しい名刺に載せた住所なんです。まだ、限られた人にしかお渡ししていません。

でも、この筆跡に見覚えがないので、気味が悪くて——」

なんとなく、差出人の想像がついた。筆跡にも見覚えがある。

「中を見ても？」

千穂は封筒を睨んだままうなずいた。

中から折りたたまれた紙を取り出した。便箋ではない。広げる途中で、すでにそれがなんであるのかわかった。

あれからもう何年経つだろう。高校を卒業して初めて就職した会社の寮で、同僚だった草間という男が見せたものと同じだ。

《いま暴く。インチキ超能力の全容！》《すべてはマヤカシだった。中空に浮いたアルミ皿》《退職した元敏腕プロデューサーがすべてを語る》

またしても、めまいに似た不思議な感覚が湧く。

テレビ局のスタジオで、ただどぎまぎしながら見つめ返した、巨大なカメラのレンズ、誰も口をきいてくれなくなった、小学生最後の数カ月間に歩いた道、真澄とプールへ行った夏の太陽、病院、包帯、墓に供えられた花束、あらゆる記憶がごちゃまぜになって、頭の中をかけめぐる。

焦点がぼやけそうになる視線を、なんとか一点に集める。そこに書き込みがしてある。《大山夏夫少年（仮名）》を二重線で消し、その脇に《大里春輝（実名）》と朱書きされている。尚彦の字に違いない。

「——大里さん。大丈夫ですか？」

気がつけば、千穂の手が背中に添えられていた。

「はい、大丈夫です」手の甲で額の汗を拭う。

「見せないほうがよかったですか」

「気にしないでください。いままでも何度か見ています。ただ、久しぶりだったので、ちょっととまどってしまって」

「驚かせてしまったらごめんなさい。——でも、なんだか気味が悪くて。いったい誰がこんなものを」

「すみません」

「どうして謝るんですか。送ったのは、大里さんじゃないんですよね」

「もちろんです。でも、送った人間に心当たりがあります。おそらく、ぼくに対する嫌がらせなんです」

「わたしにこんなものを送ることが、嫌がらせになるんですか。それに、ここに書いてあることは、本当に大里さんのことですか？」

真実か否かについては、わざとはぐらかした。

「彼とのいきさつを話すと長くなるのですが、現に、いまぼくは死んでしまいたいくらい心が苦しいです」

「これ、どうしましょう。わたし、このまえのこともあって、何だか怖くて。警察に届けますか？」

春輝はずっと視線を落としていたコピーからようやく顔をあげた。心配そうにこちらを見ている千穂と目が合うと、ゆっくり顔を左右に振った。

「できれば、ことを荒立てたくありません。ただ、これは千穂さんに送りつけられたものです。千穂さんが不安であったり不愉快であれば、ぼくに止める権利はありません」

千穂は迷っているようだった。当然だ。ナイフで襲いかかられて、まだ間もない。

「これを送った人は大里さんの知り合いなんですね」

「はい。小学校からの知人です」

「大里さんを恨んでいるんですか」

「ええ、誤解から始まったことなんですが」

「わたしにも危害を加えると思いますか」

「たぶん、大丈夫だと思います。というか、ぼくがきちんと話します」

「わかりました。大里さんを信じます。いまは騒いだりしないようにします。そのかわり」そこで一旦ことばを切って、ふうっと息を吐いた。「――真実を教えてください。この力はほんとうにあるのではないですか」

うなずくことができなかった。

ほんの数センチ顔を上下させるだけだ。ただ、はい、と口にすればいいだけだ。そう思っても、どうしても体が動かない。認めてしまえば、またすべてをなくす。事情を知った人間の応対はたったふたつしかない。

気味悪がって離れていくか、利用しようとするか。

家族以外では、真澄ただひとりが例外だった。

「ここにはインチキって書いてありますけど、違いますよね。わたし、この目で見ましたから。鶴巻さんが助かるところを。あれは新薬なんかじゃなくて、もっとすごいことだったんですね。だからインチキどころか、鉛筆やお皿を動かすよりずっとずっとすごい力を持ってるんですよね」

「人を――生き物を救う力なんてありません」

千穂は春輝の否定には耳を貸さず、むしろ、いっそう言葉に熱がこもった。

「ねえ、大里さん。本当のことを教えていただけませんか。大里さんが、その力のせいで辛い思いをされたのはなんとなく想像がつきます。いえ、わたしなんかじゃ想像できないかもしれません。でも、もしそんな素晴らしい力があるなら、ぜひ、それを人のために使ってみてくれませんか」

「そう言われても」

「大里さん」千穂が春輝の膝に手を置いた。「わたしたち、友人ですよね」

友人？　友人なのだろうか。たしかに、千穂は見返りも求めずに親切にしてくれる。久しく忘れていた感覚だが、それが友情という関係かもしれない。だが同時にそれは、不思議な力が表に出たとたんに、消えてなくなるもろい存在でもある。

もし友人でいたいなら、認めてはいけない。

「ねえ、大里さん。本当のことを教えてください」

千穂が、春輝の膝に置いた手に力を込めた。

――インチキしたってしょうがないって思ったよ。

ふいに、耳元で懐かしい声が聞こえた。

驚いて、あたりを見回す。隣に座ってこちらをみつめている千穂しかいない。

木々のあいだを、少し強めの風が吹き抜けて行く。葉のざわめき以外に音はしない。

――だけどさ、あたしに嘘をついたのはひどいよ。

また聞こえた。

違うんだ。叫びそうになる。許してくれ。

――嘘をつくのは相手を侮辱することだって、いつもお父さんが言ってる。

「ごめん」

ついに、二十五年前に言うべき相手を失った言葉がこぼれ出た。

「えっ？」

「だまそうとしたわけじゃないんだ。ただ、嫌われたくなかっただけだったんだ。気持ち悪がられたくなかっただけなんだ」

最後まで言ってしまってから、千穂の顔を見た。不思議そうに春輝の顔を見ている。

「すみません、いまのは千穂さんに言ったのではありません」

「――はい」とまどっている。

これ以上は、とてもしらを切れないと思った。視線を落としたまま、小声で応える。

「もしかすると、――あるのかもしれません」

「ありがとう」千穂が、春輝の手に自分の手を重ねた。「ありがとうございます」

「でもたいしたことはないんです」

「具体的に、どのくらいの力があるんですか」

ここまで話したのだ、いまさら隠してもしかたがない。

「ペンとかノートとか小石とか、そのぐらいなら体調しだいで」

「動かせるんですか」

「というよりは、どちらかというと、その場に静止させるだけのほうが成功します」

「そのほかには、あの、鶴巻さんに使った力ですね」

「あれは本当に、自分でもよくわからなくて……」

説明しかけたが、興奮気味の千穂に遮られてしまった。

「どんな病気も治せるんですか」

「自分でも、はっきりとはわからないんです。ただの偶然かもしれない」

それは正直な気持ちだった。そもそも、自分自身が半信半疑だったのだ。いってみれば鶴巻は実験台だった。本人の了解もなく、許されないことをしたのかもしれない。

つい最近、鶴巻は咽頭がんだと聞かされた。ショックだった。

傷口に近かったのは偶然だろうか。傷はふさがったかわりに、べつな症状が発生したわけではないと断言できるだろうか。

「大里さん。先日お話しした、佐久間ご夫妻に会っていただけませんか。いきなり何かをして欲しいとはいいません。ただ会って、まずはお話を聞いていただけませんか」

千穂が、また連絡します、と言い残して去っていったあとも、少しのあいだベンチから立てなかった。

まるでジョギングでもしたあとのように、ぐっしょりと汗をかいていた。

何度か深呼吸をし、気分が落ち着いてきたところで、アパートへ帰ることにした。販売店への午後の手伝いは、今日は行けそうもない。

ふと、木立の中を足早に去っていく後姿が見えた。

尚ちゃん——。

それは尚彦に見えた。尚彦であれば、どうしてあのコピーを千穂に送りつけたのか質したい。そうして、二度とそんなことはしないでくれと、頼みたい。しかし、あっという間にその姿は樹木の陰に見えなくなった。

似ていたが違ったのだろう。もしも尚彦であれば、わざわざ自分に会いに来て声をかけずに去るはずがない。

その夜、千穂から携帯に電話がかかってきた。

〈さっそくなんですが、昼間お願いした件で、明日はご都合がつきますか〉

「わかりました」と答えた。

3

翌朝、朝刊の配達を終えて店に戻ると、店主に呼ばれた。

「ちょっと大里さん、そこに座ってくれるか。話があるんだ」

「なんでしょう」胸が高鳴る。嫌な予感がする。

「急なんだけどさ、明日から、『パークハイム』は回らなくていいから。ほら、郵便局の脇にあるマンション」

受け持ちだから、どの建物かすぐにわかった。あそこには十八軒の客が入っている。

「どうしてですか」あまりに急な話だ。

「高田君に回ってもらう」高田というのは、隣接したエリアを受け持つ二十代の若者だ。

「何か、まずいことでもしたでしょうか」

「いや、そういうわけじゃないんだけどさ」

店主は、迷うような表情を見せていたが、ごまかし切れないとあきらめたようだった。

「大里さん。あんた、超能力少年って騒がれたことがあるんだって？」

すぐに察しがついた。タイミングがよすぎる。

店主は、黙っていることを肯定と受け取ったようだ。

「やっぱりそうか。だったら、おれにだけでも、ひとこと言ってほしかったなあ」

「すみません」

「そういわれてみればさ、ずいぶんと昔に、そんな番組を見た記憶があるよ。あんときの少年だったのかって、ちょっとびっくりしたよ。有名人なんだね。――それはそれとしてね、パークハイムの理事長さんが代表して連絡してきてさ、郵便物の中身を透視できるような配達員は、寄越さないで欲しいって言うんだ。どうも、郵便ボックスにビラが撒かれたらしいんだ。科学的にほんとかどうかはともかく、住人が気持ち悪がって、だったら購読やめるって言ってるらしいんだ。それも、一軒二軒じゃない。いまはさあ、頼み込んで新聞とってもらってる時代なんだよ。そういう家では断る口実を探してるんだ。契約書にハンコもらってあるっていっても、そんな人間を雇ってるほうが悪いって言われるのは目に見えてる」

「透視なんてできるわけないです」

口ではそう言いながら、無駄な弁解だろうなとあきらめていた。騒いでいるのは店主ではないのだ。わざわざ文書にしてばらまいたというなら、犯人は尚彦以外にいないだろう。再会したときから、心のどこかで覚悟はしていたことでもある。

あのとき、春輝がとりあわなかったことへの腹いせだろう。尚彦はこうと決めたら、どんなことでもする。そんなにせっぱつまっていたのか。何かとんでもないことをしでかしたりはしないだろうか。

考え込んでいるのを不承知と受け止めたようだ。店主が詫びる口調になった。

「わかってくれないか。新聞の購読者数は、いまどんどん減ってるんだよ。同じマンションから一度に何軒も解約されたら、ましてライバル紙系列の週刊誌にでも、変な噂を書かれたら大変だ。連合会でのおれの立場もない。な、わかってくれるだろう」

「ご迷惑をおかけしてすみません」頭を下げてから、冷静に聞いた。「クビではないんですか」

「とんでもない」店主が大げさに手を振る。体にまとわりついた煙草の匂いが漂った。

「そんなことしたら、鶴巻さんに申し訳が立たない。あんたも、頼むからへそを曲げて辞めるなんていわないでくれ。おれの顔をつぶさないでくれよ」

「わかりました」

「ただ、うちもほら、火の車でさ、軒数が減った分の歩合は、申し訳ないけど削らせてもらうよ」

「もちろんです」

収入が多少減ることは、それほど問題ではなかった。もちろん、いまでもかなりきりつめているが、住むところに困らないかぎり、生きてはいける。

問題は別なところにある。

店主はかばってくれたのだろうが、噂はひとり歩きする。ほかの店員たちの春輝に接する態度が、きっと変わっていくに違いない。気味悪そうにちらちらと盗み見る者、あからさまに好奇に満ちた視線を投げつける者、目に浮かぶようだ。

もしそんなことになったら、以前なら耐えられなかったかもしれない。しかし、せっかく鶴巻が気配りをしてくれたのだ。このぐらいのことで負けては申し訳がない。

「まあ、あんまり気にしないでやってよ」

店主が、まるで自分自身に言い聞かせるように言って、春輝の肩を叩いた。

ますます、公園でパンを食べる機会がふえることになりそうだと思った。

店主から聞かされた話はショックだったが、なんとか気持ちを切り替えることにした。

午後には、千穂と一緒に佐久間夫妻を訪ねることになっている。

千穂は店までタクシーで迎えに来た。

「電車だと遠回りになるので」そう説明した。

車は、西新宿のインターから首都高に入り、東名高速方向へ向かう。どこへ行くのだろうと思っているうちに、すぐに一般道へ降りてしまった。千穂の指示で、やや高台にある閑静な住宅街に向かい、ほとんど行きかう車もない路上で停まった。

料金を支払い、車から降りたった千穂がほほ笑んだ。

「ここはニコタマの近くです」

春輝も、話にだけは聞いたことがある。二子玉川というのが、地域の名前なのか駅名を指すのかすら知らないが、高級住宅街の代名詞だったはずだ。もちろん、訪れるのは初めてだ。

見回すと、小ぶりな美術館か企業の保養所かというような屋敷ばかりだ。門を開けたらいきなり玄関ドアに手がとどくような、コンパクトな家は一軒もない。あたりにはほとんど物音がなく、ちょっとした雑木林のような庭から鳥のさえずりが聞こえてくる。

「ここの家です」

車を降りてすぐの邸宅の前で、千穂が立ち止まった。

錆ひとつない金属のプレートに、シンプルな書体で《佐久間》と印字されている。

自分が立っているのも、金属製の塀の前だと思ったら、どうやら可動式の、車専用の大きなドアだったらしい。水陸両用車でも出入りできそうだ。

その両脇にコンクリートの塀が続き、塀の向こうに洋風の屋根が見えている。塀と門は最先端の防犯機能を備えていそうだった。

千穂が、オフィスビルの通用門にでも設置されていそうな、セキュリティシステムのボタンを押した。

〈はい〉

スピーカーから、落ち着いた女性の声が流れた。

「お約束があって参りました、新妻と申します」

〈少々お待ちください〉

かちゃり、とロックのはずれる音がした。

これが初めてではないらしく、千穂は迷うこともなく、通用門らしいぴかぴかの扉をあけて、中へと入った。


痩せて和服を着た、年配の女性が玄関に出て来た。

一瞬、夫人かと思ったが、先日見かけた女性とは別人であることがすぐにわかった。あちらのほうがもう少し年上で、だいぶ痩せていた気がする。

「こちらへどうぞ。靴はそのままでけっこうです。スリッパをお使いください」

いままでに見たことのある家とは、あまりに造りが違うので、簡単にどこがすごいと比較できない。とにかく、〝廊下〟とか〝部屋〟とかいう概念があてはまらない。パーティーができそうなほど、だだっぴろい空間の天井はやけに高い。吹き抜けというのかもしれない。値段どころか、どこで買ってくるのかさえ想像もできない家具が、あちこちに配置されている。中に並んでいる食器や飾り物も、ひとつひとつが春輝の月収ほどの値段かもしれない。とにかく、何にも触らないように気をつけるしかない。

映画館のスクリーンぐらいありそうな窓から、よく手入れのされた庭が見渡せる。芝が主体で、あまり高い樹木がないので、せいせいとした眺めだ。

「すごいですよね」千穂がささやいて、くすっと笑った。

エレベーターに案内され、中に入った。

使用人らしき女性は三階のボタンを押した。

静かな機械音をさせて、箱がゆっくりと上昇していく。隣に立つ千穂を盗み見ると、リラックスしていて、口もとにはかすかに笑みさえ浮かべている。春輝は、額に浮いた汗をハンカチで拭った。

ドアが開いた。

「さあ、どうぞ」

促されて、二歩ほど踏み出した。

思わず唾を飲む。ひとつの部屋なのに、春輝のアパートの五倍はありそうな広さだ。大きな窓から、その向こうに広がる街並みが見渡せる。夜はいっそう眺めがいいに違いない。

部屋の片隅にベッドがあって、そこにあの夫婦がいた。

ベッドの上に上半身を起こし、クッションに身をゆだねている銀髪の女性が、あの日車椅子に乗っていた人だ。その脇に立っているのが、やはりあのときつきそっていた男性だろう。

「こんにちは」まず千穂が挨拶した。

「やあ、いらっしゃい」男性が微笑んで挨拶を返した。

千穂が、双方の中間あたりに立って紹介する。

「こちら、大里春輝さん、こちら、佐久間さんご夫妻です」

「はじめまして」

「わざわざ足を運んでいただいて恐縮です」

佐久間氏が丁寧に挨拶を返し、自分は康晴《やすはる》、妻は寿子《ひさこ》という名だと説明してくれた。

夫が七十一歳、妻が六十九歳だという説明を、あらかじめ千穂から受けていた。

4

ベッドの近くに、相当に使い込んであることがひと目でわかる、木製のティーテーブルを置き、ベッドの端に腰を下ろした恰好の、寿子夫人を囲むように、椅子を三つ並べてある。

さきほど案内してくれた女性が用意してくれた、紅茶とマフィンなどのお茶請けを囲んで、ようやくひと口つけたところで、康晴がおもむろにきりだした。

「妻は腎臓を病んでいまして、もはや移植手術しかないのです」

春輝は、ただでさえ緊張してつまんでいたティーカップを、あわてて皿に戻した。かちゃり、と心臓が止まりそうな音がしたが、幸い破損した様子はない。

千穂から聞かされていたように、ボランティアの中身だとか、路上生活者の実際を語るのだとばかり思っていた。あまりに唐突な話題だ。

「まああなた、いきなりぶしつけでしょ」寿子が夫を軽く睨む。

「や、や、これは失敬」康晴が顔にくしゃっと皺を寄せて笑った。

ちょっと見にはなごやかな雰囲気だが、さすがに一緒になっては笑えない。

「そう簡単に移植といわれてもねえ」寿子がひとごとのように明るく言う。

「でも、せっかくですから、本題に入られてはいかがでしょうか」千穂が助け舟を出した。

どうもせっかちで、と頭を掻いた康晴が、それではお言葉に甘えてと続けた。どうやら、春輝以外の三人のあいだでは、了解済みの話題らしい。

「――いまここで臓器移植のシステムを細かく説明するのはやめておきましょう。ただ、ごく簡単にいくつかの課題を説明させて下さい。まずひとつは、この日本では圧倒的に提供者が少ないこと。ふたつめは、年齢的なこと。正直いいまして、妻は少々歳がいっている。二十歳の若者に比べれば、という意味ですがね」

そこで言葉を切って、夫妻はどちらからともなく静かに笑った。康晴が続ける。

「そして三つめに順番待ちの問題。これも、先着順ではなく、医者が総合的に判断するのです。金歯に変えるのと違って、金さえ払えばいいという問題ではないのです」

どうして自分にこんな説明をするのだろう。ぼんやりと、話の行き着く先の想像はつくが、あまり考えたくない。ただ黙って続きを聞くことにした。

目の前にいる女性の死が、そう遠くないという事実、これほどの資産家でもどうにもならないことがあるのだという現実に、しばらく思いを巡らせながら。

「とにかく、医療的な立場からすれば、手術をしなければならない段階にはあります。しかし残された時間は少ない。いくつか手はあります。まず、わたしの腎臓をひとつ提供すること。これは医者に拒否されました。わたしの肉体上の問題です。別なひとつが、海外で手術を受ける選択です」

あまり感情を込めずに淡々と説明する。感傷的になる時期は通り過ぎたのかもしれない。

「ただ、とてもお金がかかります」

脇から千穂が口を添えた。

「まあ、お金のことはいいんです」康晴が手を振る。「それより、妻があれこれごねだしましてね。いまさら体にメスを入れたくないとか、どうせ死ぬなら日本の畳の上で死にたいとか言いだして困っています。もともとこの家には畳なんかないのに」

「ありますよ。茶室が」夫人が反論する。

「まあたしかに畳には違いないが」

「ほんとはね、全部言いわけなの」寿子夫人が、力なく首を左右に振る。「飛行機がいやだとか、メスがいやだとか、それはあとからつけた理屈なの。ただ、怖いのよ。麻酔をかけて、二度と目が覚めなかったら、この庭を二度と見ることができなかったらって思うと、すごく怖いの」

　春輝は「わかります」と答えた。

「ありがとう」夫人が微笑む。

「ぼくのことは、意気地なしだとか意志が弱いとか、悪口言うくせに」

　康晴がそう笑って、話題を変えた。

「自分たちには、子どもも兄弟もない。民法で定められた親族にあたる血縁が、誰もいない。幸か不幸か、少しばかり人の心を惑わせる程度の資産がある。とくにここ最近、あれこれと遺産目当てで近づいてくる人間が多くて、閉口している。

「だから、最初に千穂さんがある方の紹介で接してきたとき、まあ金目当てだろうと、思ったわけです。ただ、我が家みたいなところに限って、一度も振り込め詐欺の電話もない。だから、暇つぶしのつもりもあって、お目にかかったわけです。ところが、ほとんど投資の話はされない。それよりむしろ、わたしらが最近興味を持ち始めた、社会奉仕活動に熱心だ。ブログとかいうのかな、そんなのも立ち上げてくれて、お仲間も増えた。感謝しているんです」

　千穂が、そんなわたしなんてぜんぜんお役に立っていないです、と顔を赤らめた。

「あなた、さっきからひとりでしゃべってばかりじゃないですか」

　寿子が、夫をたしなめた。

「や、これはまたまた失礼。ふだん、なかなか新しい出会いがなくて、しゃべりたいことが溜まっとるんですわ」

話の中身が、春輝の〝力〟から逸れてきたので、ほっとした。その後、問われるままに、就職してから新宿中央公園の〝ハウス〟で寝起きするようになるまでの顚末を語った。興味深そうに耳を傾けていた康晴が、何かに納得したように、うん、とうなずいた。

「転職でキャリアアップ、などと言うが、そんな人はむしろ少数派でしょう。正社員から契約社員、そしてアルバイトへ、また、上場企業から中小企業、そして店舗単位の使い捨てのような雇用へ。移るたびに条件は悪くなっていく。そうした流れを遡っていける人は少数派です。しかもそのつまずきのきっかけが、たとえば結婚だとか妊娠だとか、ひどいときは仕事中の怪我だったりする。ここらあたりに、日本社会の抱える諸問題の、根源があるとわたしは思うわけで……」

「あなた」

康晴は、またやってしまったと、顔をしかめた。それが面白くて、春輝も千穂も小さく噴き出した。

「そうだ、わたしの趣味部屋をご覧いただきましょう」

寿子の体調を気遣って、彼女以外の三人は移動することにした。夫人に挨拶をして、エレベーターに乗る。

「アイルランドの古い民謡がお好きだとか」康晴が聞いた。

どうして知っているのだろう。千穂にも話したことはない。そうか、いつも聞いているCDのタイトルを千穂に見られたのだ。別段隠すこともないので、はい、と素直にうなずく。

エレベーターが二階で止まり、扉が開いた。

「さあ、どうぞ」

康晴にうながされ、右手に見える部屋に入った。

あまりにたくさんの物が置いてあって、もともとの部屋の広さがわからない。

天井まで届く作りつけの本棚には、分厚い本がぎっしりと詰まっている。別の壁には陳列ケースがあって、その中には、康晴が収集したらしきものが、種類ごとにほとんど隙間がないほどに並んでいる。

ざっと見ただけでも、根付け、刀のつば、万年筆、小ぶりのナイフ、素材のわからない不気味な彫刻、ペイパーウエイト、アンティークのガラス工芸品、古い錠前などなど、種々雑多だ。しかし、貴金属や、けた違いに高級そうな焼き物だとかは、見当たらない。

「趣味で集めたものです。よかったら、さしあげますよ」

あんまりあっさりと言われて、あわてて手を振った。

「すばらしいと思いますが、ぼくなんかが頂いても、管理できませんから」

「それほどたいそうなものではありませんよ。わたしが死んでしまえば、ただのガラクタです」

「そんな、まだまだお若いじゃありませんか」千穂が軽く背中を叩いた。

康晴が寂しそうに笑う。

「妻のいない世界に、光はありません」

やがて千穂と康晴が、コレクションを眺めながら、先日どこそこで例のものを見かけた、と楽しそうにことばを交わし始めた。

千穂のこの話術には感心する。康晴に話を合わせるために勉強したのだろうか、それともともとから多趣味なのだろうか。いずれにしても聡明な女性だ。康晴が千穂に心を開いた理由もわかるような気がする。

康晴は、部屋のほぼ中央にふたつ置いてある、ひとりがけのソファにそれぞれ春輝と千穂を座らせ、自分は、折りたたんであった古いディレクターチェアを開いた。

「この椅子は、ジャン＝リュック・ゴダールが撮影のときに使ったといわれていますが、真偽は不明です」笑いながら腰を下ろした。

両手をこすりあわせ、まぶたの上を二度ほど指先でなでた。春輝は、理由はわからないが、少し緊張しているように感じた。

「さて」と康晴が切り出した。「妻は聞いていない。ここからが、本題です」

5

「まずは、大変な失礼をおわびしなければなりません」

康晴が頭を下げる。千穂も真剣な表情でややうつむいている。

「どういうことですか」

「大里さんのことを調べさせていただきました。――それはつまり、小学生のころまで遡って、という意味です」

やはり〝力〟の話題からは、逃れられないようだ。

大金持ちであることを意識させない、気さくな康晴の人柄や、風変わりなコレクションを見て、いつになく高揚していた気持ちが急速に冷えていく。

少し前に、康晴自身が言った。「資産目当てで近寄ってくる人間ばかりで、うんざりしていた」と。春輝も、質も量もこの夫妻にはとうてい及ばないかもしれないが、似たような思いをずっとしてきた。人知を超えた力などというものがあるなら、それを使って、なんとか美味しい思いができないかと集まってくる人間たち。

康晴があわてて言葉を足す。

「興味本位ではないのです。もちろん、知り得たことを、ほかへ漏らすつもりもありません。大里さんがお持ちの不思議なお力について、うかがいたいのです」

どうやって調べたのか、テレビ放映や週刊誌による暴露はもちろんのこと、ミニバスケの試合での、インチキシュート疑惑まで知っていた。これでは隠すことに意味がない。

「はじめは、千穂さんに——ああ、この方を恨まないでください。わたしたち夫婦のことを考えてのことですから」

「大丈夫です」と答えると、康晴はほっとしたような表情を浮かべた。

「はじめは、千穂さんに聞いたのです。大里さんという知り合いの方が、何か先端医療の薬の開発に関わっているらしい。寿子の治療に役立てられないだろうか、と。そこで、調べさせていただいたわけです。持ち馬をダービーで勝たせてくれ、などというお願いではないのです。もっとも、そのお気持ちがあれば、また話は違ってきますが。

――真面目な話に戻ります。大里さんのことを調べさせていただくうちに、これは先端医療などというものとは、まったく異質な才能であることがわかりました。常人には与えられていない力を、お持ちなのではないか。だとすれば、寿子のことで、すがることはできないものか。頭を下げて叶えていただけるなら、土下座でもなんでもします。金で解決できるなら、資産をすべて差しあげてもいい」

おもわず、千穂の表情を盗み見た。心の内が読み取れない。

「はっきり教えてください。妻を救うことはできますか。あるいは、そのお気持ちになっていただけますか」

「そんな力は……」

「命を救ってくれとはいいません。ただ、なんというか、もしもそんな力をお持ちなら、どうか妻に『手術は成功するよ』と言ってやっていただけませんか」

今でも、はっきりと目に浮かぶ。

どこが包帯でどれがシーツなのかわからないような状態で、真澄は横たわっていた。あのとき、彼女に意識はあったのか。だとしたら、何を考え何を思っていたのか。

「佐久間さん。わたしは、もう嘘をつかないと決めてうかがいました」

康晴も千穂も、口を挟まずに聞いている。

「わたしは、鶴巻さんという方の、致命傷になりそうな傷に手を当てただけです。本当です。あとから、その傷が、通常では考えられない治癒のスピードだったと、教えてもらいました。もしかすると、ほんとにもしかするとですが、わたしの力が、多少はお役に立てたのかもしれません。しかしですね――」

静かな部屋に、康晴が唾を飲み下す音が響いた。千穂は、まるでマネキン人形を置いたようにみじろぎもしない。

この先を話すことに抵抗があった。しかし、これを話さなければ、どんどん間違ったほうへ進んでしまう。

「実は、鶴巻さんは、がんなのです」

さすがに千穂も知らなかったようだ。

「鶴巻さんが、がん？」

「はい。それも、わたしが手を当てたすぐ近く、咽頭がんだそうです」

「咽頭がん」千穂が、そのことばの意味を確かめるように繰り返す。

「あの怪我で入院しているとき、検査で見つかったそうです。その時点ですぐに手術すれば、まだなんとかなったのかもしれませんが、鶴巻さんはああいう方なので、断ったそうです」

「断った――」こんどは康晴が嘆息する。

「それだけではありません。この先を言いにくいのですが、その後の経過観察では、医者も首をかしげるほど進行が早く、転移も見つかったそうです。余命はあと半年ほどだとか」

「そんな――」千穂が口に手を当てた。

「つまり、わたしには少なくとも病気を治すという力はありません。せいぜい、怪我の治癒を早める程度なんです。それだけでなく、もしかすると――もしかすると、あのせいで、がんを進行させてしまったのではないかとさえ思っているんです。怪我の治癒も早いかわりに、病気の進行も早いのではないかと」

そのまましばらく、康晴も千穂も口を開かなかった。

この話をどうしめくくればいいのかと、重い気持ちでいると、ようやく千穂が口を開いた。

「――ごめんなさい。わたしの強い思い込みのせいで、皆さんにご迷惑をおかけしてしまったみたいです。佐久間さんには、気休めのような希望を持たせてしまい、大里さんには、とてもいやな思いをさせてしまいました」

受け入れてもらえたようだ。

そんなことはない、と先に口を開いたのは佐久間康晴だった。

「千穂さんは、よかれと思って聞かせてくれたのだから、すまなく思うことなんて、これっぽっちもない。ただ、本音を言わせていただければ、それでもなお、試すだけ試していただきたい気持ちはありますが、無理でしょうか」

うつむいたまま答える。

「申し訳ありませんが、もしも、さっきの想像が当たっていたとしたら、ぼくはもう二度と同じことはしたくありません」

「わかりました。つらい思いをさせて申し訳ありませんでした」

康晴が深々と頭を下げた。

春輝も、いいえ、と首を振った。

「わたしも、心のどこかで、ずっとこのことを誰かに話したかったのです。好奇心や、その場で思いついたような同情ではなく、きちんと受け止めてくださる方に、真実を話したかったんです」

「そういっていただけると、気が楽になります」

康晴が頭を下げた。

「いかがでしょう、たいしたおもてなしはできませんが、夕食などご一緒に」

すでに気持ちを切り換えたらしく、康晴がさばさばとした顔で提案した。

もうそんな時刻かと、腕時計を見る。まだ五時少し手前だ。病人の生活にリズムを合わせるとなると、こんな時刻に夕食をとるのかもしれない。

「せっかくですが」

「お気を悪くされたのでなければよいですが」

「いえ、そういうことではありません。わたしは昔から、思っていることがなんでも顔に出てしまう性質なものですから。奥様とどんな顔をしてお話しすればいいのか、わからないからです」

康晴は、うんうん、と二度うなずいた。

「それでは、車で送らせましょう。いえ、これは断らないでください。せめてもの気持ちです」

寿子夫人には会わずに退去することにした。

少しだけ待っていて欲しいと言われて、一階の広間で、先ほど案内してくれた女性に淹れてもらった、香りのいい紅茶を飲みながら待った。千穂とのあいだに、ほとんど会話はなかった。

やがて、康晴がふたつの手土産を持って降りてきた。

「つまらないものですが」

そういって渡したあと、千穂に見えないように春輝に折りたたんだ紙をにぎらせた。いざ車に乗る直前になって、春輝はトイレに行きたくなった。失礼を詫び、用を済ませてもどると、まだふたりから死角にいるうちに声が聞こえた。

「――次の案と言っても――」

「――ですから、親族優先の特例を適用するんです。残された選択は――」

聞き耳を立てるつもりはなかった。ただ、話の邪魔をしてはいけないと思い、足を止めた。

「親族って言ったって。そんなに都合よく見つかるものかね」

「それが、すでに――」

「なあ、千穂さん、わたしはそこまでして――」

そこで春輝の気配に気づいたらしく、会話が止まった。

ほどなく、用意された車が玄関先に回されてきて、春輝は驚いた。

数年前に生産が終了した、日産プレジデントだ。それが、まるで昨日納車されたかのようにぴかぴかだ。

昔から、車には多少の興味がある。たとえば今日も、もしも自分に佐久間のような資産があったら、古い名車を買ってレストアしてみたい、と物欲がほとんどない春輝にはめずらしく、妄想してしまった。

鶴巻のハイクラスのベンツに乗ったときも緊張したが、今日はそれ以上だ。

「あのう、土足のままでいいですか」

ごく庶民的な顔をした運転手が、そのままどうぞ、と笑顔で答えてくれた。

いよいよ車に乗るときになって、康晴が静かな口調で千穂に語りかけた。

「天命を待ちます」

「わたしは、自分にできるベストをつくします」

千穂は、きっぱりとした調子で答えた。

遠慮がちにシートに身を沈めたあと、しばらくは、傷などつけてはいけないと思い、しみひとつない車内をただぐるぐると見回した。

あの生活をみれば、ロールスロイスやマイバッハあたりでも、乗ることはできるのかもしれないが、生産が終了した国産車に手を入れ、大切に乗っているところが、康晴の人柄を表しているような気がする。

〝趣味部屋〟で見せてもらったコレクションといい、今日初めて会ったとは思えない、親近感が湧いた。

首都高に乗るころになって、別れ際に康晴が、折りたたんだ紙片を握らせたことを思い出した。やや汗ばんでしまった一筆箋を開いてみた。黒い万年筆を使い、流れるような筆跡でしたためてある。りんどうの花の透かしが入っていた。

《縁もないあなた様におすがりした、この身勝手と心の迷いをどうかお笑いください。これに懲りずまたお越しください。あなたと知り合えて光栄でした》

6

あっという間に首都高の出口が近づいた。

「今日はほんとうにすみませんでした」

千穂が、また詫びる。

「そのことは、もういいですよ」

「お詫びに、夕食でもどうですか」

康晴と同じようなことを言う。

「すみません、今日はちょっと用事があって」

もちろん、用事などない。千穂を恨んでいるわけでもない。ただ、佐久間家で直面した、問題の重さに胸が詰まっていた。

「そうですか」残念そうな表情を、すぐに笑顔で覆い隠した。「では、また別の機会ということで」

勤め先である販売店の前に停めてもらった。「用事がある」と言った手前もあるし、住んでいるアパートの前は、道が狭くてとてもこの車では無理だろう。それに、ほんの少しだが、アパートを千穂に見られるのが恥ずかしかった。恥ずかしいという気持ちがわいたことに、自分で驚いた。

馬鹿丁寧にお辞儀をする運転手と、笑顔で手を振る千穂を見送って、販売店のガラス戸を引き開けた。

時計を見れば、午後六時少し前だ。作業している人はいない。そろそろ夕食も済ませて、気の早い人は、就寝しようかという時刻だ。午前二時前には朝刊配達の準備が始まるのだ。

せっかく寄ったので、私物を入れるロッカーから、おととい買ったばかりの、将棋の本を持って帰ろうと思った。

ロッカーの扉にメモが貼ってあった。他人には見られないように、折りたたんである。

《お姉様からお電話がありました。折り返しかけていただきたいそうです》

携帯の番号も添えてある。《お姉様》ということばの指す意味が、すぐにぴんとこなかった。

「あ、大里さん、それね、ついさっきかかってきたの。なんだか、ちょっとお元気ないみたいだったわ」

ちょうど通りかかったハナエさんが、そう声をかけてきた。手には、ポリ容器が入っているらしい、ビニール袋を下げている。

「ありがとうございます」

「カボチャの煮たの、いる？」

「せっかくですが、今日は結構です」

ハナエさんは、じゃあまた明日、と元気に帰っていった。

メモを胸ポケットにしまって、店を出た。何があったのだろう、気になる。

アパートまで帰るのが待てなかった。ひとけのない路地の電柱の脇に立って、慣れない携帯電話の番号を押した。すぐに呼び出し音に変わったので、あわてて耳に当てた。

〈あ、春輝？〉

いきなり姉の声が聞こえた。懐かしさがこみ上げる。

「うん。何か用？」

〈お父さんのことなんだけど〉

突き放すような口調だった。

11　二〇一四年　楓太

1

目覚ましもかけていないのに、そして日曜だというのに、朝の六時に目が覚めた。

今日は千穂とデート——正確にはとりあえず食事なのだが——だと考えただけで、昨日はなかなか寝つけなかった。しかし、寝不足感はまったくない。頭の中は、まるで林間学校で行った、那須高原の朝のようにすっきりしている。

昨日の土曜はあっという間に過ぎた。たまっていた洗濯物をでかいゴミ袋にぱんぱんに詰めて、コインランドリーへ行った。部屋の掃除もした。半年前までは馴染みだった美容院へ行く金が惜しかったので、時間制の理髪店で千円分だけカットしてもらった。新しい服を買う金がないので、ワードローブの中から、なんとか千穂との食事に耐えられそうなものを探した。勝負のとき用に買ってあった下着が、ちゃんとはけることを確認した。

そうして、気がつけば一日が過ぎていた。

夜には千穂から確認の電話までできた。メールではなく電話だ。さらにしかも、金曜の誘いの電話のときは「お時間のとれる日に」などと言っていたのに、昨日は「日曜の六時に大丈夫ですよね」と少し真剣さを感じる声になっていた。

怖いほど幸せだ。

そんな気持ちを、世界に向かって宣言したい気分になって、思い切りカーテンを引き開けた。ほら見ろ今日は快晴だ。

道を挟んだ向かいの戸建てのベランダに、くたびれたシャツとゴムの伸びたブリーフが干してある。舌打ちをして右手に目を向ければ、小さな神社の境内に新緑が見えた。朝日が当たって命のいぶきを感じる。

生きているということは、こういうことなのだ。両手をあげ、大きく伸びをしかけたとき、頭の芯がうずいて、光に満ちた世界に突然小さな黒雲が湧いた。

その正体をたしかめようと、目を閉じて額を窓の枠に押し当てた。

不安の正体を思い出した。あのおばさん――田崎係長だ。

木曜日の夜、この部屋までやってきて、なんだか激しく怒っていた。中身のつまったバッグでおもいきり顔を殴られた。ぐらぐらめまいがしたほどだ。その衝撃のせいか、どうしてそんなに怒らせたのか、よく思い出せない。なんとなく下半身の話題になったような気がする。翌朝目覚めてすぐのときにはまだいくらか記憶にあったが、二日酔いの頭痛が収まるのと同時に、記憶もかすれていった。

あのおばさんと、そんなことにならなくてよかった。いずれ、そう遠くない将来に迎えるであろう、千穂との記念の一夜のために、清い体でいなくてはならない。

それはそれとして、脅し取られた金も返ってきた。振り出しに戻っただけだが、どん底を味わったあとだけに、気分は今日の青空のように晴れ晴れとしている。カードの引き落としは、田崎係長に借りた金でしのげた。明日はもう給料日だ。そこから、分割して田崎に返していけばいい。今回のことを反省して、計画的に使えば、やりくりもできるだろう。

わが人生の進む先に、一点の雲もなし。

きゅるきゅると、耳障りな音をさせながらサッシ窓を閉めかけて、実家のことを思い出した。自分の部屋の窓を開け閉めするたび、いつもこんな音がしていた。

みんなでテレビを見ながら「くっだらねえ」などと言って笑っていたとき、母は台所でわずかに背を丸くして米を研いでいた。

親父、どうしただろう。

やはり、見舞いに帰らないのはひどいか。だけど、どうしても「自分が帰ったところで何も変わらない」という思いが払拭できない。それどころか、その先にはきっと恐ろしい現実が待っている。家族みんなから「早く帰ってきて、落花生農家を継いでくれ」と責められるのだ。あるいはただ見つめられるのだ。

ばか言ってんでねえ。まっぴらごめんなさいだ――。

兄貴に言えよ、兄貴に。秀才だか一家の星だかウーパールーパーだかしらねえが、長男としてしっかりやってくれつうの。

今夜着ていく服にほつれでもないか、もう一度チェックすることにした。


「お待たせしました」

待ち合わせ場所の渋谷ハチ公前へ、約束の六時からほんの二、三分ほど遅れて、千穂はやってきた。スマートフォンか何かをバッグにしまいながら、小走りで近づいてくる。

今日も仕事帰りらしくスーツ姿だが、いつものように営業然としたダーク系でなく、上品なクリーム色をしている。中のブラウスも、えりのところにリボンがついて華やかな印象だ。自分と会うためにこの恰好をしてきてくれたのかと思うと、ハチ公の背中に馬乗りになって、渋谷の夜空に吠えたい気分だ。

「ぼくもいま来たところです」

軽く手を振る。ほんとうは、かれこれ二十分近くここに立っている。

「こちらから誘ったのにごめんなさい。とっても大切な仕事の電話が入ってしまって」

気のせいか、表情がとても生き生きとしている。大きな仕事が、うまくいったのだろうか。つい口に出してしまった。

「仕事、うまくいってよかったですね」

千穂は、ほんの一瞬、けげんな表情を浮かべた。楓太が、何か具体的に知っているのだろうか、と思ったのかもしれない。しかしすぐにひとなつこそうな笑顔に戻った。

「じゃあ、さっそく行きましょうか。こっちです。少し歩くんですけど」

千穂に連れていかれたのは、渋谷駅から南へ数分歩いた、雑居ビルの地下にあるイタリアンレストランだった。

「ここです。少し狭いけど、わりといい雰囲気なんですよ」

かすかに軋む音をさせて、千穂が木製の扉を開けた。初めてではないらしく、店員が親しげに千穂に挨拶した。

このあたりは、オフィスビルや普通のマンションなども建つ一帯で、楓太はあまり足を踏み入れたことがない。

店に入る前、こっそり電柱で番地をたしかめたら、桜丘町と書いてあった。千穂はこのあたりに詳しいのだろうか。

もしも楓太が店を探すとしたら、道玄坂か宇田川町あたりから候補を絞っただろうと思う。もちろん、あのあたりに若者向けの店が集中しているというのもあるが、万が一――これは本当に万が一だが――雰囲気が盛り上がったときに、ホテル街のある円山町に隣接しているのは都合がいい。

千穂が案内した店は、そういう賑わいの街区と、玉川通りで文字通り一線を画した場所にあった。落ち着いた雰囲気のカジュアルなレストランを知っていて、しかも馴染み客らしいので、ほんの少し引け目を感じた。彼女のほうが都会慣れしている――。

そういえば、彼女がどこに住んでいるのかも、どこの出身なのかもまったく知らない。

「お飲物どうします?」

ぼんやり眺めているのが、ドリンクメニューだとようやく気づいた。

「あ、ええと、グラスワインもけっこう種類があるんだなと思って」

「そうなの。渋いのが大丈夫なら、この赤なんかお勧めです」

千穂のきゃしゃな指が、リストの一カ所を指す。

「じゃあ、これを」給仕係にうなずいた。

メニューは、気取らないコース料理だった。楓太はメインに肉を、千穂は白身魚を選んだ。

食事が始まると、もっぱら仕事の愚痴になってしまった。会社で目をつけられていて、特に課長には毎日叱られてばかりいると嘆くと、千穂がわたしもそうでした、とうなずいた。

「お勧めしていたころは、しょっちゅうミスして怒られてばっかり」

「へえ、そういうふうには見えないですけど」

「でもね、独立してみると、あのころがすごく懐かしいです。だって、もしかしたらとんでもない間違いを犯しているのかもしれないのに、誰も叱ってくれないというのはすごく不安ですよ」

「そうかもしれないなあ」説得力があった。「もっと、たくさん叱られてみようかな」

どうということもない会話で笑いあえるということが、こんなにわくわくするものだとは思わなかった。この関係を大切にしたいと素直な願いを抱く。

「ひとり暮らしは大変じゃないですか？」千穂が白ワインを舐めるように口に含んだ。

力を込めてうなずく。

「きつい。っていうか、ここんとこ毎月赤字で」

「それでも、ひとりでがんばってるんだから、偉いと思いますよ」

ここでようやく、千穂の身の上に話を振る機会が訪れた。

「千穂さんは、ひとり暮らし？　それとも家族と？」

「あれ、言ってませんでしたっけ。姉とマンションに住んでます。というか、正確には学生のときから居候状態」

肩をすくめて、前菜の生ハムを巻いたフォークを口へ運んだ。

「マンションかあ。どの辺？」

「目黒区です。南のほうなんですけど」

「じゃあ、自由が丘とか都立大学とか、あのあたり？」

「そんな感じです」

「いいなあ、おしゃれな街で」

「宮本さんだって、若者の街、高円寺じゃないですか」

「まあ、そうだけど」

ずいぶん探した格安アパート、とまで言う必要はないだろう。千穂が自分のことを語る。

「掃除洗濯をする代わりに、光熱費と家賃は姉が三分の二もってくれるし、食費はわがまま言わなければタダだし、助かってます」

「うらやましいなあ」

けっこう固く地道にやっているのだな、と感心した。

「大学のときの友人に、代官山の新築２ＬＤＫマンションに、全部親に出してもらってひとりで住んでた子がいたんです。細かい費用も全部親の負担。小遣いもたしか月五万だったか七万だったか。しかも、地方から出てきてるんじゃなくて、実家は港区だって。これ、腹が立ちませんか」

立ちます、と答えた拍子に、サラダの青菜があやうく口から飛び出そうになった。

「ほんと、世の中不公平なんだよなあ。親がただ金持ちだっていうだけで、学生のくせにアウディとか乗っちゃって。まじ、腹が立つ」

メイン料理の皿が運ばれてきたので、愚痴が一時中断した。

係の人間が、素材と料理法を説明して去ると、千穂が先に口を開いた。

「楓太さんからそういう話題が出たので、ちょっと現実離れした、架空のお話をしてもいいですか」

「ぜひ」

話の中身よりも、千穂が「楓太さん」と呼んでくれたことに関心が向いていた。これはもう、友達とカノジョの中間地帯にぐらいには、入ったとみていいのではないか。

「わたし、仕事柄けっこう資産のある方と、おつきあいをさせていただいています。おつきあいといっても、変な風にとらないでくださいね」

「もちろん」

「そういう方とは、たとえば喫茶店やファミレスで気軽に会う、とかいうわけにもいかなくて、ほとんどは、お宅にうかがうことになります。自然、私生活に多少踏み込むことになります。そこまで行くと、いろいろ頼まれごとをされたりします。意外に多いのが、娘さんのお見合いのお相手探しです。知り合いを頼っても、そうそう適齢期の男性がいるわけでもないし、なまじ知り合いだと、いろいろ条件をつけるのも遠慮があったりするし、断るときに気を遣うし」

「へえ、そうなんだ。調子に乗って『ぼくなんかどうですか』って立候補したいところだけど、ぜんぜん条件に合わないですよね」

千穂は真顔で、ううん、と首を左右に振った。

「もうお金は充分あるから、お婿さんに来てくれて、浮気とかギャンブルとかしない、誠実な方がいちばん求められているんです」

「ほんとに？　なんか自信が湧いてきた」

ふたり一緒に笑い声をたてた。

「もしかして、楓太さんて血液型はO型じゃないですか」

「えっ、どうしてわかるんですか」

さすがに、これには驚いた。ぽかんとしていると、千穂がにっこりと笑った。

「ふふっ。勘です。わたし、O型の人と相性がいいので、なんとなくそうかなって思って」

嬉しすぎる。鼻血が出ないか心配になるほど嬉しすぎる。

「O型の人って、面倒見がよくて、結局自分が損しがちですよね」

「ほんとにそうなんです」

「その楓太さんだから、是非、と思ったお話があるんです。ここから真剣なお話。じつは、あるお金持ちのご夫婦がいらっしゃるんですけど、お子さんがいないんです。不妊治療にずいぶんお金も手間もかけたみたいだけど、結局だめで」

そんなものかな、と思いながらうなずく。何もかも思い通りになる人生なんてあるわけがないし、あってほしくない。血液型とどう関係するのかと思うが、相性占いか何かの話かもしれない。

「楓太さん、そのご夫婦の養子に入りません?」

またしても、噴き出しそうになったが、パンをかじったところだったので無事に済んだ。液体だったら、悲惨な結果を招いていたかもしれない。

「千穂さん」こちらも名前で呼び返した。「あんまり驚かせないでくださいよ」

「ごめんなさい。でも、冗談ではないんです」

「ぼくがお金持ちの養子にですか」

この場で千穂に結婚を申し込まれたほうが、まだ現実味があっただろう。どこからどういう理屈を持ってくれば、自分が見知らぬ夫婦の、それも金持ち夫婦の養子になるという話に進むのだ。

「それって、つまり老後の面倒を見ろってことですか」

千穂にではなく、その自分勝手な資産家とやらに腹が立った。金で人の人生を買おうというのだろうか。

「まあ、形としてはそうなりますけど、検討する価値はあると思います。正確な数字はまだ言えませんが、現金と有価証券だけで二けたの億の単位だし、不動産や貴金属などで、たぶんそれと同じぐらいの資産をお持ちです」

聞けば聞くほど気持ちは冷めていく。

「あのう、千穂さん」

「はい?」やや首をかしげて、楓太の目を見ている。

「気を悪くしないでくださいね。そのお話のオチはどうなるんですか。たとえば、養子の順番待ちの権利を、ひと口十万円で買いませんか、とか、まさかそういう話ですか」

口に出してしまってから、しまった、失礼だった、と反省した。ふっと、すぐ騙されそうになる母の顔が浮かんだのだ。

「順番待ちなんかしていません。このお話は、楓太さんにしかしていません」

千穂の口調も目つきも、少しだけ険しくなった。初めて会ったときの、ゴミを捨てるなと注意されたときに少しだけ似ていた。

「あ、ごめん。ほんと、ごめんなさい。別に、嘘ついてるって言いたいんじゃなくて、あんまりびっくりしたから」

「たしかに、びっくりしますよね」すぐに機嫌を直してくれたようだ。「でも本当のことなんです」

「だけど、どうしてぼくなんです。子どものいないお金持ちが養子をもらうっていうお話は、そんなにめずらしいことじゃないと思いますけど、どうしてぼくなんですか」

「疑問を持たれるのも当然だと思います。お話が現実的になってきたら、あらためて詳しく説明しますけど、いまはお食事中ですし、簡単にしますね。

要するに、そのご夫婦から出されていた条件に、楓太さんがぴったり合うんです。たとえば、年齢は二十五歳から三十五歳、病理的という意味において健常者で、本人もしくは六親等以内に禁固刑以上の犯罪歴がない――これは調べたわけじゃないですけど、楓太さんの人柄なら問題なさそうですし――それから結婚歴なし、もちろん隠し子なし、などなどなど。そうそう、楓太さんて、金融機関からお金を借りるのが、すごく嫌いじゃないですか」

そんなことまで覚えていてくれたのかと感激する一方で、修二叔父は犯罪に手を染めてないよなと心配になった。

「これはけっこう大きなポイントでした。それから長男でないこと、これも大きいですね。あとはこまごましたことなんですけど。たとえば、できるならご夫婦と同じ血液型のO型がいいとか。ここまでほとんどの条件をクリアしたのは、楓太さんだけなんです」

言葉づかいがまたよそよそしくなっているのが少し気になるが、熱が入ってきたからだろう。それより、次男であるという点で初めて人生でアドバンテージがあったような気がする。

「そうだ。お話だけだと信憑性がないので、写真持ってきました」

テーブル脇のバスケットに入れてあったバッグをとりあげ、中からB5サイズほどの、タブレット型PCを取り出した。

「食事中にごめんなさい」

そう詫びてから、指先でちょこちょこと操作し、画面を楓太に見せた。

「これがお宅です。あと数枚ありますから、よかったらご覧になって」

受けとって、そこに映っているものを見た。

庭から眺めた屋敷の写真だ。庭はあえていえば洋風だが、最近はやりのイングリッシュガーデンのように、うっそうとした雰囲気ではない。植栽の数をしぼってあって、緑に広がる芝生が、せいせいとした印象だ。屋敷は鉄筋の三階建てで、小ぶりなデザイナーズマンションといった雰囲気だ。

指先をあて画面をめくると、家の中の写真が出た。広いリビング、次に広すぎて落ち着かなそうな寝室、五枚目あたりに人物が映っていた。

庭で撮ったものらしい。車椅子に座った女性と、その後ろに立つ男性、どちらも七十歳あたりに見える。その脇に立って、ほほえんでいるのが千穂だ。まるで家族のようにうちとけた雰囲気だ。

「品のよさそうなご夫婦ですね」

千穂は、そうなんです、とうなずいた。

「とても仲のいいご夫婦で、傲慢だったり、お金持ちだからって人を見下すようなかたたちではないんです」

ぼんやりと、銀座のテイラーで仕立てた高級スーツに身を包んで、彼らの隣に立つ自分の姿が見えた。

「もちろん、いまこの場で、というお話ではないんです。でもそこそこには急いでいるお話でもあるんです」

ようやく実感が湧いてきた。ただ、真剣な誘いだとすれば、現実の課題を避けて通れない。

「ものすごく、大きな問題があります」

「どんなことですか」

「ぼくには、実の両親がいます。父は病気で倒れましたが、まだ生きていますし、母親は少なくとも肉体的には元気です」

「でも、お兄様がいらっしゃるんですよね」

たしかに、冷たい秀才の兄がいる。しかし、だからといって簡単には割り切れない。その気持ちを説明した。両親と一生縁を切るのは、さすがに忍びない、と。千穂はまじめな顔で深くうなずいた。

「それでこそ、わたしが見込んだ優しい楓太さんです」

もう一回言ってもらって、永久保存用に録音しておこうかと思った。千穂が真顔で続ける。

「養子に入るのは、未来永劫ではないんです」

「は？」意味がよくわからない。

「そのご夫婦は、もう七十歳前後で、正直なところそれほど先が長いご年齢じゃありません。ご夫婦が亡くなられたあとは、楓太さんの籍を、もとのご両親のところに戻されるのは自由だとおっしゃってます」

「でも、平均寿命を考えると、あと十年や二十年はありますよね」

「まあ、それを長いと見るか一時的と捉えるかですね。――どうでしょう、こう考えたら。日本ではまだ〝養子〟というと、元の家族と永遠に別離するように受け止められてますけど、べつに一定の条件のもとに会ったりすることは問題ありません。それに、養子に入らなくても、一般的にいって結婚したら親元から籍は抜きますよね」

たしかに言われてみればそうだ。それほどの資産が相続できるなら、自分の親にとっても悪い話ではない。いや、そんな表現は正直じゃない。この先、金銭的に困りそうな親を援助できる。札束で兄貴のほっぺたを叩いてやろうか。しかし、どこかうますぎる話だ。そもそも、結婚して籍を抜くというなら、養子に入っても同じではないのか。

「なんだか、頭が混乱しているので、ちょっと考えさせてください」

「もちろんです」こんなおいしい話を保留にしても、千穂は少しも嫌な顔をしなかった。

千穂が、それでは話題を変えて、と自分が扱っている商品の説明を始めた。

「もし、楓太さんにお手持ちの現金が百万円あったら、すごくおすすめの商品があるんです。ごく簡単に説明すると、従来型の投資信託と、ヘッジファンドに代表される代替投資の、ハイブリッドというか、いいとこどり型で、きわめてローリスクで、いってみればミドルリターンという感じなんです。まだ、この方式に目をつけた人は少なくて

──」

意味がさっぱりわからない。三杯も飲んだワインがきいてきたのか眠くなってきた。気がつけば大きく長いあくびをしていた。

「は」

あわてて口を押さえる。

千穂は軽く睨んで、すぐに笑い出した。すごく楽しい時間だと思った。

食後のコーヒーを飲み干そうかというころになって、千穂がまた変わったことを言いだした。

「楓太さん。臓器提供カードはお持ち？」

「ええと──」たしか、聞いたことはある。

「こんなカードです」

バッグからパスケースのようなものを取り出し、その中から緑色のカードをすっと抜いた。

「正確には『臓器提供意思表示カード』っていいます」

あまり興味はなかったが、差し出されたので受け取った。脳死でも心臓停止でもどちらでも臓器を提供する、という意味のところに丸がつけてある。下段には千穂の署名があった。

「へえ、すごいですね」ほかに感想の言いようがない。

「べつに、すごくはないです。死亡したあとのことですから。でも、それで別な命が長らえるための役に立てるなんてすばらしいですよね」

「まあ、たしかに」

「わたし、ボランティア活動とかやってるじゃないですか。そうすると、けっこうこういった意識の高い方がいらして、すごく啓蒙される感じです」

「なるほど、お金でなくても人の役に立てるんですね」

なんとか気の利いたことを言ったつもりだった。

「楓太さんもいかがですか」

「は？」

自分でもいやになる。さっきから「は」ばっかりだ。

「いわゆる上流階級の皆さんは、けっこう意識がグローバルなので、ボランティアとかドナーとかいうことに、積極的な関心をお持ちなんです。もしも、さきほどの富豪のご夫妻の養子に入られるなら、そんなことも考えてみてはいかがですか」

養子の話より、さらに唐突だ。

「ええと、それも考えさせてください」

「もちろん」真剣な表情でうなずく。「こういうことはじっくり考えてください。そうだ、予備のカードがあるので、お渡ししておきます」

そう言うと、書類入れから三つ折りにされたA4ほどの紙を出した。緑色をしている。それを楓太に見せながら、よく手入れされた、しかし派手ではない指先で示し説明する。書いたあとで、カードの部分だけ切り離す様式らしい。

「ここをよくお読みになってから、ここにサインしてください。あとはわたしに預けてくださったら、手続きしておきますので」

「手回しがいいんですね」

「お客様のニーズが多様なので、いつも先のことを考えていないといけないんです」

「わかります」しっかりとうなずく。

「今日、お食事にお誘いしたのは、先日公園でお昼を食べたときに『楓太さんて、生きていく上で大切なことをきちんと考えている人だな』って思ったからです」

ああ神様、もう二度と、恨んだり悪態をついたりしません。だからどうかこの幸せを取り上げないでください。

もしもこのカードにサインしたら、千穂の自分に対する好感度は、いやが上にもアップするだろう。それに、たかがカード、あとでシュレッダーしてしまえばいいだけのことだ。何しろ、金がかからないのがいい。

かといって、いまここで書いては安っぽくなる。

「近いうちに、記入しておきます。指切りしたっていいです」

小指を立てたら、本当に千穂も小指をからませてきた。

「もしもまた、たとえばお食事したり、映画を見たりとかいうおつきあいになったときも、そのカードを持っていてくれますか。楓太さんの誠実さの証として」

「もちろんです。地獄の釜に茹でられても肌身離さず持ってます」

「ありがとうございます」

からめた小指に力が入った。おれは生涯この指を洗わないと誓った。

夢のような時間は早くもすぎて、千穂はまだ仕事があるから会社に戻ると言い、駅前で別れた。

その背中を見送っていると、荒畑先輩の忠告が浮かんできそうになったが、あわてて記憶の底へ押し込めた。こんな幸せな夜に、ひがみっぽい説教などたくさんだ。

小指が燃えそうなほど熱かった。

2

翌日出社すると、田崎係長はいつもと同じ表情でいつもの席に座っていた。

「おはようございます」

とりあえずは、誰にともなく挨拶をする。

「あ、宮本君、おはよう」

田崎が読みかけていたらしい書類をそのまま置いて、すっと席を立った。楓太の机に向かってまっすぐ進んでくる。手には、中身の詰まったコンビニ袋を持っている。あれはなんだ。

バッグで殴られたほおが、熱を帯びたように感じる。こんなところで責められたら、なんと応えよう。金を返せと言われたら、どう応えよう。

「宮本君」

「はい」

「金曜日は急に休んで迷惑かけました」

そう言って、机の上にヤクルトジョアを二本置いた。そのあと、ほかの課員の席には、缶コーヒーを置いてまわった。

「宮本さん、やっぱり特別待遇っすね」

隣の席の大柴が顔をよせてささやいた。

「ばかやろ」足をけとばす。「おれだけ、ガキ扱いされてるってことだろ」

「そうっすかねえ」

にやにや笑っているので、頭をはたいてやったら、大げさに痛がってパワハラだと騒いでいる。

こっちはそれどころではない。いつ「貸した金をいますぐ返せ」と言われるかわからない。

まあ、なんとかなるだろう。いまのおれは、世界でたぶん十番目ぐらいに幸せなのだから。

「今日はお給料日ね」

セルフ式のコーヒーショップに入って、ふたり掛け用の席につくなり、田崎係長がそうきりだした。

課長にはもちろん、ほかの社員にも知られないように注意して、外回りに出てから地味な店で待ち合わせた。

ふたりともブレンドコーヒーを注文した。

「ほんとは、お好み焼きでもほおばりながらビール、とかいうほうが気楽に話せると思うんだけど、宮本君、あんまりお酒に強くないみたいだし」

「すみません」頭を下げたら、黒い硬質のテーブルに自分の顔が映った。「この前のこと、怒ってますか」

伏し目がちのまま恐る恐る見た田崎の目は、険しい色をしていた。

「かなりね。だって、そうでしょ」

「すいませんでした」

勢いよく頭を下げたら、額をテーブルにぶつけた。がん、と自分でも驚くような音がして、周囲の客がこちらを見た。

田崎がぷっと小さく吹いた。

「うそ」

「えっ」

驚いて顔を上げると、スイッチを切り替えたように、にこにこと笑っている。

「若い子に、あんなになるまでお酒を飲ませた、わたしの責任だもん」

「そんな、おれ、もう大人だし」

さっきよりも大きく吹いた。

「そうね、オトナよね」

どういう意味で言ったのかわからなかったが、顔が赤らむのを感じた。照れ隠しに、カップのコーヒーを勢いよくすすったら、まだかなり熱くて、あちあち、とあわてることになった。

「——あの、借りたお金のことなんですけど」

「はい」

「そのう、なんていうか、もう少しだけ待ってもらえませんか」

「どのくらい？」

ユウジから返金してもらったあと、少し気が大きくなって、若干散財してしまった。差し引き、カード引き落とし分ともろもろ使った分、あわせて六万ほどのマイナスだ。

「二十万ちょっとはすぐに返せます。残りは三カ月——が、だめなら、せめて二カ月でも。分割で必ずお返ししますから……」

「だめ、待てない」

きっぱりと否定されて、顔をあげた。田崎の表情からは真意がつかめない。

「そこをなんとか」

「あのね、わたしね、会社辞めるの。時期についてはこれから相談するんだけど、迷惑をかけない範囲でなるべく早く」

「えっ、辞めるんですか」

「うん」

うなずいた田崎係長は、口調も表情もさばさばしていた。それも、腹をくくって開き直っている、という雰囲気ではなく、長い間迷っていたことにようやく決心がついた、というような晴れ晴れとした印象だ。

晴れ晴れはいいが、辞めてしまうのなら、その前に返さないといけないだろうか。常識からしてそうだろうなと思う。

「だとすると、すぐに返さないといけないでしょうか」

お手拭きタオルを使っていないことに気づいて、あわてて袋を破り、額を拭いた。ひんやりして気持ちよかった。

「わたしね、お嬢様なのよ」

さっきから驚かされてばかりだ。今度はどんな冗談なのかと田崎の顔を見れば、かすかに微笑んでいる。

「どこのお嬢様なんですか」

「京都。西陣でもそこそこ老舗の看板かかげた帯屋さんなの。ご近所でも評判のしっかり者のあととり娘――」

そこで止まってしまった。田崎は、ひとくちコーヒーをすすって、あとを続けた。

「――のつもりだったんだけど、事情が変わってね」

今日初めて寂しそうな表情を浮かべた。

なんとなく、いやなほうへ話が進みそうな気がする。先代の社長がギャンブルにはまって、家や商売道具まで借金のかたにとられた。あるいは病気で倒れたか。それとも会社の女に金をつぎ込んでしまったのか――。そこまで考えて、すべて自分の尺度であることに気づいた。

「わたしね、ひとり娘だったの。だから、将来はお婿さんもらって、家を継ぐんだと、疑うこともなくそう思っていたし、それでいいと思っていた。だから小さいときから暇さえあれば仕事場を見せてもらったり、勉強もしてた」

たしかに、この人はそういうタイプの女性だなとすんなり納得がいく。

「親も、周囲もそう思っていたし、それが自分に敷かれたレールなんだと、疑いもしなかった。でもね、レールの行き先はひとつじゃないのよ。わたしが、大学へ行かせてもらって、父親が懇意にしている呉服屋さんに、修行へ出て五年あまりが経って、そろそろ家に戻ろうかというころに、突然、母親が亡くなったの」

「お母さんが？」

「うん。もともと、体のあんまり丈夫な人じゃなかったんだけど、肺炎で入院したら、院内感染であっけなく死んじゃった」

話し始めてから一貫して表情は穏やかだが、目の下に光るものがあった。楓太がそれに気づくのとほとんど同時に、彼女はハンカチでさっと拭った。

「それから一年経って、父は再婚したの。再婚っていっても、世間体を気にしたのかもしれないけど、籍は入れなくて事実婚っていうやつね。それはまあいいとして、その後妻さんには息子がいたのよ。わたしとちょうど十歳違いだから、たしか大学に入学した直後だったと思う。そこまでも、まあそんなにめずらしい話ではないわね。でもね、これはほんとに驚いたんだけど、その息子っていうのが、特に目元のあたりが、父にそっくりなの。つまり、その事実婚の相手は父の元愛人で、浮気で作った息子だったの」

そこまで一気にしゃべって、田崎はグラスの水を半分ほど飲み干した。楓太はどう相槌を打っていいのかわからず「お水、入れてきましょうか」と場違いなことを言ってしまった。

「ありがと、大丈夫。――それでね、後継ぎ問題は微妙になってきたの。わたしはまだ二十八歳で結婚してなかったし。父は『ふたりで力を合わせて』なんて言ってたけど、賢太――その弟の名前ね、賢いに太いって書くんだけど、その賢太に継がせたいと思ってるのはすごくよくわかった。そしてとうとう『夫婦の籍は入れないが、賢太を養子にする』なんて言いだした。この気持ち、わかるかな。無理ね。自分でも整理がつかないもの。すっかり思い込んでいた道が、いきなり消えそうになったとまどい、喪失感とか裏切られたという悲しさとか、まあ、あれやこれやね」

「自分も、実家が農家をやっていて、あとを継げって言われます。サラリーマンには向いてないからって。兄貴がいるのにですよ。そっちは県庁職員のエリートだからって」

田崎は今日一番の笑い声をあげた。

「さすがに、親は息子のことがよくわかってる」

「そうっすか」少し膨れてみた。

「わたしは、素直にはいそうですか、とはうなずけなかった。だったら好きにしてってって捨てぜりふ残して、家を出ちゃった。そしたら、あんまり熱心に引き留められなくて、二重のショック。だから、意地もあって洋服系の企業に就職してやったの。ところが、わたしの気持ちなんかにおかまいなしで、またいきなり舞台がくるっと回っちゃった。いまから五年前、わたしが三十七歳のときよ。家業をようやく覚え始めた弟が、仕事中に交通事故であっけなく死んじゃった。まあ、父親は悲しんだわね。一気に老け込んで、抜け殻みたいになった。そしたら、その父親がわたしを訪ねてきて、こう言ったの。『これまでのことは水に流して、家を継いでくれないか』って」

ひでえな、と口にしかけてあわてて飲み込んだ。そのひでえことを言った人物は田崎の父親なのだ。相手が身内の悪口を言ったときに、つい尻馬に乗ってにらまれた経験がある。

「ひどい話でしょ。だからわたし『わかりました、いまの会社は辞めます』って応えた。そうして、会社を辞めるなり、最低限の荷物を持って東京に出てきて、結果的に『パサージュ』にお世話になったってわけ。もちろん、父親に対するあてつけね。それでおしまい。いやあ、わたしの半生を一気に話しちゃったわね」

「不思議だったんです」これは、感じていたとおりを言ってもいいだろうと思った。

「何が？」

「なんだか中途で入ってきた、中――微妙な年齢の女の人に、それもそんなに業界のことにも詳しくなさそうなのに、あの口の悪い課長が一目置いているのは、なんでかなって」

「一目置いてる？」

「置いてますよ。ほかの連中みたいに陰で悪口言わないし――あ、いけね」

「大丈夫よ、そっちは知ってるから」

ふふっと笑った。

「よくわからないけど、老舗の娘ってことで立ててくれてるのかも——長々しゃべったら、甘いものが食べたくなった。わたし、何か買ってくるけど、宮本君はどうする？」

「あ、自分はいいです」

「恩に着せて体を求めたりしないから大丈夫よ」

「いや、なんていうか、それは誤解で——」

弁解しているうちに、田崎はさっさと、ショーケースのあるレジ近くまで行ってしまった。

田崎係長の身の上を聞いて、なんとなく親近感が湧いたが、借金返済問題はけりがついていない。それどころか、会社を辞める前に返してくれと言われてしまった。それはさすがに厳しい。

「わたし、これに目がなくて、いつも同じもの買ってしまうのよ」

ナッツとベリーが練りこまれたスコーンの載った皿をテーブルに置いた。

田崎が、ちょっと失礼、と断ってかじりつくと、粉が少し皿に落ちた。

「弟さんのことは何ていっていいか」

田崎の気持ちがわからない以上、正直な感想だった。彼女も自然にうなずいた。

「かわいそうだったって思ってる。賢太に対しては、悪い感情は抱いていなかったから」

「だって、乗っ取られたわけですよね。恨んでないんですか」

「恨んでないわよ。形としてはそうなったけど、彼に罪があるわけじゃないでしょ。自分に与えられた選択肢の中で、最良と思われる道を選ぶのは、ごくあたりまえのことだし。――だから恨んでないどころか、事故のことは申し訳なく思ってるの」

「どうしてですか」

「わたしが強引にあとを継ぐか、せめて共同でやっていれば、賢太は事故に遭わなかったかもしれない。事故に遭ったのは、わたしだったかもしれない。彼はわたしの身代わりに死んだのかもしれない。どうしてもそう考えるでしょ。だから、家から遠く離れたのは、父親に対するあてつけもあったけど、弟の影の気配がない土地へ行きたかったってことね。それでも、気がつくとね、賢太の歳に近い二十代の男の子を見ると、なんだか世話を焼きたくなっちゃって」

くくっと、思い出し笑いをした。

「だから会社では『若い男喰い』とか噂されちゃって。宮本君にも、そう思われてたみたいだし」

「すみません」

今度はテーブルにぶつける直前で止めた。

「特にほら、宮本君は名前が楓太でしょ。賢太と語感が似ているっていうか、〝太〟の字がつく子は、なんとなく他人に思えなくて」

そう言えば、喰われて辞めたと噂の高木も啓太だった。

「じゃあ、高木先輩のことも」

「うん、あれなんてかなりひどいわよ。弟を思い出すわって、一回か二回缶コーヒーをあげただけよ。伊勢丹の前でばったり会ったから駅まで一緒に歩いたら、いつのまにか歌舞伎町のラブホテル街にいたことになってるし」

「噂なんてそんなもんかも」

田崎の話はそれで終わったようだった。楓太もしばらく口を開かなかった。彼女の視線の先が遠くを向いていて、なんとなく過去を思い返しているように感じたからだ。

沈黙のあと、田崎は、そうそう、と楓太を見つめた。

「あのお金は、返さなくていいわよ」

「えっ、でもそんなわけには……」

「だって、生活厳しいでしょ。少しだけ宮本君のことを聞いた。大柴君とかから」

「あの野郎、ぶっとばす」

「やめなさいよ。悪口じゃないもの。お給料が下がったところへ、実家から仕送りがなくなって、やりくりが大変らしいって。それに、例の吉沢亜樹事件で、被害にあったんでしょ」

ぐっ、と喉がおかしな音を立てた。

「どうして知ってるんですか」酔ってはいたが名前は出さなかったはずだ。

「噂って、止められないものよ。わたしが〝肉食〟とかいうのもそうだしね」

「すみません」

「それはともかく、たいした額じゃないけど、生活費の足しにして。風俗に使ってもいいわよ」

「ほんとに、いいんですか」

「風俗行くの？」

「えと、そうじゃなくて、返さなくて。三十万全部」

「いいわよ。そのかわり、たまにはご両親に顔を見せてあげてね。――そうだ宮本君、吉田松陰って知ってる？」

「はあ、なんとなく名前だけは」

「宮本君らしいわね。その人の、辞世の歌にこういうのがあるの。『親思う心にまさる親心、きょうのおとずれ何ときくらん』って。つまりね、自分が親のことを思っているその何倍も何倍も、親は自分のことを思ってくれているだろう。自分の生きた道に悔いはないけど、親より先に死ぬことだけが心残りだ。そういう意味なんだと思う」

　思わず涙がにじみそうになって手の甲でこすった。

　そんなことを、きちんと説いてくれた人はいなかった。せいぜい荒畑先輩に『不幸はまとめてやってくっぞ』と脅されたぐらいだ。

「辞めたあと、どうするんですか」

「あ、そうだ。肝心なことを言ってなかった。わたし、京都に戻るのよ。なんだかんだいって、親子って縁が切れなくて、いまからもう一度修行しなおし。不惑を二つも過ぎての出直しよ」

そうだったのか、それでなんとなくさばさばした雰囲気だったのか。

「いろいろとありがとうございました」今度はゆっくりと頭を下げた。

「じゃあ、元気でね。がんばってね」

そう言って、田崎係長は立ち上がったが、ふと何かを思い出したように、楓太を見た。

「やだあ。宮本君につられて、すっかりその気分になっちゃった。しんみりお別れの挨拶しちゃったじゃない。まだ一カ月ぐらいはいるから、未収報告書出しておいてね」

12　二〇一四年　春輝

1

電話口で姉に、お父さんのことなんだけどと言われて、大里春輝は胃のあたりが重くなった。

いまの販売店に就職が決まったとき姉には伝えたが、電話が来ることなどまずないだろうと思っていた。もし来るときがあるとすれば――。

「お父さん、どうかした？」

携帯を持つ手が汗ばんでいる。

〈ちょっと手に余ってる〉

どういう意味だろう。

「病気じゃないの？」

〈違うわよ。あっちが痛いとか、こっちがかゆいとか言ってるけど、どうせたいしたこ

となない〉

ふうっとため息がもれた。

佐久間夫妻の、あんな相談を受けたばかりということもあって、最悪の事態を想像してしまった。病気で倒れたとか、あるいはもっと深刻な状態、というわけでもなさそうだ。

「どんな感じ?」

電話で様子をうかがってお茶を濁すのではなく、一度きちんと里帰りをしなければならないと思っている。そしてまず、父と姉に謝るのだ。不遇にかこつけて、身勝手な生き方をしてきたことを。母と真澄の墓も参らなければならない。

来年はもう四十歳だ。自分は鶴巻のおかげで生まれ変わろうとしている。胸が苦しくなる思い出ばかりの故郷だが、逃げてばかりではだめだ。

〈それがね、何カ所かアルバイトに行ったりもしたんだけど、すぐ喧嘩してやめるのよ。年金だって遊んでくらせるほど入ってこないし〉

昔からの飲酒や不摂生がたたって、肝臓やほかの内臓も傷んでいるかもしれない。

「体調のいいときだけでも、お店を再開すればいいのに」

〈無理よ、あんなに手が震える爺さんに、ハサミとかカミソリとか持たせられる?〉

「まあ、そうだね」

〈いまかけてるこの番号は、携帯なの?〉

「うん、ちょっとだけ人に借りてる」

姉はそのあとも、父親や夫や息子やパート先に関する愚痴をこぼした。長くなりそうだが、それを聞くのも自分の役目かもしれない。

〈――でさ、悪いんだけど、少し都合つけてくれない〉

「お金のこと？」

〈そうよ。なんだかんだいって、週に何回かはお父さんの食事の面倒みてるし、着るものだって、こっちが買ってやらないと着たきり雀だし。それにさ、今年、伸亮《のぶあき》が私立高校に入ったから、出費が多いのよ〉

伸亮とは、姉夫婦のひとり息子だ。もう高校生になるのか。

「わかった。そんなに多くないけど、少し都合つけるよ」

〈わるいけどお願い。あんたはほら、ひとり身で気楽でしょ〉

「うん」

振込先の口座番号を聞き、復誦して電話を切った。

家庭があって、酒癖のよくない父親の面倒を見て、子どもを学校へ通わせる。春輝には想像もできないほど大変そうだ。

千穂に預けた三十万のほかに、ほんとうなら手をつけるつもりのなかった金が、実はあと五十万円ほどある。これは、給料ではない。退院のときの祝い袋をはじめ、鶴巻が何かにつけ渡してくれた金が、もうそんなに貯まってしまった。

いつか機会があればそっくり返そうと全額貯金してある。鶴巻には申し訳ないが、そこから一時借りることにした。コツコツ働いて、なるべく早く返せばいい。

2

玄関ドアがどんどんと叩かれた。

セールスが夜に来ることはときどきある。しかし、叩き方が少し乱暴だ。知り合いだとすれば、候補はかなり限られてくる。居留守をして騒がれては近隣に迷惑だ。

「どちらさまですか」抑えた声で尋ねた。

「おれだよ。開けてくれ」

やはり、尚彦の声だった。

どうする――?

もちろん、会いたくないから帰ってくれと言うことはできる。しつこいようなら、警察に通報する手もあるだろう。しかし、邪険にはできなかった。どうしても、小学生のころ、一緒に遊んだときの尚彦の笑顔が忘れられない。本当は悪い人間じゃない。そう思えてしかたない。

ドアを開けると、尚彦がこの前とおなじ服を着て、幽霊のようにぼんやり立っていた。

「入っていいか」

酒の匂いがした。もともと顔色がよくないので、酔っているかどうか見た目ではすぐにわからないが、目は血走っている。

力なく垂れた尚彦の両手を見た。凶器らしきものは持っていない。持ち物といえば、いつもと同じくたびれた黒いショルダーバッグを、肩からさげているだけだ。

「酔ってる？」

「少し飲んだだけだ。素面《しらふ》と変わらない」

「まあ、どうぞ。狭いけど」

玄関はものすごく狭い。ふたりで立ち話をするには少しきつい。ドアの中に入れたのなら、部屋にあげるのも一緒だ。

「あがって」

春輝は先に立って、おままごとのような台所を抜け、畳敷きの六畳間へ入った。ここが居間であり客間であり寝室だ。散らかっていた洗濯物などを、適当に脇へよせた。一枚しかない座布団を、戸口の近くに差し出す。

のそっと入ってきた尚彦は、無言のままその座布団の上にあぐらをかいた。

「何か飲む？　て言ってもウーロン茶しかないけど」

前の住人が残していった古いツードア冷蔵庫の中に、五百ミリペットボトルのウーロン茶が、十数本入っている。販売店が、商店街だか町内会だかのイベントに提供した余りだという。先日、まるまるひと箱もらった。二本取り出し、小さな折り畳み式テーブルの上に置いた。

「どうぞ」

尚彦は返事もせずに、険しい表情のまま、茶色くなった畳を睨んでいる。呼吸が少し早いのは、アルコールのせいなのか興奮しているからなのか、春輝にはよくわからない。

とにかく、尚彦のほうから用件を切り出すまでは、何も言わないほうがいいと思った。

　壁に掛けられた古いクオーツ時計の秒針が、コッコッとやけに大きな音をたてている。隣人はバラエティ番組を見ているらしく、会話の中身は聞き取れないが、がなりあう声と爆笑が波のように伝わってくる。

　先によけいなことは喋らないと決めたが、気管支のあたりがむずがゆくなってきた。

「げほっ、げほっ」

　自分でもなんとなくわざとらしい咳に聞こえた。それを合図にしたように、尚彦が姿勢を改めた。座布団を脇にどけ、畳の上に膝を揃えて正座している。

「頼むっ」

　そう言うなり頭を畳に押しつけた。

「えっ、何、どうしたの」

「頼む」さらに強くこすりつけたように見えた。

　てっきり、またののしられるのだと思っていた。こんな部屋でのんきに暮らしやがって、そんなふうに罵倒されるものだと覚悟していた。

　予想外の尚彦の行動にとまどい、ますますどう応えたものか迷う。そもそも、何を頼んでいるのかさっぱりわからない。

「尚ちゃん」

「金を貸してくれ」

　畳に額をつけたまま、うめくように言った。

「お金？」

「金が要る。ほんとうに要るんだ。あと五日で用意しないと、おれは――」

指先が、畳を軽く引っ掻いた。もともと荒れていた畳表が、さらに毛羽立った。

「ねえ、尚ちゃん。何はともあれ、顔を上げてよ。話ができないよ」

尚彦は迷っているらしかったが、やがて顔をあげた。苦しそうな姿勢だったせいか、屈辱に思っているのか、顔が真っ赤だった。春輝を見ようとはせず、たったいま引っ掻いたあたりを見つめている。

「金が要るんだ」同じことを繰り返す。

「どうして？　誰か病気になったとか」

ようやく尚彦は春輝と目を合わせた。唐辛子のエキスでも擦りこんだかのように、血走った目をしている。

「簡単に、ひとことで言えるようなことじゃない」

どんな悲しいことがあったのだろうと、想像を巡らせてみた。春輝の短い沈黙を、尚彦は別な意味に受け取ったらしい。

「いい気味だと思ってるんだな。ならば教えてやるよ。おまえが中原印刷を辞めたあと、おれがいたキタマツ宣広も、かなり売り上げが落ち込んだ。バカ社長が、なりふりかまわずであれこれ手を出した。だけどな、そういうのは死期を早めるんだよ。そもそも、従来型の広告のパイが、めちゃくちゃに縮小したんだ。特にうちがメインにしてた紙媒体はひどかった。結局、弱小企業は滅びる運命なんだよ。鯨は小魚を食い荒らす。海域のエサの総量が減っても、自分たちだけはたらふく食える。ところが、おこぼれにあずかろうとくっついてた小物たちには、行き渡らない。体力のないやつから死んでいく。キタマツ宣広もあっけなくつぶれて、おれも行き場をなくした」

　まるで台本を暗記してきたかのように、一気にまくしたてた。

「もういいよ。わかったから」

　聞いているだけで息苦しくなってくる。ひとの不幸の話など聞きたくない。しかし、尚彦の口はとまらなかった。

「女房は、その少し前からパートに出てた。通販の発送センターだ。ところが、そこのラインの年下の社員とできやがった。おれが問い詰めてもしらを切る。そのうち開き直って、おれの甲斐性がないからだとか、言いだしやがった。だから、おれは手を出した。そうだ、殴ったよ。わかるか？　人間ってのはな、一度越えた垣根は、二度目は簡単にまたげる、三度目はもう垣根でさえない。俺が手を出す回数も中身も、だんだんひどくなって、女房の顔にあざが残ることもあった。止めに入った娘にも手をあげた。一度はパトカーも来たし、娘はしばらく児童相談所に預けられてた。そうして——結局、離婚した。だけどな」

　そこで急にしゃべるのを中断し、うつむいた。肩が震えている。

　慰めたほうがいいだろうかと思ったとき、尚彦が顔をあげた。笑っていた。おかしくてたまらないというように、くくくと声を漏らしている。

「——だけどな、これはあとからわかったんだが、女房はほんとに浮気なんてしてなかったんだよ。ただのおれの妄想だったんだ。売り言葉に買い言葉だった。ばかだろう。笑ってくれよ。ほら、笑えよ」

「借金はいくらあるの？」

涙をにじませながら笑っていた尚彦が、スイッチを切り替えたように真顔になった。

「おれは知ってるぞ。今日、あの女とタクシーででかけただろう。どこへ行った。帰りは、高級車で送られてきたな。あれはあのやくざもんの趣味じゃない。ほんものの金持ちとも付き合いがあるな。どこの誰だ」

「言えない」

「ラッキーはひとりじめか」

悲しかった。ののしられたことがではない。この自分のことを「金回りがいい」と本気で言っていることがだ。そんなに苦しいのか。刺激しないように静かに応える。

「尚ちゃん、聞いてくれよ。ここの待遇は充分恵まれていると思うけど、ぼくとしては、つましい生活をしてるつもりだ。それから、気軽にお金を貸してくれる知人もいないよ」

そう説明する一方で、いつもこのあたりにいて見張っているのかと驚いた。ならば、せめて千穂には話しておく必要があるだろう。いまの尚彦に、自分の行動の異常さを指摘してみても、聞く耳をもってくれるとは思えない。危険は回避するにこしたことはない。

「ぐだぐだ細かいことは聞きたくない。とにかく金を貸してくれ」

鶴巻に返すはずだった五十万円のことが頭に浮かんだ。ほんの少し前、姉に渡そうかと思った金だ。

どちらがせっぱつまっているだろう。

尚彦の目を見た。気持ちが揺れた。

「少しなら工面できるかもしれない」

「いくらだ」尚彦が身を乗り出す。

「たぶん、五十万ぐらい」ぎりぎりの提示だった。

「たった五十万か」あまり嬉しそうではない。「ほんとはもっといけるだろう」

「それで限界なんだ」

「足りない」

「え」

「ぜんぜん足りねえよ」

「足りないって、あとどのぐらい？」

「四百だ。最低でも三百ってところだ」

「む、無理だよ」唾が飛んでしまった。「そんなに都合つくわけがないよ」

「おまえに出せとは言わない。あの鶴巻とかいうおやじに頼めよ。街金やってるの知ってるぞ。おまえとやけに仲がいいじゃないか。しょっちゅう一緒に飯食ってるしな。くれとは言わない。あのおやじの会社から、利息なし、返済期限なしで三百万借りてくれ。それで、むかしおまえがおれにしたことをチャラにしてやる」

あまりに理屈が歪んでいて、どこをどう反論すればいいのか、わからない。

「鶴巻さんは、ちょっと勘違いして、お礼とかしてくれているだけなんだ。だから、三百万円も借りるなんて絶対無理だよ。担保も保証人もいないし」

「あのな、黒塗りプレジデントのナンバーは控えたぞ。少し金はかかるが、借金してでも持ち主を調べ出してやろうか」

「やめろ」

そんなことはさせない。あの夫婦はただ自分にすがってきただけだ。奥さんはいま命の瀬戸際にいる。こんな話で心を乱れさせるわけにはいかない。

気がつけば、尚彦のジャンパーをつかんでいた。あわてて指の力を抜く。

「最近、やけに暴力的じゃないか。美味いもん食ってエネルギーが余ってるんだろ」

「頼むから、さっき言ったみたいなことはやめてくれよ」

「なるほど」尚彦がうなずいている。「プレジデントの持ち主が弱点か」

「お願いだから、周囲に迷惑をかけるのだけはやめてくれ。そんなことをしたら——」

「そんなことをしたらなんだよ」

「許さない」

胡坐をかいていた尚彦が、膝をかかえてのけぞった。

「おっと、ハルキ選手が怒りました。また、例の手を使うのでしょうか。そうですインチキです」

「帰ってくれないか」

「こんなウーロン茶とかじゃなくて、ビールはないのかよ」

「ない」

「しけてんな」

「もう、帰ってくれよ」

「金のことはどうなる」

「だから、ちょっと頼んでみる。頼んではみるけど、三百万だとか四百万だとか、そんなには絶対に無理だよ」

「それはおまえが本気じゃないからだ」

「どういう意味？」

「もしもおまえ自身が、あるいはおまえの家族が、その三百万を返さないと保険をかけて殺されるとでも想像してみろ。『絶対無理だよ』なんて、暢気に言ってるか」

春輝の口真似のつもりなのか、情けなさそうな声を出した。

「殺されるって、それまじめな話？」

「たとえばの話をしている」

尚彦の顔つきをみていると、たとえばの話には思えない。「保険をかけて殺される」という突拍子もない話が、これほど唐突に出たということは、ほんとうなのかもしれない。

「頼んだからな」

春輝が返す言葉を探しているうちに、尚彦はドアをけ破るような勢いで開けて出ていった。

3

アラームが鳴っている。

条件反射で枕元に手を伸ばしたが、いつもの場所にない。そういえば、布団に寝ていない。

寝ぼけていた頭が急に覚醒していく。手をついて、上半身を起こした。畳の上で寝てしまったらしい。

あわてて、足元にころがっているデジタル時計のボタンを押した。

闇に浮かび上がった数字を見ると、そろそろ支度をして販売店に行かなければならない時刻だ。

尚彦が帰ったあと、きゅうにぐったりと力が抜けてしまい、布団も敷かずに畳の上に寝転がった。どうやらそのまま寝入ってしまったらしい。昨日はいろいろなことがあった一日だった。ふだんはせいぜい、鶴巻と歩いて食事に行く歌舞伎町あたりまでが行動範囲なので、神経も肉体も疲れてしまったのだろう。

身支度をして、販売店に向かう。

「おはようございます」

まだ真っ暗な中、仕事仲間がぞくぞく集まってくる。

「おはよう」「おはよう」そちらこちらで挨拶が交わされる。

やがて、配送トラックが着き、朝刊の梱包がどさっどさっと降ろされる。戦争のような忙しい時間が始まる。まして今日は日曜日だ。チラシの量が多いから、とうぜん積荷のかさも増える。つまらないことを考えている時間はない。

自転車を漕いで受け持ちの配達を終え、仲間と一服していると、ふらりと鶴巻が訪ねてきた。

「あら、こんにちはー」

「こんにちはー」

ふだん、たっぷりと鶴巻の手土産の恩恵に浴している従業員たちが、次々に元気よく挨拶する。

「はい、こんにちは」

「どうかしたんですか、こんな時刻に」

まだ朝の八時前だ。これまでは、どんなに早くても十時より前に来たことはない。

「なんとなくな」

「はい、鶴巻さん」

ハナエさんが、来客用の茶碗に入った日本茶を出した。口も達者だが手際もいい。

「ああ、どうもありがとう。申し訳ないが、今日はどこにも寄らずに来たので手ぶらなんだ」

「いいのよ、そんなこと気にしなくて。今度来るとき、まとめてで」

周囲にいたパートさんたちが、どっと笑った。

かなわんな、と鶴巻が頭を掻いた。

「ちょっとその辺を歩こうか」

「はい」

どうして、とは問わない。鶴巻は意味もなくこんな風に誘ったりしないからだ。

足早に歩く人たちの邪魔にならないように、狭い道を並んで歩く。自然と足は中央公園に向いた。

「何日か前のことだ。おれの会社の事務所が入ったビルの前をうろうろしている男に、うちの社員が気づいた。あんまり自慢にはならないが、そういうのには敏感な世界でね。宗岡というちょっと目端のきく社員が、あとをつけた。そうしたら、その男は、食い物屋を何軒か回ったそうだ」

鶴巻が口にした店の名は、いつも鶴巻が春輝に食事をごちそうしてくれる店だ。そして、宗岡という人物のことも、何度か顔を合わせて知っている。鶴巻の運転手兼秘書のような役だ。体つきがたくましいし、いかにも武道の心得がありそうなので、ほかにも役目はあるのかもしれない。

「宗岡は、その男が、てっきりおれを狙っているのだと思ったらしい。もう足を洗ったんだが、いまでも恨まれてないとは限らないからな。それで、どこかで締め上げてやろうとあとをつけたら、なんと大里さんと立ち話をしている。大里さんの知人なら手荒なことはできない。それでもって、あとをつけていったそうだ。そうしたら、中央公園の脇に自転車がとめてあって、それに乗って行く。さすがに走ってはいけず、タクシーを捕まえたが、路地に入られて見失ったそうだ。その男に心当たりがあるかね」

「たぶん、尚ちゃん――小田尚彦という男だと思います。古い友人です。ご迷惑をおかけしたならすみません」

鶴巻は、いいや、と首を左右に振った。

「迷惑はかかっていない。それよりその宗岡って男は、意地っ張りなやつでな、向こうはそんなつもりはなかっただろうが、結果的にまかれたことが悔しかったらしい。翌日もうろついているところを見つけて、今度はバイクで後をつけた。アパートをつきとめたそうだよ」

「どこに住んでいるんですか」

「練馬だ。練馬区と豊島区の境あたりにある、いまどき珍しいような朽ちかけたアパートだそうだ。家賃三万のところ、窓枠が歪んで開かないので二万八千円に値切ったそうだ。それでさえ家賃を滞納して、出ていってくれと催促されているらしい。宗岡が大家に直接聞いたから間違いない。――なあ、大里さん。あの男につきまとわれているのか。それとも、また千穂さんが狙われているのか」

「千穂さんではないと思います」

「それならいいが」

事務所を間借りされた直後は迷惑がっていたが、最近では情が移ったのかもしれない。

公園が見えてきた。

「もしお時間が許せば、ベンチに座って話しませんか」

「喫茶店でもいいが」

「天気がいいので、公園にしませんか」

「わかった」

日が差すベンチをさがして並んで座った。

〝力〟に関することはぼかして、尚彦との小学生時代からのつきあいについて説明した。話の流れで、借金のことも説明することになった。どうやって切り出そうかと思っていたので、そこは都合がよかった。聞き終えた鶴巻がふうとため息をついた。

「そういう人間はたくさん見てきた。いやになるほどね。荒れた生活で体を壊して死ぬか、わずかな金のやりとりで刺されて死ぬか、保険をかけられて突発的事故で死ぬか、いずれにしても長くはない」

それは春輝も感じていた。顔色の悪さだけでなく、尚彦の顔には死相としか表現のできない、鬼気迫る暗さがあった。

「それでいくらいると？」

「できれば四百万、最低でも三百万だとか」

尚彦のことばをそのまま伝える。

「担保もなしに三百万も貸せと」

鶴巻がぼんやりとした口調で繰り返した。怒っているふうでも、あきれているふうでもない。今夜のメニューはカレーライスか、とつぶやいただけのようにも聞こえる。それがかえって、鶴巻の静かな怒りを思わせた。春輝はあわてて付け加える。

「あの、いまのはただ尚ちゃんの言い分を言っただけで、無理なのはわかっています。それよりゼロが一個少ないぐらいでいいので、しばらく貸していただけませんか」

「大里さん」

鶴巻があらたまった呼びかけかたをした。半身をひねって春輝を見ている。

「はい」

「おれは大里さんに借りがある。大里さんが困っているなら、三百万が三千万だって都合をつけよう。しかしそれはおれと大里さんの問題だ。他人が割り込む話じゃない」

「はい」

「それに、商売となれば、いくら半分は個人営業みたいな会社でも、無担保無保証ってわけにはいかない」

「わかります」

「道はふたつある。ひとつは、その小田尚彦とかいう男に話をつけて、金を貸すどころか二度と大里さんの前に姿を見せないように納得してもらう」

「納得、ですか」

鶴巻が、ふん、と笑った。

「もうひとつは、連帯保証人をつけて三百万を貸す手だ」

心の暗雲が晴れて、隅っこに青空がのぞいた気分だが、とても重大な問題がある。

「彼のために、三百万円もの借金を保証する人なんて、いないと思います」

ましてて、連帯保証人となれば、借りた本人と同じ責任を負うことになる。

「いるさ。大里さん、友達なんだろ」

「ぼくですか」声がうわずってしまった。「ぼくは、保証人になることはできても、代わって返済するのに何年かかるかわかりません」

「だから、もう一枚保証人を噛ませる。この業界ではよく使う手だよ。一枚どころか、二枚三枚とかませる。網を何重にもしておけば、どこかでひっかかるからな」

「もっと無理です。ぼくの保証人になってくれる人なんて……」

「おれがなる」

「絶対にいません――いま、なんて？」

「おれが、大里さんの連帯保証人になると言った」

「そんなのおかしいです」

「おかしくはないだろう。大里さんは友達だから小田の保証人になるんだな？　だったら、おれが大里さんの保証人になるのに不思議はないだろう。資産的にもまあ問題ない。それに、そう長い命じゃない」

「鶴巻さん――」

「はは、そう暗い顔をしなさんな」

どう答えていいかわからなかった。黙って考え込んでいると、鶴巻が肩を軽く叩いた。

「あんたが気に病むことじゃない。見も知らぬ男に、おれ個人の金を貸すいわれはない。

しかし、商売となれば別だ。ちゃんとした保証人のついた客に、金を貸すのは問題はない。おれが大里さんの保証人になるのは、単におれ個人の問題であって、商売とは関係ない」

　そんな屁理屈は、尚彦の口からすら、聞いたことがない。

「鶴巻さん」

「だから、そう情けない顔をするな。個人的な財産などいくらあっても意味がないと、あのとき思い知らされた。あの夜、あのまま天国に行ってたら、札束を何億円ため込んでいたって、火葬場の燃料がわりにもならなかったからな。だが、それはそれ、商売は手を抜いちゃいかん。たとえ、相手が親兄弟でも、死の床にいようともな」

「ありがとうございます」

　鶴巻はどうということもないというように、うん、と小さくうなずいて話題を変えた。

「ひとつ教えてもらいたいんだが、大里さんがあの小田という男に、そこまで恩義を感じる理由は何かね。子供のころ仲がよかったというが、それだけでこれほど友情が長続きするものかね。それに、大里さんは話をぼかしているが、どうもいじめられてたような気がするんだ。あの男に何か大きな借りでもあるのかね」

　やはり鋭い人だと思った。ただの詮索好きではないだろう。春輝が心の底の箱の中に押し込めて、自分でも蓋を開けないようにしてきた事実に、うっすらと気づいているらしい。どうしよう、説明すべきだろうか。話したくはない。口に出してしまえば、自分の醜い部分を認めたことになる。しかし、ここまでの鶴巻の恩義には嘘で応えたくない。

「むかし、初めて出会ったころ、彼はいじめられていました。その当時、ぼくはいじめられてはいませんでしたが、親友と呼べる友達もいませんでした。ある日、ぼくのほうから声をかけたんですが、単に彼に同情したからばかりではありません」

そこで言葉を切って鶴巻の反応を待ったが、黙って正面を向いたままだ。

「正直に告白すると、ぼくの胸には打算がありました。彼ならぼくが誘っても断らない。きっと——もしかしたら、喜んで友達になるはずだと」

鶴巻は何も言わず、身じろぎすらせずに聞いている。

「それだけではないんです。バスケの試合で、彼でなくぼくがレギュラーに選ばれたとき、ぼくはコーチに、彼をレギュラーにしてくれと直訴しました。それは、彼のほうが上手いと考えたからではないんです。これで、彼が感謝して、疎遠になった仲がもとに戻るんじゃないかと計算したんです。中学生になって、彼は上級生にカツアゲをされたりしていました。その当時、ぼくがちょっとだけ仲良くしていた子がいました……」

「ちょっといいかな」鶴巻がここで初めて割り込んだ。「それは女の子か」

「はい」

「なるほど」ふっとほほ笑んで、先を促した。「続けてくれ」

「その子のお姉さんは、なんていうか、学校の不良の中でも地位のある人でした」

「ずいぶん持ってまわった言い方だな。いまじゃすっかり死語になったが、昔のスケバンとかいうやつか」

「そうです。そういう人でした。その人にお願いすれば解決するんじゃないかと思ったんですが、すぐにはお願いしませんでした」

「しづらかったのではなく、わざと？」

「両方です。怖い人でしたので――本当は優しい人だったんですけど――気軽に何かを頼める雰囲気ではなかったんです。でもそれは言い訳です。ぼくの中で、少しだけ、ほんの少しだけ『いい気味だ』という気持ちがありました。こんなに親切にしているのに、どうして冷たくするのかと。だから、彼がもう少し誰かにひどいことをされる悲しみを味わってから助けを求めようと思ってしまいました。ぼくは、そういう人間なんです。偽善者でとってもいやな人間なんです――」

しばらく続いた沈黙を破ったのは、鶴巻だった。

「それで終わりか？」

「それで終わりです」

「そうか。ぜんぶ吐き出してすっきりしたら、モーニングでも食いにいこうか。いつになく朝早くから歩き回ったから腹が減った。――大里さん、つきあってくれるだろう？」

鶴巻行きつけの喫茶店で、モーニングを食べながら、ぜんぜん別なことに話題を変えたくて、佐久間夫妻の話題を出した。

〝佐久間〟という名を出したときにほんのわずか、鶴巻の顔の筋肉が動いた。しかし、口を挟まずに聞いていた。ただ、あまり機嫌がよさそうには見えなかった。

ひととおり話し終えても、あいづちすら打ってくれない。とうとう我慢できずに訊いた。

「何か、不愉快なことを言ったでしょうか」

鶴巻は短く「いや」と応えて、首を左右に振った。それで唐突に会話は終わった。

つきあい始めて半年、鶴巻の人となりはわかってきた。何かある。ただ、機が熟さなければ鶴巻は何も言ってくれない。


夜になって尚彦から電話が来た。公衆電話からだ。

毎日アパートや勤務先に来られてはかなわないので、携帯の番号を教えた。

〈なんとかなるか？　三百万〉

「なるかもしれない。もうちょっとだけ待って」

〈本当だろうな。いつだ。急いでくれ〉

「大金だし、担保もなしに借りるわけだから、右から左にというわけにはいかないよ」

〈つべこべ言ってないで、早くしてくれ。明日の午後、また電話する〉

背後で電車の音がしていた。携帯電話を持つ金がないのか、警戒しているのか、こちらからの連絡方法は教えてくれない。

それにしても、どうやら毎日のように、春輝の様子をさぐりに来ているらしい。そんな暇があったら働けばいいと思うのだが、せっぱつまった人間は、理屈では考えられなくなるものなのかもしれない。

また、熟睡できない夜がきて、明けきらぬうちに自転車を漕ぎだしてゆく。

世の中の悲しみや憎しみと関係なく、いや、そんなものに満ち溢れた世の中だからこそ、この仕事はあるのかもしれない。自転車の前と後ろのカゴに朝刊を入れ、路地を進む。

明けの明星が出ている。ぽつんとひとつ明るく燃えている星を見ると、なんとなくペダルを踏む足に力が湧いてくる。

ブレーキをかけ、スタンドを立てる。ポストに新聞を差し込む瞬間の手応えが好きだ。ふたたびスタンドを跳ね上げ、次の家をめざしてペダルを漕ぐ。きこきこと規則的な音が、夜明けの路地にしみ込んでいく。

空がだいぶ白んできた。しかしまだ、朝日が顔を出すには間がある。この黎明の静けさが、気持ちを落ち着かせてくれる。

一度クリアになった頭に浮かんだのが、佐久間夫妻のことだった。

金持ちだから、という理由で反発するつもりはない。自分のささやかな力で彼らの苦痛がやわらぐなら、少しも労を惜しむつもりはない。

しかし無理だ。自分に役に立てることはない。

そして、千穂の問題だ。

わざわざあの夫婦に引き合わせたということは、春輝になんらかの結果を期待したのだろう。その目的はもちろん仕事につなげることだ。それもまた、非難するつもりはない。まずは好印象を与えることが、特に信用を武器にする商売では必要だろう。

しかし、人の命をその道具にすることには抵抗がある。

そして鶴巻の沈黙が気になる。何を知り、何を考えているのだろう。

4

「ねえ大里さん。なんだかぼうっとしてない？」

配達を終え、いつものように皆と一服していると、ハナエさんがせんべいをかじりながら、春輝の背中を肘でつついた。

「はあ」

その答え方が面白かったのか、皆が声をあげて笑った。

先週末のころ、まるで春輝を中心に世界が回っているかのように、みんなが接触してきた。それが、昨日の月曜に、ぱたりと止んだ。少し前の状態に戻っただけなのだが、朝からずっと雨降りだったせいもあって、なんとなく気が抜けたような一日だった。

尚彦だけは夕方に電話をしてきた。まだ金はできないというと、これまでと同じような懇願と脅しのことばを並べて切った。気のせいかもしれないが、どこか遠くにいるような気がした。

今日は天気がいいから、公園で本でも読もうかと考えていた矢先、鶴巻から連絡が来た。

金の用意ができたという。ほっと息を吐き、礼を口にする。

それでどうする、と問われたので、まだそちらで預かってくださいと答えた。

ピッキングどころか、力を込めて回せばノブごと外れてしまいそうな、あのおんぼろアパートの部屋に、たとえ一夜でも、三百万もの金を置いたのでは、心配で何も手につかなくなってしまう。そう言ったら鶴巻は、三百万ぐらいで大げさな、と笑った。

預かるのはいいが、渡すには条件があるという。

〈その小田という男がひとりで来るのはだめだ。保証人である大里さんが立ち会わないと〉

ふたり揃って署名捺印しろという。三百万という金を貸すのだから、当然だろう。もしかすると、古風なところのある鶴巻だから、尚彦と春輝を並べて説教でもするつもりかもしれない。あまり気のりはしないが、はい、と答えた。

鶴巻は、ついでに、という感じで誘ってくれた。

〈今日このあと、どうせ暇なんだろう。昼飯を食ってから、将棋でも指さないか〉

「わかりました」


最近よく行く和食の店で親子丼をごちそうになった。

食べているあいだ、鶴巻は三百万のことは、まったく口にしなかった。それだけでなく、やはりどこか不機嫌なようだ。

あがりのお茶を飲みながら、たまりかねて、春輝のほうから切り出した。

「三百万円は、やっぱり無理がありましたか」

鶴巻は、ようやく自分の不愛想さに気がついたらしく、首を振った。

「いや、そんなことじゃない」

「ならば、佐久間さんご夫婦のことで、何かご存じなんですか」

「まあな。実は少しだけ気になることがあって、調べてもらっている途中だ。何かわかったら教える」

「そうですか」

気落ちしたのが伝わったのだろう。鶴巻は視線を宙に浮かせていたが、やがて腹を決めたように「そういうことなら」と言った。

いつもの、鶴巻馴染みの古い喫茶店に入った。

鶴巻は静かな口調で、佐久間夫妻に関して、現時点でわかっていることを話してくれた。とてもショッキングな内容だった。

できればそんな話は聞きたくなかった。

事務所で指した将棋は、二番とも負けた。


夕方、尚彦から連絡が来た。

〈金はできたか〉

着信を見ると、また公衆電話かららしい。

「いまどこ？」

〈ちょっと東京を離れてる。それより、金はできたか〉

「借りられた。三百万円」

息を飲む気配が伝わった。

〈ほんとうか。嘘じゃないだろな。おまえは嘘つきだ〉

「ほんとうだよ」

〈いま、そこに持ってるのか〉

「ないよ。この前見ただろ。このアパートじゃ危険すぎておけない。鶴巻さんの事務所の金庫で預かってもらっている」

しばらく沈黙が続く。ときおり、背後を車の通り抜ける音がするが、いつもに比べてかなり静かだ。

〈今日はちょっと無理だ。明日の昼間、おれが取りに行くから、手配しておいてくれ〉

「だめだって」

〈何が〉

鶴巻から釘をさされたことを伝える。

「ふたり揃って署名捺印しろって言われてる。ぼくが連帯保証人になってるし」

〈おかしなことたくらんでないだろうな〉

「ないよ。だいじょうぶだよ」

結局、新宿六丁目にある、鶴巻の会社の入ったビルの前で、明日の正午に待ち合わせることになった。尚彦は、あの場所をすでに知っているどころか、何度も足を運んだはずだ。

このことを伝えるため、鶴巻に連絡を入れようとしたが、携帯に電源が入っていない。しかたなく、事務所に連絡を入れた。何しろ、三百万だから、いきなり訪ねていって「ください」というわけにもいかないだろう。

〈はい〉なんとなく緊迫感のある声が答えた。

「大里と申します。鶴巻さんと連絡が取りたいのですが」

〈もう一度お名前を〉

「大里春輝と申します」

〈少しお待ちを〉

いきなり保留音になった。数分待たされたあと、聞き覚えのある声に替わった。

〈宗岡です〉

「あ、こんにちは。鶴巻さんの携帯に繋がらないものですから」

〈鶴巻はちょっと仕事の関係で取り込みがありまして、電話に出られないようです〉

「実はお願いがあるのですが」

〈金のことなら聞いております。どうされますか〉

金融会社のほうへ明日の正午に、受け取りにうかがいたいと伝えた。経営母体は一緒だが、金融の窓口は、鶴巻のいるフロアのすぐ下の階だ。

〈わかりました。ビルの前がちょっとごたついているかもしれませんが、お気になさらずに〉

なんとなく奥歯に物が挟まったような感じだなと思ったが、あれこれ詮索してみてもはじまらない。鶴巻はもともと、謎の多い人物なのだ。

13　二〇一四年　楓太

宮本楓太が千穂と食事をしてからまだ二日も経っていない。

しかしもう二十年も会っていないような気がする。千穂に連絡を取ろうとしているのだが、昨日一日なぜかつながらなかった。

忙しそうな仕事だからしかたないと思いつつも、せっかく田崎係長と和解できて、元気がみなぎってきたのに、残念な気持ちでいっぱいだ。

それに、ただ声が聞きたいだけでなく、用事もあった。

あの臓器提供意思表示カードとかいう紙をなくしてしまったのだ。会社で書こうかと思ってバッグに入れたのだが、どうやら『ダニー・ボーイ』のビラにまぎれて客先で渡してしまったらしい。受け取った店員も、きっとびっくりしたに違いない。

そんなわけで、千穂からもう一枚もらおうと思っているところだった。

火曜日の昼前に千穂から電話が来た。

〈あのカード、どうなりました？〉

ほんの少し早口な気がする。やはり忙しいのだろう。

「それが、なくしちゃって。ごめんなさい」

スマートフォンを耳に押し当てたまま、九十度のお辞儀をした。

〈そうですか〉と、千穂の少し落胆した声が聞こえる。

とても悪いことをしてしまったような気分になった。いい歳した大人が「なくしました」というのはたしかに情けない。吉井課長なら大激怒だ。

「ほんと、ごめんなさい」

すぐに、いつもの明るい千穂の声に戻った。

〈しょうがないです。だったら、役所とか警察とか、公的機関の窓口にも置いてありますけど、近々寄る予定はありますか〉

「ええと、都庁のそばは通るけど、どこにあるのかよくわからないし」

つっと小さく舌うちしたような音が聞こえた。風のせいだろう。

〈わかりました。では、ほかに詰めたいこともあるので、わたしの事務所へ来ていただいてよろしいですか〉

「先日いただいた名刺にあった住所ですね」

〈はい。ただ、まだまだ間借り状態で、机ひとつで恥ずかしいんですけど〉

「とんでもない。独立してやってるなんて、すごいことですよ」

お世辞ではなかった。自分なんか足元にも及ばない、すごい女性なのだ。

明日の正午に会うことになった。

新宿六丁目――。

電話を切ったあと、千穂からもらった名刺を探し出して、場所を確認する。あれっと首をかしげた。この表記は、ごく最近、別な名刺で見たような気がする。誰にもらったものだったろう。

まあいいか――。

少し考えてみたが、思い出せないのであきらめた。そのまま営業に回ろうとしたが、念のため、一度下見をしておくことにした。明日、遅刻したくない。

スマートフォンのマップ機能を使いつつ、現地に向かっていると、向こうから、知った顔が近づいてくるのに気づいた。大里と鶴巻だ。どうしよう、知らんぷりは一度見破られているし、鶴巻には世話になった上にきちんと礼もしていない。

挨拶するしかないと腹をくくって待っていると、ふたりが立ち止まった。大里はなんとなく元気がなさそうだ。鶴巻が不愛想ながらも慰めているように見える。何をしゃべっているのだろう。

――お気に入りのバナナオレが売り切れだったんです。

――そんなに気を落とすなよ。世界からバナナは消えてなくならない。

――そうですよね。生きていれば、いつかきっとバナナオレが飲めますよね。

勝手にふたりの会話を想像してくすくす笑っていると、やがて右と左に別れ、ひとりになった鶴巻と目が合った。

「こんにちは、鶴巻さん」とあいさつした。

「お礼が遅くなってすみませんでした」

直角のおじぎをすると、鶴巻に「ちょうどいい、少し話がある」とお茶に誘われた。

断るわけにはいかない。この前と同じ古ぼけた喫茶店に連れていかれた。店主が鶴巻に、あれ今日は忙しいね、と声をかけた。

「あの、ユウジとかいう男の件はありがとうございました」

席に着くなり、もう一度頭を下げた。謝罪だけは手馴れている。次から気をつけろと説教をされるかと思っていたが、鶴巻はただうなずいただけだった。

「それで、ユウジは何か言ってたか」

「ええと、――何も教えてくれませんでした」

「教える？」

「あ、いえ、特に何も」

あわてる楓太を見て、鶴巻がふっと笑った。

「がんのことなら気にするな。いまさら隠してもしかたない。それより、おまえさんが金をだまし取られた女の名はなんといった？」

「亜樹ですか。吉沢亜樹」

「やっぱりそうか。その女の消息わかったぞ」

「え、どうしてわかったんですか。どこにいるんですか」思わず身を乗り出した。

「まあ、興奮するな」鶴巻がグラスの水に口をつけた。

楓太も、真似をして喉を湿らせた。

「たしか、去年の年末の話だったな」

「はい。会社からいなくなったのが、そのころです」

「その女、あっちこっちの街金からもつまんでた。最後は、クレジットカードでブランドもの買いあさって、すぐに売っぱらって現金化した。そしてそのままとんずらした」

「そんなことしたら、犯罪じゃないですか」

鶴巻の半分閉じたような目が、一瞬だけ鈍く光ったように見えた。

「もちろん犯罪だ。そもそも、あんたらが金をだまし盗られたのだって、立派な犯罪だろう。どうして届け出ない」

「それは、ちょっと」勢いを削がれてうなだれた。

「おまたせしました」

うつむいた顔の先に、コーヒーが置かれた。うつむいたまま砂糖を入れて、ぐるぐるかき回す。

「堅気の連中は、すぐに『授業料だと思って』とか言うな。腹の太いところを見せたようで、実は回収する根性がないからだ。揉めて騒ぎになるくらいだったら、金を損したほうがましだ。そう思っているだろう」

そのとおりだったので、小さくうなずいた。

「だから舐められる。役人や上場企業の社員ってのは、堅く守られているように見えるが、個人個人にばらしてみれば、強請《ゆすり》まがいの商売のいいお客さんだ」

「そうですか」

少し前ならば、調子に乗って、まったくですよね、などと相づちを打っていたかもしれない。

「しかし、その女は少し甘く見過ぎたな。サラリーマン相手に小金を稼いでいればいいものを、企業にも手を出した。街金の債権のいくつかは回収屋に回った」

「それはどんな——」

「回収屋か？　取り立てが難しい債権を、見込みの高さに応じて、下は一パーセントから、上でもせいぜい五パーセントで買い取る。追い込みをかけて、回収できた額が儲けだ」

「亜樹はその標的になったんですか」

「もう見つかった」

「み、見つかったんですか」思わず大声を出してしまった。

周囲のざわめきが一瞬途切れ、視線が集まった。鶴巻は知らんぷりをしている。楓太は頭をかきながら、すみません、と詫びた。

だって、驚くのも無理はないですよ、と弁解したかった。こんなに早く亜樹の居所がわかっていたなんて。

「まあ、プロを舐めてはいけない」

「どこにいたんですか。いま、どうしてるんですか」声をひそめて尋ねる。

「鳥取の田舎町のスナックにいた。昔の知り合いを頼ったらしい。田舎に行きゃ姿をくらませると考えるのは素人だ。東京にいたほうが、まだ逃げられたかもしれない」

「で、金は？」

「詳しい額までは知らないが、ほとんど手元に残っていなかったらしい。実家に抵当つけてた、追い込みのきつい街金に返して、残りは男か買い物か。自己破産しときゃよかったのにな」

「いま、どうしてます？　居場所わかりますか」

鶴巻が、鉄板でさえも射抜きそうな目で楓太を見る。

「それを聞いてどうする。まさか、金を取り返そうってんじゃないだろうな」

「で、できればそうしたいかな、と」

「回収のプロが出てきたんだ。もうあきらめろ。とばっちり食うのが関の山だ。本気で食い込む気があるなら、うちが代行してもいいが、二十万じゃ元がとれないぞ」

「わかりました」納得はいかないが、あきらめるしかなさそうだ。「亜樹はどうなるんでしょう」

「さあな。五百万からの金を踏み倒した若い女がいて、そこそこの上玉らしい。てっとり早く稼ぐ方法は自ずと決まってくる」

「そういうことですか」

ついさっきまでは恨み骨髄だったのに、あわれな末路を聞くと同情心が湧いてきた。

「だから、おまえさんもその二十万のことは、忘れるんだな」

はい、と素直にうなずいた。

「あのう」

「なんだ」

「どうして、わざわざ親切に教えてくれたんですか」

　ずっとひとごとのように淡々と話していた鶴巻が、そこで初めて言い淀んだ。腕を組み、やや上空のあたりを見つめてから、ふっと笑った。見間違いでなく、本当に笑った。

「大里さんの病気が伝染《うつ》ったのかもしれん」

「病気ですか」

「ああ、そうだ。ひとりでいるのが好きなのに、困っている他人が気になってしょうがない。そうして気を揉んでは、己の至らないところを見つけて自分を責める」

「変わってますね」

「楽しいことはひとつもない」

　鶴巻は嘆息してから、それからな、と付け加えた。

「あんた、新妻千穂という女性とつきあっているか」

「え、どうして――あ、そうか、千穂さんは大里さんと知り合いですもんね」

「まあ、そんなところだ。それはどうでもいい。悪いことは言わない。せいぜい、小口の投資信託あたりのつきあいで止めておくんだな」

「どういう意味ですか」

「急に親しくなったんじゃないか」

「それはまあ」

「さっきの、吉沢亜樹とかいう女から何を学んだ」

亜樹と千穂を一緒にして欲しくはない。

「でも、千穂さんは一円だって金を貸してくれなんて言わないし、逆にディナーをごちそうしてくれました」

「五年ほど前に、北海道の資産家が亡くなった……」

急になんの話を持ち出すのだろう。理由にひっかかるが、心当たりがあった。

「もしかして、なんとかチョウのおかげでお金持ちになった、シンデレラガールのことですか」

「ほう、知っているか」

鶴巻がほんの少し感心したような口ぶりになった。はい、と控えめに胸を張った。最近週刊誌の記事で読んだばかりだ。記憶力には自信がある。

「あの女子大生、めちゃくちゃラッキーですよね」

「あまりこんなことは言いたくないが、千穂さんはあの子と同じ大学の出身だ。学年も一緒だ。知り合いの可能性はある」

「でも、たしか千穂さんは、東京の大学に通っていたようなことを言ってましたよ」

何かの勘違いだろう。

「あんたが気にしないなら、べつにかまわない。忘れてくれ」

その言い方が気になる。仮に同じ大学の出身だったら何がいけないというのだ。

「すみません。何かご存じなら教えてくれませんか」

「こまかいことは知らん。しかし、そのチョウの子は、いまは一文無しどころか借金をしている。二度ほど支払いが滞って、同業から連絡が回ってきた」

「同姓同名の別人では？」

「まあいい、めずらしく長話をして疲れた。元気でやれ」

そういって、伝票を摑んだ。

何が言いたいのかさっぱりわからなかったが、引き留められる雰囲気ではなかった。

14　二〇一四年　春輝

大里春輝は、鶴巻にもらった腕時計を見た。

時間が経つのが遅い。待ち合わせの正午までまだ三十分以上もある。

いつもの公園に座って、昨日鶴巻から聞かされたことを、ぼんやりと思い返していた。

まだすべてわかったわけではないがと前置きしてから、コーヒーと煙草の臭いがしみついた喫茶店で語ってくれたことを。

佐久間夫妻に資産などないと言う。

実際、不動産の名義はまだ佐久間康晴になっているが、ほぼすべてに抵当がついており、処分すればおそらくマイナスになるだろうとも。

――どうしてあんな嘘をついたんですか。見栄ですか。

――もちろん、見栄もあるだろう。しかし、金があると思わせたほうが、みんなが力を貸してくれる。

――でも、たとえば奥さんの手術とかになれば、現実にお金がかかりますよね。大きな家に住んでいても、ただそれだけでは、病院も引き受けてくれないと思いますが。それに、奥さんはそんなことを隠しているふうに見えませんでした。

――ひょっとすると、妻には正確な資産状況を、知らせていないかもしれない。考えようによっては、だからこそ、世間にも隠さざるを得ないのかもしれない。

それはありそうだと思った。あの、康晴が寿子に見せた愛情は、本物に見えた。妻の安穏がすべてに優先する、ということか。

鶴巻はそこでしばらくことばを切り、ゆっくりとコーヒーをすすった。

――ずいぶん話は遡るが、あの夫婦にはずっと子ができなかった。それで、三十五年ほど前に養子をもらった。当時十五歳の少年だ。もともと旧家ではあったらしいが、当時は零落しかけていた。養子になって三年後、少年は入浴中に心臓発作で死んだ。病死だったとしかわからない。警察が介入した形跡はなかったから、遺体に不審な点は見つからなかったんだろう。

――悲しい思いをされているんですね。

――保険金が二億五千万ほど入った。多少大きい金額ではあったが、上流階級ではあったし、死因に不審な点が見つからなかったんだろう。その直後にバブルが始まった。株や土地をうまくさばいて、あっという間に名実ともに大富豪の仲間入りをはたした。あまり転がっている話ではないから、名前だけは知っていた。それでこの前、ピンときた。

たしかに数奇な運命だとは思うが、そのどこに鶴巻はひっかかっているのかと尋ねた。

――あの夫妻、特に夫が、いま欲しがっているものがふたつある。臓器と金だ。あくまで可能性の話だが、それをいっぺんに解決する方法がある。養子をもらうんだ。臓器提供には「親族優先提供」という仕組みがある。いろいろ細かい条件はあるが、一般的な提供と違って親族に優先的に提供されることになる。これはうちの社員からの受け売りだがね。それから、保険をかけていれば金も入る。

——つまり、その養子になった人が死ねば、ということですよね。

——生命保険は免責期間のあいだは自殺では金が下りないし、親族優先提供の場合も、自殺は対象外だ。つまり、事故死か病死であることが条件だな。

——そんなに都合よくいくでしょうか。

——世の中は偶然でばかり動いているわけではない。

——奥さんが悪いのは腎臓だと聞きました。

——ならばもっと話が早い。提供者が生きていても移植できる。蛇足だが、最近では移植後の拒絶反応を抑える薬もあるらしいが、同じ血液型のほうがなおいいそうだ。ちなみに奥さんはO型だ。

鶴巻の話にも、ようやく筋道が見えた。自分もO型だ。あまりに荒唐無稽な空想で、鶴巻にしては大げさに考えすぎだと思う。しかし、せっかく心配してくれているので、ようするにあの夫妻から「養子にならないか」と誘いを受けても断ればいいのですね、と確認した。

しかし、それも的外れだったらしい。鶴巻は渋い表情のままだ。

——どうしておれがこんな話をする気になったと思う？

――ぼくを心配してくれたのかと。

鶴巻は悲しそうに首を振った。

――千穂さんがうちの事務所に机を置いているのは知ってるな。最近そこで電話をするときに、よく「佐久間さん」という名が出る。それだけでなく、どうやら大里さんの知っている人間を、引き合わせようとしているらしい。おれが、彼の名を知らないと思って、気を許したんだろうな。

――知っている人間って、まさか。

鶴巻は悲しそうな目をして小さくうなずいた。

――あの若造、なんとか座のO型だと愚痴をこぼしてたよな。

背中の毛がざわつく。

――まさかそんな。千穂さんがそんなことを計画してるわけないですよ。

否定したが、佐久間邸を辞する直前に、切れ切れに耳に挟んだ会話がよみがえった。

〈ですから、親族優先の特例を適用するんです〉〈そんなに都合よく見つかるものかね〉

〈すでに〉

春輝が何も言えずにいると、鶴巻がかすれ気味の声で言った。

――千穂さんは、うちの社員が調べていることに、うすうす気づいたらしい。勘の鋭い子だからな。近く、千穂さんと腹を割って話してみる。まさか、そこまでの計画に乗っているとは思いたくない。ただ気に入られたくて、深く考えずに協力しているだけだとな。それに、不動産登記簿の閲覧は、比較的簡単にできる。素人でもな。もし打算なのだとしたら、あの彼女が調べていないはずがない。資産に抵当権がついていることは、すぐわかったはずだ。ただ……。

――ただ、なんです？

――いや、なんでもない。

鶴巻はその先を言わなかったが、春輝には想像がついた。

「ただ、保険金の受け取り人が、佐久間氏である必要はない」

そうは思いたくない。あの康晴や千穂がそこまでの冷血だとはどうしても思えない。それとも、欲望が人間を変えてしまうのだろうか。


そのやりとりのあと、しばらくほかのことが考えられないでいる。

会社近くの路上で別れて以降、鶴巻の電話がつながらないことも気にかかる。宗岡という従業員の、なんとなくはっきりしない物言いも。

しかし、鶴巻のことだから、きっとうまく解決してくれるだろう。彼にできないことはない。あの傷だって、きっと本人の並外れた生命力が治させたのだ。


公園脇の北通りを歩き、大ガードを抜けて靖国通りを進む。

相変わらずの人の多さだが、このあたりはこれという抜け道もないのでしかたない。歌舞伎町を過ぎ、明治通りに折れ、新宿六丁目を目指した。

約束の十分前に、鶴巻の会社が入ったビルの前についた。

いま、その狭い道に何人か立っている。しかも、どうもただの通行人ではなさそうだ。いわゆる裏稼業らしき人相風体の男たちもいるが、制服の警官もいる。何かあったのだろうか。そういえば、宗岡は昨日の電話で〈ちょっとごたついているかもしれませんが〉と言っていた。このことを予測していたのか。

ビルに近づこうとしたら、制服の警官に呼び止められた。

「このビルの関係者ですか」

「いえ。でも約束があって」

「約束？」けげんな表情になった。

「あ、なんでもないです」

巻き込まれたくなかったので、すぐにそばから離れた。もう少し様子を見てみよう。

さきほどの警官にちらちらと視線を向けられながら、きょろきょろしていると、ビルの中から宗岡が出てきた。

近くにいた人相の悪い男たちが、うっす、などと挨拶している。胸がどきどきしてきた。

「すみません、大里さん」大股で近づいてくる。

「あのう、鶴巻さんは」

「実は——」

そう言いかけた宗岡の顔が、ものすごく悔しそうな表情だったので、何かあったのだとわかった。

「どうかしたんですか。鶴巻さんに何かあったんですね」

「社長に言うなと命令されたんですが、言わないわけにはいきません。昨日の夕方、刺されたんです」

「刺された？　誰にですか。どこでですか」

「この近くです。ヒラタって名前のちんぴらです。社長に叱られたユウジっていう兄貴分にヤキ入れられたのを逆恨みしやがって、待ち伏せてたみたいです。匕首《あいくち》で腹を……」

「それで、鶴巻さんは。どこの病院ですか」

「救急車で運ばれるときに、大里さんには言うな、金を用意しておけ、そのふたつだけ言い残しました」

言い残した、ってどういうことだ——。

「だからどこの病院ですか」

宗岡に詰め寄った。

そうだ、またあれを試してみよう。きっと助かるに違いない。

しかし、宗岡は悔しそうに太くたくましい首を振った。うつむいたその目から、涙のしずくが落ちた。

「まさか——そんな」

春輝の問いかけに、宗岡は言葉を吐くことができずただうなだれている。

「嘘だ。あんな強い人が。何かの間違いですよね」

宗岡がはなをすすりあげた。

「いま、金を持ってきます。店の周りはサツがいるので、すぐそこの角で待っていてください」

「宗岡さん」

春輝の呼びかけに応じることなく、宗岡が走り去った。

「おう、ハルキ」

宗岡が去るのとほとんど入れ替わるようにして、尚彦が現れた。目が血走っている。風呂にも入っていないのか、髪は脂ぎってぼさぼさだ。

「金はどうした——おまえ、なんだその顔」

普通でない雰囲気にようやく気づいたようだ。

「どうした。なんで警察がいる。おまえ、やっぱり何か企んでるな」

「尚ちゃん。お金なんだけど」

まさか。こんな状況で借りるわけにはいかない。

「今更、ないとか言いだすんじゃないだろうな。舐めてるとぶっ殺すぞ」

答える前に、別の声が割り込んだ。

「あ、大里さん」

いつものハイヒールの音をさせて、千穂が近づいてくる。その隣には、あの宮本青年もいる。なぜ？　まさか——。

「千穂さん」

「なんだ、こいつら」

尚彦の顔がますますひきつった。

「大里さん、どうかしたんですか」

千穂も、周囲の尋常でない雰囲気と、尚彦の存在に気づいたようだ。

「あ、この人、最近物陰からこそこそ覗いてる人です。怪しいですよ」

千穂が宮本に半身を隠すようにして、尚彦を睨んだ。

「うるせえ。おまえら、みんなでばかにしやがって」

尚彦がショルダーバッグに突っ込んだ手を抜くと、そこにはフルーツナイフのような小ぶりの包丁が握られていた。

「きゃあ」千穂の叫び声が、鼓膜を震わすほどの音量で響いた。

「なんだ、どうした」

ビルの前にいる人間たちが反応した。もともと張りつめていた空気が、一瞬で殺気立ったものに変わる。

「あの野郎、ナイフ持ってるぞ」

そんな声が聞こえた。

「くそっ、ばかにしやがって」尚彦の声が怒りで震えている。

「人殺しっ。誰かっ、人殺しですっ」

千穂が叫ぶ。半年前にも、似たような事件にあっているのだから、悲鳴をあげるのも無理はないだろう。しかしその声は、興奮状態にあった尚彦をますます錯乱させただけだった。

「ぶっ殺してやる」

尚彦がナイフを突き出す。千穂と宮本は、ぎりぎりのところでかわした。

「おいこらっ、そこ何やってる」

警官が叫びながら走り寄ってくる。凶暴な人相の男たちもそれに続く。その動きがさらに尚彦を混乱させたようだ。

「くそっ」

尚彦は吐き捨て、ナイフを前面に構えて、体ごとぶつかっていった。

春輝には、まるでスローモーションのように、すべてが、はっきりと見えた。

尚彦が突っ込むのと同時に、千穂がすぐ脇にいた宮本の腕をつかみ、その後ろに隠れた。宮本の体が引っ張られる形となり、やや斜めになった。尚彦の突き出したフルーツナイフが、盾にされた宮本の、左の肋骨のすぐ下あたりに、あっけないほど簡単に刺さった。

いくつもの悲鳴と怒声が飛び交い、何人もの人間が尚彦を取り巻いた。

戻ってきた宗岡が、わめきちらしている尚彦に近づき、ナイフを持った腕をねじ上げた。もう片方の手で尚彦の髪をつかみ、その顔面を二度、三度と電柱に叩きつけると、ようやく尚彦のどなり声は止んだ。

折れた歯を吐き出し、鼻血を流しながらへたりこんだ尚彦を、警官が取り押さえた。

「痛てえよ」

道路に横たわった宮本楓太が、腹を押さえている。その指のあいだから、絶え間なく赤黒い血が流れ出している。

「楓太さん」千穂がその体にしがみついた。「しっかりして」

「ああ、千穂さん。痛い。痛いよ」

「楓太さん。嘘でしょ。大げさに言ってるだけよね。まだ……もしてないのに」

聞きとれなかったが、千穂の口は「手続き」と動いたように見えた。

「痛い。死ぬ」

「そんな。ねえ、嘘よね」

楓太の顔が見る見る白くなっていく。

「……いよ。すごく寒いよ。誰か、たすけ……」

「楓太さんっ」

「母ちゃん寒いよ……ごめんな、おれ、ほんとは……ほんとはさ」

「誰かっ」千穂が顔をあげて叫んだ。

遥かかなたまで聞こえるのではないかと思えるほど大きな声だ。

「誰か助けてください。まだこの方を死なせるわけにはいきません。早く助けてあげてください」

千穂の視線が春輝をとらえた。春輝の力を求めている。

立ち尽くしていた春輝は、ふたりに向かって足を踏み出した。

近づいていくあいだにも、楓太の顔から生気が失われていくのがはっきりと見てとれた。春輝が膝を折り、楓太の上からのぞき込んだとき、春輝の涙がそのほおに落ちたとき、すでに楓太は瞬きすらしなかった。

この青年が、どんな悪いことをしたというのだ――。

誰かと誰かの打算――そんなことよりも、まずはこの青年の命を救わねばならない。春輝は、警官らしき人間たちに肩を摑まれ、強引にどかされた。もみくちゃにされながら、ぼんやりと中空を見ていた。

もういやだ――。

もう、こんな世界はたくさんだ。

お願いです――。

自分に、おかしな力を与えた存在に対して訴えた。いや、祈った。

どうかお願いです。もうこんなことはやめにしてください。ぼくはどうなってもいい。もちろんこんな力なんていらないし、ぼくの命もいらない。

だから、お願いです。

どうか、元どおりにしてください。ぼくの命と引きかえに、こんな悲しいことは、もう終りにしてください――。

いままで、これほど何かを強く祈ったことはなかった。真澄の事故のときは、ぼんやりとした願いだった。鶴巻のときも、まだ半信半疑だった。

だがいまは、ひとつのことを強く念じた。全身で祈った。

――春輝は充分がんばったわよ。

懐かしい母の声が聞こえたとき、すっと、暗い世界に引き込まれていく感覚があった。

これまでより、ずっとずっと深くて暗い闇だ。

急速に薄れていく意識の中で、これでようやく母や真澄に再会できるかもしれないと思った。

15　二〇一四年　楓太

今日もまた宮本楓太は、新宿中央公園に来た。

四月の風は心地いい。

桜の花びらはゆったりと舞っているし、ほおをなでていく風も穏やかだ。

ナイアガラの滝の裏手にある、花壇前のベンチに腰を下ろした。

今日は、この公園の顔ともいえる『水の広場』で、炊き出しがおこなわれている。失業していたり、その日の食事に事欠いたりする人たち——もっと具体的にいえば、いわゆるホームレスの人たち——を救済するためのイベントだ。

テント脇に置かれた募金箱に、ランチ一食分ほどの金を入れ、炊き出しの邪魔にならないよう、裏手に回ることにした。待ち合わせの場所とは変わったことをメールで伝え、スマートフォンをバッグにしまう。

炊き出しのメインらしい、うどんの出汁の食欲を誘う香りが漂ってくる。

青空を背景にそびえたつような、都庁の高層ビルを見上げながら、思い出した。

——だとすれば、たぶんあと数年で、東京からホームレスの姿が消えるな。

会社で、いつも訳知り顔で説教する先輩が、そんなことを言っていた。

昨年、二〇二〇年夏の東京五輪開催が決まった。

当然の流れとして、この先、道路や駅、公園などの整備が加速度的に進む。だから、そういう人たちは居場所がなくなる、という理論だそうだ。

たしかに、気の早いことに、一部ではすでに着工している施設もあると聞く。ひとごとではない。楓太の勤務先から目と鼻の先にある、国立競技場も建て直しだ。このところ、テレビなどでも特集枠を組んで、今さら建設の可否が問われるほど、予算も規模も大がかりな工事になりそうだ。場合によっては、楓太の会社の移転もありうるという。

いろいろな思いが、次々と湧いてくる。

せっかく盛り上がっているが、オリンピックが開催されるころには、自分はもう東京にいないかもしれない。

農家を営んでいる、実家の父の体調が思わしくないようだ。はっきりとは口に出して言わないが、両親とも楓太に戻ってきて欲しいと思っているのは感じている。

実家のすぐ近くには、五歳年上の兄が住んでいるが、県庁に勤めていて、すでに家庭も持っている。その生活を、がらりと変えろというのは酷だ。自分のほうが身軽だ。

「家業を押し付けられる」という、反発心も被害者意識もない。昔からファッションの仕事に興味があったので、しばらく東京でもまれてみたが、やはり都会の生活も、営業の仕事も、自分には向かないようだ。野菜を相手にしているほうが、性格に合っている気がする。

踏ん切りをつけるためにも、そろそろ上司に気持ちを打ち明け、「辞めどき」を決める時期にきていると思う。

昔から「人間到る処青山《じんかんいたところせいざん》あり」というではないか。

それに、都会の生活に負けて逃げ出すつもりもない。両親には何も話していないが、この二年ほど新しい農法に関心があって、関係書物や専門書を何冊も読んだ。今、自分なりにいくつか考えていることがある。これほど科学も化学も発達したのに、いまだに農業は天候に左右されすぎる。だから——。

ふいに、少し強めの風が吹いた。

その風にのって、桜の花びらとともに、何かのビラのようなものが飛んできて、腹のあたりにへばりついた。

手に取ってみる。『ダニー・ボーイ』という、派手な色のロゴが見える。内容からすると、少女向けファッションブランドの名称らしい。どこかで見たような気がするが、楓太の会社のものではない。

ブランドのことは知らないが、その元となった、あまりに有名なこの曲のことは知っている。たしか、イギリスあたりの古い民謡だ。だいぶ前に訳詞を読んだ記憶もある。うろ覚えだが、遠くに去ってしまったダニー・ボーイに「あなたが帰って来る日を待っている」と呼びかける内容だった。

なんとなく、捨てる気が起きずに、折り畳んでジャケットのポケットにしまった。

ふと、視線を感じた方向を見ると、通路を挟んだ向かいのベンチに、四十歳ぐらいの男性が座っている。どうやら、楓太がビラをしまうところを見ていたようだ。恥ずかしい気もしたが、今さらごみを投げ捨てるわけにもいかない――。

いや、そんなことよりも、あの男性の顔に見覚えのある気がする。

いつ、どこで会ったのだろう。一度は視線をずらしたが、つい気になって、ちらちらと彼を見てしまう。すると、彼のほうでも、楓太をそれとなく見ているのがはっきりとわかる。いや、見ているだけではない。親しげな微笑みさえ浮かべている。

やはり知り合いだろうか――。

記憶をたどったが、思い出せない。もし、忘れてしまったのだとしたら失礼だ。そう考えると、立ち去りがたくなった。それに、微笑みを向けられても、不快さはない。むしろ、今日の日差しのような、温かい気持ちになってくる。

何度目かに視線を向けたとき、彼の隣に、いつの間に表れたのか、彼と同世代に見える女性が座っていた。楽しそうに何か話している。シュシュというより、ただの赤いゴム輪で縛ったポニーテールが、彼女が笑うたびに揺れる。

夫婦だろうか。自分もあんなふうに、公園でのんびり笑って過ごせるような家庭を持ちたい。

そんなことを考えていたら、男性が彼女に何かささやいた。うなずいた彼女が、こちらを見て会釈したような気がした。

ふいに、再びつむじ風が吹き抜け、こんどはバドミントンのシャトルが飛んで来た。

楓太は、足元にすとんと落ちたそれを拾い上げた。髪の長い若い男が「すみませーん」と恐縮しながら走ってくる。

若い男にシャトルを投げてやり、視線を戻すと、いつの間にかベンチからあの男女は消えていた。

なくしものをしたような気分になって、あわてて周囲を見回す。しかし、まるでかき消したように、それらしい人影はない。歩いて去ったのだとしたら、ずいぶんな速足だ。まあいい。ちょっと散歩に出た、という雰囲気だったから、この公園に来ればまた会えるだろう。

彼らが去ったかわりに、小径の向うから現れたのは、新妻千穂だ。

手にしたトートバッグの中には、彼女のお手製のサンドイッチが入っているはずだ。きょうは、そろそろ終わりに近い桜の花を見ながら、昼食をとろうと約束している。いってみれば、お花見ランチだ。

千穂は、いつも明るくて、わが身のことよりも、まず他人のことを考えるような、こんな自分にはもったいないようないい子だ。

だからこそ——今日こそは、自分の考えを、はっきり話そうと思っている。

このまま、彼女との付き合いを続ければ、いずれ結婚という選択肢が見えてくる。いや、すでに見えている。いずれ、実家で農業をやりたいという話は、ぼんやりとしかしていない。そのときに拒絶反応はなかったが、現実のこととらえていないからだろう。

もう少し具体的に、その話をしようと思っている。それが自分なりのけじめのつけかただ。彼女は、資産運用や保険見直しのアドバイザーの仕事をしている。成績は上位らしいので、楓太より稼いでいるかもしれない。

だからなおさら、どんな返事をもらおうと、受け入れる覚悟は決めてきた。人生の道も可能性も無限にある。彼女は、彼女の望む道を行くべきだ。自分に縛る権利はない。もしかしたら、この自分にだって、選択次第ではまったく違った道があったかもしれないのだし――。

足早に近づく、彼女の息遣いが聞こえる。

どこからか、風に乗ってダニー・ボーイの曲が聞こえてくる気がする。

桜の花びらが風に舞っている。

今日は、ここで軽めのランチを終えたら、目の前の都庁へ、臓器提供意思表示カードを一緒にもらいに行く予定だ。必要事項を記入して携帯するだけでいいらしい。

彼女は、社会奉仕活動などにも熱心なのだ。

解説

杉江松恋

つまり伊岡瞬はミステリーでなくても上手いってことだ。

物語のために登場人物を創造し、自由に生きさせる。その人生模様をどういう形で綴るか、という語りの技術で作品の巧拙が分かれる。だがそこは料理と同じである。素材、すなわち描かれる登場人物が生き生きと描けていれば、どう語ろうがその小説は良くなる。

語弊を怖れずに言うと、ミステリーのようなプロットのひねりを使わなくても、いい小説になってしまうのだ。登場人物に読むに足るだけの存在感があるのならば。『祈り』は、まさしくそういう小説である。

今回文庫化にあたって改題されたが、本作の原題は『ひとりぼっちのあいつ』であった。「別冊文藝春秋」二〇一一年十一月号から二〇一二年十一月号まで連載され、二〇一五年三月二十三日に文藝春秋から単行本として刊行された。

本作は厳密にはミステリーではなく、人生のままならなさ、本質的には孤独である人間が、他者とわかりあえず時に誤解され、あるいは自らの頑なさゆえに歩む道を間違えてしまう哀しさを描いた小説である。主人公は二人いて、物語の始まる時間もそれぞれ違う。

第1章「二〇一四年　楓太」で登場する宮本楓太は、二十五歳の会社員だ。アパレルメーカーの営業職として働く彼はうだつが上がらず、いつも上司に叱られている。懐具合も悪く、次のカード引き落とし日が心配で仕方ない。そんな楓太が、東京都庁にほど近い新宿中央公園で仕事をサボっている場面から話は始まる。彼は、奇妙な人物を見かけるのだ。

もう一人の主人公が顔を出すのが第2章「一九八八年　春輝」である。四月二日生まれということになっている大里春輝は、本当の誕生日は四月一日だという。父親は「でかした、一番だ」と最初は喜んでいたが、その日生まれだと上の学年のびりっけつに入れられてしまうと気づき、慌てて一日遅れの出生届を出した。そんな父と母、そして姉を含めた四人で暮らしている十二歳の少年である。勉強はクラスで十位あたり、クラブのミニバスケでも正選手ではない。そんな風に目立たない、人に強く出られない気弱な少年である。

作者は、彼らの二つの人生をしばらく並行して綴っていく。危なっかしい二人なので、読者は目を離せなくなるだろう。楓太は、自分の人生がついてないのは、悪い女に騙されてケチがついたからだと思っている。他人のせいにしがちな性格なのだ。反対に春輝は、納得のいかないことがあっても自分が引けばいいのだから、と済ませてしまう。正反対の二人だが、共通点がある。言うべきときに正しいことを言う、というごく普通の行為が苦手なことである。そのために彼らの人生は思わぬ方向へと曲がっていってしまう。

読者が気になるのは、二つの人生がどのような形で交わるか、ということだと思う。バブル期の一九八八年と、東日本大震災後の二〇一四年では時代も相当離れている。だが、そこは読んでのお楽しみにしておきたい。主人公たちの歩みを、しばらくの間見てやってもらいたいのだ。危なっかしくて後を追わずにいられない二人だから、たくさんのしくじりをやらかすだろう。どじだな、不甲斐ないな、と笑われるかもしれない。だが、このくらいみっともなく生きているのがごく普通の、その辺にいる人間の姿なのではあるまいか。

探偵小説にはワトスン役と呼ばれる語り手を配する場合がある。ワトスン氏には失礼ながら「知能程度が多少劣った」人物が適役とされるのだが、これは読者が優越感を持って物語を眺めることができるからだろう。楓太と春輝が思わず背中をどやしつけたくなるような性格に設定されているのも作者が同種の計算を働かせたからである。『祈り』という作品を読んでいて感心させられるのは、登場人物の配置が絶妙であることだ。たとえば春輝のパート、第6章で登場する真澄が実にいい。姉が当時で言うところのスケバンだったためにおかしな目で見られることの多い少女なのだが、不思議と春輝とはうまが合う。ほんの少しだけしか出ないのに、印象に残る登場人物である。

その真澄が唯一人を許せないことが、嘘なのである。相手を侮辱する行為だからだ。彼女と嘘を巡るエピソードは、初めは小さいことのように見えるが、物語が進むにつれて次第に大きな意味を持ち始める。他の登場人物も同様で、彼らと交わした何気ない会話の一つひとつが、主人公たちのその後を形作るピースになっていくのである。その意味では、一人として無駄な登場人物はいない小説である。

最初にミステリーではないと書いたが、そうした要素も含む作品だ。前述のとおり、並列で進む二つの筋にどういう関連があるかはかなり後までわからないので、その興味が小説を読む上での推進力になっていく。これはネタばらしにならないように書くが、犯罪小説と呼べる部分もある。主人公たちの視点ではわからない何かが物語の背後で進行していく。陰謀というか、企みというか。そうした状況下において、登場人物たちが見せている顔が信じられなくなる瞬間が何度か到来するのである。誰かが嘘を吐いているのかもしれないという疑惑が物語後半に浮上してきて、読者をはらはらさせることだろう。

これは序盤で明かされることだが、ある特殊能力を巡る小説でもある。不思議な力を得てしまったために人生が狂ってしまう、という物語の類型がある。たとえば犯罪小説の大家エルモア・レナードが触れるだけで人を治す男を主人公に書いた『タッチ』（一九八七年。早川書房）、もしくは存在するだけで他人を幸福にしてしまう女性を巡るリチャード・パワーズの大作『幸福の遺伝子』（二〇〇九年。新潮社）など。その原型は、手にしたものを黄金にしてしまうミダス王の神話だ。普通ではない能力を持ったがために普通の生き方ができなくなってしまう悲劇という意味では、超能力者に取材した森達也『スプーン』（二〇〇一年。『職業欄はエスパー』と改題の上、現・角川文庫）なども思い浮かぶ。少し外れた場所から、普通の人生とは何かを考えた小説でもあるのだ。

本作が発表された二〇一五年は、作者の転換点となった意欲作『代償』（角川文庫）

発表の翌年にあたり、伊岡がさまざまな作風を試していた時期である。作品数が多いために犯罪小説や警察小説が主分野と見られる作家だが、登場人物の魅力だけで勝負といい、ストライクゾーンの真ん真ん中を剛速球で狙った本作を、もっと多くの人に読んでもらいたい。

伊岡のデビュー作は第二十五回横溝正史ミステリ大賞を獲得した『いつか、虹の向こうへ』（二〇〇五年。現・角川文庫）だが、そのころから繰り返し作者が書いてきたのが、やり直しのきかない人生はないということだった。中年男性と少女の居候との奇妙な共同生活を描いたデビュー作は、まさしく再生の物語であった。改めて読んでみると、本作には『いつか、虹の向こうへ』にも共通する部分がある。主人公の一人が物語中途で味わう、血のつながらない相手との疑似家族的な連帯感は、この作者ならではのものである。

本作を読んで連想した作品がもう一つある。人間喜劇の名手であった映画監督フランク・キャプラが、一九四六年に発表した作品だ。検索すればわかることなので題名は省くが、孤独な人間が苛酷な世界を生き抜くことの難しさ、人生は一度きりという厳しさを見事に描いたあの作品が、私には本作と重なって見えるのである。実は文庫化にあたり本作には手直しが入っており、最終章は完全に書き換えられている。単行本版よりもこちらのほうが厳しさと優しさが共に引き立ち、余韻を生む終わり方になっていると私は思う。ちょっと意地悪で、苦かったり甘かったり、とにかく笑いは絶えない。人生ってそんなものでしょう。

（文芸評論家）

初出◎別冊文藝春秋　二〇一一年一一月号〜二〇一二年一一月号
単行本　二〇一五年三月文藝春秋刊
この作品は単行本『ひとりぼっちのあいつ』を改題し、文庫化にあたって大幅に加筆修正したものです。

文春文庫

祈《いの》り

定価はカバーに
表示してあります

2020年6月10日　第1刷
2022年8月5日　第8刷

著　者　伊《い》岡《おか》瞬《しゅん》
発行者　花田朋子
発行所　株式会社 文藝春秋

東京都千代田区紀尾井町3-23　〒102-8008
TEL 03・3265・1211㈹
文藝春秋ホームページ　http://www.bunshun.co.jp

落丁、乱丁本は、お手数ですが小社製作部宛お送り下さい。送料小社負担でお取替致します。

印刷・萩原印刷　製本・加藤製本

Printed in Japan
ISBN978-4-16-791510-0